말하는 몸 2

말하는 몸 2

박선영 × 유지영

몸의
가능성을
확장하는
여성들

문학동네

책머리에

가장 가까운 곳에서 가장 멀고 깊은 곳으로

아무도 듣고 싶어하지 않을 이야기를 찾아 우리는 떠났다. 초라한 나를 상기시키는 이야기, 침을 뱉고 화풀이하고 싶은 이야기, 벗어날 수 없는 쳇바퀴 같기도 하고 그렇다고 포기해버릴 수도 없는 이야기를. 내 몸엔 무엇이 얽혀 있는가, 내 몸은 무엇을 가리고 있는가.

사회 초년생 시절, 기자와 피디로 인연을 맺었던 유지영과 나는 지난 2년 동안 〈말하는 몸〉이라는 프로젝트를 진행하며 타인들의 몸의 외피를 열심히 들춰냈다. 온갖 것이 뒤엉킨 누군가의 심연을 보며 몸을 원망하다가도 결국 우리에게는 몸이 필요하다는 생각에 이르곤 했다. 우리에겐 몸이 필요하다. 죽어가고 아파하는 영혼을 감싸고 지탱하고 꾸역꾸역 움직이게 만들어줄 몸이.

몸과 몸은 섞일 수도, 바뀔 수도 없다. 살갗이라도 뚫고 들어갈 기세로 누군가의 몸을 꽉 껴안고 뒤흔들어도 나는 그 몸을 정복할 수도,

이해할 수도 없다. 내 몸이 느끼는 고통을 표현하기 위해 아무리 얼굴을 찌푸리고 고성을 지르며 팔다리를 뻗어도 곁에 있는 몸은 아무것도 알지 못한다. 너는 나와 다른 몸인 것이다. 이 몸으로 겪은 일은 혼자만이 알고 있다는 고독한 운명에 몸부림칠 때도 있지만, 그 운명 덕에 역으로 나를 정복하려는 누군가로부터 스스로를 지킬 수 있다. 이 책에 기록된 여성들이 이를 증언하고 있다. 각종 사건 사고, 외력과 희롱, 때로는 주입된 생각으로 인해 나를 잃어버릴 정도로 흔들리기도 했지만 결국 자기만의 이야기로, 하나의 세계로 이곳에 존재하고 있다.

우리가 "여기 이렇게 말하는 몸들이 있다"고 알리고 싶었던 이유는 간단했다. 여성이 타인에게 왈가왈부되는 대상이 아니라 말하는 주체가 되어야 한다고 생각했다. 2년이 지난 지금, 이런 최초의 목적을 조금 잊은 것 같기도 하다. 왜냐하면 너무도 당연한 사실이기 때문이다. '인간은 인간이다'라는 명제를 우리가 굳이 증명할 필요는 없다. 다만, 그동안 덜 이야기되고 잘못된 방식으로 비춰진 몸들의 이야기를 전할 뿐이다. 몸들이 사방에서 쏟아지는 시선을 견디고 싸우며 하루하루 '나'를 유지하며 살아온 나날이야말로 하나하나의 역사다. 우리의 눈과 귀는 '말하는 몸'으로부터 뻗어나오는 말들로 인해 점차 확장되었다. 그 말들이 가리키는 세상을 상상한다. 내가 나답게 사는 세상, 나를 공평하고 정의롭게 대하는 세상, 말하는 몸들이 기꺼이 말하는 세상.

〈말하는 몸〉에 귀기울여주는 사람들을 만날 때면 그런 세상에 느릿느릿하게나마 다가가고 있다는 생각을 했다. 어느 밤에 가만히 듣고 있을 청취자들, 이 책을 한 장 한 장 넘길 독자들의 '말하는 몸'을 듣고 싶어 견딜 수 없어지기도 한다. 이 책의 편집자가 처음 우리의 녹음 현장에 찾아왔을 때, 이야기의 토씨 하나와 들숨 날숨까지 귀기울여주는 청취자를 만났다는 사실에 큰 감격이 밀려왔다. 멀리 있는 독자들을 구체적으로 상상할 수 없기에 곁에 있는 편집자가 읽을 글이라는 생각으로 책 『말하는 몸』을 썼다.

가장 가까운 곳에서 시작된 이 이야기들이 저멀리 있는 누군가의 가장 깊은 곳까지 닿기를 바란다. 이 책을 읽는 당신의 이야기도 언젠가 내게 닿을 것이라 믿는다. 우리의 몸은 이곳에 있지만 우리의 이야기는 이 몸을 벗어나 더 멀리, 더 자유롭게 뻗어나가야 한다.

2021년 1월

〈말하는 몸〉 프로듀서

박선영

차례

2부 몸의 연결을 꿈꾸다 _유지영 엮고 쓰다

1부

몸의 가능성을 확장하다

박선영 엮고 쓰다

이 세계가 내 몸의 이동을
언제나 허용해주지는 않거든요

서양사 연구자
염운옥의 몸

아주 어린 시절, 그러니까 몇 살인지 추정도 되지 않는 시절. 그때의 기억들은 물안경을 쓴 채 깊은 물속으로 들어간 듯 어렴풋하게 보고 들은 것들로만 존재한다. 누군가가 한 말은 겹겹의 메아리로, 내가 본 것은 물결 속에 일렁인다.

그런 기억 한편에는 '흑인'이 있다. 어릴 적 나는 TV나 책에서 흑인이 나오면 구역질하는 버릇이 있었다. 흑인과 관련된 경험도 없고, 가정에서 인종차별적 교육을 받은 것도 아니었는데 말이다. 아마도 흑인을 부정적으로 묘사하던 미디어의 영향이 아니었을까 한다. 무의식적으로 왜곡된 반응을 교정할 새도 없이 나는 미디어에서 흑인이 등장하면 채널을 돌리거나 먹던 것을 멈추는 '비위 약한' 아이로 자라났다. 흑인이 삽화에 등장하는 『톰 아저씨의 오두막』 같은 그림책은 읽지 않았고, 마이클 잭슨이 백인이 되고 싶어 수술까지 했다는 루머를 진실로 받아들이며 바꿀 수 없는 그의 운명에 마음 아파하기도 했다. 일렁이던 감정들은 그렇게 뒤틀린 채로 굳어질 뻔했으나, 다행히 시대의 변화와 인권교육을 통해 그때의 원초적 편견으로부터 조금씩 멀어질 수 있었다.

서양사 연구자 염운옥은 『낙인찍힌 몸』(돌베개)에서 인간을 임의로 분류하기 위한 틀인 '인종'이 어떻게 낙인과 차별, 그리고 혐오로까지 이어지는지 분석한다. <말하는 몸>에서는 획일적인 미, 편협한 여성성 등을 기준으로 '낙인찍힌 몸'에 대해 이야기할 기회는 많았지만, 역으로 우리 자신이 '낙인찍는 몸'이 될 가능성에 대해서는 생각할 기회가 적었다.

염운옥이 고민하는 것은 '스펙트럼'이다. '피부의 멜라닌 색소양'처럼 명확한 기준에 의해 인종을 분류하는 것도 아닌데, 우리는 그 가상의 장벽을 국경처럼 신봉하고 있다. 또 그는 법제상의 기준으로 인간의 존재를 불법과 합법으로 나눌 수 있느냐는 의문을 제기한다. 체류기간을 딱 하루를 넘겨 이주노동을 하는 방글라데시인 A는 하루 만에 '불법 인간'이 될 수 있다. 그 '불법'이라는 말에는 너희는 법을 어겼으니 단속 과정에서 죽거나 다쳐도 괜찮다는 '낙인찍는 몸'들의 인종주의가 반영되어 있다.

나와 다른 몸에 대해 낯설어하고, 심하게는 공포까지 느끼는 이 원초적인 감정들이 지금은 당연하게 느껴질지도 모른다. 그러나 이 감정은 불변의 진리가 아니라 일렁이는 물결 같은 것이다. 그 물결은 형형색색 색소를 부으면 다른 빛깔로 변하기도 하고, 누군가가 물장구를 치면 거세지기도 하고, 방파제를 세우면 잠시 멈추기도 한다. 우리의 몸은 견고한 땅을 딛고 서 있겠지만 우리의 생각은 끊임없이 일렁이고 요동쳐야 한다.

사람들은 굉장히 다양한 형태로 국경을 넘나들고 있어요. 여행을 가기도 하고, 공부하거나 일하러 가기도 하고, 결혼이주도 하고요. 하지만 인간의 이동에는 제한이 따르죠. 자본에는 국경이 없지만 인간에게는 늘 국경이라는 장벽이 존재해요. 여권을 소지하고 비자를 받고 국경을 통과해야만 다른 국가에 갈 수 있잖아요. 많은 사람들이 국경을 넘어서 왕래하는데도 그 국경은 더 단단해지고 있어요. 테러 방지나 안전 문제 같은 명분들을 내세우면서 국경이 점점 철벽처럼 되어가는 현실이 아이러니해요.

저도 국경을 넘어 체류한 경험이 있어요. 일본에서 6년 정도 공부했죠. 일본인과 피부색이나 외모가 크게 다르지 않기 때문에 그로 인한 문제는 없었지만, 체류 자격을 갱신할 때 문제가 생긴 적이 있어요. 출입국 관리소에서 1년마다 체류 자격을 갱신해주는데, 제가 유학생 자격으로 할 수 있는 것 이상의 아르바이트를 하고 있었던 거죠. 말하자면 불법인 거예요. 유도심문을 받다가 그걸 들켜버린 뒤로 2주 동안 초조하게 결과를 기다렸어요. 내가 '불법 인간'이 되어버린 것인가? 사람이 합법의 영역에서 불법으로 떨어지는 것이 이렇게도 쉬운가? 내가 잘못했으니 할말은 없는 것인가? 여러 고민이 들었죠.

인종주의와 다문화주의에 대해 공부하면서 계속 그때의 경험이 떠올랐어요. 이렇게 드러내놓고 말하는 데 용기가 필요했고요. 한국에 와 있는 이주노동자들 중 체류 자격에 문제가 생기는 분들이 있잖아요. 체류 자격은 끝났는데 하던 일이 끝나지 않았거나 돈을 더 벌어야 하는 상황일 때 그 사람은 불법의 영역으로 미끄러지는 거죠.

내 몸은 내 것이지만 온전히 내 마음대로 할 수 없는 것이기도 해요. 몸이 이동할 때 등록서류를 제대로 못 갖춘 경우 '불법 체류자'라 불리면서 저임금 노동과 무자비한 단속에 노출돼요. '크랙다운crack down'이라고 하죠. 단속이 시작되면 이주노동자 입장에서는 자기도 모르게 도망을 가요. 잡히면 바로 보호소에 가고 추방 절차가 진행될 테니까 일단 도망가는 거예요. 그러다가 다치기도 하고, 죽기도 하고. 이런 일들이 예사롭게 보이지 않았어요.

도대체 불법과 합법을 나누는 기준은 무엇일까. 이렇게 서류 한 장으로 불법과 합법의 인간이 갈리는 것인가에 대한 문제의식이 생겼어요. UN 인권위원회, 국제노동기구, 한국 국가인권위원회에서는 '불법illegal'이라는 말을 인간에게 쓰지 말아야 한다고 권고해요. '불법 체류' 대신 '미등록undocumented' 혹은 '초과 체류overstayed'라는 말을 쓰자는 거예요.

이주자에게 체류 자격은 너무나 중요해요. 체류 자격이 흔들리면 노동을 제대로 할 수 없고, 아이 양육을 제대로 할 수 없죠. 아이를 학교에 보낼 수도 없거든요. 체류 자격이라는 것은 등록되는 서류잖아요. 이 서류를 갖고 합법과 불법의 경계를 구분해서 '당신의 몸은 오늘까지는 합법이지만 내일부터는 불법이야' 이렇게 말하는 게 맞는 걸까요? 이렇게 해도 되는 걸까요?

'국경을 넘는 몸'이란 몸의 계급성과도 연결돼요. 다양한 몸들이 국경을 넘지만 어떤 형태로 넘느냐에 따라 경험이 다르죠. 유학생이나 글로벌 기업의 직원으로 국경을 넘는 사람과 이주노동자나 결혼이주자로 국경을 넘는 사람을 대하는 분위기가 달라요. 이주자의 몸을 계급적인 기준으로 대하는 거예요. 어떤 때는 인종보다 계급의 선이 더 선명하게 그어진다고 생각해요.

보노짓 후세인 씨라고 성공회대에서 유학중이던 인도 출신 연구자가 있는데, 이분이 2009년 부천에서 버스를 타고 가다가 한국인에게 인종차별적인 모욕을 당했어요. 그 모욕적 언행을 한 한국인 남성을 형법상 모욕죄로 고소했거든요. 결국 100만 원 벌금형이 내려졌어요. 이 보노짓 후세인 사건이 한국에서 인종차별에 해당하는 모욕 행위로 벌금형을 받은 최초의 사건이에요. 그런데 그 한국인 남성이 "이 새까만 외국놈"이란 표현을 써요. 이 한국인 남성의 머릿속에는 '얼굴이 새까만 사람은 무시해도 된다'라는 생각이 있던 거죠. 한국에 있는 백인은 또 다르게 대해요. 그럼 해외에서 이주노동을 하는 한국인은 무시하고 모욕해도 되는 건가요? 몸의 계급성을 구사하는 거죠. 게다가 후세인 씨와 동행하던 여성에게는 "넌 새까만 외국놈이랑 사귀니까 기분이 어떠냐?"라며 또 한번 차별적인 언사를 했어요. 몸의 계급성이라는 것이 인종차별, 여성차별과 교차해서 일어날 수 있어요. 결혼이주 여성을 볼 때 '우리보다 못한 나라에서 왔다'는 인식이 앞서 온정적이거나 시혜적인 태도로 대하는 경우도 있죠. '계급적으로 낮은 하층민과 결혼했으니 함부로 대해도 괜찮다'라는 생각으로까지 연결되기도 하고요. 몸의 계급성으로 이주여성들을 대하는 거예요.

제일 큰 문제는, 한국 사람들은 자신들이 인종차별의 가해자가 될 수 있다는 생각을 별로 안 해요. 늘 피해자인 거예요. 뭐, 피해자이기도 하죠. 외국에 나갔을 때 눈 찢는 시늉을 하는 조롱을 받는다든지 하는 일을 자주 당하잖아요. '한국인들이 서구 사회에서 인종차별을 당한다', 그건 명백한 사실입니다. 그 배경은 백인우월주의죠. 인종차별에도 여러 유형이 있지만 백인들 스스로 자신들이 우월하다고 정당화해온 역사가 있어요. 그런데 한국인들은 백인이 아닌데 왜 이렇게 백인우월주의를 내면화했을까요? 한국에 와 있는 유색인 친구들은 "한국 사람들은 본인이 백인인 줄 아는 것 같아"라는 이야기를 한단 말이에요.

처음엔 백인을 보고 괴물같이 생겼다고 여기다가 차츰 이들이 강자라는 것을 인식하면서 백인우월주의를 내면화해요. 그게 우리도 자강해야겠다는 사회진화론으로도 이어졌을 테고요. 그러면서 서구 사회의 흑인이나 무슬림에 대한 편견이 고스란히 같이 들어왔다고 생각해요. 인종주의가 역사적으로 만들어진 것이고 수많은 사람을 낙인찍었으며 그들에게 어떤 폭력을 행사했는지를 상기하는 작업이 늘 필요하죠.

나와 다른 몸을 볼 때 낯설잖아요. 뭔가 설명되지 않기에 두렵기도 하고요. 그 낯선 몸을 어떤 범주로 분류해 내가 이해할 수 있게 만드는 과정은 필요하겠죠. 그런데 우리는 쉽사리 기존의 정형화된 분류 틀에 기대어 낯섦과 공포감으로부터 벗어나 안도감을 찾으려 해요. 피부색이 다른 사람을 보고 '백인이네' '흑인이네' '아시아인이네'라고 분류하는 것은 고정된 틀이고 익숙하기 때문에 상식처럼 나에게 들어오거든요. 그 상식을 거부하는 경험이 필요해요.

낯설다고 느끼는 것은 어쩔 수 없어요. 솔직하게 인정하고 그 출발점에서 자꾸 걸음을 떼어보는 거예요. 생각해보세요. 외국 아이들이 나오는 TV 프로그램에서 예쁜 백인 아이들만 비추는 것 같지 않나요? 그러면 '백인 아이가 좋다' '하얀 피부가 좋다'라는 생각이 나도 모르게 스며들듯이 주입돼요. 저는 그게 위험하다고 봅니다. 다양한 몸들이 있다는 사실을 인지하면 다른 몸도 낯설지 않을 수 있거든요. 가까워지면 낯설지 않아요.

염운옥_ 고려대학교 사학과와 동대학원을 졸업하고 도쿄대학교에서 박사학위를 받았다. 인종, 젠더, 계급이 교차하는 몸의 역사에 대해 연구한다.

모두 열심히 감추시고,
열심히 피우십시오

여성학자
권김현영의 몸

이것은 비흡연자로서의 푸념이다. 즐거이 대화를 나누고 있다고 생각한 순간에도 흡연자들은 "잠깐 담배 좀 피우고 올게"라고 양해를 구한 뒤 자리를 뜬다. 나는 그 빈자리와 시간을 홀로 지킨다. 흡연으로 인해 교류가 '일시정지'되는 동안 상대방은 나 없는 외딴 장소에서 담배 연기로 위안받고 채워진다. 나는 그동안 무엇으로 위안받지?

담배는 그런 점에서 여러모로 아이러니한 취향인 것 같다. 흡연자가 고독을 즐기는 동안 유해한 연기는 비흡연자를 괴롭힌다. 그 매캐하고 자욱한 연기에 대한 비흡연자의 혐오감은 너무 즉각적이라 사전에 양해를 구할 새도 없고, 사과를 해도 소용없다. 그래서 흡연자들은 닭장 같은 흡연구역에 모여 몇 모금을 빠끔대고 말 뿐인데, 이런 잠깐의 말초적인 행위로 스트레스가 사라질지는 의문이다. 가장 좋은 흡연이라면 하루 일과를 마치고 개운하게 목욕한 뒤에 창밖 풍경을 바라보며 한 개비 여유롭고 깊게 태우는 담배가 아닐까. 현실은 그렇지 못하니, 담배에 중독될 수밖에 없는 고된 세상살이만 탓할 뿐이다.

니코틴과 타르가 교차해 만든 징검다리를 하나둘 건너다보면 긴 하루는 저물어 있다. 그렇게 꾸역꾸역 삶을 이어갈 연료조차 박탈당한 삶을 생각해본다. 영화 <82년생 김지영>에서 지영이 적막한 집안을 공포스럽게 바라보는 장면에서 담배라도 하나 태울 수 있었다면 어땠을까. 임신과 출산과 수유 등으로 자신의 몸을 성스럽게 돌봐야 하는 압박 속에서는 흡연조차도 자유로 느껴질지도 모른다. 옆에서 잠든 아이 쪽으로 연기가 가지 않도록 고개를 돌려 오염된 숨을 후— 뱉어낼 때, 그땐 아이도 잠시 모른 척 해주지 않을까.

하지만 그런 현실은 존재하기 어렵다. 아이가 없더라도 직장에서는 가글과 민트향 사탕으로 수시로 입가심을 해야 하는 여성들이 있다. "너, 담배 피우니? 담배 냄새 나는 것 같은데?" 같은 말을 농담으로 들어야 하는 순간도 있다. 반대로 그저 담배를 피울 뿐인데 "담배 피우는 여성은 멋져" 같은 영문 모를 칭찬을 들을 때도 있다. 왜 여성의 흡연은 있는 그대로 보여질 수 없을까. 나의 몸에 유해한 물질을 들이부으면서까지 파괴적으로 일하고 살아야 하는 현실 앞에서, 여성의 흡연에 대한 왈가왈부는 너무 사소하고 쓸모없다.

여성학자 권김현영이 여성의 몸에 대해 할 수 있는 다른 이야기가 얼마나 많겠는가. 수많은 이론과 연구 경험으로 중무장했을 권김현영이 선택한 주제는 '내가 사랑하는 담배'였다. 모든 문장 끝에 '웃음' 표시가 붙는다 해도 과언이 아닐 정도로 우스운 일화가 많았다. 그만큼 여성의 흡연 자체에 대해 논하는 일이 우습다는 뜻인지도 모른다. 그보다는 흡연을 두고 교차하는 성별 계급, 차별과 혐오에 대해 이야기하는 편이 생산적일 것이다. 아니면 그저 웃기고 슬픈 얘깃거리들을 담배 한 모금처럼 깊게 빨고 내쉬면 그만인 것이다.

저는 담배를 오랫동안 피우던 헤비 스모커였어요. 처음 담배를 피운 계기는, 학교 다닐 때 연극을 했는데 담배를 피우는 캐릭터를 맡았어요. 그런데 선배가 연기를 못한다고 너무 심하게 구박해서, 담배라도 좀 자연스럽게 피우면 좀 덜 혼날까 싶어 약간은 분한 마음에, 본때를 보여준다는 심정으로 담배를 피웠죠. 100일 동안 연습을 하고, 대사를 다 외우고 동선도 확실해졌을 때 가설 무대에 올라서 담배를 딱 한 모금 물었는데, 처음으로 뭔가가 폐 안에 들어오는 느낌과 함께 이 캐릭터와 연결된 느낌이 드는 거예요. 되게 황홀하더라고요.

5년 전에는 '이제 담배를 좀 끊어볼까'란 생각이 들었어요. 흡연을 그만두는 게 생각보다 쉽지 않은 일입니다. 금연보조제를 먹었는데, 그때부터 생리혈이 심하게 많이 나오는 거예요. 하루이틀 정도가 아니라 거의 2주에 걸쳐서 멈추지 않더라고요. 변화라고는 당시에 먹었던 금연보조제뿐이었기 때문에 약물 부작용이 아닐까 걱정하던 차에, 병원에 갔더니 약물 부작용을 보고해달라는 부스가 있었어요. 거길 찾아갔죠.

"제가 이 금연보조제를 일주일 정도 먹었는데요. 이 약과 관련된 건지는 모르겠으나 어쨌든 생리가 멈추지 않습니다. 이런 부작용도 있나요?" 그랬더니 의사 선생님이 너무 당황해하면서, 금연보조제 부작용을 여자가 말하는 걸 처음 들어봤기 때문에 관련된 부작용인지는 모른다고 얘길 하시는 거예요. "그렇다면 그만 복용하는 게 좋을까요?"라고 했더니 의사 선생님과 간호사 모두 다 '안 된다, 담배를 끊으려는 건 굉장히 잘한 선택이다, 그러니까 반드시 금연에 성공하셔라' 하는 거예요. 그래서 제가 또 물어봤죠. "그러면 이 부작용은요? 제가 지금 2주째 피를 흘리고 있다고요." 그런데 그들에게 그건 중요하지 않은 거예요. 담배를 끊는 게 더 중요한 거죠. 그 정도로 여성의 흡연이라는 걸 사회가 금기시한다는 것, 심지어 의사조차도 부작용이 있건 말건 금연만이 중요하다고 생각한다는 것을 느꼈던 사건이었어요. 왜 담배를 끊는 게 그 무엇보다도 중요할까. 담배가 명백하게 나쁜 건 맞죠. 그런데 술도 나쁘죠. 케이크도 나쁘다고요.

그 금연보조제는 그 순간 바로 끊었고 그러고도 금연을 유지하는 데에는 성공했죠. 금연보조제를 끊으니 비정상적인 생리는 멈추더라고요. 저는 약물 부작용이었다고 약간은 확신하고 있는데, 추가로 알게 된 바는 없습니다.

1990년대 후반엔 제가 담배를 피우고 있으면 동기들이 제 주변을 빙 둘러싸고 서 있었어요. "너네 뭐하냐?"라고 하면 "누가 너를 보고 뭐라 할까봐 도와주는 거다"라고 얘기하는 거예요. 뭐, 고맙긴 한데 여자가 담배 피우는 게 이렇게까지 큰 문제일 게 있나 하는 심정이기도 했고요. 또 하루는 도서관에 있는 흡연실에 갔는데 한 선배가 "여기가 어디라고 들어와" 이런 식으로 말하길래 "여기 흡연실 아닌가? 남자 화장실이에요?"라고 해서 언쟁이 벌어진 적도 있고요.

제가 여성 흡연과 관련된 연구를 하면서 많은 여성들을 인터뷰했습니다. 그 과정에서 담배로 인해 주변 사람들로부터 어떤 종류의 불이익을 당하거나 욕설을 들은 적이 있냐고 물어봤더니 정말로 한 명도 빠짐없이 욕설을 들었더라고요. '보지를 찢어버리겠다' '네 입이 재떨이가 되는 게 뭐가 좋냐'라는 말을 들은 경우도 있었고요.

사람들이 "너는 왜 아이스크림을 좋아해?" "너는 왜 술을 좋아해?"라는 말을 하지는 않잖아요. 담배는 취향의 영역인데 그걸 하지 말아야 한다는 규범이 엮여서 '왜 담배를 피우냐'라는 질문을 계속 받고 있다는 생각을 해요. 그럴 땐 "내가 피우고 싶어서 피우는 거다" 외에는 대답할 말이 별로 없는 거예요.

한번은 다른 지역의 학교 정문 앞에서 친구를 기다리고 있었어요. 그 지역은 젊은 여성의 흡연에 대해서 서울보다 분위기가 훨씬 더 안 좋은 동네였던 것 같아요. 저는 별생각 없이 담배를 피우고 있었어요. 그때 저멀리서 한 네다섯 명 정도 되는, 체육대학 소속으로 보이는 유니폼을 입은 남학생들이 두두두두 달려오는 거예요. 그러더니 저한테 "어디서 오셨습니까?"라고 물어봐요, 약간 군대식 말투로. "네?" 라고 했더니 "아, 서울분이신가요?" 하고 다시 물어보더라고요. "네, 서울에서 왔는데요"라고 했더니 "아, 그러면 서울에서 왔으니까 이해를 할 수 있을지 모르겠는데, 어쨌든 여기는 여자가 담배 피우는 거 안 됩니다" 이러는 거예요.

그때 어떤 심정이었냐면, 나는 정말 혈혈단신 낯선 곳에 와 있고, 친구는 아직 안 나왔고, 이 체대 남성들은 자기네들 딴에는 최선을 다해 예의를 갖추고 있다고 생각하는 와중에 '꺼져'라고 말하기는 어렵겠다는 생각이 들더라고요. 그래서 담배를 그냥 끄려고 했는데 그게 정말 마지막 담배였던 거예요. 저도 모르게 "이거 돗댄데요?"라고 했어요. 그랬더니 이 남자들이 너무 당황하는 거예요. "그, 그러면 그것만 피우시고 이제 그만 피우십시오" 이렇게 말하고 가더라고요. '돗댄데요'라는 말이 통했구나 싶어서 혼자 굉장히 웃었어요. 그게 무슨 소린지 알았다는 것은 그들도 흡연자라는 얘기겠죠?

그러니까 여성이 취향으로서 담배를 즐길 수 있다는 것을 너무도 상상하지 못했던 건 아닌가. 제가 너무 당당하게 '취향이다'라고 얘기하는 사람이었기 때문에 그들도 당황했던 것 같아요. 저와 그들은 담배에서 '돗대'가 굉장히 중요하다는 것을 아는 공동의 취향을 가졌던 거죠. 저는 그 취향을 존중받은 거거든요. 그래서 담배에 관해서는 '이건 취향의 문제야, 이게 제일 간단하다' 이렇게 생각하게 됐죠.

2014년에 여성 흡연과 관련해 연구한 적이 있어요. 한국 여성들의 흡연율이 세계 평균에 비해서 상당히 낮은 편입니다. 그러니까 여성 흡연율을 줄이기 위한 국가의 정책적 노력이 별도로 필요하다고 보기가 어려운 상황이기도 하죠. 그런데 예외적으로 콜센터나 백화점 파견직처럼 여성들이 집중적으로 몰린 장시간 저임금 노동 영역에서는 여성 흡연율이 굉장히 높아요. 스트레스가 굉장히 높은 직종인데 충분한 보상은 주어지지 않고, 그런 경우엔 여성 흡연율이 높게는 80퍼센트까지 나타납니다. 저는 이게 좀 중요한 이슈라고 생각했어요. 여성이 담배를 피운다는 것이 이슈가 아니라 어떤 여성들이 담배를 피우게 되는지, 어떤 여성들이 담배를 피우는데도 얘기할 수 없게 되는지, 또 어떤 여성들은 담배를 피우더라도 사람들이 그냥 내버려두는지, 혹은 어떤 여성들이 담배와 관련된 통제를 심하게 겪는지가요. 젠더와 계급이 맞물린 영역이라고 생각했어요.

제가 충격을 받았던 건, 백화점 같은 경우엔 3천여 명 정도 되는 직원들이 있는데요. IMF 이후엔 90퍼센트 정도가 아웃소싱되어서 파견직으로 바뀌게 됩니다. 2700명 정도가 파견직 노동자가 되는 거죠. 백화점에 소속된 게 아니라 입점 매장에서 각각 따로 계약을 맺어 파견직으로 근무하게 하거나, 아니면 백화점 안에서 단기 고용으로 일용직 노동자처럼 활용하면서 백화점 정규직의 지위는 주지 않았죠. 이 파견직 여성 노동자 그룹은 거의 대부분 담배를 피워요. 반면 정규직 여성 300명 중에서는 흡연자가 한 30명, 10퍼센트밖에 안 됐는데 정규직 남성 노동자들에게 정규직 여성 노동자들 중 담배 피우는 사람을 본 적이 있냐고 물었더니 한 명도 본 적 없다고 얘기하더라고요. 그러니까 승진에 대한 기대가 있고 직장 안에서 인사 평가와 관련된 부분을 의식하는 여성들은 사람들과 같이 담배를 피우지 않는다는 얘기죠. 혹은 담배를 피우지 않거나. 그런데 언제 잘릴지 모르는 취약한 지위에 있는 여성들은 담배를 굉장히 많이 피워요. 콜센터 같은 경우에는 담배 피우는 시간을 확보해주기도 해요. 그것이 가장 쉽게 스트레스를 관리할 수 있는 방법이거든요. 이런 식으로 여성의 흡연이 완전히 계층화되어 있는 거죠.

사실 여성들이 흡연을 감추는 방법들이 얼마나 기상천외한가는 많은 곳에서 언급됐죠. 송은이, 김숙씨가 진행하는 팟캐스트 〈비밀보장〉에서 크게 인기를 끌었던 에피소드가 담배 감추는 얘기, 담배 냄새 없애는 방법이었잖아요. 그만큼 흡연을 감추는 문제가 여러 가지로 중요한 이슈인 것 같아요. 그 모든 불편함에도 불구하고 그 취향을 유지하고 있는 여성이라면 담배에 대한 본인의 열망을 떠올리셔도 좋겠다고 생각해요. 내가 이렇게까지 해서 담배를 피워야 하나, 라는 식의 '현타'가 올 때가 있거든요. 그런데 그렇게까지 좋아하는 것이 있다는 얘기이기도 한 거예요.

제게도 로망이 있어요. 예를 들면 어떤 순간에 '아, 여기선 정말 담배 한 대 피우고 싶다'는 생각이 들죠. 끊은 지 5년이 넘었는데도 그런 생각이 들어요. 그렇다면 60세쯤 다시 이런 순간이 왔을 때 담배 한 대쯤 피우는 것은 나에게 허용해줘도 될 것 같다는 생각을 하는 거죠. 20년을 피웠으니까 20년 끊고 나면 그땐 다시 담배에 대해서 조금 자유롭게 생각할 수 있는 시간을 나에게 줘보자. 이런 기대라도 있어야 20년을 끊을 수 있거든요.

저는 금연을 한 입장에서 담배를 끊는 게 좋다고는 생각하지만, 담배에 대한 사랑이 어쨌든 내 인생에서 중요했다는 생각도 들어요. 그러니 모두 열심히 감추시고, 열심히 피우십시오.

권김현영_ 여성주의 연구활동가. 한국예술종합학교 객원교수로 재직했고, 서울 국제여성영화제 집행위원을 맡고 있다. 다양한 매체에서 페미니스트로서 목소리를 내고 글을 쓰며 살고 있다.

운동만으로 해결할 수 없는
불안함에 대한 이야기예요

영화감독 한가람의 몸,
배우 최희서의 몸

그날 나는 어떤 영화를 볼지도 모르는 채로 스크린 앞에 앉았다. 제23회 부산국제영화제 현장이었는데, 인기작 티케팅에 실패한 나는 가까스로 '올해의 배우상 1(랜덤)' 부문을 예매할 수 있었다. 조명이 모두 꺼지고 검은 스크린에 모습을 드러낸 도수 높은 안경을 쓴 여자. 고시든 취업 시험이든 합격자가 되기 위해 바늘구멍에 소처럼 돌진한 경험이 있는 사람이라면 익숙하게 느낄 허름하고 어지러운 책상. '올해의 배우' 최희서의 첫 모습, 그리고 한가람 감독의 영화 <아워 바디>의 첫 장면이었다.

내게도 그 영화 속 장면과 같은 시절이 있었다. 어느 볕 좋은 날, 당연히 공부에 집중도 잘 안 되고 기분도 좋지 않았는데 이 시간을 조금이나마 생산적으로 보내고자 바깥으로 나갔다. 집 앞 개천가를 정처 없이 터덜터덜 걷다가 문득 내가 산책하는 사람들을 거슬러 역주행을 하고 있다는 사실을 깨달았다. 그제야 개천가 풍경이 시야에 들어왔다. 볕 좋고 봄바람이 불던 낮 2시, 그 개천가에 젊은 사람은 나 혼자뿐이었던 것이다.

무거운 몸을 이끌고 밖에 나가 쏟아지는 햇볕을 온몸으로 받아내도 달라지는 것 하나 없었다. 오히려 웅덩이에 고인 물에 비친 나 자신의 모습만 애처롭게 보일 뿐이었다. 할머님들이 개천가에 삼삼오오 모여 수다를 떠는 모습, 팔토시를 한 할아버님들이 운동기구로 근력운동을 하는 모습과 비교하면 더 한심하다. 수십 년 세월을 견뎌온 노구들이 지친 기색도 없이 젊은 나보다 더 큰 삶의 의욕을 발산하고 있었다. 더 슬픈 건 그곳에 주저앉을 수도 없다는 것이었다. 멀리 걸어나온 이상 그만큼 다시 돌아가야 한다는, 간만에 해결해야 할 숙제가 눈앞에 놓여 있었다. 너무 높은 현실의 벽 앞에서 그나마 이 걸음을 옮기는 것만이 내가 할 수 있는 유일한 성취였다.

영화 <아워 바디>는 10년 가까이 고시 공부를 하다가 포기한 자영이 달리기를 시작하며 변화를 겪는다는 내용이다. 자영은 나보다는 조금 더 의지력 있고 단호한 인물인지라 결심하자마자 서랍에서 운동화를 꺼내들고 밖으로 나가 심장이 터질 때까지 달린다. 영화에서 말하는 '바디'는 건강함과 아름다움에 대한 개인적 욕망을 반영하는 것이기도 하지만 한편으로는 번듯한 사회적 자아를 상징한다. '이 나이엔 연봉, 결혼, 재산 등을 이쯤은 갖춰야지' 하는 기준을 잘 충족하는 삶. 그런 삶엔 멋진 '바디'도 뒤따를 거란 생각을 무의식적으로 하곤 한다.

이상적인 삶으로부터 멀찌감치 뒤처진 내가 지금 할 수 있는 가장 쉬운 일은 이 몸을 어떻게든 움직여 멋진 '바디'를 만들어내는 것처럼 보인다. 하지만 우리는 이미 알고 있다. 멋진 몸을 얻는다고 멋진 삶을 얻는 것은 아님을. 그럼에도 지금 내가 할 수 있는 건 이 초라한 몸을 어떻게든 움직여보는 것뿐이다. 아무리 멀리까지 걸어나간다 하더라도 결국은 이 몸을 이끌고 다시 어두운 방구석으로, 원래 나의 삶으로 돌아와야 한다는 생각과 함께.

한가람 : 〈아워 바디〉는 10년 가까이 행정고시를 준비했던 자영이 고시도 포기하고 삶을 거의 놓아버린 상태에서 현주라는 친구를 만나 달리기를 시작하며 삶의 변화를 겪는다는 내용의 영화예요. 이 영화는 주변 사람들을 보고 생긴 궁금증에서 출발했어요. 20대 후반이 되니까 평소 운동을 하지 않던 사람도 운동을 시작하더라고요. 그런 사람들을 보면서 궁금했죠. 운동이 힘들잖아요. 자기와의 싸움이기도 하고. 그런데 왜 저렇게 열심히 하는 걸까. 저도 친구들을 따라 운동을 해보면서 운동이 제 또래 친구들이 겪는 문제와 연관되어 있다는 생각이 들었어요. 단순히 예뻐지고 싶어서가 아닌 거죠. 현실에서 풀지 못하는 문제들이 있는데 운동을 함으로써 탈출구를 찾는다는 느낌이 들었고, 그러면서 운동하는 사람들에 대해 깊이 생각하게 됐죠.

최희서 : 영화를 찍으면서 실제로 훈련을 했고 몸이 많이 변했거든요. 운동량과 내가 먹은 닭가슴살 그램 수에 따라서 몸이 정말 변하더라고요. 몸은 이렇게 제가 노력한 만큼 정직하게 변하는데 삶은 몸처럼 다짐한 대로, 내가 원하는 방향대로 이뤄지는 경우가 많지 않죠. 〈아워 바디〉는 그런 내용을 다뤄요. 내 몸은 정직하게 변하는데 내 삶은 변하지 않는 것. 변하지 않는 내 주변 환경에 대한 안타까움과 상실감, 허탈함 같은 것이요.

한가람 : 숨차게 달려본 경험이 있는 사람이라면 이 영화를 보고 많이 공감하실 것 같아요. 저는 스물여덟 살 정도에 달리기를 처음 시작했어요. 원래 운동을 별로 좋아하지 않아서 헬스장 러닝머신 위에서 걷는 정도였거든요. 친언니가 취미로 마라톤을 시작하면서 같이 달려보자고 저를 엄청 설득해서 달리기를 시작하게 됐어요. 그때 제가 백수였거든요. 원래는 비정규직으로 일했는데 '나는 영영 정규직이 될 수 없는 건가?'라는 고민을 하다가 일을 그만두고 방황하던 시점에 달리기를 시작한 거였어요.
일단 달리기 자체가 돈을 들이지 않고도 쉽게 시작할 수 있는 운동이고요. 사실 백수로 있으면 몸을 혹사시킬 일이 없는데 달리기를 하면서 몸을 움직이다보면 힘도 들고 숨도 차고 뭔가를 극복하는 느낌이 들더라고요. 뭔가 극복이 안 되니까 계속 백수인 거잖아요. 시험도 자꾸 떨어지고 내가 해내고 있는 게 전혀 없는데 1킬로미터, 2킬로미터를 뛰면서 그 거리가 조금씩 늘어나는 걸 보면 그래도 내가 뭔가를 이루고 있다는 생각이 드니까 너무 좋더라고요. 하루종일 머리 아프게 앉아 있다가도 밤에 달리기를 하고 나면 낮에 했던 고민이 싹 사라지는 것 같았어요.

최희서 : 영화를 보면 자영이가 숨이 차서 기절할 정도로 헉헉대다가 결국 울음을 터뜨리는 장면이 있는데, 저는 시나리오를 읽을 때부터 그 장면에서 울컥하더라고요. 그건 뭘까요. 어떤 사람이 처음으로, 혹은 너무 오랜만에 뭔가를 숨이 찰 때까지 했을 때의 감정. '내 심장

이 이렇게까지 뛸 수 있나?'라고 느꼈을 그 감정. 살아 있음을 느끼는 동시에 '왜 이렇게 숨이 차고 힘든 거야'라고 생각했을 테죠.
뭔가를 극복하고 싶어서 달렸는데도 더이상 달리지 못해 멈추잖아요. 보이지 않는 벽에 부딪친 것 같으면서도 '그럼에도 불구하고 나는 열심히 뛰었어'라고 자부하게 되는 오묘한 감정. 그런 감정은 달리기를 하지 않으면, 숨차게 뛰어보지 않으면 모를 거란 생각이 들더라고요. 이 몸을 넘어서는 사람이 되고 싶다는 의지가 있음에도 몸의 한계에 부딪쳐 좌절하고 절망했던 저의 경험과 맞닿아 더 공감할 수 있었고요.

한가람 : 저는 이 영화를 통해서 이렇게 사는 건 좋고 저렇게 사는 건 나쁘다, 이렇게 살면 더 좋지 않은가, 이런 얘기는 하고 싶지 않았어요. 요즘 우리가 겪는 고민을 그냥 표현하고 싶었거든요. '바디'라는 단어를 제목에 직접 쓴 것도 그런 뜻에서였어요. 제목은 제가 처음 시놉시스를 쓸 때부터 한 번도 바뀐 적이 없는데요. 몸과 관련된 콘텐츠에는 '바디'라는 단어가 들어가잖아요. 한국어로 '몸'이라고 했을 때보다 '바디'라고 부를 때 갖는 사회적 의미가 있다고 생각했어요. 영화에서 자영이 하는 고민, 운동하는 이유, 그런 것들을 친구 현주도 갖고 있고, 자영의 동생인 하영도 자영이를 따라 뛰어보려고 하잖아요. 같이 달리기 동호회를 하는 남자 친구들도 마찬가지고. 이렇게 우리가 운동에 매달릴 수밖에 없는 이유에 많은 사람들이 공감할 수 있을 거라고 생각했어요.

그러니까 몸이 예뻐지는 것만이 이유는 아니었던 거죠. 그건 자영이가 운동하면서 몸을 사용하고 에너지를 쏟다보니까 생겨난 결과일 뿐이지 몸이 예뻐지는 것 자체가 목적이라고 생각하지 않았어요. 그보다는 자기와의 싸움에서 얻어낸 몸이 가진 강한 아우라 같은 걸 표현하고 싶었어요. 자영이가 현주에게 홀려서 달리기를 시작한 것도 현주가 예뻐서가 아니라 현주가 가진 생명력이 자신에게 없기 때문이라고 생각했어요. 결국 영화에서 하고 싶었던 얘긴 이런 거예요. 운동을 통해 삶에서 풀리지 않는 고민을 해결하려 해도 사실 인생은 더 복잡하고, 운동만으로 해결되지 않는 부분이 많다는 것이요.

최희서 : 한 여성이 달리기를 통해 멋진 몸을 만들어 삶이 달라진다, 그건 영화의 초반 10퍼센트 정도만 되는 이야기예요. 그보다는 삶은 그렇게 단순하지 않고, 우리가 건강해지고 몸이 달라진다고 하더라도 그것만으로 해결할 수 없는 삶의 불안함에 대한 이야기에 가까워요.
저는 직업이 배우니까요. 언제나 도마 위에 올려진 느낌이랄까요. 기사에 사진이 나가기 시작하면 제 몸에 대한 코멘트를 많이 보게 되죠. 머리부터 발끝까지 언제나 누군가로부터 평가받고, 누군가와 비교당할 수밖에 없는 순간이 많아요. "배우니까 당연하지"라고 말할 수도 있겠지만 저는 연기하는 사람인데 왜 몸을 완벽하게 가꿔야 하는지에 대해서 고민도 많이 했어요.
제가 키도 작은 편이고, 20대 때는 더 통통했거든요. 지금은 저를 알아봐주시는 관객분들도 많아졌지만, 오디션도 보기 힘든 무명 배우로 "넌 예쁘지도 않고, 날씬하지도 않고, 키도 크지 않아" 이런 말을 들은 적도 많았죠. 그땐 제 몸에 대해 훨씬 더 자신감이 없었어요. 언제나 비교당했고, 더 예뻐지고 날씬해져야 한다는 강박에 사로잡혀 있었어요. 지금은 그냥 타고난 제 몸, 제 체질 그대로 있고 싶다는 생각이 커요. 여기에서 더 가꾸면 보기 좋을 수도 있겠지만, 그로 인해 얻는 병이 더 클 것 같거든요. 그렇게 살기엔 인생이 너무 짧다는 생각도 들고요.

제가 맡았던 캐릭터들의 공통점이 있다면 언제나 의지가 강인한 여성들이었다는 점인 것 같아요. 〈박열〉의 후미코야 말할 것도 없고, 〈빅 포레스트〉의 임청아도 자기 주관이 뚜렷하고 마음먹으면 행동으로 옮기는 편이었죠. 〈아워 바디〉의 자영도 낯을 가리고 소극적인 친구로 보이지만 그 안에 굳건한 의지가 있는 인물이에요. 그런 인물이기에 달리기를 시작하는 것도 쉽지 않았을 거라 생각하거든요. 친구가 달리는 모습을 보고 '나도 따라 달려봐야겠다'라고 생각하며 운동화를 꺼내는 그 장면이 첫번째 촬영이었어요. '한번 달려볼까?'라는 생각으로 운동화를 꺼내는 그 행동, 그다음날부터 뛰기 시작하는 자영의 행동을 보면 평범해 보이면서도 평범하지 않은 의지가 있는 인물인 거죠. 제가 그런 캐릭터에 끌리는 것 같아요. 다음 작품도 그렇지 않을까요. 저희 어머니가 저를 보고 "저 고집을 어디에 갖다 쓰나" 하시는데, 이런 곳에 쓰고 있습니다. 하고 싶은 거 하고, 맡고 싶은 역할에 도전하는.

한가람 : 〈아워 바디〉는 제 자전적인 이야기죠. 제가 20대 후반, 30대 초반에 되게 우울했거든요. 20대 후반에는 정말 삶의 의욕이 없었어요. 그런데 죽고 싶지는 않았고. 제가 죽으면 우리 엄마 아빠가 너무 슬퍼할 거잖아요. 친구들이랑 반은 농담처럼 '지구가 멸망하면 좋겠다'고 이야기를 많이 했죠.

그런 자전적인 이야기를 바탕으로 〈아워 바디〉를 만들었고 시나리오를 쓰면서 몸과 관련된 책과 논문을 많이 읽었어요. 그중 기억에 남는 해외 논문이 있는데, 현대인에게 몸이란 게 유일하게 내 뜻대로 조종해서 남들에게 보여줄 수 있는 자아라고 하더라고요. 이 몸에 관해서는 엄청 피나는 노력을 해서라도 내가 이렇게 잘살고 있다는 것을 보여줄 수 있기 때문에 사람들이 그렇게 노력한다는 거예요. 제가 영화를 통해 하고 싶었던 말은, 결국 남의 시선은 신경쓰지 않고 살아도 된다는 거거든요. 제가 〈아워 바디〉 시나리오를 처음 썼을 때보다 두 살 정도 더 먹었는데, 지금 훨씬 마음이 편해요. 누가 뭐라고 하든지 그냥 살 수 있을 것 같거든요. 그 얘기가 제일 하고 싶었어요. 남들 신경쓰지 않고 내가 행복하고 내가 원하는 것을 찾으려는 것이 제일이다. 사람들의 기준에 맞춰 살 필요가 없다는 것을 이제야 느껴요.

한가람_ 영화감독. 영화 〈장례난민〉 〈아워 바디〉를 연출했다. 위로와 위안이 되는 이야기를 좋아한다.

최희서_ 배우. 영화 〈박열〉에서 주인공 박열의 동지이자 연인 가네코 후미코를 연기해 주목받았다. 어떤 배역이든 최희서만의 색깔로 표현하는 배우가 되고 싶다.

말랑말랑하게 늙으면
좋겠다고 생각해요

작가, 뮤지션
요조의 몸

약한 것이 세상을 바꿀 수 있을까. 약한 것에도 세계가 있다. 작고 크고 강하고 약한 모든 개체들이 뒤섞여 사는 것이 '세상'이라면, 그 개체가 세상을 지각하고 이해하며 자기만의 존재를 구축해가는 것은 '세계'일 것이다. 아무래도 세상은 크고 강하고 다수인 이들이 차지한다. 그런 세상에서 작은 세계를 유지하려면 특별한 용기와 힘이 필요하다. 약한 것이 세상을 바꾸기 위해선 다른 약한 세계들의 도움이 필요하다. 우리는 그것을 '연대'라 부른다.

2020년 8월, 가장 작고 약한 것의 선언이 있었다. 천산갑, 박쥐, 멧돼지, 뱀, 돼지…… 30명의 사람들이 동물이 되어 인간에게 보내는 메시지를 낭독하는 '절멸 선언' 퍼포먼스를 했다. "나는 오늘 이 순간 동물로서 말합니다." 인간보다 먼저 모두의 절멸을 예감한 동물들이 선언, 아니 유언을 남기는 것이다. 차마 세계가 있으리라고 생각지도 못했던 존재들이 이 거대한 세상을 향해 절멸을 선언하는 것이 어떤 의미가 있을까. 이미 기울어진 우리의 관계를 재정립할 수 있을까. 천산갑의 비늘을 떼는 일이 곧 나의 세계와 내가 속한 세상이 무너지는 일로 이어진다는 사실에는 눈곱만큼도 관심 없는 사람들을 뒤돌아보게 만들 수 있을까.

요조는 이 절멸 선언에서 뱀이 되었다. 오래 살고 싶어 뱀을 구워 먹고 즙을 마셔대는 인간들을 향해 가시 돋친 말로 선언한다. 너희의 세상은 이미 끝났다고. 아무리 나를 먹어도 소용없다고. 요조에게서 이런 저주의 말이 터져나올 거라고 생각해본 적이 없었다. <말하는 몸>에서 그가 이야기한 것도 몸과 마음이 경직되는 것에 대한 경계였다. 너무 어려운 일 아닌가. 나의 이 작은 세계를 유지하기 위해서는 많은 것들과 싸우고 버텨내야 한다. 그런데 그 태도가 완강해진 나머지 나의 세계는 어느 순간 고립되어버린다. 요조는 그게 두렵다고 했다.

그러나 정말 중요한 순간, 이대로는 안 되겠다고 생각한 순간 그 약한 세계는 폭발한다. 요조가 뱀이 되어 말한다. 요조가 폭발하듯 달린다. 떡볶이를 사랑하고 조깅 후 하드를 깨무는 순간을 사랑하는 그가 언제나 말랑말랑하게 자신을 다스리며 사는 이유, 그것은 가장 중요한 순간에 누구보다 꼿꼿하게, 누구보다 날카롭게 선언하기 위해서다.

,

제가 지은 〈늙음〉이라는 곡에는 "오오오 싫어합니다"라는 말이 반복적으로 나와요. '늙는 게 싫다'는 이야기인데 구체적으로 어떻게 싫은지에 대해 노래하는 거예요. 얼굴 속에 있는 주름이 아니라 주름 속에 있는 얼굴이 싫고, 머리가 하얘지는 것이 아니라 머릿속이 하얘지는 것이 싫다는 이야기를 노래했어요. 이 곡을 만들게 된 계기는요, 제가 박근혜 정권이 바뀔 즈음 헌법재판소 근처에 살고 있었거든요. 거기서 정말 여러 어른들을 접할 기회가 있었는데요. 그때 '난 저렇게 늙고 싶지 않다'는 생각을 했어요. 그러다가 문득 '나도 저렇게 늙을 수 있다'는 생각이 들더라고요. 내가 늙었을 때 젊은 사람들이 나를 가리키며 '나는 저렇게 늙고 싶지 않다'고 얘기할지도 모르겠다, 그런 공포가 생겼죠. 그전까지는 주름이 늘고, 군살이 붙고, 체력이 떨어지는 식의 늙음을 경계했다면, 진짜 '늙는다'는 것은 육체에 한한 것만이 아님을 알게 됐죠. 우리의 영혼이 같이 늙어감을 경계하지 않으면 안 되겠다는 문제의식을 진지하게 생각하면서 만든 곡입니다.

말랑말랑하게 늙으면 좋겠다고 생각해요. 살아가면서 신념이라는 것이 되게 중요하잖아요. 그런데 이 신념을 극단으로 밀고 나가다보면 이게 사람을 딱딱하게 만들고 오히려 더 위험해질 수 있는 가능성을 내포하는 것 같아요. 언제나 중요하다고 생각하는 신념을 갖되 그것이 나를 딱딱하게 만들지 않게끔 말랑말랑해지려는 노력을 실천하면서 늙으면 참 좋겠어요. 정치적 입장뿐만 아니라 여성으로 살아가면서 중요하다고 생각하는 가치들이 있잖아요. 페미니즘, 환경, 생명, 종교, 여러 가지 다양한 입장들. 그런데 이런 것들이 너무너무 거대해지고, 강해지고, 유일한 진리처럼 될 때 그것이 또다른 혐오를 낳고 또다른 공격으로 이어지면서 '나는 맞고 너는 다 틀려' '너희는 정의가 아냐'라는 식으로 더 좁아질 수 있겠더라고요. 저부터도 그렇게 되더라고요.

제가 채식주의자가 된 지 1년이 넘었는데요. 처음엔 굉장히 엄격하게 채식을 실천했었어요. 그러니까 사람들이 너무 미워지는 거예요. 왜 저렇게 고기를 많이 먹을까. 제가 믿는 신념과 가치관에 맞춰 완벽해지려 하면 할수록 사람들이 너무 밉고 못마땅하고, 막 화가 나는 거예요. 왜 사람들은 이 문제의 심각성을 알지 못하지. 왜 알려고 하지 않지. 왜 중요한 걸 모르지. 왜 위험한 걸 모르지. 그런 생각을 하다보니까 제 자신이 막 무서워지더라고요. 제가 좋은 인격을 가진 사람이었다면 제 신념을 완벽하게 추구하는 동시에 이유 없이 사람들을 미워하거나 정죄하지 않았겠죠. 그런데 저는 그 정도의 인간은 아니었어요. 그냥 너무 평범하고 하찮은 수준의 인간이었기 때문에 '난 이렇게 잘하는데 너넨 왜 이렇게 못해'라는 식의 성숙하지 못한 마음이 제 안에서 생기는 것을 느꼈어요. 그래서 경계하게 되더라고요. 페미니즘과 채식, 그 외 여러 가지 일을 실천하기 위해 최선을 다하겠지만 그게 나를 잡아먹을 만큼 거대하게 만들어서 타인과 세상을 필요 이상으로 너무 미워하지 않도록 하자. '말랑말랑하다'는 말은 그런 의미인 거죠.

늙어감과 함께 제가 실천하고 있는 것은 운동이에요. 내가 가진 이 몸을 건강하고 튼튼하게 만들면서, 신념과 가치를 딱딱하지 않은 채로 잘 실천하는 좋은 수단으로서의 몸에 집중하면서 늙어가려 하는 거죠. 저는 운동을 거의 하지 않고 지냈었는데요. 제가 생각하던 운동은 몸을 더 아름답게 만들기 위한 것이었거든요. 건강하지 못한 방법으로 비만 상태가 되지 않으려 노력했었어요. 운동을 안 좋아하니까 밥 대신 다른 것으로 배를 채우고, 일부러 토하고. 그러다가 운동을 하지 않으면 안 되겠다고 생각한 이유는 급격한 체력 저하 때문이었어요. 평소 같으면 무리 없이 했을 일들이 점점 버거워지는 거예요. 일도 잘 못하게 되고, 친구들과 잘 놀지도 못하게 되고. 활동 자체에 제약이 생기니까 울며 겨자 먹기로 운동을 시작한 거죠. 그런데 운동을 하면서 알게 된 거예요. 운동이라는 것이 살을 빼고 아름다워지려는 목적으로 접근하는 종류의 일이 아니구나. 사람의 몸을 건강하고 튼튼하게 만들 뿐 아니라 그 이상의 영역까지 느낄 수 있도록 하는구나.

제가 다양한 운동을 하면서 몸을 굴려봤거든요. 자전거도 타보고, 조깅, 요가, PT, 여름엔 주짓수도 배워보고요. 잠깐 하다가 그만두는 것으로서의 운동도 너무 신나고 재미있더라고요. '모든 운동을 잠깐 잠깐 다 해볼까' 하는 생각이 들 만큼. 몸을 이렇게도 움직일 수 있고, 이런 곳에도 근육이 있다는 것을 느꼈어요. 몇십 년을 끌고 다닌 이 육체를 알아가는 기쁨이 너무 크고 근사해요. 여기에서 수영을 배우면 내가 모르는 몸의 다른 영역을 알게 될 거고, 복싱을 배워도 또 알아가는 게 있을 것 같고요. 운동을 너무 못할 때 오는 굴욕감이 있는데 그것도 정다운 거예요. 제가 못하는 걸 사람들이 보고 웃어주는 것도 너무 재밌고. 어떤 운동 하나를 마스터하는 것도 좋은 목표지만, 그게 아니더라도 깨작깨작 이것저것 해보면서 내 몸을 가지고 장난치는 것도 신나고 재미있고 가치도 있는 일 같다는 생각이 들어요. 그래서 저는 기회가 된다면 '나는 못해' 이런 것 없이 못하면 못하는 대로 다 집적거려보고 싶어요. 농구도 해보고 싶고요. 배구도 해보고 싶고요. 씨름도 해보고 싶어요. 할 수 있는 거라면 다 해보고 싶어요.

또 운동과 함께 저를 말랑말랑하게 만들어주는 것 중 하나가 책이에요. 책방을 운영하다보니까 어쩔 수 없이 책 읽는 일을 하고 있지만, 더 깊고 치열하게 읽고 싶다는 생각을 하고요. 또하나 생각한 것은 사람들과의 관계예요. 제가 책방을 운영하면서 폭발적으로 사람들을 대하게 되었거든요. 물론 음악을 하면서도 사람들을 만나고 살았지만, 그것은 너무 안전한 만남이었어요. 저는 무대 위에 있고, 사람들은 무대 아래 있고. 암묵적인 규칙도 있잖아요. 이 사람들은 무대 위로 올라오면 안 되고, 내가 말할 땐 들어야 한다는 규칙. 저는 회사생활을 해본 적도 없고, 대학 졸업 후 몇 년간의 백수생활을 거쳐 제법 나이를 먹고 데뷔해서는 계속 뮤지션으로 살았기 때문에 대부분의 인간관계가 안전한 틀 안에서 이루어졌죠.

그러다가 그 안전망이 완전히 없는 상태에서의 관계를 처음 경험하게 된 거예요. 수시로 선을 넘어오고, 전혀 짐작하지 못했던 질문과 대화가 시도되고, 피드백이 돌아오고. 한동안 '인간이란 이런 종이구나'라는 심층적인 이해와 환멸이 폭포처럼 쏟아져들어와서 힘든 시간을 보냈는데요. 그럼에도 불구하고 조금 더 성숙하고 나은 인간이 되고 싶다고 생각하게 해주는 것도 사람들이더라고요. 아이러니한데, 저는 여전히 싸우고 있거든요. 인간을 싫어하는 나와 인간이 필요한 나 사이에서. 저뿐만 아니라 다 그럴 거라고 믿어요. 다 사람을 버거워하고 귀찮아하고 상대하기 힘들어하고 좀 싫어하죠. 그럼에도 불구하고 나라는 사람에게 기쁨과 행복을 주고, 사회적 동물로서 나를 살게 하는 것 역시 사람이기 때문에 그것을 계속 조율하면서 살아가고 있을 거예요. 저도 마찬가지고요. 더 나은 어른, 더 나은 늙음으로 가기 위해선 사람과의 관계도 중요하니까 제가 잘 만들어나가야겠죠.

늙는다는 것은 겉으로 보여지는 몸뿐만 아니라 우리의 생각, 마음, 정신과 너무나도 깊숙하게 연관되어 있다는 것을 많은 사람들을 만나고 관찰하면서 배운 것 같아요. 잘 늙기 위해서는 우리의 마음과 정신도 돌보지 않으면 안 된다는 것. 그러기 위해서는 운동이 필요하고 좋은 책, 좋은 사람들이 필요하다는 것. 그러니까 끊임없이 저항해야 할 것 같아요. 안 늙어 보이는 게 중요하다고 말하는 이 자본주의 사회의 메시지에 저항하고, 여러 사람들을 통해 발화되는 옳지 않은 메시지에 저항하고, 나 자신에게도 계속 저항하면서 이 몸과 정신 양쪽을 똑바로 올바르게 지켜가며 저와 여러분 모두가 사는 동안 잘 늙었으면 좋겠습니다.

요조_ 글을 쓰고 노래를 부른다. 제주에서 '책방 무사'를 운영하고 있다.

장혜정과 나는
같은 인간이다

국회의원
장혜영의 몸

옛 잡지를 볼 기회가 있었다. 누렇게 바랜 종이 위 글씨들이 깨알 같았다. 사상, 진보, 운동, ○○주의 같은 낱말들을 밀어젖힌 자리에 글쓴이의 사진이 있는 페이지도 있었다. 노회한 정치인들의 앳된 모습이다. 지금보다 턱이 뾰족하고 이목구비는 또렷하다. 열변을 토하는 듯한 표정과 손짓을 포착한 사진도 있다. 이들은 이 시절을 기억할까.

가끔 정치인들의 이력을 되짚어볼 때가 있다. 당 원내대표, 국회 상임위원장, 창당 준비위원, 선거 대책 본부장…… 화려한 직함들을 거슬러올라간 끝에는 정치와 관계없던 시절의 이력이 자리한다. 생활인으로서 하루하루 밥벌이하던 시절일 것이다. 기자였던 사람도, 평범한 회사원이었던 사람도 있다. 그 시절 그들에게는 정치에 뛰어들겠다고 결심한 순간이 있었을 것이다. '이렇게 살 수만은 없어. 내가 겪고 느낀 것을 토대로 뭔가 바꿔보자!' 하는 마음으로.

그 처음의 마음은 시간이 지날수록 옛 잡지의 누런 종이처럼 바스라졌을 것이다. 초심을 잃은 대신 살벌한 정치판에서 살아남는 전투력을 얻었을 수도 있고, 타협 기술과 정무 감각을 갖추었을 수도 있다. 한편으론 정치적 거물이 되어갈수록 그가 눈을 맞추고 대화를 나누던 어느 시민과의 거리는 그만큼 멀어진다. 초기에 달성하고자 했던 구체적 목표는 추상적 비전이 되고, 앞뒤 가리지 않던 원칙도 가끔은 구부러지곤 한다.

그래서 나는 우리 곁에 이 첫 마음을 함께 기억할 수 있는 정치인이 많아지면 좋겠다. 사회적으로 이룰 것은 다 이룬 뒤에 제2의 인생처럼 정치를 시작하는 사람들 대신, 그 기간은 짧더라도 정치를 할 수밖에 없는 방향으로 삶의 궤적이 흘러간 사람들, 정치를 하겠다고 결심한 순간과 그때의 약속을 다 함께 기억해달라고 외치는 사람들이 국회에 더 많아진다면 좋겠다.

장혜영과의 만남은 그가 정치를 시작하겠다고 공언한 직후에 이루어졌다. 그의 '처음'은 중증발달장애를 가진 동생 장혜정을 바라보며 오래 키워온 마음이다. 그가 21대 국회의원이 된 지금, 시설 밖 생존영상일기 <어른이 되면> 프로젝트에 대해 이야기하는 장혜영 감독이 왠지 그립기도 하지만, 그의 정치는 이미 시작됐다. 그 그리움을 담아 정치인 장혜영의 첫 마음을 기억해본다. 그에게 모든 것은 이 한 문장에서 비롯되었다.

"장혜정과 나는 같은 인간이다."

2017년 6월 2일, 동생 혜정이 18년간의 장애인 수용시설 생활을 청산하고 다시 지역사회로 돌아왔어요. 탈시설을 하기까지 1년 정도가 걸렸고 이 과정을 사회적으로 공유할 수 있는 이야기로 만들어야겠다는 생각에서 다큐멘터리 영화 〈어른이 되면〉을 만들었어요. 이 프로젝트는 우리의 이야기도 세상에 필요하다는 관점에서 시작된 거예요. 이 이야기가 많은 사람들에게 퍼져야 한다고 생각했어요.

그런데 이 프로젝트를 얘기할 때 제가 느끼는 감정은 부끄러움이에요. 탈시설 당사자는 제가 아니라 동생이고, 시설에서 살아야 했던 사람도 동생이거든요. 저는 언제까지나 동생을 곁에서 봐왔던 목격자였고 비장애인인 제게 일어나지 않았던 일들이 동생에게 일어나는 걸 두 눈으로 뻔히 보면서도 그게 차별이라고 깨닫지 못했던 사람이자, 깨닫고 나서도 당장 어떻게 행동해야 할지 몰랐던 방관자였기 때문이죠. 탈시설 이후 아주 잘살아가고 있다고 생각해요. 특히 장혜정을 아끼고 좋아하는 좋은 친구들이 생겨서 잘살아가고 있다고 얘기할 수 있어요. 안타까운 건 정책적, 사회적 측면인데 그건 이제부터 제가 할 활동과 아주 밀접하게 연관되어 있죠.

몸에 대해서 이야기하는 건 저에겐 반가운 일이에요. 몸이란 건 엄연히 존재하는 것이죠. 저는 몸과 몸으로 소통하는 것을 기본적인 단위라고 생각해요. 뭔가를 얘기하고 싶을 때 물화物化하지 않고서는 물성을 가진 다른 사람에게 닿을 수 없으니까요. 당장 '돌봄'이라는 것도 몸과 너무나 밀접하게 관련되어 있잖아요. 몸을 돌보는 것이니까요. 제가 어렸을 때 경험한 돌봄의 조건도 엄연히 몸과 시간에 관련된 것이었죠.

혜정은 24시간 다른 사람의 돌봄이 필요한 사람이에요. 물론 모든 인간은 여러 종류의 의존을 필요로 하지만 혜정은 곁에 누가 없으면 안 돼요. 혜정의 몸 옆에 다른 몸이 있어야 하는 거예요. 그 시간과 관심이 오롯이 필요한 것이죠. 그런데 가족 말고는 그럴 수 있는 사람을 구할 수 없어요. '내가 돌보는 몸이 되어야 한다'라는 압박감이 제 어린 시절 거의 대부분을 차지하던 감정이었죠. 한편으론 그저 몸이 있으면 된다고 생각했어요. 다른 고민은 당시엔 너무 사치스러운 것이었고요. 그저 몸이 있으면 된다. 그게 아빠일 수도, 엄마일 수도, 언니일 수도 없다면 나여야 한다. 그런데 다른 사람일 순 없을까? 이것이 지금까지도 제 삶을 관통하는 고민이죠.

저는 혜정의 둘째 언니로 살면서 삶의 태도를 굉장히 빨리 결정한 측면이 있어요. 장애 가정의 비장애 형제는 두 가지 타입이 있을 텐데요. 제 언니의 경우는 '장애 부정형'이었어요. 모든 집안의 대소사가 동생 중심으로 돌아가는 것이 싫은 거죠. 언니는 저와 동생이 없는 시기를 꽤 살았고, 그 기억이 있기 때문에 하루아침에 돌변한 분위기에 적응하기 어려웠을 거예요. 그런 언니를 바라보면서 자란 저는 '부모 대신형'이었어요. 동생을 잘 돌보는 언니로서의 몸을 갖기로 결정한 것이죠. 그래서 제가 뭘 원하는지, 뭘 먹고 싶은지, 어떻게 시간을 보내고 싶은지 이 모든 것들에 선행해서 '나는 동생 곁에 있는 몸이다'라는 사실을 자각했고, 그걸 제 역할이라 받아들였어요. 제 안에도 불협화음, 슬픔, 우울감이 있겠죠. 그런데 그걸 돌아보고 주장했다가 지금 나를 겨우 지탱하는 사람들의 인정이 한순간에 다 사라질지 모른다는 공포심도 있었어요. 내가 생각한 것, 내가 느끼는 것, 내게 있었던 일을 말하는 게 아니라 사람들이 듣고 싶어하는 것을 말하고 사람들이 바라는 행동을 아무렇지 않게 해내는 사람처럼 보이기 위해 굉장히 노력했죠. 지금도 그런 행동을 반사적으로 하고 있는 저를 발견할 때가 많고요. 혜정과 함께 살면서는 그러지 않아도 괜찮다는 경험들을 많이 쌓아나가고 있어요.

2년 반 동안 이 모든 정신없는 활동들을 하는 데 구심점이 된 생각은 '장혜정과 나는 같은 인간이다'였어요. 우리 사회에 많이 퍼진 오해 중 하나는 '장애는 개인의 것이다'라는 거죠. 개인의 신체 문제이기 때문에 개인에게 귀속되는 것이라고 생각해요. 장애가 '어떤 일을 할 수 없는 신체'라고 규정되는 그 맥락이 환경에 의해서 더 많이 제약받고 결정된다는 것을 이제는 많은 이들이 받아들이고 있잖아요. 저 역시 그런 관점을 만났을 때 처음으로 내 경험을 말해도 좋겠다는 생각을 하게 됐거든요. 내 동생에게 찍힌 '장애'라는 낙인이 사회적으로 구성된 맥락이라면 내가 겪고 느낀 일을 말함으로써 그 맥락을 바꿀 수 있겠다고 느꼈어요.

민주주의에 관심을 갖게 된 건 그래서 너무나 당연한 일이라고 생각해요. 사람이 다 다르게 태어나잖아요. 다른 신체를 갖고 다른 사회적 여건에서 태어나는데, 그럼에도 불구하고 '모든 인간은 존엄과 권리의 측면에서 평등하다'고 하는 그 신념이 얼마나 많은 고통으로부터 한 사람 한 사람을 지켜주는가. 저는 동생의 탈시설을 준비하면서 인권에 급격하게 관심을 갖게 됐어요. 아주 어릴 때부터 저는 인권으로부터 예외라고 느꼈거든요. 학교에서 배우는 인권의 개념으로는 내가 처한 상황을 설명할 수 없었던 거예요. 그런데 그 인권이 제2차 세계대전 이후 인간이 인간에게 얼마나 잔혹해질 수 있는가를 경험한 이후에 만들어진 반성과 성찰에서 비롯된 개념이라는 것을 알았을 때 비로소 인권이 제 삶의 개념으로 들어왔어요. 그러니까 제가 느끼는 인권은 이런 거예요. 세상에 두 종류 이상의 인간이 있다고 상정하는 순간, 인간은 자기와 다른 인간에게 얼마든지 잔혹해질 수 있기 때문에 이 세상에는 오직 한 종류의 인간이 있다고 규정하지 않으면 안 된다는 발상에 가까워요.

장혜정이라는 한 사람이 살아가기 위한 조건은 곁에서 그 사람을 돌보는 다른 한 사람이 온전하게 있는 것이죠. 장혜정은 그렇다면 얼마든지 함께 살아갈 수 있다는 경험을 이미 하고 있는 사람이에요. 그렇다면 개인적인 실천에 가까운 이 경험을 조금 더 공고한 방식으로, 공적 자원을 투입해서 장혜영의 동생뿐만 아니라 이 사회를 살아가는 모든 장애인들이, 곁에 누군가가 없는 혈혈단신인 장애인이라도 응당 누릴 수 있도록 만드는 건 얼마든지 가능한 거예요. 방법이 있고, 실현해나가는 절차를 찾으면 되고, 동시대를 살아가는 사람들을 설득하면 되고, 함께 노력하는 사람들도 굉장히 많이 있고. 그게 '정치'죠.

제가 정치를 시작하겠다는 선언을 하면서 네컷만화를 그렸는데요. 첫번째 컷에는 제가 앉아 있어요. "정치를 하기로 했다"고 말하죠. 두번째 컷은 "나여야만 할 이유는 없지만", 세번째 컷은 "굳이 내가 아니어야 할 이유도 없어서", 마지막 컷은 "그래서 오늘부터 정치를 시작하기로 했다". 그게 다예요. 그게 제가 정치에 관해서 바람직하다고 생각하는 태도예요. 이 세상에서 나밖에 할 수 없는 일이라고 한다면, 제가 죽으면 끝이잖아요. 그 일은 이루어질 가능성이 한 60억분의 1밖에 안 되는 건데, 물론 그 가능성도 굉장히 소중하지만 최소한 제가 그런 가능성을 가진 사람은 아닌 것 같아요. 정치를 하기 위해 대단한 결심을 하는 것, 자기를 내려놓을 각오를 하는 것도 물론 필요하지만 특별한 사람들이 하는 거라고 생각하지 않는 것이 건강한 사회를 만드는 것 같아요. 정치와 국민, 대의하는 권력과 주권자인 시민의 거리가 짧아졌으면 좋겠어요.

저는 혜정과 함께 살아가기로 한 순간부터 먼 미래를 상상하지 않는 사람이 됐어요. 눈앞의 미래를 바꿔놓지 않으면 먼 미래는 어차피 오지 않기 때문에. 〈무사히 할머니가 될 수 있을까〉라는 제 노래는 그래서 절박한 노래인 거죠. 세상이 안 바뀌면 60대, 70대가 되기 전에 죽을 것 같고요. 다른 온당치 못했던 죽음들처럼요. 1년 후를, 5년 후를 바꿔야 그 미래의 시간을 가질 수 있을 것 같기 때문에 새로운 일에 저를 완전히 내려놓고 투신하는 것이 그렇게까지 두렵지는 않아요.

제가 하고자 하는 일이 잘된다면 혜정은 저로부터 더 빨리 독립하고 싶어할지도 모르겠어요. 장애 당사자들이 가족에 의존하지 않아도 원하는 삶을 살아갈 수 있도록 제도적인 토대를 만들고 싶거든요. 아주 구체적으로 말하면 24시간 장애인 활동지원서비스를 구축하는 일이죠. 저는 이 모든 게 제게 필요한 이야기임을 넘어서 모든 인간에게 필요한 이야기라고 생각해요. 왜냐하면 우리 모두는 연약하게 태어나서 연약하게 죽어갈 공통의 운명에 처한 사람들이기 때문이죠. 연약한 사람들의 삶을, 그 존엄을 튼튼하게 뒷받침하는 사회를 어떻게 만들 것인가라는 문제에서 단 한 사람도 예외일 수 없다고 생각해요. 저는 그래서 열심히 이야기할 것이고, 이 이야기를 듣는 분들이 함께해주신다면 더할 나위 없겠습니다.

장혜영_ 제21대 국회의원. 2020년 6월 29일 차별금지법안을 대표 발의했다.

제 꿈은 어디서든 정치하는
엄마로 사는 거예요

정치하는 엄마
조성실의 몸

30대를 통과하고 있는지라 1년에 몇 번은 친구들과 결혼식장에서 모인다. 그땐 좀처럼 보지 못하는 광경을 만나는데, 바로 부모가 된 친구들의 모습이다. 가장 애처로운 순간은 뷔페에서 본다. 부부 중 한 명이 2인분의 음식을 담아오는 동안 남은 한 명은 우는 아이를 달랜다. 그 와중에 기저귀까지 갈아야 하는 돌발 상황이 생기면 두 사람 모두 접시 위 음식은 뜨는 둥 마는 둥 하고, 부부는 얼마 후 폭격을 맞은 일병처럼 너덜너덜해져 있다.

한 접시도 제대로 먹지 못하는 친구 부부의 모습을 보며 저 우는 아이를 내가 잠깐 안고 있으면 어떨까 생각했다. 시도해보지 않은 것은 아니나 아이를 받아 안는 어색한 손길에 아이도 나도 서로가 불편해지고, 아이는 낑낑대다가 이내 더 큰 울음을 터뜨린다. 아이를 맡긴 친구도 급체할 것 같은 표정으로 나를 바라본다. 한 아이를 키우려면 온 마을의 노력이 필요하다는데, 6인석 테이블에 앉은 친구들 중 그 누구도 이 아이를 1초도 돌볼 수 없다. 어쩌다 우리의 돌봄 능력이 이렇게나 퇴화한 걸까. 그저 "힘들겠다, 친구야"라는 야속한 말만 반복했다.

왜 결혼과 출산을 택하지 않느냐고 물으면, 그 모든 육체적 정신적 짐들이 두려워서라고 대답할 것 같다. 아이를 낳으면 난생처음 겪는 형용할 수 없는 행복이 있다고는 하지만, 지금 내게도 간간이 대체할 수 없는 행복이 기적처럼 찾아올 때가 있다. 아이가 없는 대신 자유로운 일손, 자유로운 이동, 자유로운 생각과 말을 추구하는 데 열중하며 살 수도 있지 않을까. 그런 생각을 하던 어느 초겨울날, 회사 로비에서 조성실을 기다리고 있었다. 저멀리 회전문 사이로 그가 보인다. 상의는 정장 재킷을 입고, 하의는 잠옷 바지를 입은 모습으로.

조성실이 잠옷 바지를 입고 녹음실에 등장한 데는 복잡한 사정이 있다. 1박 2일 가족여행을 마치고 바로 약속 장소로 오던 중이었는데, 준비물 담당인 남편이 녹음 때 입을 정장 바지만 쏙 빼놓고 챙겨왔다는 것이다. 집에 가서 부랴부랴 정장 바지를 챙겨왔으나 약속 시간에 너무 늦어 바지를 그대로 들고 분주하게 달려왔다는 사정. 조성실은 이런 시트콤 같은 일상을 매일 해치우면서도 정치까지 한다. 그는 엄마들이 정치할 수 있는 세상을 만드는 게 목표다. '엄마'라는 말이 성별의 틀에 갇혀 '맘충'으로 비하받는 것이 아니라 사회에 필수적인 돌봄과 공동체성을 환기하기를 희망한다.

결혼과 출산을 선택하지 않았다고 해서 내가 엄마의 정체성과 영원히 무관한 것은 아니다. 나와 너는 서로를 돌보는 존재로 살아가야 한다. 조성실의 '정치하는 엄마'라는 구호는 엄마만 정치를 하자는 게 아니라 서로를 돌볼 수 있는 인간이라면 그 누구라도 정치에 참여해야 한다는 이야기인 것이다.

❜

저는 일곱 살, 네 살 두 아이와 함께 살고 있어요. 큰 아이가 너덧 살 때쯤, 한창 말을 시작할 때 일인데요. 아이 친구들 여럿이 모여서 부모님 직업에 관해 이야기를 나누는 거예요. "○○이 아빠는 뭐 하는 사람이래" 하면서. 그런데 아이들이 "성실 이모는 말하는 사람이잖아. 마이크 잡고 말하는 사람"이라고 하더라고요. 오랫동안 잊히지 않는 표현이죠.

저는 모태신앙으로 자랐고, 지금도 교회에 출석하는 기독교인인데요. 간증 혹은 기도를 한다거나 소감을 나누기 위해 평신도들이 교회 강단 위에 올라가는 경우가 있어요. 그런데 생각해보면 마이크를 잡고 이야기하는 젊은 여성은 잘 보이지 않죠. 교회뿐 아니라 사회에서도 마찬가지고요. 그래서인지 마이크를 잡고 뉴스에 나오거나 교회 강단에 선 제 모습이 아이들에게 유독 인상적으로 남았던 것 같기도 해요.

오랜 세월에 걸쳐 여성의 말은 '수다'나 '잔소리' 정도로 명명되어 왔어요. 여성들에게 공적으로 말할 기회가 충분히 주어지지 않은 것도 분명하고요. 말의 무게가 곧 리더십으로도 직결된다는 점을 고려할 때, '마이크를 잡은 이모들'이 더더욱 많아져야 한다고 생각합니다. 그러나 안타깝게도 여성의 말을 제한하거나 그 무게를 축소하는 제반의 성차별은 우리 일상 곳곳에 뿌리깊게 박혀 있어요.

제가 초등학교 4학년 때 반 아이들의 투표로 회장이 됐어요. 그런데 선생님이 회장은 힘쓸 일이 많고 리더십이 있어야 하니까 남자 친구가 회장을 하고 여자 친구가 부회장을 하면 좋겠다고 하시더라고요. 그래서 재투표를 하게 됐죠. 결국 저는 부회장이 되었고요. 부당하다는 생각을 전달했지만, 그 당시 어떤 어른도 적당한 피드백을 해주지 않았어요. 어른이 되고 나서야 선생님의 조치가 차별적이었다는 사실을 저 스스로 정리할 수 있었죠.

요즘이라고 대단히 다르지는 않다고 생각합니다. 육아를 하다보면 무의식중에 그런 얘길 많이 듣거든요. "여자아이들은 역시 알아서 두루 교감하고 소꿉놀이를 좋아하는구나." "남자아이들이라서 역시 시끄럽고 손이 많이 가네." 그뿐인가요. "역시 여자애들은 키우기 편해" 같은 말도 얼마나 자주 듣는지 모릅니다. 또 "딸 하나는 있어야지" 같은 말. 제가 하루에 한두 번 이상 할머님들과 마주치는데, 남자아이 둘 데리고 다니면 그 이야기를 귀에 못이 박이도록 듣거든요. 어떤 날엔 큰아이가 "엄마는 딸 안 낳는대요. 저희는 이렇게도 좋아요"라고 대답하더라고요. 며칠 전엔 카페에 갔는데 주인이 자기도 아들을 키웠다면서 "딸 하나 꼭 낳아. 나중에 인생 되게 외롭다"라고 하시고. 아이들이 그런 말을 들으면 무슨 생각을 할까요.

일상의 대화뿐 아니라 아이들을 둘러싼 미디어 환경 역시 성차별적 고정관념을 공고히 하는 데 일등공신입니다. 제가 활동하는 비영리단체 '정치하는엄마들'에서 EBS가 투자 및 제작에 참여한 애니메이션들을 중심으로 여성 캐릭터의 특성을 분석한 적이 있어요. 여성 캐릭터는 여전히 천편일률적이고 수동적이죠. 쉽게 마음이 토라지고, 사치스럽고, 때로는 음흉합니다.

로봇 자동차 애니메이션에서는 여성 캐릭터가 구급차 역할을 하거든요. 핑크색 차에 리본을 달고 있어요. 소심하고 잔소리를 많이 하지만 주변 친구들을 잘 돌봐줘요. 나머지 주요 캐릭터들은 다 남성이고요. 만화 하나에서 그렇다면 '그럴 수 있지' 하겠지만 통계적으로 거의 예외 없이 그런 식의 묘사를 해요. 언제나 여성 캐릭터가 요리를 해주고 어린이인데도 불구하고 '엄마처럼' 너른 품으로 친구들을 품어주죠. 아이들이 미디어를 통해서 불균형한 젠더 의식을 무의식적으로 습득할 수밖에 없는 겁니다. 덧붙여 어린이집, 유치원 선생님을 포함해 돌봄노동 직업군에 여성이 많다보니까 잔소리하고 억압하는 모습이 여성으로 표상되는 측면도 무시할 수 없고요.

여성, 그중에서도 엄마에 대한 차별적 시선과 혐오는 심각한 수준입니다. '맘충'이라는 단어를 생각해보세요. 저는 노이로제에 걸릴 정도로 '맘충'이라는 말이 저를 가두는 감옥처럼 느껴졌어요. 밖에 나가서 밥을 먹거나 커피를 마실 때면 '누가 나를 맘충으로 보지 않을까?' 하는 걱정이 앞서기도 했고요. 남성이 육아에 참여하는 건 멋있어 보이지만 여성이 참여하는 건 당연하고, 아빠가 아이를 데리고 카페에 가면 '라떼 파파'가 되지만 엄마가 그러면 '맘충'이 되죠.

그런 엄마가 하는 말이 곧 '잔소리'입니다. 공적으로 말할 기회는 엄격히 제한되고 사적인 말의 무게는 한없이 가벼워지는 게 엄마들의 현실이잖아요. '엄마의 잔소리'가 어린이 대상 콘텐츠의 단골 클리셰가 될 만해요. 가정, 미디어, 학교. 이 세 가지 환경 속에서 전형적으로 길러진 청소년들이 여성혐오를 느끼는 게 오히려 자연스러울 수밖에 없다고 느껴지는 순간도 있어요. 이러한 문제를 함께 제도적으로 바꿔가려고 애쓰고 있고요. 개인적으로도 고민하며 아이들과 함께 노력하고 있습니다.

하루는 아이와 만화영화를 같이 보는데 여왕 토끼가 노래를 부르는 장면이 나오더라고요. 그런데 중간에 토끼 엉덩이가 불필요하게 클로즈업되는 겁니다. 일단 같이 봐요. 대신 중간중간 개입하면서 질문을 던지는 거죠. "여기서 왜 엉덩이를 클로즈업할까?" "굳이 그럴 필요가 있을까?" TV나 책을 볼 때 성역할을 바꿔보기도 해요. 아이가 어느 날 같이 책을 보면서 이런 말을 하더라고요. "엄마, 여기에선 엄마가 요리를 하네." 저희 집에선 저는 쓰레기 버리기, 빨래, 아이들 챙기기를 맡아요. 그 대신 남편이 요리를 잘하고 좋아해서 전적으로 맡거든요. 거꾸로 하는 가정도 물론 있겠죠. 성별에 따른 것이 아니라 '아빠는 요리를 좋아해서 요리를, 엄마는 청소를 좋아해서 청소를 더 많이 한다'는 식으로 알려주는 거예요.

아까 "딸을 낳아야지" 하는 이야기를 많이 듣는다고 했잖아요. 처음엔 대응을 잘 못했는데 요즘은 "아들이든 딸이든 너무 좋아요"라고 말해요. 딸을 낳아야 한다는 이야기는 딸이 부모에게 심리적 지지가 되어준다는 뜻이잖아요. 여기에 대해서는 "저는 아이들은 자산이 아니라 독립적인 개체로 성장해야 한다고 생각하기 때문에 상관없어요"라고 답하죠. 아이가 자라면서 저와 심리적으로도 조금씩 멀어지는 것을 느끼거든요. 딸이라고 해서 친구가 될 거라고 생각하지 않아요. 제가 소유할 수 있는 존재도 아니죠.

제 20대의 화두는 '엄마'였어요. 전형적인 삶의 방식을 원하지 않는 저와 달리 엄마는 제가 안정적인 삶을 살기를 간절히 바라셨거든요. 간극이 몹시 컸죠. 엄마의 삶을 거름 삼아 꽃피운 게 마치 제 인생인 것만 같아서 부채감이 컸기 때문에, 결혼하고 아이를 낳은 후에도 엄마를 더 실망시키는 것은 아닐까 자주 걱정하곤 했죠. 활동가가 되면서 비로소 자유로워질 수 있었어요. 아이도 저도 '따로 또 같이' 행복할 수 있는 삶을 만들고자 투쟁하는 길이야말로 저를 위해 희생해 온 엄마의 은혜에 보답하는 길일 수 있다고 믿게 되었거든요. 엄마의 삶은 엄마의 삶, 나의 삶은 나의 삶이어야 하죠.

'정치하는엄마들'이라는 단체 이름을 보고선 왜 이렇게 지었느냐고 묻는 분들이 있어요. 육아를 여성의 문제로 한정짓는 이름 아니냐는 비판이 있었죠. 물론 그렇게 볼 수도 있어요. 하지만 사회구조가 여전히 바뀌지 않았잖아요. 교육의 기회는 평등해졌지만 돌봄은 여전히 엄마, 또는 그 엄마의 엄마에게 많은 부분 맡겨지는 게 우리의 현실입니다. 양육자 한 사람이 일하러 나가면 또다른 어른이 집으로 들어와야 하잖아요. 그런데 엄마가 일하러 나가도 아빠가 집으로 돌아오진 않아요. 여전히 밖에 있어요. 부모가 '칼퇴'하는 회사에 맞벌이로 다닌다 해도 아이들은 최소 8시간 이상을 기관에 머물러야 합니다. 현실적으로 칼퇴하는 직장이 거의 없으니 보통은 10시간에서 12시간 정도 아이를 어린이집에 맡길 수밖에 없어요. 그 모순을 누가 채우고 있습니까. 대다수의 엄마, 또는 그 엄마의 엄마, 아니면 아이 아빠의 엄마예요.

나아가 '엄마'라는 말이 출산을 경험하고 육아를 하는 주체뿐 아니라 누군가를 돌보고 기르는 역할을 하는 사람 모두를 지칭해야 한다고 생각해요. 조손가정의 할머니 할아버지도, 비혼 남녀도 누군가를 돌보는 주체라면 곧 엄마인 거죠. 같은 문제의식을 공유한다면 모두 엄마가 될 수 있는 거고요. 즉, 사회적으로 엄마의 역할을 하는 모든 사람들이 정치를 하겠다는 선언인 거죠.

'정치'란 단어의 이미지는 똑똑하고 자신감 있고 도전하는 느낌인데, '엄마' 하면 보통 자애로운 중년 여자 이미지를 떠올리잖아요. 그러다보니 '정치하는 엄마'라는 말이 모순적으로 들릴 수 있어요. 바꿔나가야 할 현실이죠. 제 꿈은 어디서든 정치하는 엄마로 사는 거예요. "애나 키울 것이지, 어린 여자가 뭘 알겠어?"라는 말에 위축되지 않고 더 당당하게 말하며 내 문제를 해결하는 삶, 그게 바로 '정치하는 엄마'로서의 삶입니다.

조성실_ '정치하는엄마들' 활동가. 품앗이 공동육아 활동을 포함해 매주 20명의 어린이들과 정기적으로 만나 빼앗기지 않을 추억을 쌓아가는 중이다. 그렇게 모이는 평범한 장면들이 인생의 가장 찬란한 날로 기억될 거라 굳게 믿고 있다.

제일 밑바닥엔
사람들이 있는 거예요

피디
김영미의 몸

창가에 기대 바깥 풍경을 응시해본 지도 참 오래되었다. 요즘은 그러고 싶은 마음을 '윈도스와프WindowSwap'란 사이트에 머물며 달랜다. 전 세계 창밖 풍경의 영상을 랜덤으로 보여주는 사이트다. 창밖에 있으리라고 믿어지지 않는 아름답고 푸른 바다를 보여주기도 하고, 옆 건물 벽만 보이는 그저 그런 풍경도 있다. 어느 곳은 비가 오고, 어느 곳은 눈이 오고, 어느 곳은 메말랐다. 가나, 에콰도르, 칠레, 홍콩…… 창밖 풍경은 평온한 듯하지만 정치경제적 상황이 심란한 나라들도 보인다. 다들 잘 지내고 있는 걸까?

모든 일을 창밖 풍경을 보듯 한다는 기분을 떨치기 어려울 때가 있다. 특히 지구 건너편에서 일어나는 일들에 대해서는 손쓸 새도 없이 관조와 감상으로 빠져든다. 지금 당장 내게 영향이 미치지 않기 때문이다. 폭탄 테러가 일어나도, 내전으로 인해 사람들이 난민으로 떠돌아도, 그 난민이 내가 사는 곳의 국경 앞에서 문을 두드려도 나의 일상은 그대로다. 하루하루 일상을 유지하며 그 불행의 대상이 내가 아니라는 사실에 안도하면서도 안도할 수만은 없어 괴로운 상태가 된다.

김영미는 한국에서는 거의 유일한 분쟁지역 취재 전문 피디다. 중동 지역과 아프리카 지역에서 사건 사고가 일어나면 관련 인터뷰를 하기 위해 가장 먼저 그를 찾는다. 그곳에 직접 가본 사람도 별로 없거니와 그곳에 사는 사람들과 소통하며 정치경제적 상황을 읽어내는 사람도 별로 없기 때문이다. 그 지역을 연구하는 사람은 많지만, 그 지역 사람들을 '친구들'이라고 부르며 그들과 나눈 이야기를 전해주는 사람이 얼마나 있을까. 김영미가 이런 방식의 취재를 한 지 벌써 20년이 흘렀다. 그의 취재는 아주 먼 곳에서부터, 아주 작은 이야기에서부터 출발한다. 그의 표현에 따르면 '밑바닥'에는 사람들이 있고, 그들의 이야기를 이해해야 더 큰 이야기도 이해할 수 있다.

신입 피디 시절, 김영미를 섭외한 적이 있었다. 스튜디오 출연을 부탁했는데, 조금 곤란해하는 기색이었지만 끝내 수락했다. 그런데 다리를 절뚝이며 등장하는 것이 아닌가. 교통사고를 당해 입원한 상태였다고 했다. 거절하시지 왜 나오셨냐 물으니 그는 이렇게 답했다. "어린 피디가 고생하는데, 섭외 물먹으면 안 되잖아요. 이 시절엔 하나씩 성취해보는 게 중요한데."

김영미의 모든 선택과 결정의 근거는 단순하다. '나는 저널리스트다'라는 생각. 그 생각으로 몸이 아파도 인터뷰를 하러 나오고, 멀고도 위험하지만 분쟁지역으로 떠난다. 그를 움직이게 하는 것은 단순히 용기가 아니다. 단 하나의 중요한 태도, 그것을 지키기 위해서 낯설고 위험한 곳으로 주저 없이 발을 내딛는 것이다.

저는 프리랜서로 일하는 다큐멘터리 피디예요. 전 세계 80여 개국 분쟁지역과 내전지역을 취재했어요. 지난 20년 동안 촬영 가방을 들고 국민들이 알아야 할 내용을 도토리 줍듯 수집하러 다녔죠. 남들은 저를 '새가슴 피디'라고 부르는데요. 제가 조금이라도 방심하면 사고가 나거나 현장 내용을 잘못 알게 되거든요. 그래서 항상 조심조심, 새가슴으로 살얼음판 위를 걷듯, 돌다리 두드리는 심정으로 취재해요.

다들 제게 어디서 그런 용기가 나냐고 물어보시는데, 현장에서 취재하는 것이 저널리스트의 기본 원칙이기 때문에 하는 거지, 용기가 있어서가 아니에요. 저널리스트는 성직자 같은 직업이더라고요. 국민의 알권리는 헌법으로 보장되는 기본권이잖아요. 제 개인생활이나 행복을 포기하더라도 국민의 알권리를 보장하기 위해서 취재 현장으로 간다고 생각하거든요. 제가 혹시 잘못될 수 있더라도 현장 소식이 빨리 알려지는 것이 좋겠다는 생각이 들면 취재하러 떠났어요. 그럴 때마다 운좋게 살아남았고요.

예를 들어 홍콩 민주화 시위를 취재할 당시 실탄 사격하는 순간을 본 적이 있어요. 한국으로 돌아왔을 때 다시 홍콩을 취재하러 떠나기가 굉장히 겁났어요. 그 사격의 대상이 제가 될 수도 있다는 생각이 들었어요. 국가폭력의 현장을 목격만 했는데도 큰 충격이었거든요. '홍콩을 다시 가야 하나' 하는 생각이 들 때 저널리스트 김영미는 그 마음을 누르고 다시 가는 거죠. 상황이 어떻게 변하고 있는지 끈질기게 보는 것, 그게 제 임무예요.

처음 일은 아침방송 피디로 시작했어요. 해외 맛집이나 명소를 많이 다니는 프로그램이었죠. 그러다가 9·11 테러 이후 아프가니스탄으로 취재하러 가게 되었어요. 처음엔 그 지역 여성들의 삶이 궁금했어요. 미국이 아프가니스탄 여성의 해방을 위해 저렇게 전쟁한다는데, 과연 그 현실이 어떻길래 전쟁까지 나야 하는가. 그런 궁금증 때문에 갔어요. 분쟁지역의 여성들은 대부분 굉장히 약자죠. 심지어 우리가 사극에서나 볼 법한 사건들이 일어나요. 쿠데타로 나라가 뒤집어져서 공주처럼 자랐던 여성이 하녀가 되는 경우도 있고요. 전쟁에서 여성이 전리품이 되는 일이 이렇게 문명화된 지구상에서 여전히 벌어지고 있어요.

최근에는 IS Islamic State(이슬람국가)에 의해 성노예로 팔려가는 여성들이 있어요. 이라크에 야지디족이라고 있는데요. 중동이라고 하면 다 이슬람교일 것 같잖아요. 별별 종교가 다 있어요. 중동에도 유대인 마을도 있고, 기독교 마을도 있어요. 이 야지디족은 공작새를 믿어요. 얼마 전에 이라크 방송국에서 만든 리얼리티쇼를 봤는데, 성노예로 팔려간 야지디 여성과 이 여성을 사간 IS 대원이 서로 대면하는 장면이 나왔어요. 그 야지디 여성이 열네 살밖에 안 된 자기에게 왜 그랬느냐 막 따지다가 혼절하더라고요. 전쟁이 일어나지 않았다면 그 소녀가 그렇게 성노예로 팔려갈 일이 있었을까요. 저는 그렇게 생각해요. 우리가 아무리 나만 잘살면 된다고 하지만, 사실은 그렇지 않아요. 어쩔 수 없는 시대의 풍파에서 누구도 자유로울 수 없어요. 지구 저편에서 벌어지는 일이 나비효과로 나에게까지 영향이 올 수 있고요. 나쁜 역사는 단죄하지 않으면 다시 벌어져요. 일제강점기의 위안부 피해 문제도 같은 경우예요. 그에 대해 사과하고 배상하는 선례를 만들어야 그 누구도 나쁜 역사를 만들지 못해요. 제가 20년 동안 전쟁을 취재하면서 느낀 거예요.

처음 아프가니스탄에 갔을 때 게스트하우스에 머물렀거든요. 그 게스트하우스 주인의 부인과 여동생들이 밤마다 제가 묵는 방에 찾아오는 거예요. 부르카를 쓰고 다른 남자 기자들 눈을 피해서 제 방으로 왔어요. 제 화장품과 옷을 구경하면서 이야기도 하고, 밤마다 같이 오목을 뒀어요. 오목이 쉬우면서도 말이 필요 없는 진검승부의 세계잖아요. 처음엔 게임에 익숙한 제가 우세했는데 나중엔 판판이 지면서 화장품을 하나씩 뺏기기 시작했어요. 그렇게 밤마다 같이 오목을 두면서 저도 취재의 시름을 달래는 동시에 그들을 이해할 수 있었어요. 탈레반 시절이라 이 여성들은 학교를 다닐 수가 없었거든요. 이야기를 나눠보면 공부하고 싶은 욕구, 세상에 대해 알고 싶은 욕구가 크다는 게 느껴졌어요. 항상 질문이 많았거든요. 한국에서 아프가니스탄까지 오려면 차로 얼마나 걸리느냐, 부모님이나 남편이 이렇게 취재하는 것을 허락했느냐. 제겐 좀 생소한 질문들이었죠.

쿤두즈라는 아프가니스탄의 시골지역을 취재했었는데요. 이곳에 사는 여성들은 평소 자기표현을 잘 못해서인지 아는 단어가 몇 개 없었어요. 평상시 그들이 자주 쓰는 말은 "네" "아니요" "차 끓여올까요?" "마당 쓸까요?" 그런 말들뿐이었어요. 어느 날 어떤 여성과 인터뷰가 끝났는데, 그분이 마당 쪽으로 저를 데리고 가서 "나무 그림자가 이쪽으로 갔을 때 하늘에 굉장히 큰 새가 날아간다"고 자랑스럽게 말하는 거예요. 그런 법칙을 발견했다는 걸 제게 얘기해주고 싶었나봐요. 다음날 나무 그림자가 그쪽으로 가는 시간에 그 마당으로 가봤어요. 진짜 큰 새가 지나가더라고요. 큰 새의 정체는 비행기였어요. 그때 느꼈죠. 아, 인간은 교육을 받지 않아도 지적 호기심을 갖고 있구나.

아프가니스탄 여성들도 마찬가지예요. 그들은 학교를 다니지 못했지만 이 법칙을 스스로 발견해서 알아냈잖아요. 인간의 지적 호기심은 그 어떤 제도와 문화로도 막을 수 없다는 거죠. 모든 인간에게 교육의 기회를 줘서 지적 호기심을 채울 수 있도록 하는 것, 이것이 교육 평등권이거든요. 다른 사회에서라도 교육 평등권을 보장받을 수 있도록 도움을 줘야 한다고 생각했죠. 그러나 문명은 하루아침에 바뀌지 않아요. 즉, 아프가니스탄 여성의 삶도 그렇게 빠르게 달라지지 않아요. 2004년 아프가니스탄에 갔을 때 여성부 장관을 만났는데, 제게 이렇게 말씀하셨어요. '우리의 삶은 하루아침에 바뀌지 않는다. 당신이 취재하면서 지켜봐주면 조금은 변할 수 있을 거다. 100년이 지나면 조금 더 변할 거고, 150년이 지나면 조금 더 변하지 않을까. 그러니 저널리스트로서 인내심을 갖고 아프가니스탄의 변화를 잘 기록해달라.'

결국 기본은 사람이에요. 제일 밑바닥엔 사람들이 있는 거예요. 밑바닥에 있는 사람들의 마음을 이해한 다음에야 그 나라의 경제, 정치, 사회, 전쟁…… 이런 어려운 말들을 우리가 이해할 수 있어요. 시장에 가서 가게 주인에게 "이 토마토 얼마예요?" 하고 물으면서 물가 이야기를 하고, 나중에 그 주인의 집을 찾아가서 그 집 남편이랑 생계 이야기도 하고, 그렇게 이 집 저 집 다니다보면 사람들이 이야기하는 평균치의 경제생활이 있거든요. 그걸 확보한 다음에 경제 전문가를 만나요.

이라크전쟁 때 길거리 인터뷰를 한 적이 있어요. 시민들에게 전쟁이 나서 뭐가 가장 불편한지 물어봤어요. 치안도 안 좋고, 나라도 걱정되고…… 그런 대답을 기대했거든요. 그런데 인터뷰에 응해줬던 한 여성이 "남편이 공무원인데 나라가 망해서 놀고 있다" "집에서 하루 세끼 밥 차려주는 게 너무 힘들다" 이런 얘기를 하는 거예요. 그때 깨달았죠. 전문가를 찾아다닐 게 아니라 평범한 시민들을 먼저 만나야 한다는 걸요.

한국 사회에도 이주노동자들이나 난민으로 들어온 분쟁지역의 사람들이 있어요. 한때 예멘 난민 이슈가 뜨거웠지요. 왜 그랬나 생각해보면, 우리가 예멘에 대해 잘 몰라서였던 것 같아요. 예멘은 부족국가라 난민으로 온 청년들 대부분이 그 부족에서 혈통을 보존하기 위해 피신시킨 장손들이거든요. 혈통을 보존하기 위해선 자기 부족 여성과 결혼해야 하기 때문에 특별 신부 수송 작전도 있었죠. 예멘 여성들과 이야기를 나눴는데, 그들이 평생 딱 한 번 대접받는 게 결혼식이거든요. 자기는 결혼사진도 없고 드레스도 못 입어봤다는 얘기를 저를 만날 때마다 해요. 제가 꼭 결혼사진 찍어주겠다고 했어요. 정말 돈을 모으고 있거든요. 이 이야기를 하는 이유는, 결국 똑같다는 거예요.

우리가 사는 거나 이들이 사는 거나 똑같아요. 나는 되고 저 사람들은 안 되는 건 없어요. 나는 안 괜찮은데 저 사람들은 괜찮은 일, 그런 것도 없어요. 사람 사는 것 다 똑같고 욕망도 비슷해요. 그래서 저는 가장 사소한 일부터 같이하고 싶어요. 모든 출발은 사람, 그리고 사소한 것들이라고 생각하거든요.

김영미_ 다큐멘터리 피디. 전 세계 80여 개국을 취재했다. 〈시사IN〉 국제문제 편집위원으로 기사를 쓰고 있다. 현재는 스텔라데이지호 침몰 사고를 추적 취재중이다.

몸에 대한 폭력이
유머가 된다는 게 불쾌해요

예술사회학 연구자
이라영의 몸

첫 해외 취재를 간 날이었다. 베를린공항에 도착해 휴대폰 전원을 켜니 이런 메시지가 와 있었다. "박선영 피디님, 안녕하세요. 누군가로부터 모종의 압력을 받고 연락드립니다. 베를린에 오신다고 들었습니다. 답을 주시면 밥을 사드립니다."

그 문자의 주인공은 내가 이미 아는, 역사의 한 페이지에 장식된 선생님이었다. 그와 친분이 있던 회사 선배가 내가 베를린에 간다는 소식을 듣고 '낯선 이국땅에 가는 내 후배에게 밥을 대접하라'는 모종의 압력을 넣었던 모양이었다.

그렇게 어느 저녁, 베를린 샬로텐부르크성 근처의 식당에서 '선생님'을 만났다. 선생님은 샐러드를 주문했고, 나는 그래도 독일에 왔으니 독일풍의 음식을 먹겠다는 생각으로 슈바인스학세를 주문했다. 왕족발을 노릇노릇하게 구운 요리로 2~3인분은 되는 양이었다. 매우 긴장된 식사였다. 역사적 인물 앞에서 중요한 질문을 던지고 답을 들어야 할 것 같은 기분이었다. 내 말의 밑천을 보며 자신의 위대한 젊은 시절과 비교해보지는 않을까? 이런저런 마음의 어려움을 고기 뜯는 행위로 지워내며 선생님을 보았다. 그곳엔 아무것도 없었다. 생각, 판단, 감정, 추측 가능한 흔적들이 읽히지 않았다. 양이 빠르게 줄지 않는 샐러드 한 접시만이 그 앞에 놓여 있었다.

선생님은 몸의 상태나 신념을 고려해 메뉴를 선택하고, 적당한 양을 먹었다. 음식 앞에서 흥분하지 않고, 그렇다고 좌절하지도 않으며 자기 앞에 주어진 접시를 느릿느릿 우물우물 비웠다. 나는 선생님처럼 먹고 싶다고 생각했다. 그건 곧 선생님처럼 말하고 싶다는 생각이기도 했다. 그 시끄러운 식당에서도 목소리를 높이지 않았고 어린 나에게 존댓말을 썼다. 가슴속에는 분노가, 풀어야 할 숙제가 있지만 잘 내색하지도 않았다. 그러나 대화를 하면 저절로 짐작할 수 있었다. 선생님은 잠잠한 언어와 상징으로 여전히 폭력과 싸우고 있다는 것을.

이라영의 『정치적인 식탁』(동녘)을 읽으며 나는 그 선생님과의 저녁 식탁을 떠올렸다. 책의 부제는 '먹는 입, 말하는 입, 사랑하는 입'이다. 먹는 존재가 말을 하는 정치적 존재, 나아가 서로의 연결을 탐구하는 사랑의 존재로 거듭나기를 바라는 마음을 담은 문장이다. 먹는 것과 말하는 것, 이 둘은 분명 연결되어 있다. 선생님이 샐러드를 비우는 모습을 뚫어져라 봤던 기억을 떠올리며 이라영의 이야기를 들었다. 그의 말도 그의 식탁처럼 서로를 연결하는 사랑의 힘을 갖고 있었다.

저는 먹는 문제를 중심으로 인간의 몸과 사회의 여러 생명이 어떻게 연결되어 있는가에 관심이 많아요. 우리는 서로 동떨어진 존재가 아니라 연결되어 있다는 인식이 있어야 조금이라도 타자를 함부로 대할 수 없으니까요. 그래서 『정치적인 식탁』이라는 책을 썼고요.

일상생활에서 음식으로 치유받는 여성들이 많잖아요. 먹는 것으로 자신을 위로하고, 달래고, 분노를 조절하죠. 저도 그런 경향이 있고요. 그런데 한편으로는 여성들이 음식에 비유되어서 '된장녀' '김치녀'로 불리기도 해요. '스시녀' '밀크티녀' 등 다른 나라 여성들도 그 나라의 대표적인 음식을 갖다붙여서 불리고요. 결국 여성과 음식을 동일한 존재로 만들어버리는 건데, 음식이란 철저히 먹히는 대상이고 인격적이거나 주체적 존재가 아니잖아요. 이런 동일시가 여성의 무의식에 끼치는 영향이 상당히 크죠. 음식을 먹으면서 본인도 주체적으로 음식을 대상화하고, 통제한다고 착각하고, 통제한 부작용으로 또 먹고. 이런 악순환이 계속되는 거예요.

제가 외국에서 공부하면서 10킬로그램 정도 쪘어요. 55사이즈를 입던 몸이 66사이즈를 입게 된 거죠. 옷집에 가서 옷을 사려고 하는 순간부터 이 사회가 내 몸을 대하는 태도가 달라졌다는 것을 느낄 수 있었어요. 갑자기 선택의 폭이 확 줄어들더라고요. 겨우 한 사이즈 커진 것뿐인데요. 저도 계속 살찌기 전의 몸을 기준으로 저 자신을 생각하고, 55사이즈 옷에 구겨넣을 수 있는 몸으로 '회복'해야 한다고 생각하더라고요. 의학적으로 아무 문제 없다면 지금 이대로도 괜찮은 건데, 왜 한 사이즈 작은 그 몸으로 돌아가는 게 정상이라고 생각할까요. 나는 내 몸에 불편함이 없는데, 내 몸을 깎고 조각해서 아름답게 빚어내려 하는 사회적 시선이 굉장히 불편했어요. 저도 나이가 들면서 몸의 변화를 겪다보니까 미디어에서 여성의 몸을 다루는 방식도 점점 불편하고, 불쾌하고, 화나고, 짜증났어요. 여성의 몸을 놀리는 걸 너무 아무렇지도 않게 국민 스포츠처럼 즐기는 분위기에 대해 정색하고 말하고 싶었어요.

한 예능 프로그램에서 남성들을 대상으로 '유학 갔다 온 내 여자친구가 갑자기 120킬로그램이 되었다면 계속 사귈 것인가'라는 질문을 하더라고요. 제겐 그 질문이 굉장히 폭력적으로 느껴졌는데요. 남성들이 대답하는 그 순간 여성의 몸은 고기가 되는 거예요. 철저히 남성의 선택권에 달린 몸이 되는 거죠. 여성이 살쪘다는 이유 하나만으로 두 사람 관계 속에 있는 많은 서사들은 아무 상관이 없어지고, 살찐 몸을 선택할지 말지만 남는 거예요. 그럼 이 여성은 인격이 없는 존재인가요? 한 남성이 "나는 그래도 사귄다"라고 대답하니까 출연자 중 한 명이 "자기 꼬락서니를 아는 모양이네"라고 말을 해요. 120킬로그램인 여성과 사귀는 남성은 꼬락서니가 형편없어서 그 여성과 사귄다는 식으로 비하하는 거죠. 한우를 부위별로 나눠서 평가하듯이 여성의 몸도 그렇게 평가해요. 또 우리가 비싼 생고기를 먹는 사람과 싼 냉동 고기를 먹는 사람을 계층을 나눠 평가하듯이 모델 같은 몸을 가진 여성을 사귀는 남성과 살이 많이 찐 여성을 사귀는 남성을 '꼬락서니가 다르다'는 식으로 취급하는 거예요. 굉장히 불쾌했어요. 이런 얘기가 어떻게 예능이라는 이름으로 방송에 나올 수 있는가. 그런데 수두룩하게 나와요. 저는 그걸 보는 순간 함께 웃기보다는 불쾌감을 느끼고요. 어떤 여성은 위축될 수도 있죠. 그게 유머라는 이름으로 유통돼요. 어떤 몸에 대한 폭력이 유머가 된다는 것, 그게 불쾌해요.

여성은 머리 없는 살덩이라고 느끼는 것이 강간 문화의 아주 밑바닥에 깔린 의식이죠. 고기를 집어먹듯 여성의 몸을 만지고, '그냥 만진 것뿐인데'라며 그게 성폭력이 된다는 것을 받아들이지 못하고, 여성과의 성관계를 '먹다'라고 표현하고요. 남의 살을 함부로 대하는 게 습관이 된 상황이에요. 문화화된 차별이 정말 무섭죠. 그래서 우리는 정말 '말하는 몸'이 되어야 해요. 내 몸 세포 하나하나에 차별이 배어 있다고 해도 과언이 아니기 때문에 습관적으로 툭 나와요. 저도 예외라고 생각하지 않아요. 수없이 다짐하고 스스로 주의하려고 노력하지만, 저도 이 문화 속에서 차별을 공기처럼 마시고 밥먹듯이 먹으면서 사는 사람이라고 생각해요. 이렇게 생각하는 것이 오히려 조심하기에 좋아요. '나는 절대 그런 말을 할 리 없고 그런 말을 들은 적도 없다'고 생각하는 게 훨씬 위험하죠. 우리가 차별적인 언어들을 주고받는다고 생각하는 게 서로 조심하도록 만들더라고요.

제가 식당에서 홍합 요리를 먹으면서 겪은 일을 책에도 썼죠. 누군가 접시에 남은 몇 개의 홍합을 보며 "이거, 누가 좀 먹지그래. 모양도 보기에 좀 그렇네"라고 말했어요. 그리고 일동 웃음. 여성들이 식탁에서 비슷한 경험을 많이 하더라고요. 어떤 여성이 회식 자리에서 풋고추를 먹는데 한 남성이 "여자들이 고추 좋아하지"라고 말했다는 거예요. 고추를 먹던 그 여성은 어떤 기분을 느꼈을까요. 이런 상황을 반복적으로 겪고 간접적으로 들으면서 일상이 편하지 않았어요. 사소하고 일상적인 밥상머리에서도 오고가는 성희롱적 언어, 성차별적 행동들이 너무 불편해졌고 그런 기억들을 모으고 모아서 글을 썼어요.

어떻게 보면 제가 쓰는 글들은 제 지나간 기억, 그렇지만 마음속에선 지나가지 않고 쌓인 것들에 대한 거예요. 일상에서 반복적으로 벌어진 그런 시시한 사건들이 제 마음속에 남아서 계속 쌓여가는데, 그 경험들을 언어화하는 거죠. 어릴 때 보았지만 말하지 못했던 사건들, 느꼈지만 말하지 못했던 것들을 30대 중반 이후부터 본격적으로 나의 언어로 말하고 쓰기 시작했어요. 그 작업을 지난 10년간 꾸준히 해왔어요. 저 개인은 물론이고 여성들, 사회의 많은 소수자들과 약자들에게 정말 중요하고 필요한 작업이라고 생각해요. 우리가 이걸 언어화하지 않으면 내가 느꼈던 그 경험들은 없어지는 거예요. 내 안에서 사라지는 거죠. 나는 겪었지만 없는 문제가 돼요. 공식적인 문제가 되지 못하고, 그냥 오로지 개인의 몸속에만 남는 경험이 되는 거예요. 저는 그렇게 되기를 원하지 않아요. 제 몸속에 남아 있는 이 경험들을 다 꺼내서, 제 몸을 구성하는 차별들을 다 꺼내서 문자로 기록하고 말하려 해요.

폭력은 권력의 문제이기 때문에 이 문화적인 차별에 대항하기 위해서는 제도적인 변화도 필요하지만 그 폭력을 언어화하는 게 중요해요. 그래야 이 폭력에 대항하기가 상대적으로 쉽더라고요. 예를 들면 20년 전만 해도 '성희롱'이나 '성추행'이라는 단어를 일상에서 사용하지 않았어요. 그냥 개인적으로 겪는 짜증으로 끝나고, 반응하면 저만 예민한 사람이 되는 식으로 문제가 덮였어요. 그런데 1990년대 후반부터 '성희롱'이라는 말이 나오고, 법적으로 처벌받는 범죄의 개념으로 자리잡으면서 여성들이 "이거 성희롱이야"라고 말을 할 수는 있게 됐거든요. 여전히 부족하지만, 적어도 어느 관계에 한해서는요.

그런 작은 변화가 느리지만 단계적으로 큰 변화를 이끌 수 있다고 생각하기 때문에 우리가 꾸준히 언어를 만들어야 한다고 생각해요. 폭력을 지칭하는 언어가 있고, 그 언어를 뱉으면 상대방이 순간 움찔하는 기색은 있거든요. 물론 권력이 있는 사람에게 "그거 성희롱입니다"라고 말하는 데는 굉장한 용기가 필요해요. 개인적으로 어떤 손해를 볼 수도 있죠. 그러나 말없이 싸우는 것과 언어를 들고 싸우는 것에는 굉장히 큰 차이가 있어요. 또 다른 사람을 설득할 힘도 가지죠. 그 언어가 없다면 내가 겪는 이 감정을 다른 사람에게 설명하기 힘들어요. 여성을 비하하고 조롱하는 언어는 참 많잖아요. 셀 수 없을 정도로. 그 언어들이 나를 위축시킨다면 거기에 대항하는 언어를 만들어야 하는 거죠. 이 폭력적인 사회를 지칭하는 대항언어를 만드는 일. 그게 제가 할 수 있는 일이라고 생각해요.

이라영_ 예술사회학 연구자. 예술과 정치, 그리고 먹을 것을 고민한다. 개별의 작품보다 작품을 둘러싼 사회 구조와 역사에 관심이 많다.

벗어나려고 애를 쓴다는 것 자체가
그것을 의식한다는 거겠죠

기타리스트
반향기의 몸

어떤 음악을 좋아하는지에 대한 대화였다. 상대방이 '언니네이발관'을 좋아한다고 하기에 언젠가 그 밴드의 공연을 본 적이 있다고 말했다. 몸을 왼쪽으로 기울여 노래하는 이석원의 독특한 자세, 평소 좋아하던 '아름다운 것'이란 노래를 부르는 모습을 봐서 좋았다고도 얘기해주었다. 그런데 내 이야기를 가만히 듣던 상대방이 이렇게 말하는 것이다. "나는 음악 듣는 것을 좋아하지, 보는 것을 좋아하지는 않아."

그렇지, 음악은 듣는 것이었지. 피아니스트 글렌 굴드의 일화 중에 이런 게 있다. 처음으로 피아노를 접한 어린 굴드가 건반을 하나씩 눌러보면서 그 소리가 완전히 사라진 뒤에야 손가락을 떼었다고 한다. 점점 작아지는 소리에 매료된 표정으로. 이렇듯 음이 주는 즉각적인 감흥뿐만 아니라 그 음이 고요 속으로 사라지는 것까지 느껴야 음악을 온전히 들은 것이 아닐까. 그렇다면 난 음악을 들은 지 오래되었다. 볼거리나 생각할 거리가 많아 그런 가만한 행위들은 뒷전으로 밀려버렸다.

나의 음악은 비록 장식품처럼 변질되었지만 여전히 음악이 곧 구원인 사람들이 있다. 트럼펫 연주자들은 하도 연습을 많이 해 입술에 굳은살이 박인다고 한다. 못다 이룬 음악의 꿈을 포기하지 못해 회사 일과를 마치고 레슨과 공부를 병행하던 친구도 떠오른다. 아마추어 밴드를 하는 친구는 틈날 때마다 기타 연주를 한다. 상상 속의 기타 솔로 타임, 현실에서는 책상 위 손가락 활주를.

기타리스트 반향기는 한 음을 내기 위해 오래 연습한다고 했다. 하나의 음을 미세하게 다듬는 일이라니, 천상의 영역에 속한 일처럼 느껴졌다. 그동안 나는 음악 외적인 것에서 많은 힌트를 얻었다. 연주자가 짓는 표정과 몸짓으로 그 음에 실린 감정을 이해했다. 인터뷰를 통해 비하인드 스토리를 알고 들어야 그 곡을 제대로 이해한 기분이 들기도 했다. 그러나 반향기의 이야기를 들으며 음악 그 자체에 매료되는 것만으로 충분할지도 모른다는 생각이 들었다. 절대적이고 순수한 영역의 음, 아무런 볼 것과 만질 것과 생각할 것이 주어지지 않은 무중력 상태에서의 음악을 상상했다.

잠시 이런 순수의 세계로 빠져들 때도 있지만 음악이 끝난 뒤 눈을 뜨면 다시 보이는 것은 내가 발붙이고 사는 세계다. 반향기는 여러 충동과 충돌 끝에 지금의 '향기타'가 되었다. 그는 자유롭고 충동적이다가도 어떤 사회적 관습 앞에서 멈칫하는 순간들이 있다고 했다. 그럼에도 그가 눈을 감고 만들어내는 기타의 한 음은 고요 속으로 무한히 지속될 것이다.

,

저는 차별을 느끼며 자라진 않았어요. 집에 자매만 있고, 제 나름대로 독립적인 꼬맹이였죠. 누군가가 차별적인 말을 한다면 바로 대들 수 있는 아이였어요. 그래서 '나는 어느 정도 자유롭다'고 생각하면서 살았죠. 예를 들어 아빠가 "다리 좀 여성스럽게 오므리고 앉아라"

라고 말하면 "여자라서가 아니라 사람으로서 단정하게 앉았으면 좋겠다고 얘기해"라고 하는 편이었어요. 다른 사람들을 만났을 때 아빠가 "딸만 둘입니다"라고 말하면 왜 그게 부끄러운 것처럼 얘길 하냐고 지적하는 편이었어요.

그런데 막상 사회에 나와보니까, 그건 착각이더라고요. 자유롭다고 생각한 저조차도 고정관념이나 차별에서 자유롭지 않았고, 오히려 일부러 그런 상황을 피한다거나 속으로 생각하고도 말하지 않는다거나 하는 방식으로 주류의 관념에 포섭되어 있는 거예요. 특히 나이를 점점 먹어가면서 30대 중반이 되고, 결혼하지 않았고, 차림새도 여성스럽지 못하고, 또 어른들이 보기에는 그렇게 탐탁지 않은 직업을 가졌다는 것에 대한 은근한 압박이 있죠. "그래도 좀더 안정적인 직업을 갖고 결혼하는 게 낫지 않겠니?"라는 말들을 들을 때 그걸 지적할 힘이 더이상 없더라고요.

제 나름대로 그런 차별에서 벗어나려고 굉장히 애를 쓰지만, 애쓴다는 것 자체가 어쩌면 그것을 의식한다는 거겠죠. 부모님의 기대치를 최대한 떨어뜨리기 위해 반삭도 해보고 문신도 해봤어요. 어머니가 제 앞에서는 티를 하나도 안 내면서 다른 어른들 앞에서는 "저희 애가 문신도 하고 마음도 못 잡고 있는데 기도 좀 해달라"라고 그랬대요. 건너건너 전해들었어요. 겉으론 내색하지 않지만 부모님의 그런 탐탁지 않음과 저어하는 눈빛이 항상 피부로 다가오더라고요. 한편으로는 여전히 그렇게 의식한다는 점에서 스스로 잘 지켜왔다고 생각했던 것들이 어쩌면 허상이라고 생각했죠. 나는 요새라고 생각했는데 요새가 아니었던 거예요.

머리를 그냥 한번 밀어보고 싶었어요. 짧은 머리는 워낙 많이 해서 정상성에서 벗어났다는 생각을 하지 못했는데, 20대가 가기 전에 삭발을 해보고 싶더라고요. 어차피 머리카락은 다시 자라니까 별생각 없이 밀었죠. 그리고 몇 년이 지나 또 밀고 싶어져서 한 번 더 밀었더니, 이번엔 아빠가 막…… 저를 안 보겠다고 하시더라고요. 그래서 좀 놀라기도 했는데, 저는 "그런 이유로 안 볼 사람이면 아예 안 보는 게 맞다고 생각한다"고 말하면서 사과를 받아냈습니다.

문신도 별생각 없이 했어요. 예쁜 그림을 몸에 가지고 싶어서. 문신을 하니까 기분이 되게 좋더라고요. 나의 선택에 의해서 신체를 예쁘게 변형시킨 거잖아요. 남들 보기에 예쁜 게 아니라 내가 보기에 만족스럽고 내가 갖고 싶은 그림을 몸에 간직한다는 것이, 그리고 아물어 가는 과정이 좋더라고요. 피부가 새로 생기는 느낌, 단단해지는 느낌. 그런 해방감이 느껴지더라고요.

제 첫 문신은 팔에 한 빙산 문신인데요. 빙산은 엄청 오랜 시간 동안 생성되고 오랜 시간 남아 있잖아요. 그리고 겉에 드러난 부분은 적지만 물속에는 굉장히 많은 부분이 있어요. 저는 그중 겉에 드러난 부분만 문신을 했어요. 드러나지 않은 단단한 부분은 속에 간직하고 싶어서요. 또 얼음은 위태롭고 금방 녹아버릴 것 같은 이미지이지만, 빙산은 그렇지 않잖아요. 굉장히 오래 축적되는 단단함을 갖고 싶었어요. 제가 우울증 때문에 굉장히 힘들었는데 그걸 극복해나가는 과정을 이 문신으로 비유하고 싶은 마음도 있었고요. 일단 모양이 너무 예쁘니까. 이게 첫 문신이었어요.

또하나는 여행 갔을 때 사진을 찍었는데 하늘에 구름이 떠 있었어요. 제가 고래를 아주 좋아하는데, 그게 고래 모양 같더라고요. 하지만 고래는 아니고 고래를 닮은 무언가죠. 저는 너무 좋아하는 건 그대로 담기가 싫더라고요. 고래를 그림으로 담으면 어떤 고래에 멈춰져 있는 딱 그것만을 담는 거잖아요. 그건 제가 좋아하는 고래가 아니거든요. 딱 멈춰져 있는 무언가로 제가 좋아하는 것을 담기가 어려웠어요. 사진이나 그림도 찾아보고 동영상도 많이 봤는데 안 되겠더라고요. 좋아하는 것을 몸에 담는 방법을 생각하다가, 좋아하는 사람과 좋았던 여행에서 본 고래 구름을 이 문신으로 꾹꾹 담았어요.

기타는 여자가 연주하는 경우가 드물다는 생각이 많이 퍼져 있더라고요. 저는 그렇게 생각하지 않지만. 제가 호기심이 엄청 강해요. 궁금한 게 있으면 해봐야 하고 알아야 직성이 풀려요. 기타를 처음 치게 된 것도, 어떤 수련회 같은 데 가서 누가 치던 기타를 봤는데 가까이서 보니까 신기한 거예요. 하도 신기하게 보고 있으니까 누가 "너도 쳐볼래?" 하길래 코드 몇 개를 배워서 쳐봤더니 재밌더라고요. 거기서 멈출 수 없었어요. 시골에 살았기 때문에 용돈을 모아서 부모님께 "기타 좀 사다주세요" 하고 통기타를 사서 치기 시작했죠.

공연을 가면 짐 챙기기도 바쁘기 때문에 여성 기타리스트에 대한 편견을 느낄 겨를은 없지만…… 그런 건 있어요. 기타줄을 사러 간다거나 새로 나온 기타가 궁금해서 악기점에 갈 때요. 저도 제 나름대로 뮤지션으로 활동하는 사람인데, 저를 전문가가 아닌 여성으로 봐요. 초보자용 통기타를 보여준다거나, 여성들이 좋아한다고 생각하는 분홍색 기타를 보여준다거나. "뭐 보러 오셨나요"라고 물을 때 '이런 걸 보러 왔다'고 정확하게 이야기해야지만 무시당하지 않는 경우가 왕왕 있어요. "여자분이 그런 것도 알아요?"라고도 하죠.

이런 일도 있었어요! 악기 중고 거래를 하면 문자메시지로 이야기 하잖아요. 언제 어디에서 만나기로 하고 딱 나가서 마주하면 첫마디가 "어! 여자네?" 아니면 "여자분이셨어요?"예요. 나는 악기를 사러 왔을 뿐인데 왜 이런 순간에 여자가 되어야 하는가. 그럴 땐 뭐라고 대답해야 할지 모르겠어요. 어떻게 대답해야 현명한 걸까요? "어, 남자분이시네" 해야 할까요?

그래도 요즘은 좀 나아진 것 같아요. 제가 추구하는 바를 해나가고 있어요. 좋은 소리를 내는 데 집중하는 편인데요. 제가 독학으로 기타를 시작했기 때문에 이론적인 배경이 탄탄하지도 않고, 처음엔 실력이 정말 엉망이었거든요. 그래서 남들에게 들려줄 화려한 기술이 없다면 좋은 소리라도 내야겠다, 이런 생각을 자연스럽게 했던 것 같아요. '한 음을 내더라도 집중해서 잘 내보자'가 저의 목표죠. 단순하고 음이 적지만 막상 들어보면 굉장히 공들여서 고심해서 만들어놓은 음들을 좋아하고요. 실력이 늘어나면서 할 수 있는 것들도 좀더 많아졌거든요. 앞으로 더 많아졌으면 좋겠어요.

저는 어쨌든 조금 더 자유를 누리는 사람이죠. 반사회적, 반여성성이 드러나는 선택, 고정관념에서 벗어나는 선택을 했을 때 큰 타격이 없어요. 피해라고 해봤자 지하철에서 누가 이상하게 쳐다본다든지, 그게 다예요. 실질적으로 피해 보는 일은 없어요. 직장에서 잘리거나 승진에서 탈락한다거나 하는 경우들이 당장 생각나는 예들이네요. 이런 경우엔 파격적인 선택을 할 때 큰 결심이 필요하다고 생각하거든요. 그렇게 살지 않다가 단숨에 방향을 틀어버리는 일이니까. 그런 용기 있는 선택에 비하면 저는 점진적으로 흘러오다가 머리도 한 번 밀어보고 하면서 스타일을 선택할 수 있는 거죠.

앞에서 그런 얘길 했잖아요. 반삭, 문신, 그리고 사회적 여성성에서 벗어난 선택을 하는 게 어쩌면 그 여성성을 더 의식하고 신경쓰는 것인지도 모르겠다고요. 제가 되게 자유롭게 살고 있는 것 같지만 한편으로는 저 또한 주류에 속하고 싶은 마음이 있거든요. 이런 마음을 가지고도 자유롭게 살 수 있을까. 방법을 찾는 날이 올까. 그런 생각을 해요.

반향기_ 기타리스트. 밴드 '브로콜리너마저'에서 활동했다. 지금은 팀을 나왔고 다음 행보를 위해 휴식하고 있다.

생리를 하던 때로
절대 돌아가고 싶지 않아요

생리중단시술 경험자
임의 몸, 제의 몸

나는 초경을 또래보다 빨리 시작했다. 혼자 하는 생리는 고독했다. 고사리손으로 서투르게 생리대를 착용하다보니 생리혈이 바지에 묻는 일이 잦았고, 그럴 때마다 아이들이 "너 뒤에 뭐 묻었어!"라고 큰소리로 지적하곤 했다. 그러다 혼자만의 생리가 공통의 경험이 되자 이 공포와 부끄러움은 눈 녹듯 사라졌다. 생리대를 빌려달라고 얘기할 수도 있게 됐고, 실수로 피가 묻으면 친구들이 아마존 전사처럼 달려와서 "얼른 처리하고 와"라고 속삭이고서는 가릴 것을 빌려주기도 했다.

무엇보다 좋은 건 생리하는 고충에 대해 이야기를 나눌 수 있다는 것이었다. 화장실에서 치러지는 내밀한 경험을 공공장소에서 입 밖으로 꺼낼 때의 묘한 신남이 있었다. 게다가 척 하면 척, 한 가지 고충을 이야기하면 온갖 이야기들이 고구마 줄기처럼 뒤따라나왔다. 생리에 관해서라면 모든 대화가 완벽했다. 무의식과 의식의 혼연일체, 적나라한 표현력과 수십 년 경험의 내공, 열광적으로 공감하면서도 자신의 이야기를 꺼내놓으려 안달난 청중.

그러나 대화를 나눈다고 생리의 고통이 경감되는 것은 아니다. 생리하는 몸에 새겨진 여러 트라우마는 없앨 수도 없고, 또 생리하는 몸은 너무 많은 것들을 고려해야 한다. 생리하는 일주일은 없는 셈 치기 때문에 한 달이 3주 같다. 그리고, 생리통. 아무리 얘길 해도 내가 느끼는 이 묵직한 고통이 온전히 전해진다는 기분이 들지 않는다. 그럼에도 불구하고 자꾸만 생리에 대해 떠드는 이유는 '생리 안 하는 사람'에 맞춰진 세상에서 생리하는 자의 존재감을 드러내고 싶다는 마음도 있을 것이다. 서랍에서 생리대를 꺼내서 여봐란듯이 들고 가는 것, 여성 휴가를 쓰는 것, 그냥 몸이 안 좋다고 말하기보다 '생리통 때문에 몸이 안 좋다'라고 말하는 것은 생리 가시화를 위한 나의 작은 노력이었다.

여기서 더 나아가 아예 생리를 멈추는 시도를 한 여성들이 있다. 피임 시술을 통한 것인데 목적이 '생리 중단'이라는 데 주목해야 한다. 몸에 장치를 삽입하는 게 마냥 가벼운 일은 아니기 때문에 "고작 생리 때문에 그런 시술을 해?"라고 묻는 이들도 있겠지만, 나는 생리로부터 자유로울 수 있다는 가능성만으로 솔깃하게 들렸다. 이 고통에서 영영 벗어날 수 없을 거라 생각했는데, 선택지가 주어졌다는 사실만으로도 생리를 이긴 것 같은 기분이 들었다.

생리도 내 생활의 일부인데 왜 나는 그것을 사랑하지 못할까. 생리 자체가 초래하는 불편과 고통 때문이기도 하겠지만, 그보다 더 큰 것은 생리하는 채로 살아가기 어려운 사회에 속했기 때문일 것이다. 생리할 때 들어가는 비용, 시간, 에너지가 아깝고, 그 때문에 어느 정도는 경쟁선상에서 뒤처지는 기분을 느낀다. 그렇다면 나의 고통과 불편을 줄이는 선택지를 통해 이 사회에 맞춰가는 수밖에 없다. 그래서 생리중단시술은 여성의 생리와 무관하게 흘러가는 사회에 대한 저항인 동시에 그곳에서 살아남기 위한 타협이기도 하다. 저항과 타협, 우리는 그 무엇이든 선택할 수 있다.

임플라논 경험자 (이하 '임') : '미레나'랑 '제이디스'는 피임장치를 자궁 내에 설치하는 시술인데요. '임플라논'은 팔에 할 수 있거든요. 그게 좀더 주사 맞는 것같이 간편한 느낌이 들었어요. 시술하는 데 한 10분밖에 안 걸렸던 것 같아요. 되게 들뜬 마음으로 했죠. 생리통이 굉장히 심하고, 생리 때 감정 기복도 너무 심해서 괴로워하던 와중이었거든요. 유효기간이 3년 정도니까 시술비로 1년에 10만 원 쓰는 건 전혀 아깝지 않다는 생각이었어요. (임플라논 시술의 가격은 약 35만 원이다.) 부작용으로 부정출혈이 있다는 얘긴 들었는데, 저는 생리 양이 줄어든 것만으로도 만족해요.

제이디스 경험자 (이하 '제') : 제이디스는 임플라논과 다르게 자궁 내에 장치를 삽입하는 거예요. 저도 생리통 때문에 힘들어할 때 미레나 시술을 한 선배와 얘길 하게 됐는데, 너무 좋다고 하더라고요. 이전까지는 미레나나 루프가 임신을 피하는 도구라고 생각했지, 생리를 피하는 도구라고는 생각하지 못했거든요. 그래서 그 얘길 듣자마자 다음날 바로 병원에 가서 상담을 했고, 생리일까지 기다렸다가 제이디스 시술을 했죠. 유효기간 3년이 지나서 최근 한 번 더 시술한 상태고요.

임 : 생리기간에 많은 것들을 고려해야 하잖아요. 생리기간을 피해

서 여행을 간다거나, 생리통 때문에 몸이 너무 아픈데 당직을 서야 한다거나. 그런데 이젠 내 몸 상태보다 일의 중요도를 먼저 생각하고 결정할 수 있게 되어서 삶의 질이 올라갔죠. 그리고 생리통을 겪지 않으면서 부정적인 생각도 줄었어요. 저는 생리통이 너무 심한 편이라 생리기간에는 거의 삶의 의지를 잃거든요. 특히 첫째 날부터 셋째 날까지는 '아, 왜 살지?' 하는 생각을 엄청 많이 했어요. 출산을 고려하고 있지 않은 저에게는 아기집을 만들고 부수는 게 아무런 의미가 없는데 생리 때문에 정신적, 신체적으로 고통받는 게 너무 괴로웠던 거예요. 내가 완경을 맞기 전까지는 어떻게 할 수가 없겠구나. 그런데 임플라논을 하면서 내가 선택한 자유를 누린다는 느낌이 들었어요.

제 : 생리를 하면 한 달에 보름 정도는 아픈 사람인 거예요. 저는 배란기에 기분이 너무 안 좋아져서 그때는 제가 제가 아니에요. PMS(월경전증후군Premenstrual syndrome)라고 하죠. 평상시에 그렇게 식욕이 많지도 않은데 배란기에는 그렇게 폭식을 해요. 동물이 된 느낌이에요. 그럴 때마다 '나는 늑대다. 달이 뜰 때마다 짖는 늑대다. 인간이 되자'라며 저를 다독이곤 했는데, 생리를 멈추고 난 뒤에는 일상성을 유지할 수 있게 됐어요. 생리통이 없는 것도 좋고요.

임 : 저는 생리 양이 너무 많아서 평상시에도 늘 오버나이트를 썼어요. 지금은 팬티라이너로도 충분하거든요. 생리가 완전히 멎은 건

아니라서 생리통도 완전히 사라진 것은 아니지만, 그럼에도 불구하고 '과거로 돌아가고 싶냐?'고 묻는다면 절대 돌아가고 싶지 않아요. 이 상태로 있고 싶어요.

제 : 저도 부정출혈이 있는데 생리 양이 많던 사람은 완전히 멎게 하기는 어려운 것 같아요. 그런데 저도 똑같아요. 과거로 돌아가지 않을 거예요. 생리 양이 거의 100분의 1정도로 줄었으니까요.

임 : 사실 어떤 걸 하더라도 부작용은 있다고 생각하거든요. 생리컵도 자신에게 맞는 컵을 찾기까지 많은 실험이 필요하고, 생리대도 일반적으로 쓰는 것들에는 화학성분 때문에 위험요소가 있죠. 그런 모든 위험 비용과 실제 비용을 고려했을 때, 저는 생리중단시술을 선택한 게 전혀 아깝지 않다고 생각해요. 그리고 생리에서 벗어난다는 경험 자체가 제게 필요한 것 같기도 해요.

제 : 맞아요. 탐폰도 상품 겉면에 부작용으로 '독성 쇼크 증후군'이 쓰여 있으니까. 생리대 발암물질 논란도 있었고, 그렇다고 면 생리대를 쓰자니 그걸 언제 다 빨고 있나 싶고. 부작용이 걱정되지만 생리 안 하는 경험을 일단 한 번이라도 해보자, 부작용 생기면 다시 빼면 되니까 도전한다는 셈 치고 30만 원을 투자한 거죠. 이런 경험을 언제 해보겠어요. 돈 주고 생리 안 하는 경험을 산 거잖아요.

임 : 저는 임플라논을 하고 완전한 저를 만난 느낌이에요. 늘 미세한 짜증과 날카로움이 있었는데, 똑같이 화내는 상황이라도 생리의 영향이라는 외적인 요인이 거세되고 나만 남은 것. 그게 되게 좋더라고요.

제 : 가끔 "너 생리하니?" 이런 질문을 받잖아요. 저조차도 '내가 생리중이라 기분이 이렇게 안 좋나? 배란기라 그런가? 생리 직전이라 그런가?' 이런 생각을 한 달 내내 하는 거예요. 생리통이 아예 사라지니까 이제 그런 걱정을 아예 안 하죠. 문제에 대해 명확하고 객관적으로 바라볼 수 있는 몸이 된 느낌이에요. 생리가 멎어보지 않으면 이런 기분을 모를 거예요. 아! 그리고 생리할 때 가슴이 땡땡 부어오르지 않나요? 시술하고 나서 그거 없어졌어요. 그리고 피 안 보는 거, 진짜 좋아요. 한 달에 한 번씩 엄청난 양의 피를 보지 않아도 된다는 게 산뜻해요.

임 : 욕실에 피비린내 남지 않는 것도 좋아요. 아무리 제가 노력하고 신경을 써도 요만한 핏덩어리까지 다 치울 순 없거든요. 그 미세한 찜찜함이 욕실에 남아 있지도 않고요.

제 : 탐폰, 생리컵 등은 결국 다 피를 봐야 하는데 이젠…… 다 벗어날 수 있어요. 피에서 벗어나는 게 제일 좋아요.

임 : 이 얘기를 절대 해서는 안 되는 사람은 부모님인데, 제가 엄마에게 숨기는 게 없거든요. 그런데 이건 숨겼어요. 제가 출산할 생각이 없다는 말을 1만 번 정도 한 것 같은데도 아직 포기하지 못했어요. 그리고 제가 제 몸을 통제하는 것, 특히 시술하는 것에 대해 굉장히 거부감을 갖고 있으시더라고요. 그래서 엄마가 생리대를 사다준다고 할 때 철렁해요. 알리바이를 위해서 생리대를 사야 하는 일이 생기는 거죠. 바로 어제 그런 일이 있었어요. 그런데 제가 많다고 했어요. 오버나이트도 있고 중형도 있다고 했어요.

제 : 저도 비슷한데, 너무 똑같아요. 더 할말이 없어요. 제 주변에서는 대단하다는 애길 많이 하더라고요. 어떻게 그런 걸 할 수 있어? 너 참 무모하다, 겁 없다.

임 : 신여성 느낌이라면서 칭찬해준 친구도 있어요. 너무 한국 사회의 단면을 잘 보여주는 것 같지 않나요? 여성이 자신의 몸에 대해 선택하는 것 자체를 대담하고 겁 없고 무모하다는 식으로 평가하는 게. 마치 정상이 아니라는 느낌으로 여겨지잖아요.

제 : 저는 생리를 멈출 수 있는 방법을 알자마자 '와, 이런 게 있었구나'라고 생각했는데, 친구들에게 알려주면 '겁 없다' '무모하다' '대담하다'는 이야기를 많이 해요. 한의원에 갔을 땐 '기의 순환을 막는 것이라 몸에 좋지 않다' 이런 식으로 애길 하더라고요. 몸에 어떤 장

치를 한다는 것을 자연의 섭리에 맞지 않는 양 취급하는 것 같아요. 여성의 몸은 '출산을 위한 몸'이어야 하는데 시술받는 순간 개인의 몸, 주체적인 몸이 되는 거잖아요.

임 : 예를 들어 축구 경기하다가 다리를 다쳐서 철심 박는 것에 대해서는 아무도 이질감을 느끼지 않잖아요. 당연한 거라고 생각하죠. 그런데 똑같은 장치를 몸에 넣어도 재생산 문제가 엮이면 훨씬 더 중대하게 여겨지는 거예요. 여자가 자기 고통을 없애는 데 돈을 들였다? 감히 그런 걸 해? 그런 느낌. 그런데 저는 제가 느끼는 몸의 고통을 줄일 수 있는 방법이 있다면 적극적으로 그것을 선택할 수 있어야 하고, 그런 방법이 더 많이 알려져야 한다고 생각해요. 의지가 있는데 몰라서 못하는 사람도 있다고 생각하거든요.

제 : 저는 아이를 잘 낳는 몸보다 일을 잘하는 몸이 되고 싶은 마음이 컸어요. 다른 친구들에겐 아이를 낳는 몸이 더 중요할 수도 있는 거죠. 결국 우선순위에 따라서 그 가치는 다를 거라고 생각해요. 저는 제이디스를 하고 나서 '이게 남성들이 일을 더 잘할 수 있는 이유겠구나'라는 생각을 했거든요. '남자들이 힘세고 머리가 좋다' 이런 것보다 항상성, 그 평정심이 남성에게 일을 더 잘한다는 인상을 준다고 생각했거든요. 저는 남성처럼 항상성을 갖기는 어려웠죠. 한 달에 한 번은 환자가 되어버리는 거니까. 또 지금 우리의 사회생활에서 80퍼센트는 남성 아닌가요? 여성을 만나기 힘든 구조에서 제가

선택할 수 있는 방법은 생리를 안 하는 것이었어요. 아픈 걸 온전히 보상받을 수 있는 사회라면 그러지 않아도 됐겠지만, 우리 사회는 내가 온전하게 아플 수 있는 시간을 주지 않잖아요.
생리기간에 일할 때 저도 아프지 않은 척하려고, 여성의 몸이 아닌 척하려고 정말 노력했어요. 아픈 것도 에너지가 필요한데 아프지 않은 척하는 것도 굉장히 큰 에너지가 필요해요. 아파도 되는 몸을 허용해주는 사회였다면 굳이 그런 노력을 안 해도 됐을 것 같아요. 그런데 사회가 요구하는 몸은 그게 아니니까 어떤 방식으로든 저항하는 거죠. 여성은 2등 인간, 2등 시민이라는 말 많이 하잖아요. 여성의 사회생활을 막는 것들이 여러 가지 있겠지만 저는 생리도 그중 하나라는 생각이 들어요.

임 : 생리를 하면 많은 것을 생각해야 해요. 생리중이라고 전시하고 싶지 않은데 결국은 '내가 생리를 해서 너무 아픕니다'라는 사실을 공개해야 하는 거예요. 제가 일하는 팀 안에는 남자 동료도 많고 상사도 대부분 남잔데 뭔가 직접 얘기하는 것도 껄끄럽죠. 이게 숨길 일도 아니지만요. 많은 것들과 싸워야 해요. 그리고 생리 휴가를 쓸 수 있는데, 자주 쓰는 게 또 눈치보이는 거예요.

제 : 생리를 자주 하는데 어떡해요.

임 : 생리를 매달 하죠. 그런데 매달 쓰기가 좀 그래. '어떻게 금요일

에만 생리를 하냐' 이런 얘기가 나오는데, 월화수목금토일 다 생리를 하는데 제가 금요일에 휴가를 낸 것뿐이고요. 그런 것들을 조율하는 게 싫었어요. 생리를 하는데 너무 바쁘면 '에이, 쓰지 말아야지' 하게 된다니까요, 정말. 저는 생리가 남성의 것이었다면 제이디스나 임플라논이 훨씬 전에 나왔을 것 같다는 생각을 한 적이 있어요. 아니면 아예 생리를 하지 않는 방법이 만들어졌을 수도 있죠!

제 : 마음 같아서는 모든 여성들이 생리를 멈추는 경험을 해보면 좋겠어요. 생리 해방 세상!

임플라논 경험자(익명)_ 잘 쓰고 싶은 집필 노동자. 맛있는 것과 아름답고 귀여운 것을 좋아한다.

제이디스 경험자(익명)_ 일을 잘하고 싶은 사람. 새로운 것을 좋아해 시작하기를 두려워하지 않는다. 뭐든 해봐야 아니까.

이 타투는 나와 같이
늙어가는 존재가 돼요

타투이스트
황도의 몸

어느 날 갑자기 타투를 갖고 싶어졌다. 그런데 뭘 새겨야 할지 몰랐다. 나는 이메일 주소를 만들거나 회원가입을 할 때도 나의 '에고'를 담아서 아이디를 만드는 타입은 아니었다. 늘 적당히 그 시기 자주 듣던 노래 제목이나 내 이름 박선영 그대로 'sunpark01'같이 기호를 활용했다. 나를 상징하는 어떤 단어, 이렇게 살리라는 확고한 신념, 깊게 몰두하는 대상도 없었다.

그런데 왜 갑자기 타투가 갖고 싶어졌는가. 정확히는 '타투를 가진 사람'처럼 되고 싶다는 표현이 맞겠다. SNS에 올라오는 사진 속 타투들은 아름다운 몸 위에서 반짝인다. 저런 것들이 내 몸에 새겨지면 어떨지 궁금해졌다. 주위에 타투를 가진 사람들을 떠올리며 몇 가지 공통점을 도출해보기도 했다. 남들의 시선을 크게 의식하지 않는 사람, 거침없는 사람, 자신이 원하는 것을 잘 알고 표현할 줄 아는 사람. 타투를 가졌다는 사실 하나만으로 그 사람의 모든 것을 알 수는 없지만, 왠지 타투를 지님으로써 나도 그런 사람으로 변모할 수 있다고 생각했다.

결국 왼쪽 팔꿈치에 동전 크기의 타투를 충동적으로 새겼는데 어찌나 생각 없이 했는지, 누군가가 "왜 이걸 했어?"라고 물으면 "그냥"이라고 답할 정도였다. 영원히 지워지지도 않을 텐데 그런 신중함조차 걷어치워버리고 싶었던 모양이다. 그뒤에도 몇 개의 타투를 더 새겼는데, 처음의 동전만한 타투보다는 나름의 의미를 담았지만 구구절절 즐겁게 설명할 정도는 아니었다. 누군가가 타투의 위치나 그림에 대해서 살짝이라도 부정적인 평을 하면 동공이 흔들리면서 후회의 마음이 들기도 했다.

내 몸에 돌이킬 수 없이 새겨진 타투는 내게 어떤 의미일까. 나는 그 의미를 일찌감치 타투이스트 황도와의 만남에서 발견했다. 황도는 타투를 '관대함'과 '책임'이라는 단어로 설명한다. 두 단어는 나란히 놓으면 충돌하는 듯 보인다. 누군가에게 관대하다는 것은 그만큼 그에게 책임을 덜 묻는다는 뜻이고, 누군가에게 책임을 지운다는 것은 그의 실수나 실패에 관대할 수 없다는 뜻이다. 그러나 이것이 이해의 영역으로 넘어가면 또다른 이야기가 된다. 타투는 나의 흉에 대한 관대함이자 앞으로 다가올 흉에 대한 책임이다. 흉터를 가짐으로써 나와 다른 모양의 흉터를 가진 이를 바라보며 느끼는 감정 또한 관대함이자 그것을 흉보지 않겠다는 나의 다짐이기도 하다.

지금의 나는 여전히 남들이 뭐라 하면 크게 의식하고, 수줍음이 많고, 평범한 ID를 만들고, 타투를 하나 더 새기고 싶어하지만 뭘 하면 좋을지 고민하며 지낸다. 사람이 타투를 새겼다고, 혹은 평소 안 하던 일을 한다고 단박에 바뀌겠는가. 나는 여전히 나로 지낸다. 다만 황도가 말한 삶을 지향할 뿐이다. 나에 대해 관대하면서도 책임지는 삶. 타인에게도 그러한 삶. 타투는 그 이해의 대열에 합류하고자 하는 나의 지향을 담은 행위다.

저희 숍에 오셔서 타투를 받고 자기에 대해 긍정적인 이미지를 갖게 된 분들이 많아요. 자해흔을 커버하는 분들도 있고, 가장 미워 보이는 부분에 가장 좋아하는 그림을 그려넣으면서 자신감을 가지는 분도 있고요. 한 손님은 종아리에 큰 흉터가 있었는데 그 위에 장미꽃과 나비 타투를 받으셨어요. 흉터를 아예 가리는 건 아니었고, 흉터 위에 나비를 그리고 그 흉터의 굴곡에 꽃들을 배치해서 상처로 가는 시선을 최대한 타투로 돌리는 작업이었죠. 그 손님은 그전까진 짧은 바지를 입지 않았다고 해요. 이젠 타투를 보일 수 있기 때문에 조금 더 긍정적인 마음으로 짧은 옷도 입지요. 타투라는 게 내가 지금까지 해보지 않은, 어떻게 보면 마이너한 장르이기도 하고요, 또 남에게 편견어린 시선을 많이 받는 장식행위거든요. 그런 타투를 하면서 오히려 용기를 갖게 되는 분들이 많아요.

스물일곱 살쯤 타투를 배우기 시작했는데 그전까지 저는 꽉 막힌 사람이었어요. 남의 몸에 타투 있는 걸 보고는 "너 이거 왜 했어? 안 지워지는 거잖아"라고 했을 정도로요. 그런데 장기간 여행을 떠난 적이 있었어요. 그 기간 동안 많은 사람을 만났고, 많은 벽들을 허물게 됐죠. 타투를 가졌다는 이유만으로 '이 사람은 거칠 거야' '우악스러울 거야'라고 판단했다는 사실을 깨닫고 부끄러워진 적이 많았어요. 사람 속은 겉모습으로 판단할 수 없고, 굳이 내가 판단할 일이 아니라는 것도 알았어요. 타투를 하면서 많이 변한 것 같아요. 배운 지 3개월 됐을 때 '새벽 네시'라는 글자를 손목에 새겼고, 지금은 뭐, 허벅지에 거대한 호랑이와 복숭아와 여러 가지 좋아하는 것들이 있죠.

20대 초반엔 거식증과 폭식증이 있었거든요. 지금 몸무게보다 한 13~15킬로그램 정도 더 말랐던 것 같아요. 굉장히 힘든 시간이었죠. 한번 마른 몸을 가져봤던 분들은 아실 거예요. 사람들의 대우가 얼마나 달라지는지. 통통했다가 마른 체형으로 변하는 경우엔 사람들의 대우가 180도 달라져요. 주변에서 칭찬을 받고요. 그런데 그 모습이 또 변할 경우 주변의 타박이나 본인의 충격도 이루 말할 수가 없어요. 다시 마른 몸을 가져야 한다는 강박에 스스로를 굉장히 채찍질하게 되거든요. 저는 그런 과정에서 타투를 만났어요. 몸에 타투를 가진 사람들이 자기 몸을 대하는 방식이 좋았어요. 제 몸에 대해 가졌던 부정적인 생각들을 걷어내는 과정을 거쳐 지금까지 오게 된 것 같아요.

상담을 하면 손님들이 자기 몸에 대해 부정적인 말을 많이 해요. 이런 걸 해도 될까요, 이 위치에 이런 걸 넣어도 될까요, 내가 해도 어울릴까요. 타투를 하고 100퍼센트 만족하거나 후회가 없는 경우는 없다고 생각해요. 그보다는 그 시간에 내가 왜 그 타투를 했는지 그 과정을 생각하는 것이 더 중요하죠. 그리고 굉장히 다양한 피부 성향이 있고 작업 부위도 다 다르잖아요. 선택하는 부위나 그림 크기에 따라서 면으로 그리느냐, 선으로 그리느냐 등의 갈림길이 생겨요. 편차도 크고, 고통을 감내하는 범위도 다 다르고요. 저는 한 두세 시간 정도 작업하거든요. 최대한 마음을 정리해서 작업하려고 해요.

그렇게 완성된 그림을 봤을 때 역시 기분이 좋아요. 생각했던 대로 그림이 나왔다고 맘에 들어하는 손님 표정을 볼 때 벅차죠. 그렇게 타투를 새기고 시간이 좀 지나서 자기 인생이 어떤 식으로 달라졌는지 말해주거나 "이 타투 덕분에 마음이 좀 편해졌어요"라는 말을 들을 때가 가장 기분좋아요. 인생에서 뭔가 계기가 되는 순간이 많잖아요. 손님들이 타투를 통해 그런 순간을 잊지 않고 살아가는 거니까 그런 말을 들을 때 가장 좋죠. 그 기분은 지워지지 않아요.

타투를 한다는 건 본인 몸에서 관대할 수 있는 포인트를 하나 갖는 것과 같다고 생각하거든요. 몸에 새긴다고 할지라도 이 타투는 나와 같이 늙어가는 존재가 돼요. 피부는 고무판이 아니기 때문에 시간이 지남에 따라 잉크가 조금씩 퍼지면서 타투가 정말 늙은 티가 나요. 처음엔 겁이 많이 나거든요. 이 타투가 나중에 늙어서 퍼래지면 어떡하지? 내 피부가 늘어져서 타투도 좀 달라지면 어떡하지? 살이 많이 찌거나 빠져서 모양이 좀 바뀌면 어떡하지? 이런 생각을 처음에 많이 하는데, 시간이 지나면서 자연스럽게 그 생각이 희석돼요. 스스로에게 관대해지는 면이 있어요. 시간을 두고 천천히 몸에 기억을 새겨가는, 일종의 나이테처럼 여기게 되는 거죠. 20대 때 이건 왜 했고, 이건 왜 했고. 이렇게 기억이 쌓이는 과정이라고 생각하거든요. 내 몸을 내가 좋아하는 것들로 채워나갈 수 있다는 사실, 혹은 그때 관심 있었던 것들로 몸에 흔적을 남겼다는 사실만으로도 기분이 굉장히 좋아지는 것 같아요.

저는 주체적인 선택이라면 뭐든지 다 좋다고 생각해요. 본인이 책임지는 거니까. 타투야말로 본인이 본인을 책임지는 행위거든요. 내 피부가 고통받는 행위고, 내 몸에 있는 그림 때문에 취업이라든가 사회에서 여러모로 불이익을 받을 수도 있죠. 그러나 그건 남에게 피해를 주는 행위가 아니라 내가 피해를 겪고 책임지는 과정 중 하나거든요. 그런 걸 견뎌낸다는 것만으로도 의미가 크지 않을까요.

마치 주홍글씨처럼, 눈에 보이는 그림 하나만으로 저 사람이 나를 판단한다? 그렇기 때문에 더더욱 타투를 추천합니다. 몸에 타투가 있다는 이유로 누군가가 나를 판단한다는 건 다른 이유로도 나를 그렇게 판단한다는 얘기거든요. 저도 그랬던 사람이기 때문에 잘 알아요. 제가 무슨 편견을 갖고 있었는지. 설득할 수 있다면 설득하는 거고, 너 싸우고 싶지 않다면 그는 그의 인생을 가고 나는 내 인생을 가게 되겠죠. 그렇지만 제가 가는 길이 더 맞을 거예요. 저는 적어도 다른 사람에 대해서 편견을 가진 사람은 아닌 거니까. 그래서 더 관대해지기도 해요. 다른 사람을 응원할 용기도 생기고요. 우리는 아파봤으니까요.

황도_ 타투이스트. 홍대에서 타투숍을 운영하고 있다.

움직이면 움직일수록
관계의 중요성을 알아가요

변화의월담 공동대표
리조의 몸

중학생 시절 나는 특정 움직임을 보는 일에 푹 빠져 있었다. 몸의 균형을 정중앙에 맞추고 손끝의 동작까지 절도 있게 유지한다. 하나, 둘, 셋 심호흡을 하고 날아오르듯 32회전 푸에테! 그 움직임이란 바로 '발레'였다.

발레에 빠져들수록 그 움직임을 직접 보고 싶다는 열망이 커진 나는 엄마를 졸라 국립발레단의 <백조의 호수> 공연 티켓을 얻었다. 가장 저렴한 3층 끝 좌석이었다. 커튼이 걷히고 순백색의 튀튀를 입은 백조 무용수들이 조르르 도열하는 그 순간 내 심장이 어찌나 요동쳤는지. 영상으로 하도 봐서 안무를 다 외울 지경인 그 무대였다. 모든 것이 완벽했지만, 한 가지 치명적인 결핍이 있었다. 3층 끝 좌석은 무대로부터 너무 멀었던 것이다. 그토록 보고 싶었던, 집게손가락을 살짝 올린 무용수의 손끝이 보이지 않았다. 무용수들의 뿌연 환영이 저멀리서 어른거리고만 있었다.

그로부터 몇 년 후, 드디어 그 움직임을 가까이서 볼 기회가 생겼다. 발레리나 강수진씨가 속해 있던 독일 슈투트가르트 발레단이 내한공연을 했는데, 분수에 맞지 않게도 VIP좌석을 구매한 것이다. 학교 수업이 끝나자마자 교복을 입은 채로 고속버스를 타고 예술의전당으로 향했다. 손 뻗으면 닿을 것 같은 무대, 눈앞에서 펼쳐지는 움직임은 이제 환영이 아니었다. 선명한 육체들이 그곳에 있었다. 도약할 때 '흡' 하는 기합소리가, 착지할 때는 '헉헉' 하는 거친 숨소리가 들렸다. 목줄기를 타고 흐르는 땀의 냄새가, 격렬하게 움직이며 뿜어내는 열기가 느껴졌다. 가까워져서야 이 움직임은 누군가의 몸에서 비롯된 것임을 느낄 수 있었다. 움직이면 지치고 땀과 숨을 뿜어내는, 나와 크게 다르지 않은 몸들이 애써 지어내는 행위임을 실감한 것이다.

그날 이후로 발레에 대한 나의 환상은 사라졌다. 꿈결에 구름 위를 걷는 듯한 몸짓들이 얼마만큼의 한계와 고통을 이겨내야 나올 수 있는지를 목격했기 때문이다. 나의 관심사는 퍼포먼스로서의 움직임을 보는 일 바깥으로 움직였다. 일상이 그 무대와 다르지 않다고 느꼈다. 흡, 헉헉, 후— 하는 숨소리. 땀과 열기. 도약과 착지. 우리는 서로를 번쩍 들어올려주고 지탱하며 살아가고 있었다.

'변화의월담'은 그런 움직임에 관한 교육을 하는 단체다. 멤버 중 리조가 주도적으로 대화를 이끌었고 유닐, 수진이 동석했다. 녹음이 끝난 뒤 세 사람은 녹음에 지친 유지영과 나의 몸을 이리저리 비틀고 주무르고 만져주었다. 왜 이들이 이런 움직임을 하고 있는 것인지, 그 답은 이어질 이야기에 담겨 있다.

'변화의월담'은 움직임 교육을 연구하고 실행하는 팀인데요. '자기 내면과 세상의 벽을 넘는 움직임 이야기'라는 뜻을 담은 이름이에요. '벽'을 뜻하는 'wall'과 이야기 '담譚'을 조합해서 만들었어요.

교육을 하면서 여성 참가자들로부터 몸에 대한 이야기를 많이 들어요. 이를 개인의 문제와 서사에 머무르지 않고 사회적으로 공유하고 연대할 수 있는 몸의 이야기로 풀면 좋겠다고 생각했어요. 그 방식이 말하고 읽고 쓰는 것으로 이뤄지는 게 아니라 몸을 직접 움직이면서, 사람들과 '움직임'으로 나누는 에너지로 공유할 필요가 있다고 느꼈죠. 더불어 '움직임 교육'이란 것은 사람으로 태어났다면 누구나 접근 가능해야 한다고 생각했어요. 사람이 나고 자라면서 움직이기 때문에 살아 있고, 살아 있는 것이란 움직이는 것이잖아요. 내가 움직이면서 내 몸을 탐구하고, 가능성과 잠재력을 발견하고, 또 한계에 부딪치고 도전하고요. 자기 몸에 대해 알아가다보면 자연스럽게 타인의 몸에 호기심이 생기고, 타인의 몸도 내 몸만큼이나 신비로운 우주 같은 존재라는 감수성을 바탕으로 존중도 가능해지거든요. 그런 교육이 몸으로 살아가는 누구에게나 열려 있어야 하는 거죠. 모든 이들이 마땅히 누려야 하는 교육이에요.

아이를 생각하시면 돼요. 처음에는 눕고, 구르고, 뒹굴고, 기다가 서고. 조금 더 적극적으로 중력을 이기게 되면 어떤 사물을 넘고 매달리는 움직임들이 가능해지잖아요. 벽을 딛고 올라가서 넘기 위해서는 발의 감각부터 깨워야 해요. 마사지를 할 수도 있고요, 설 수도 있고요. 서는 동작 하나에도 많은 요소들이 있죠. 무게가 어느 발에 얼마큼 실리고, 그 무게의 이동이 끊임없이 변화하면서 척추가 확장되고. 서는 게 균형을 잡는 과정이라면, 이 균형을 적극적으로 이루면서 몸을 여러 방식으로 기울이면 걷기가 시작돼요. 팔과 다른 몸 전체의 협응을 활용해서 중력을 더 적극적으로 이겨내면 점프를 시작해요. 그다음엔 자기 허리 높이의 사물을 넘는다는 것은 무엇인지 이해하게 되죠. 그때 발생할 수 있는 위험, 다른 사람이나 사물에게서 받을 수 있는 지지를 고려하고, 나아가서 내 키 높이 정도의 가장 두려워할 수 있는 것을 넘는 데 도전해요. 벽에 도전하는 거죠. 굉장한 해방감과 쾌감을 주는 일이에요. 결국 저희는 몸의 감각을 깨우는 다양한 방법을 제공하는 일을 하는 거예요. 내 몸과 긴밀한 연결을 느끼게 도와주고, 타인과 주변 환경과 관계 맺게 해주는 교육을 해요.

몸을 기계론적으로 바라보고 가르치는 게 피트니스죠. 피트니스는 이상적인 퍼포먼스가 기준이 되고, 가장 효율적이고 효과적으로 움직이는 법을 탐구하고, 거기에 우리 몸을 맞춰야 해요. 그런데 사람들은 퍼포먼스를 잘하기 위해서 자기 몸을 더 부정하거나 억누르게 돼요. 우리의 목적은 그 퍼포먼스를 하는 것이 아니라 몸을 움직이는 과정에서 내 몸을 발견하는 건데 말이죠. 내 몸이 어떤 신호를 보내는지, 어디가 아프고 삐끗거리는지, 어떤 부분이 잘 움직여지는지, 또 움직임 전후에 몸에 대해 어떤 느낌을 가졌는지, 한 번도 다르게 바라보지 못했던 내 생활 반경에 대해서는 어떻게 생각하게 됐는지, 이런 생각을 하는 게 중요하죠.

많은 직장인들이 퇴사하는 가장 결정적인 이유는 몸이 감당하지 못해서예요. 정말 숨을 못 쉬는 거예요. 저도 일반 기업을 다니다가 숨을 못 쉴 거 같을 때 퇴사했죠. 극도의 스트레스를 받거나 컨디션이 난조일 때 나를 지탱하는 방법은 숨을 쉬는 거예요. 너무 힘들지만 숨 쉬는 것에 집중하는 거죠. 누구나 숨쉬는 방법은 알고 있는데, 몸이 그걸 할 수 있게 허락하느냐가 중요해요. 병원에 가면 우리는 항상 이런 말을 듣죠. "몸을 어떻게 이렇게까지 방치시키다가 왔나요?", 또 하나는 "쉬어야 낫습니다". 그런데 쉴 수 없는 게 현실이잖아요. 일은 줄지 않고, 대중교통에 갇힌 시간이 많고. 그럼에도 불구하고 내 몸을 조금씩이라도 꿈틀거리고 움직이고 돌보면서 방치하지 않아야 해요.

그리고 저는 이 일을 하면서 서로 만져주는 법을 알게 됐어요. 일과가 힘들면 보통 커피 마시러 나가잖아요. 그 대신 저희는 서로 만져줘요. 몸을 자각할 수 있는 마사지가 많거든요. 저희가 일하는 모습을 촬영하면 웃기겠다고 생각하는데, 회의하다가 환기해야 하는 시간이 오잖아요. 그때 막 움직여요. 막 흔들면서 움직이고, 태극권 같은 동작들도 하고. 기존 규범이 내 몸을 두고 형성된 게 아니라 관리나 통제가 용이하게끔 만들어지면서 쌓여가는 건데, 그런 규범 자체에 문제의식을 가지면서 몸을 움직이고 서로 돌보려고 해요.

저희 슬로건이 '사회적 격차를 넘어 다양한 이들이 건강할 수 있도록 삶과 환경을 변화시키는 교육을 디자인한다'는 것이거든요. 일단 '다름'이 '격차'가 되는 것은 내 선택이 아니라 사회적으로 구성되는 경우가 많죠. 차이가 차별로 이어질 수밖에 없는 이 사회구조 속에서 누구도 자기 자신을 억압하거나 부정하지 않고 몸 자체로 스스로를 받아들이며 몸과 공감할 수 있어야 해요. 아는 것이 변화의 시작이라고는 하지만 그건 정말 시작일 뿐이거든요. 머리는 아는데 몸은 안 따라주는 경우가 많아요. 그 어마어마한 관성으로부터 벗어나게 하는 실천적인 교육을 해야 한다는 생각으로 이 움직임 교육을 디자인하고 있어요.

교육을 마친 분들에게 참여 전후를 비교하는 질문을 해요. 꼭 나오는 반응 중 하나는 새로운 발견에 대한 놀라움과 기쁨이에요. '나는 체육을 못해, 몸치야, 허약체질이야' 이렇게만 생각했는데, 걷고 뛰고 매달리고 넘는 활동을 하면서 상상도 못했던 내 몸의 잠재력을 발견했다고 하는 분들이 많아요. 또하나는 타인과의 관계에 대해 돌아봤다는 것. 타인이 있기 때문에 가능한 배움이 있어요. 누군가와 보통 접촉했을 때 몸이 경직되면서 두려움이나 불신감이 들거든요. 접촉이라는 게 항상 성적인 것, 불쾌한 것으로 느껴졌는데 교육을 통해 경험한 접촉은 인간이기 때문에 자연스럽게 할 수 있는 편안한 접촉이었다고 이야기해요.

마지막은, 공간에 대한 이야기예요. 매일 오가던 공간에서 이런 움직임들이 가능한지 몰랐다고 말해요. 많은 것들이 보이는 거죠. 벽도 있고, 계단도 있고, 그것들로 할 수 있는 게 많아진 거예요. 타인의 시선 때문에, 내 몸의 상태 때문에 할 수 없는 움직임들도 있지만 공간은 새롭게 볼 수 있죠. 그 상상력이 큰 원동력이 되거든요. 이런 상상력을 지속적으로 끌고 나가는 힘은 타인과의 관계예요. 일어나서 손가락 까딱하는 것도 힘든 날이 있잖아요. 그런데 그 몸이 늘 지속되는 것도 아니에요. 끊임없이 롤러코스터를 타는 내 몸을 일으켜줄 수 있는 것은 타인의 몸이에요. '너의 몸은 여기에 머물지 않고 변화하는 몸이야. 그래서 오늘 다시 시도할 수 있어.' 타인으로부터 이런 좋은 지지와 자극을 받으면 그게 체화되어서 비로소 스스로에게도 이야기 해줄 수 있는 것 같아요. '그래, 다시 한번 해보자.' 그렇게 스스로 내 몸을 일으킬 수도 있고, 함께하는 사람을 생각하면서 힘을 얻어 일어날 수도 있고.

움직임의 시작은 내 몸이지만 계속 움직이게 하는 건 관계예요. 자신과의 관계, 타인과의 관계, 건강과의 관계, 또는 예기치 못했던 관계. 저도 움직이면 움직일수록 관계의 중요성을 알아가는 경험을 해요. 함께해주는 사람들이 있기 때문에 상상하지도 못했던 교육이 가능했고요. 그래서 우리는 늘 동료를 찾고 있습니다. 배움을 풍성하게 하고 삶을 지탱하는 힘을 나눌 수 있는 동료를 찾는 게 저희에게 항상 필요한 것 같아요.

리조_ 다양한 몸들과 함께하는 움직임교육연구소 '변화의월담' 공동대표. 몸을 움직이고 마음을 움직여 삶과 세상을 변화시키는 교육을 꿈꾼다.

'연애 대상이 아닌 여성'으로 머무는 것이죠

칼럼니스트
이진송의 몸

나는 충남 천안에 위치한 복자여자고등학교를 졸업했다. 가톨릭계 미션스쿨로 덕행을 쌓거나 순교한 이들이 받는 '복자福者'라는 칭호를 딴 이름이다. 붉은빛의 교복에도 '순교자가 흘린 피'라는 의미가 담겼다. 복자여고는 상위권 대학 입시 합격생을 많이 배출하는 학교였다. 공부 잘하는 학교라는 소문에 촌스러운 교복, '복자'라는 이름까지 삼박자가 두루 갖춰져 우리 학교 학생들은 '붉은 돼지'라는 별명으로 놀림을 받곤 했다. 우리가 버스에 우르르 탑승하면 "붉은 돼지 군단이 온다!"고 놀릴 정도였다.

수능시험을 치르자마자 우리 '붉은 돼지'들은 경쟁적으로 외모를 가꾸기 시작했다. 성형, 화장, 파마 그리고 다이어트를 했다. 대학에 진학한 뒤로 친구들의 변화는 더욱 극적이었다. 안경을 벗고 화장까지 한 친구의 모습은 몰라볼 정도였고, 미인대회에 나가거나 스트리트 패션 잡지에 등장한 친구도 있었다. 그 비좁고 촌스러운 복자여고를 벗어나자마자 다들 형형색색 자신을 가꾸고 뽐냈다. 그렇다면 나는 어땠을까. 졸업 후 오랜만에 만난 친구는 이렇게 말했다. "다들 대학교 가면 예뻐지던데, 너는 그대로네." 난 여전히 화장도 할 줄 모르고, 안경도 쓰고, 여드름 티를 벗지 못한 채 쿵쿵거리는 '붉은 돼지'였던 것이다.

그렇기에 내게 첫 남자친구가 생긴 것은 기적 같은 일이었다. 상품 가치가 없는 나를 알아봐주었다는 생각이 들었다. 다른 선택지가 많음에도 '나를 택해준 것'이다. 연애 대상자로서 결격 사유가 너무 많은데, 심지어 특별한 노력조차 하지 않았는데 찾아온 연애의 기회가 불순한 기적처럼 느껴졌다. '좋아하지도 않는데 여자친구가 필요해서 사귄다'거나 '심심하니까 그냥 만난다'는 생각이 관계에도, 나 스스로에게도 독이라는 것을 알았지만 그 생각을 쉽게 떨쳐버리기는 어려웠다. '그냥 나'와 '상품으로서의 나', 그 값이 다르게 매겨진다는 사실을 확인한 이상 그 간격을 좁히기 위해 안간힘을 쓸 수밖에 없었다.

그래서 이진송이 발간하는 비연애인구 독립잡지 〈계간홀로〉는 의미가 크다. 수많은 '붉은 돼지'들을 위한 고공비행선 같은 작업이었다. '그냥 나'와 '상품으로서의 나'가 다른 게 아니라 나를 상품으로 보는 사회적 시선이 문제라고 말해주었기 때문이다. '한창 꽃다울 나이에 나는 왜 이러고 있나' '난 사랑받을 자격이 없어' 이런 생각들은 나의 효용을 연애 대상자로, 흘깃 감상할 거리로, 누군가의 전리품으로 전락시켰던 것이다. 그런 생각을 하는 나는 연애를 해도 행복할 수 없다. 같이 있어도 '홀로' 비참해질 수 있는 것, 이진송은 그로부터의 해방을 주장한다.

,

어렸을 때 또래들에 비해 키가 굉장히 컸어요. 어딜 가도 항상 눈에 띄는 아기였기 때문에 또래들보다 훨씬 더 어른스러워야 한다는 생각을 했어요. 어른들에게 어리광을 부리거나 안아달라고 할 때도 제가 워낙 크고 무겁기 때문에 스스로 열없다, 부끄럽다는 감정이 크게 들더라고요. 늘 '난 이렇게 하면 안 된다'는 생각을 하며 살았는데 그게 성장하면서 여성성에 대한 두려움으로 발현됐던 것 같아요. 다른 애들보다 몸이 크기 때문에 핑크색 리본, 예쁜 스커트 같은 걸 입으면 너무 열없지 않을까. 특히 우리 8090 세대들이 어린 시절 한 번쯤 들어봤을 '조폭마누라'라는 별명처럼 일부러 괄괄하게 얘기하고, 울고 싶어도 울지 않고, 힘들어도 힘들다고 말하지 않고, 징그러워도 징그럽다고 말하지 않는 사람이 됐죠.

제가 경상도에서 장남의 차녀로 태어났기 때문에 어릴 때부터 페미니스트로서의 감각을 갖게 된 것 같아요. 너덧 살 때부터 할머니가 "어우, 이거 고추만 달고 나왔으면"이란 말을 반복하더라고요. 그런 말을 들으면 '나는 남들이 기대하던 사람이 아니고, 내 성기는 올바른 성기가 아닌 누군가를 실망시키는 성기인가?' 하는 생각이 들죠. 왜 차례를 지낼 때 여자들만 일을 거드는가. 왜 남자들이 먼저 밥을 먹고 여자들은 그 뒤에 앉아 밥을 먹는가. 그런 문제의식과 함께 일상에서의 투쟁을 하며 지냈고, 대학에서 여성학 수업을 들으며 '이것이 지금까지 궁금해왔던 것들에 대한 해답이다'라는 것을 깨달았죠.

페미니스트로 정체화한다고 해서 제 몸에 주입된 억압과 차별의식들이 한순간에 뿅 사라지는 건 아니에요. 저는 종아리 보톡스를 맞으러 병원에 간 적도 있었어요. 겨울이라 부츠를 신고 싶은데 기성용 부츠 종아리 통이 저한테는 너무 좁아서 신을 수가 없는 거예요. 보톡스를 맞으러 가면서도 딜레마가 있었어요. 스스로 페미니스트라고 자각한 상태에서 종아리 보톡스를 맞는 건 도대체 뭘까. 그래도 일단 맞았는데 4주쯤 지난 어느 날 아침, 일어나서 바닥을 딛는데 발바닥이 너무 아픈 거예요. 종아리 근육이 견디던 하중을 그대로 발이 받게 되면서 염증이 생겼다고 하더라고요. 머리를 얻어맞은 기분이었어요. 내 몸의 필요에 맞게 근육이 생긴 것인데 이걸 단순히 보기 싫다는 이유로 무력하게 만든 거죠. 얼마나 많은 여성이 자기 몸을 잘 알지 못한 채 이상적인 몸의 모양이 아니라는 이유로 근육을 없애고 자신에게 무리가 되는 선택을 할까. 이런 생각을 하면서 굉장히 억울하고 분통이 터졌어요.

20대 초반에는 소개팅에 나갔다가 돌아오면 약간 회의감이 몰려오더라고요. 여성 인권, 여성의 성적 대상화 등에 대해 이야기하다가도 헤테로 여성으로서 이성을 유혹할 일이 생기고, 혹은 그러기 위해서 로맨스의 문법이나 여성성의 관습을 따르게 되는데, 거기엔 나의 욕망과 주입된 사고방식 등 많은 게 뒤섞여 있거든요. 심지어 그러고 나갔는데 소개팅 상대방이 마음에 안 든다, 그러면 집에 와서 팬티스타킹을 막 엉덩이 흔들어 벗으면서 온갖 알파벳을 다 뱉으며 신경질 내는 거죠. 내가 진짜 뭐하려고 이랬나. 또 한편으론 마음에 드는 대상을 유혹하기 위해 나를 꾸미고 연출하는데 저 남성들은 아무런 분열이 없겠구나, 하는 생각이 들었죠. 나만 이렇게 내가 밉고 모순적인 존재로 느껴지겠구나. 쟤들은 오늘 미팅 나온다고 새 옷 입고 왁스 바르고 나왔지만 집에 가서 '사나이 가오 죽는다~' 이러지 않겠지. 나만 솜에 클렌징 워터를 묻히며 이 모순과 분열에 화를 내는구나. 그렇게 굉장히 뒤죽박죽한 시기를 보냈고, 지금도 그런 면이 있죠. 아무리 제가 페미니즘 이슈로 글을 쓰고, 여러모로 해방된 측면이 많이 있다고 해도 밤에 여러 명의 남자 무리를 스쳐지나갈 때 느끼는 두려움이나 어떤 매체에 외양이 노출될 때 느끼는 부담감, 또 매력을 느끼는 사람과의 관계에서 어떤 태도로 자기 연출을 해야 하는가에 대한 무수한 딜레마, 이런 게 뒤죽박죽 뒤섞여 있죠.

제가 발간하는 잡지 〈계간홀로〉는 성적 대상, 연애의 대상이 되지 않는 여성으로 머무는 시도예요. 사회가 여성의 몸을 가장 적절하고 효율적인 방식으로 배치하려 할 때 그 관계에 들어가지 않는 잉여의 몸, 처지 불가의 몸에 머무는 거예요. 20대 초반 비장애인 시스젠더 여성은 연애시장의 '핫한 매물'이거든요. 청소년기엔 모든 것을 차단당한, 아기염소처럼 모여서 빵이나 뜯고 노는 그런 아이들이었는데, 스무 살이 되니까 '준비하시고, 출발!' 하듯이 갑자기 연애의 장에 진입하게 되는 거예요. 제가 그 장에 들어오니까 사방에서 연애하라고 몰아붙이고, 연애하지 않는 육체에 대한 감별과 압박이 들어오기 시작했어요. 네가 연애를 하지 않는 것은 충분히 여성스럽지 않기 때문이다, 매력적이지 않기 때문이다, 라고 말하죠. 그래서 살을 더 빼거나 화장을 더 하거나 치마를 입으라고 해요. 그런데 그 모든 규범을 충족했음에도 애인이 생기지 않을 때는 "넌 말을 너무 많이 해" 같은 식으로, 그러니까 49개 문제를 풀어도 마지막 50번째 문제를 맞추지 못하면 "친구들아 미안해!" 하고 떨어지는 골든벨 도전자처럼 떨어져버리는 거예요. 연애 대상자로서 탈락되는 거죠. 그때 딱 느껴요. 우리 사회에는 연애 대상자로서 적절한지 판별하고 계급을 매기는 어떤 시선이 있구나. 나는 계급이 낮은데 노력도 하지 않아서 괘씸해하는구나. 나의 어떤 특성을 아까워하는구나. 예를 들어 "너 이렇게 글래머인데 왜 연애 안 해? 빨리 연애해"라는 말이요. 제 몸이 성적으로 발달해 있는데, 그것을 연애와 섹스에 쓰지 않는 건 몸을 방치하는 것이라 말하죠. 이건 제 출산 능력과도 연관돼요. 가임여성으로 포착됐는데 감히 아이도 안 낳고 결혼도 안 한다. 효용 가치가 있는데 그 효용에 맞게 쓰지 않기 때문에 '괘씸한 몸'이 되는 거죠. 이게 '이기적인 젊은것들'을 보는 시선이거든요.

연애와 결혼을 강요하는 사회에서 제가 하는 작업들은 몸과 밀접한 관련이 있어요. 제가 '연애적령기'라는 말을 만들었는데, 스무 살부터 스물여덟 살까지가 이 기간에 해당하죠. 20대 후반부터는 연애와 결혼에 연결고리가 생기면서 '결혼을 전제하지 않는 연애'는 어딘가 무책임한 것으로 몰아가기 시작해요. 사회가 연애적령기 때는 나의 섹슈얼리티와 여성성을 '여자친구'라는 표상으로 착취하려 한다면, 결혼적령기 때는 출산 능력, 아내노동으로 착취하려 하죠. 제가 아이를 좋아하는 모습을 보이거나 과일을 예쁘게 깎으면 다들 "천생 여잔데 누가 빨리 데려가야지"라거나 "너 결혼하면 진짜 잘살 거야"라고 해요. 그러면서 그 쓰임새에 저를 갖다놓으려 하는 거죠.

여성학 수업 선생님이 해주신 이야기 중 아직도 기억나는 게 있어요. 레즈비언 정체성을 공개한 분이었는데, 그분이 옷을 갈아입는 걸 본 친구분이 "너, 그 몸으로 레즈비언인 거야?"라고 했다는 거예요. 선생님이 설명하기에 '이성애 사회에서 인기가 없는 몸이 아닌데 왜 레즈비언이지?'라는 친구분의 사상이 살짝 들켜버린 거죠. 즉, 가시적인 장애가 없고 평균 체중에 평균 신장을 가진 제가 비연애 담론을 이야기할 때 사람들이 가지는 이런 의문은 신체에 대한 계급화된 생각에서 나오는 거예요. 사람들이 은연중에 연애를 해도 되는 몸, 연애를 할 수 있는 몸 등으로 나누어 판단하고 그렇지 않은 몸에만 질문을 던진다는 생각을 했어요. 〈계간홀로〉 11호에 실린 「그런 고나리질 왜 안 해주는데요」라는 글에서 장애를 가진 여성이 자신보다 어린 동생에게 친척들이 결혼 고나리(간섭)를 하는데 자신에겐 그런 얘길 하지 않는 것에 대해 썼거든요. 연애와 결혼에 대한 담론이나 폭력적인 발언들이 이런 신체 정상성과 밀접한 관련을 맺어요.

결국은 끊임없는 퀘스트의 향연이거든요. 누구도 충족시킬 수 없어요. 적절한 여성, 사랑받는 여자친구 혹은 아내, 인기 많은 여자. 그런 것들로부터 자신을 자유롭게 내버려두기는 어렵겠지만, 한 발만 더 느슨하게 풀어도 좋겠다고 생각해요. 줄타기의 감각이 중요한 거죠. "너 그렇게 하면 남자들이 안 좋아해" "네가 그러니까 인기가 없는 거야"란 말에 위축되기보다는 '그런 게 뭐 얼마나 대단해서'라는 생각을 하는 게 필요해요. 인정 욕구가 중요할 수 있죠. 그런데 정말 나에게 중요한 건가? 이걸 생각하면서 저도 많이 바뀌었어요. 제가 남자들에게 인기 없는 여자라는 것을 인정했는데 아무렇지도 않더라고요. 그래, 남자들이 나 같은 여자를 안 좋아할 수 있지. 내가 뭔데, 그럴 수 있지. 그 대신에 나는 다른 사람들에게 인기 많아. 아이들도 나를 좋아하고 어르신들도 나를 좋아해. 이런 식으로 인간이 맺을 수 있는 여러 가지 관계에서 각자 상대에게 잘 어필하는 매력이 있겠죠. 연애 못한다고 자기를 미워하는 사람들에게 늘 이야기해요. 사회가 폐기물 취급을 한다고 내가 폐기물인 게 아니잖아요. 사회의 평가와 자기인식 사이에 거리를 잘 벌리는 것, 그게 중요하다고 생각합니다.

이진송_ 칼럼니스트. 우리 사회의 연애담론을 검토하고 비판하는 독립잡지 〈계간홀로〉를 발행하고 있다. 지은 책으로 『연애하지 않을 자유』 『오늘은 운동하러 가야 하는데』, 참여한 책으로 『하지 않아도 나는 여자입니다』 『하고 싶으면 하는 거지, 비혼』이 있다. 즐겁게 읽고 정확하게 비판하고 싶다.

제 투병은
인식과의 투쟁이에요

암 생존자
정지혜의 몸

날씨가 무척 좋은 날이었다. 치맛자락이 나풀거릴 정도로 바람이 불었지만 햇빛은 눈부셨다. 회사 근처를 걷는데 나무들 위로 볕이 부서져서 거리는 온통 나뭇잎과 나뭇가지들의 그림자로 뒤덮였다. 옆에 있는 동료가 "아, 찬란하다. 찬란해"라고 외칠 정도로.

건축가 고 정기용의 작품 세계를 다룬 다큐멘터리를 본 적이 있다. 암 투병중이던 그의 마지막 소원은 '볕을 쬐고 싶다'는 것이었다. 봄볕 찬란한 어느 날, 정기용은 이동식 침대에 누워 마지막 봄나들이를 했다. 카메라가 멀찍이서 그 모습을 비추었기 때문에 병들고 쇠약해진 몸은 보이지 않는다. 그저 침대 하얀 시트 위로 쏟아지던 봄볕만이 기억날 뿐.

병든 순간에조차 봄볕을 그리워할 수 있을까? 그 볕이 원망스럽지는 않을까? 이 좋은 것을 더 제대로 만끽해야 하는데, 더 오래 누려야 하는데 죽어버리는 게 아깝다고 생각하지는 않을까. 수술이나 여러 치료법으로도 쉽게 극복할 수 없는 큰 병이 찾아온다면 나의 모습은 어떨지 상상해본 적이 있다. 아직 알지 못하는 병만큼 무서운 것은 그 순간 발현될 나의 모습이 어떨지 확신할 수 없다는 사실이었다. 엄청나게 좌절할 것 같고, 외면하려 애쓸 것 같고, 안 아픈 사람들을 괜히 원망할 것만 같다. 질병을 삶의 끝, 정상과 비정상의 이분법으로만 이해하던 때까지는 그랬다.

정지혜는 30대 여성 페미니스트이다. 유방암 치료를 장기적으로 받고 있는 암 생존자이기도 하다. 병들었다고 삶이 중단되는 것은 아니다. ‘나’의 중단도 아니다. 나를 이끌어온 질문들과 성향, 내가 그리워하고 사랑하는 것들은 여전히 남는다. 정지혜는 암 발병 이전에도 여성으로서 어떻게 독립적으로 살아갈 것인가를 고민했고, 이제는 암 치료중인 여성으로서 어떻게 독립적으로 살아갈지를 고민한다. 그는 질병을 안고 살아가는 사람들의 삶을 그린 시민연극 <아파도 미안하지 않습니다>에 배우로 참여했으며 오랫동안 한 가지 일을 해온 여성들의 노동을 기록하는 ‘WSW We are still working’ 프로젝트를 이끌고 있다.

병든 순간에조차 그리워할 만한 일이 내게 남아 있을까. 정지혜의 이야기를 듣는다면 그런 걱정은 접어두게 된다. 여전히 나는 그리워하던 것을 그리워하고 사랑하던 것을 사랑할 것이다. 정지혜의 프로젝트명처럼, ‘우리는 여전히 일하고 살아갈 것’이다.

아프고 난 이후에 삶이 많이 바뀌었어요. 내가 어떤 것을 할 수 있고 할 수 없는지에 대해 설명이 많이 필요하더라고요. 또 뭘 먹을 수 있냐 없냐부터 시작해서 얼마큼 걸을 수 있고 얼마큼 활동할 수 있는지까지. 제가 호르몬치료를 받으면서 갱년기 증상들을 보이거든요. ‘땀을 자주 흘리고 얼굴이 금방 붉어지고 금방 지친다’ 이런 식으로 생활습관부터 제 몸 상태까지 계속 설명해야 한다는 점이 피로하죠.

입원해 있으면 병문안 오시는 분들이 조심스럽게 질문해요. 상태가 어떠냐, 얼마나 치료해야 하느냐. 그때마다 지금까지 했던 이야기를 처음부터 다시 해야 하죠. 앵무새처럼 똑같이 이야기하다보면 지치는 것 같아요.

그런데 아프기 전엔 저도 잘 몰랐어요. 암환자 수가 많은데도 이 병이 어떤 건지, 어떤 치료가 필요한지 등에 대해서 이해가 높지 않더라고요. 그래서 동시에 이런 생각도 하게 됐죠. 이 병에 대해, 나에 대해 관심 갖고 궁금해하는 것에 답할 필요가 있겠구나. 병은 내 일이 아니라고 생각하면서 아예 알고 싶어하지 않는 사람도 많거든요. 저를 통해서라도 암환자에 대한 이해도를 높일 수 있다면 피곤해도 이야기를 하는 게 맞겠다고 생각했어요.

2018년 여름에 병을 앓고 있다는 걸 알게 됐어요. 몸이 축 처지고 무기력하고, 길을 걷기만 해도 너무 숨이 차고 힘들더라고요. 날씨가 더워서 그런가, 저혈압이라 힘든 건가 싶었는데, 어느 날 지하철에서 갑자기 앞이 안 보이더니 쓰러져버렸어요. 뭔가 이상하다 싶었는데 가슴에 종양이 눈에 보일 정도로 튀어나와 있더라고요. 병원에 갔더니 선생님도 보자마자 "이건 암이에요"라고 해서 입원했죠. 급하게 검사를 받아보니 생각보다 심각한 상황이었어요. 암이 뼈와 폐까지 전이됐고, 숨이 찼던 이유도 폐에 물이 많이 차서 그런 거라고 하더라고요. 엄마가 어떻게 자기 병을 그리도 미련하게 모르고 있었냐고 했어요. 그런데 제가 원래 건강하지 않기도 했고, 사회가 기본적으로 건강하지 않잖아요. 건강할 수 없는 사회에서는 몸이 안 좋은 게 기본값이기 때문에 아파도 아프다는 것을 인식 못했던 거죠. 게다가 저는 프리랜서였어요. 건강검진을 하러 스스로 병원에 찾아가야 하는 환경이었고, 먹고사는 일 때문에 2년에 한 번 하는 기본 검사도 못 했죠. 제가 사회의 취약한 곳에 놓여 있었더라고요.

암조직이 너무 커서 당장 수술할 수도 없어 8번 정도 항암치료를 받았어요. 유방에 있는 암을 전절제술로 떼어냈고요. 그 이후엔 계속 항호르몬제 치료를 하는 중이에요. 제가 유방암 말기인데, 사실 완치는 불가능한 상황이에요. 평생 치료하며 산다고 생각하면 돼요. 말기 암환자라고 하면 입술 허옇고 곧 죽을 것 같은 이미지가 떠오르잖아요. 슬픔에만 빠져 있을 거란 편견도 있고요. 물론 그런 것도 없지 않아 있지만, 모든 암환자가 다 그렇진 않거든요. 똑같은 암환자라도 상태가 전부 다 다르고, 스스로 병을 잘 관리하며 사는 경우도 많아요. 열심히 운동하거나 사회활동을 하는 분도 많고요. 그래서 요즘은 '암환자'라는 말보다는 '암 생존자'라고 많이 이야기하고 있어요.

제가 아프다는 사실을 깨닫기 전에도 '내가 독립된 개체로서 살 수 있을까'에 대한 고민이 컸거든요. 그런데 돌봄이 필요한 환자가 되니까 제 안에서 그 화두가 더 커지더라고요. 병원에서 보면 대부분 환자들이 중년 이상이거든요. 그 안에서 제가 유독 눈에 띄는 거죠. 그래서 이것저것 물어보세요. 어디가 아프냐, 얼마큼 아프냐. 그러면서 젊은 사람이 아프니 불쌍하다, 돌봐줄 남편도 없네, 이런 시선까지 받는 거죠. 아파서 치료받으려고 병원에 왔는데 그 질문들에 구구절절 대답하는 것도 한때는 스트레스였어요. 병원에서 만난 분들은 저를 가정의 울타리 밖에 있는 불쌍한 젊은 여자애로 생각하는 거잖아요. 그런데 젊은 암환자인 저는 돌봄이 필요한 시기를 거치고 있긴 하지만 독립된 개체이거든요. 젊은 아픈 사람은 독립적일 수 없는 걸까? 이런 상황에 놓인 사람들이 굉장히 많을 텐데 어떻게 이들과 이야기를 나눌 수 있을까? 그런 생각으로 여러 모임을 찾아다녔어요. 『아파도 미안하지 않습니다』(동녘)를 쓴 조한진희 선생님의 북토크에서 가장 큰 위로를 얻었던 것 같아요. '아픈 사람이라 돌봄이 필요하지만 동시에 존재로서의 존중 또한 필요하다' 그런 인식과 함께 사회제도도 개선되어야 한다는 이야기에 공감을 많이 했어요.

저는 암을 치료한다기보다는 암에 대한 인식과 싸운다는 생각을 많이 해요. 제 투병은 인식과의 투쟁이에요. 아픈 사람에게도 욕구가 있고 아픈 사람에게도 일이 필요해요. 아파도 일할 수 있는 사회가 필요하고요. 저도 아직 임금노동을 못 하고 있어요. 하고 싶어도 일자리를 찾을 수가 없거든요. 젊은 암환자 중에는 완치 판정을 받았음에도 일자리 구하기가 어렵다는 생각에 아팠던 사실을 숨기는 분들도 많고요. 이런 공감대를 가진 분들끼리 일을 서로 품앗이한다는 이야기를 들었는데, 저도 그런 모임에 나가볼까 알아보고 있어요. 임금노동을 못 할 거면 차라리 하고 싶은 일을 하자는 생각에 최근엔 여성 노동자 인터뷰 프로젝트 'WSW'를 하고 있어요. 'We are still working'의 약자로, 한 가지 일을 오랫동안 하고 있는 여성 노동자들의 이야기를 듣고 있어요.

제가 삭발할 때 인스타그램 라이브를 했거든요. 항암치료하면 머리가 빠지니까 삭발을 많이들 해요. 머리를 밀면서 젊은 여성 암환자에 대해 얘기해보자는 아이디어가 떠올랐어요. 삭발이 뭔가 슬퍼할 일, 상실하는 일이 아니라 새로운 경험이라는 것을 보여주고 싶은 마음이었어요. 그래서 라이브 내내 엄청 유쾌하게, 계속 웃으면서 이야기를 나눴어요. 제 병을 몰랐던 사람들도 방송을 보고 알게 됐고, 병을 치료하며 잘 지내고 있다는 것도 알렸어요. 암에 별 관심이 없었는데 다시 한번 생각해보게 됐다는 피드백을 듣는 게 너무 좋더라고요. 저로 인해서 누군가가 그런 생각을 한 번이라도 할 수 있다는 사실이 제겐 굉장히 중요했어요. 치료할 때도 도움이 많이 됐고요. 다음으로는 비혼식을 기획하고 있어요. 결혼이 '동반자와 이렇게 살겠습니다'라는 세리머니라면 저는 비혼식을 통해 '내 삶을 이렇게 살겠습니다'라고 선언하는 거죠. '정지혜가 아픈 정체성을 갖고 있는데 한번 독립적으로 살아볼 거래. 우리도 같이 도와줘볼까?' 이런 생각을 할 수 있는 잔치를 마련하려 해요.

체력이 허락하는 한 제 아픔에 대해 이야기하는 것이 제 삶의 미션인 것 같아요. 이렇게 이야기하는 동안에도 신체적인 에너지가 굉장히 많이 들거든요. 말하다가도 땀이 막 나고. 그런데 신체적인 불편함보다는 사회적이고 경제적인 불평등 때문에 힘든 경우가 더 많은 것 같아요. 우리 사회는 아픈 사람들의 이야기를 들어줄 준비가 되어 있을까요? 안 되어 있다면 당사자인 저라도 더 열심히 이야기해야겠다 고 생각해요. 아파도 잘살 수 있다고, 아파도 잘살 수 있는 사회를 만들자고.

정지혜_ 유방암 4기 생존자. 아픈 몸들의 질병 서사로 만들어지는 시민연극 〈아파도 미안하지 않습니다〉에 배우로 참여했다. 여성의 지속가능한 일을 탐구하는 'WSW' 프로젝트를 공동기획했다.

각자의 '우리들'이 서로를 경험할 기회가 필요해요

영화평론가
윤나리의 몸

지금은 돌아가신 외할머니가 몸져누웠을 때의 일이다. 일찍이 남편을 잃은 외할머니가 갑자기 걷지 못하게 되면서 온 가족이 패닉에 빠졌다. 누가 모셔야 하지? 할머니는 병원이나 요양원에서 죽을 수는 없다며 버티고 있는데, 이걸 어쩌지? 모두 생업에 종사하느라 바쁘기도 하고, 죽어가는 할머니의 돌봄에 일상을 저당잡힐 자신도 없는데 말이다. 그 순간 우리 엄마가 손을 들었다. "내가 모셔갈게."

그런데 부모님이 거주하는 천안 집에는 또다른 할머니가 살고 있었다. 바로 아빠의 엄마, 내 친할머니다. 갑자기 두 할머니, 사돈 내외의 기묘한 동거가 시작된 것이다. 당시 『여자 둘이 살고 있습니다』(위즈덤하우스)라는 책이 출간된 직후라 나는 이 상황을 '할머니 둘이 살고 있습니다'라고 이름지어 부르곤 했다. 오랜만에 천안 집에 가보니 문간은 휠체어와 보행기, 지팡이로 이미 어지러웠고, 방 하나는 병원 침대와 간이 변기가 놓인 병실로 변해 있었다. 다른 방 하나엔 흙침대, 원적외선 찜질기, 안마기, 또다른 원적외선 찜질기…… 그 방에서 아직은 건강한 친할머니가 휠체어를 탄 외할머니를 위해 교회에서 배운 오카리나를 연주해주고 있었다. 마치 왁자지껄한 노인복지센터에 와 있는 기분이었다.

놀라운 것은 다 죽어가던 외할머니가 엄마의 끈질긴 돌봄 덕에 다시 생기를 찾고 있었다는 점이다. 평생 홀로 손에 잡히는 대로 식은밥을 먹던 사람이 삼시 세끼 갓 지은 음식을 먹은 덕일 수도 있다. 또 외할머니가 "여긴 늘 시끄러워 좋구나"라고 신음하듯 말하는 것을 보면 나를 돌보는 사람들, 내게 관심을 가지고 말을 걸어주는 사람들이 있다는 사실이 할머니의 메마른 삶에 물기를 더했는지도 모르겠다. "이젠 죽어야지" 하는 체념에 빠질 때마다 사돈댁과 딸과 딸의 남편이 어깨를 붙들고 뒤흔들며 "그런 말씀 마세요" 하고 시끄럽게 굴었기 때문에 삶의 의지를 놓을래야 놓을 수도 없었을 것이다.

윤나리는 서울노인영화제를 꾸려나가는 프로그래머로 일했다. 청년이 그리는 노년의 삶, 노년이 그리는 노년의 삶, 그리고 노년층을 직접 대면하면서 늙어가는 것에 대해 총체적으로 생각하며 지냈다. 그로부터 윤나리가 느끼는 바는 무엇이었을까. 그는 늙은 자신을 상상하지 않으며 지냈다고 했다. 그러나 나는 윤나리가 노인영화제를 이끌며 자연스럽게 자신을 상상하는 미래로 이끌고 있다고 느꼈다. 내가 두 할머니의 동거를 보며 할머니가 된 내 모습을 상상했듯이 말이다. 나는 늙고 병들어 움직일 수 없을 때 내 곁에 나를 일으켜줄 사람이 있는 삶을 상상한다. 그 사람이 꼭 배우자나 자식이 아니더라도 홀로 비참하지 않을 수 있는 사회를 상상한다. 그런 사회라면, 우리 모두 마음놓고 늙을 수 있을 것이다. 윤나리가 상상하는 '젊음 같은 늙음'처럼.

제가 일하는 환경에서는 노년층을 바라볼 일이 많아요. 저는 서울노인영화제 프로그래머로 일하고 있는데요. 이 영화제에서는 청년 부문과 노년 부문으로 나누어서 영화를 받고 있어요. 청년 감독이 노년을 그린 영화들, 그리고 노년 감독이 자유로운 주제로 만든 영화들을 보죠.

노년 감독들의 영화는 굉장히 유쾌하고, '아직 내 삶에서 진취적인 도전을 할 기회가 있다'는 주제로 많이 그려져요. 반면 청년 감독들의 영화에서는 노년이 한정적으로 그려지는 경향이 있어요. 예를 들면, 영화 10편 중 8편에서 노년 여성이 폐지 줍는 모습으로 등장해요. 아니면 항상 밥을 하고 있거나 방에 우두커니 고독한 모습으로 있거나. 그 역할에 목소리가 부여되지도 않아요. 방안의 화분처럼 등장한다고 할까요. 이게 몇 년 동안 반복돼온 현실이고요. 청년들이 노년의 상황을 긍정적으로 상상하기 힘들다보니 그럴 수도 있고, 미디어에서 그려지는 노년 여성의 모습도 한계가 있기 때문일 거예요. 가부장제 안에서 여성의 역할을 묵묵하게 수행하거나 아니면 악역으로서 가부장제를 더욱 강화하거나. 자신의 목소리를 내는 노년 여성 캐릭터가 별로 없잖아요.

노년 여성 감독들은 굉장히 다양한 장르의 영화를 만들어요. 보험사기극 같은 소동극 영화도 있었고요. 노년의 사랑에 대해서 그리기도 하고요. 이번엔 〈1250원으로 여름 피서 떠나기〉라는 작품도 있었어요. 상상력이 돋보이죠. 또 노인영화제 관객은 70퍼센트가 노인분들이세요. 평소 극장을 잘 찾지 못하는 분들에게 영화를 다양하게 경험할 수 있는 기회를 드리려 하고요. 청년 관객도 많이 늘어나고 있는데, 다들 영화제에 와서 많이 놀라는 것 같아요. 노년 캐릭터들이 뭔가 우중충하고 슬픈 모습, 혹은 소위 말하는 꼰대처럼 '인생을 이렇게 살아라' 하고 훈계하는 모습이지 않을까 생각하며 왔는데, 굉장히 상상력 넘치는 영화들을 많이 보게 되거든요. 청년 관객들이 '생각보다 노인들이 밝게 사시는 모습에 놀랐다' '감독님들이 적극적으로 영화 이야기를 해주신다'라고 반응을 할 때마다 이 영화제의 역할이 세대 간 소통의 장을 마련하는 것이 아닐까 생각하기도 해요.

저도 어릴 때는 할머니 할아버지와 함께 살았지만, 혼자 사는 기간이 길어지면서 조부모님과 만날 기회가 점점 줄어들었어요. 그러다 보니 노년에 대한 지식도 부족해졌죠. 제가 실제로 이야기하고 부딪치면서 느끼는 것은, 우리가 생각하지 못했던 배려를 발견한다는 거예요. 제가 어떤 잘못을 하거나 고민을 하고 있을 때 노인분들로부터 충고나 답을 들을 거라고 예상했는데 오히려 공감이 앞서는 경우가 많더라고요. "나도 그런 고민을 했었어" 혹은 "나도 그 상황에서 어떻게 해야 할지 모르겠네. 그런데 나리씨는 잘할 수 있지 않을까요?"라는 식으로요. 제가 어떤 영화를 상영할지 말지 고민하고 있었는데 '그 영화가 좋다, 안 좋다' 평하는 분이 없고 "저희 노년들은 이 영화를 이렇게 바라봐요. 청년들은 어떻게 볼까요? 청년들이 바라보는 시각에 우리가 누가 되지는 않을까요?"라며 깊은 공감을 보여주셔서 정말 놀랐거든요. 저도 무조건 이해하려고만 할 게 아니라 '이분들의 생각이 뭘까'라는 식으로 사고하게 되고요. 영화제 일을 하면서 제게 일어난 가장 큰 변화였어요.

물론 그렇지 않은 분들도 있죠. 일방적으로 충고한다거나 제 감정이나 상황을 무시한 채로 얘기하는 분들도 분명 있어요. 저는 일하면서 직접적으로 반응해야 하잖아요. 길거리나 대중교통을 이용할 때 마주치는 일들은 무시하면 그만이지만, 영화제 안에서는 책임지고 반응을 보여야 하는 거예요. 그래서 솔직하게 이야기하기 시작했죠. 지금 그렇게 말씀하셔서 굉장히 기분이 안 좋다, 라는 식으로요. 그런데 오히려 "아, 그랬어?"라고 반응하는 분들도 꽤 있더라고요. 그때 '이분들이 다른 세대와 소통해본 경험이 부족하구나'라는 생각을 했어요.

영화제를 주최하는 서울노인복지센터에 하루에만 약 1천여 명 정도의 어르신들이 방문하시거든요. 그분들은 저를 보면 신기해하세요. 머리도 짧고, 몸에 타투도 많고, 옷도 얌전하게 입는 편이 아니거든요. 그런데 "손에 그림이 너무 예쁘다"라며 말을 걸기도 하고, 누군가가 제게 호통을 치면 "왜 그러세요, 저는 그렇게 생각하지 않는데"라고 해주시기도 해요. 우리가 탑골공원처럼 노인들이 모이는 특정 장소에 대해 알고는 있지만, 그곳에 실제로 가보지는 않잖아요. 각자의 '우리들'이 서로를 경험할 기회를 주는 일이 중요하다고 생각했죠.

지금의 노년 세대는 가부장제가 훨씬 더 강한 시절, 자유롭지 못한 시대를 겪었죠. 사회가 많이 달라졌잖아요. 그리고 제가 그 변화를 인지하고 있잖아요. 그래서 제 노년의 모습을 상상했을 때 '나는 그렇게 되지 않을 것이다'라는 생각이 무의식중에 있었던 것 같아요. 그런데 그 굴레를 타파하기가 굉장히 힘들다고 느낄 때가 있어요. '나는 다른 삶을 살 거야, 여성으로서 더 진취적인 도전을 할 거야'라고 생각하다 보면 늘 실패하는 지점이 있거든요. 노후에도 비혼 여성으로 살겠다고 다짐하면서도 '내가 과연 다른 삶을 살 수 있을까' '남들에게 어떤 식으로 비칠까' 하는 생각을 많이 하게 되더라고요. 제가 아무리 그렇게 되지 않겠다고 해도 제게 무의식적으로 투영된 관습들로 인해 결국 '비혼 여성으로 살기 너무 힘들다, 노년 여성으로서 능동적이고 진취적인 역할은 하기 힘들다'라고 생각하게 되는 건 아닐까. 저를 끊임없이 객관적으로 바라보고 성찰해야 하는데, 그것도 제게 무거운 부담으로 느껴질 때가 있더라고요.

20대 때는 굉장히 잘 지내고 있다고 생각했어요. 하고 싶은 공부와 하고 싶은 일을 하면서 나를 잘 다스리며 산다는 만족감이 있었죠. 그런데 30대가 되니 그 만족감을 유지하기 어려워지더라고요. 오늘 이런 일이 있었어요. 제가 키우는 강아지가 이가 없어서 늘 혀를 내밀고 있거든요. 강아지와 마트에 갔는데 앞에 계신 손님이 "어우, 보기 흉하다"라고 말하는 거예요. 의미 없이 내뱉은 말일 텐데 제가 그때 했던 생각은 '내가 너무 비정상적으로 살고 있는 것은 아닐까?'였어요. 이 나이 되도록 결혼도 안 하고 아픈 강아지와 살고 있는 나. 연금저

축도 없는 나.

예전엔 제가 특별하다고 생각했어요. 남들과 다른 경험을 하며 원하는 삶을 산다고 생각했는데, 이제 와서 '내가 선택하는 것들이 정상 범주에서 너무 벗어난 것은 아닌가' 싶어서 두렵더라고요. 제 곁에 남아 있을 사람이나 저를 이해할 사람이 계속 줄어든다는 생각도 들고요. 그렇다고 소위 말하는 정상적인 것들을 누리며 살고 싶지는 않지만, 한편으론 그 범주에서 벗어나 있다는 게 내 삶을 계속 흔드는 불안감으로 남아 있겠구나, 생각했어요.

저는 보험도 안 들었었거든요. 10년 후 제 모습을 상상하기 힘들었어요. 아프면 그냥 죽어야지, 라고 생각했고 나이든 제 모습에 대해 생각해보지도 않았어요. 어떻게 보면 이율배반적이죠. 그런 제가 노인영화제에서 일하고 있다는 게. 그런데 최근에 보험을 들었어요. 그러면서 처음으로 '내가 이 보험금을 탈 땐 어떤 일을 하고 있을까'라는 생각을 한 거죠. 저는 보험금을 탈 때도 이런 고민을 하면서 살고 싶어요. '어휴, 내 나이가 벌써 이렇게 되어버렸네. 어떻게 하지?' 나이를 먹으면 정답을 알게 될 것 같고 삶이 좀 풀릴 것 같잖아요. 그런데 여전히 답을 쉽게 얻을 수가 없겠죠. 그때도 '내가 이렇게 사는 게 맞나'라는 생각을 하며 살고 싶어요. 어떤 답도 내리지 않고, 계속 무언가를 고민하고 알고 싶어하면서요.

윤나리_ 영화평론가. 영화일을 오래해왔고, 현재는 기획자로 일하고 있다. 영화를 계속 좋아하기 위해서는 쉬어가는 시간이 필요하다고 생각한다. 지금만큼 영화를 맘 편히 볼 수 있는 날이 없는 것 같아 즐겁다.

동료를 찾아서 이 시스템을
움직여나가고 싶어요

대중음악평론가
김윤하의 몸

소개팅 주선을 좋아한다. 선을 넘는 일인가 싶다가도 내가 각자 알던 외로운 두 사람이 서로를 만나 행복해지는 과정을 보는 게 너무 신기하고 기적 같아서 이 행동을 멈출 수 없었다. 물론 성공 확률은 낮은 편이고, 기적보다는 쓸쓸함만 확인할 때가 더 많지만.

언젠가 별난 소개팅을 주선한 적이 있다. 연애를 전제로 한 것이 아닌 '덕질'을 함께하라는 의미의 소개팅이었다. 소개받을 두 친구와 나는 이를 '덕개팅'이라 불렀다. 두 사람은 그 당시 데뷔한 어느 가수의 팬이었다. 내가 관찰한 바로 그들은 직장생활을 하며 팬 활동을 힘겹게 이어가고 있었다. 유별난 사람으로 이목을 끌고 싶지 않았기에 신분을 철저히 감추며 활동했다. 사무실에서 '굿즈'를 주문할 때도 마우스를 초연히 딸깍거리며 연기해야 하고, 팬이 아닌 이들이 마구 던지는 비판을 내색 않고 들어야 하는 고충도 있었다. "걔네가 뭐가 좋다고 쫓아다니는지…… 쯧쯧……" 같은 말들에 반격 한 번 못 하고 속으로 삭이는 것이다.

이 고립된 사랑을 오래, 더 즐겁게 지속하면 좋겠다는 생각에 나는 두 친구의 만남을 주선했다. 매우 어색해했지만 나중에 이런 저런 정보를 공유하다가 결국 콘서트까지 같이 관람했다고 하니 망한 소개팅은 아니었던 것 같다. 그후의 일은 잘 모른다. 원래 소개팅 주선자가 엔딩까지 책임지지는 않으니까.

김윤하는 이들 중 한 명이 좋아하는 평론가다. 여성 음악평론가가 드물어서 눈길이 가기도 했고, 무엇보다 팬들의 마음을 이해하는 비평을 한다는 점에서 좋아한다고 했다. 김윤하를 만나 이야기를 들어보니 친구가 그를 좋아하는 이유가 곧 그의 지향점이기도 했다. 그는 이 거대한, 때로는 비인간적인 케이팝 산업 내에서 음악의 존재를, 음악을 사랑하는 사람들의 존재를 환기하고 있었다. 언제나 팬들을 맹목적 소비자가 아닌 산업을 변화시킬 수 있는 중요한 한 축으로서 설명한다. 아티스트의 숙명적인 상품성을 이해하면서도 그 포장 안에 담긴 그만의 이야기를 읽어내고 또 알려주려 애쓴다.

음악을 사랑하면서도 비판하는 일. 비판하면서도 무한한 지지와 응원을 보내는 일. 불가능해 보이지만 사실은 가능한 일이다. 음악뿐 아니라 곳곳의 모든 일도 그렇게 해야 한다고 느낀다. 사랑한다고 감추고, 성취하려고 감추고, 지금은 때가 아니라며 미룬다. 꼭 그래야 할까. 사랑할수록, 더 멋진 것을 성취하고 싶을수록, 그 미래를 가깝게 만들고 싶을수록 우리는 더 말하고 드러내야 하는 것이다.

여성 평론가가 많이 없으니까 제가 어떻게 이 일을 하게 된 건지 궁금해하시는 분들이 많아요. 한국에서 젊은층을 중심으로 인디음악이 서서히 인지도를 높여가던 1990년대 중반, PC통신이 발달하고 대중들도 문화에 대해 이런저런 이야기를 할 수 있는 공론의 장이 만들어졌죠. 저도 그곳에서 음악에 대한 이야기를 하다가 좋은 기회들이 엮이고 엮여 지금까지 20년 정도 이 일을 하게 됐습니다. 단순하게 음악을 오래 좋아하다보니까 이 일을 하게 됐네요.

요즘 고민도 많고 생각도 많아요. 최근 케이팝의 인기가 뜨거워지는 동시에 페미니즘도 뜨거워지면서 두 가치가 격렬하게 맞붙는 양상을 보이고 있거든요. 흐름은 크게 두 가지인 것 같아요. 한쪽에서는 아이돌 산업과 페미니즘은 절대로 양립할 수 없다고 봐요. 페미니즘을 이야기하려면 여성을 대상화하고 착취하는 케이팝 산업 자체가 사라져야 한다는 거죠. 다른 한쪽에서는 케이팝 산업 안에서도 여성 아티스트는 상대적 약자고 어려움을 겪으니 더 적극적으로 응원하자는 분위기가 있어요.

저는 사실 두 가지 방향 모두를 지지해요. 케이팝이나 쇼 비즈니스도 언젠가는 사라지겠죠. 그래도 어쨌든 지금 존재하는 것들을 어떻게 다룰 것이냐는 문제는 그대로 남아요. 케이팝이나 아이돌 산업을 페미니즘적으로 이해하고 바꿔나가고자 하는 흐름은 지금 우리 사회의 흐름과 크게 다르지 않다고 생각해요. 변화는 무엇이든 반갑고 좋은 것이지만, 그와 동시에 이 산업이 어떤 그릇된 시스템으로 돌아가고 있는지에 대해 지속적으로 이야기할 필요도 있어요. 더불어 이런 열악한 환경에서도 열심히 자신의 목소리를 내고 작업물을 발표하는 여성 아티스트들을 지지하고, 또 그들의 존재를 재해석해 그들의 움직임을 알리는 일을 요즘 많이 하고 있어요.

저는 현장에서 함께 고군분투하는 동료처럼 여성 아티스트들에게 감정이입을 해요. 여성 아티스트는 노출이 많거나 성적 대상화되기 쉬운 의상을 자주 입어야 하잖아요. 짧은 핫팬츠나 가슴이 많이 드러나는 의상, 또는 굉장히 화려한 메이크업. 그런 것들을 지적하는 팬들의 목소리가 나올 때가 있어요. '나는 나'라고 말하며 주체적으로 음악을 하는 것처럼 메시지를 전달하는 아티스트가 그런 의상을 입어도 되는가. 앞뒤가 맞지 않다는 거죠. 그런 모순이 드러날 수밖에 없는 게 이 업계의 특성이라는 생각이 들어요. 지금까지 이어져온 악습이자 관성이죠. 게다가 아이돌은 음악뿐 아니라 전방위적으로 자신을 드러내야 하는 직업이잖아요. 그룹 활동이기도 하고, 사생활까지 가면 워낙 덫도 많고요. 한 사람 안에 모든 것을 합일해서 보여주기에는 특히나 어려움이 많은 직업이에요. 우리 사회에서 여성들이 근본적으로 비슷한 딜레마에 휩싸여 있다고 생각해요. 싫지만 내가 있는 세계 안에서 목표를 달성하고 싶은 성취 욕구 때문에 참으면서 일하는 경우도 있고, 어떤 게 왜 문제인지 모르면서 헌신적으로 일하는 경우도 적지 않다고 봐요.

다만, 그룹에 속해 있거나 신인일 때는 하지 못했던 이야기를 솔로 활동을 하면서 시작하는 경우가 늘어나고 있어요. 아이돌이라는 직업 특성상 조금만 움직여도 반응이 뜨겁게 나타나기 때문에, 어려운 상황에도 불구하고 조금씩 목소리를 내는 여성 아티스트가 늘고 있다는 것이 무척 긍정적이고 고맙죠. 말 한마디, 행동 하나가 얼마나 어려운 환경인지 너무 잘 알아서 조금이라도 자신을 보여주고 싶어하는 여성 아티스트를 보면 어떤 방식으로든 응원해주고 싶다는 생각을 항상 해요.

케이팝 아이돌 산업은 모든 걸 보여주는 것 같지만 아무것도 보여주지 않는 산업이기도 하거든요. 보여주고 싶은 것만 보여주고, 보여주기 싫은 것들은 철저히 가릴 수 있어요. 해외 일부 언론에서는 케이팝 아이돌 산업이 너무나 한국적인 시스템에서 만들어진다는 이야기를 하기도 했어요. 저도 동의해요. 연습생 생활이 기본이라 10대 시절 2~3년, 길게는 5~6년까지 학업을 등한시하면서 가수로 데뷔하기 위한 다양한 트레이닝을 거치잖아요. 그러다보면 개인의 사생활이나 개성은 뒷전으로 밀릴 수밖에 없어요. 그룹 단위로 한몸이 되어야 한다는 대의가 있기 때문에 인권 침해적 요소가 생길 가능성이 높고요. '성공을 위해서 10대 시절은 희생해도 상관없다'는 인식도 있고, 이건 스포츠의 엘리트주의와 비슷하죠. 신체적, 정신적으로 버티기 힘든 살인적인 스케줄과 물샐틈없는 사생활의 차단. 결국 이런 시스템이 케이팝을 단단하게 받치는 셈인데, 참 이상하죠. 상식을 벗어난 것들이니까요.

이 산업의 비상식적 측면을 비판하면서도 이곳에서 생산되는 음악을 좋아할 수 있는가. 제게도 딜레마거든요. 당장 망하라고 하기보다는 제 나름대로 방향성을 갖고 지속적으로 이야기하려 노력하고 있어요. 이 산업이 아직 움직이고 있고, 그 안에 자신의 삶을 갈아넣고 있는 사람들이 실제로 있기 때문인 것 같아요. 상상하기 힘들 정도로 최선을 다해서 꿈을 향해 달려가고 있는 사람들이 있죠. 자세히 들여다보면 그 삶들을 계속 응원하고 지지하고 싶다는 생각이 들 수밖에 없어요. 이 산업을 소비하면서 할 수 있는, 그나마 제일 말이 되는 일이기도 하고요. 그리고 의외로 이 산업 안에서 고군분투하는 아이돌, 특히 여성 아이돌이 어떤 활동을 하고 어떤 노래를 발표하는지 알려진 경우가 드물어요. 음악적 측면보다는 산업적 측면으로 인정받는 경향이 크고, 대부분 연예면에서 소모적으로 소비되는 경우가 많거든요.

팬들은 더 힘들어하고 고민하는 경우가 많아요. 그 대상을 사랑하니까요. 최근에 '슬픔의 케이팝 파티'라는 행사에서 팬들과 함께 직접 이야기를 나눴거든요. 모여서 사랑하는 대상에 대해 듣고 토론하고자 하는 사람들이 많아질 때 케이팝 산업에 조금이라도 변화의 바람이 불지 않을까 생각해요. 사랑하는 사람이 잘못된 행동을 했을 때 감정을 거두고 차분하게 비판하고 변화를 요구하는 일, 정말 어렵잖아요. 다수는 아니지만 소수라도 꾸준히 움직이고 있어요. 케이팝 산업은 다른 어떤 분야보다도 소비자 목소리에 민감하게 반응하거든요. 변화를 빠르게 흡수하고 그걸 상품으로 만들어내는 데 도가 튼 시장이고요. 소비하는 사람들 사이에서 상식이라 여겨지는 올바른 관념들이 많아지면 이 산업에 궁극적으로 좋은 영향을 끼칠 수밖에 없어요. 물론 시스템 자체가 뒤틀린 부분이 많다보니까 이런 변화의 움직임, 자성의 목소리가 제대로 흡수되지 않는 경우도 많지만, 확실히 이전과는 눈에 띄게 달라지고 있어요. 그래서 저는 계속 나아질 거라는 희망을 가져요.

제가 어떤 선택이나 결정을 할 때 딱 하나 생각하는 게 있다면, 그건 '함께하고 싶다'는 생각이에요. 더 많은 사람들과 더 많은 이야기를 하면서 더 좋은 곳으로 가고 싶어요. 그게 자신의 창작물을 만드는 아티스트일 수도 있고, 저처럼 글을 쓰는 사람일 수도 있고, 케이팝 팬덤 내에서 페미니즘운동을 하는 사람일 수도 있어요. 모두 이 산업 안에서 고민하며 자신의 삶을 꾸려나가는 사람들이죠. 그런 사람들을 더 많이 만나고 싶고, 도울 수 있다면 돕고 싶고, 저도 도움을 받고 싶어요. 그렇게 고민하는 게 무의미하지 않다는 것을 각종 결과물로 보여주고 싶어요. 그러다보면 여성 아티스트들도 '내 이야기에 귀기울이는 사람들이 있구나'라고 생각하면서 자신을 감추는 법보다 조금씩 드러내는 법에 익숙해지지 않을까요. 동료와 동지를 찾아서 우리가 가고자 하는 방향으로 이 산업과 시스템을 움직여나가면 좋겠어요. 그게 정말 어려운 일이라면 언젠가 다 망하는 날이 올 수도 있겠죠. 그러니까 그 직전까지는 많은 동료들을 모아서 이야기를 나누고 칭찬하고 격려하고 싶어요.

김윤하_ 대중음악평론가. 케이팝부터 인디음악까지 다양한 음악에 대해 듣고 쓰고 이야기한다.

다음 세대 여성들에게
책임감을 느껴요

작가
윤이나의 몸, 황효진의 몸

어느 강연에서 이런 공격적인 질문을 받은 적이 있다. "방송사 정규직인 당신이 거리에 나앉게 된다면 콘텐츠를 만들어서 밥 벌어먹을 자신이 있는가?" 회사에서는 이런 질문을 받은 적도 있다. "캐나다는 43세 정치 신예가 총리 자리에 올랐는데, 우리도 젊은 CP(책임프로듀서) 체제로 가보자. 선영아, 해볼래?"

답은 당연히 '못 하겠다'였다. 나는 담이 아주 작다. 내가 틀렸거나 조롱받으면 심장소리가 온몸을 울릴 정도로 심약하다. 눈물이 그렁그렁한 채 참으면 선방이고, 자칫하면 아주 보기 싫은 모습으로 울어버린다. 이런 내가 도대체 왜, 어떻게 무언가를 만드는 곳에서 일하고 있는 걸까. 내가 만든 것으로 내 영혼의 깊이와 폭을 평가받아야 하는 이곳에서. 물건을 잘 파는 배짱이 있거나, 아니면 안 팔려도 좋으니 내가 믿는 대로 하겠다는 용기 중 하나는 갖춰야 하는 이곳에서.

온 인류가 갈망한다는 자유, 피와 땀과 눈물로 겨우 한 발짝씩 다가가고 있는 그 자유를 나는 정말 원하고 있을까. 자유를 상상하면 흥분과 설렘보다는 두려움이 앞선다. 아마 해방감으로 환호하며 뛰쳐나가기보다 잊은 것은 없는지 자꾸 뒤돌아볼 것이다. 자유에 대한 망설임은 오랫동안 내 존재의 크기를 결정하는 감정이기도 했다. 기회가 주어져도 아무것도 이룩할 수 없는 사람이라는 것이니까. '우물쭈물하다가 내 이럴 줄 알았지'는 나를 위한 말이었다. 내 안엔 이런저런 후회만이 쌓여갔다. 그때 그냥 뛰쳐나갈걸, 내질러버릴걸, 무시해버릴걸!

콘텐츠 프로젝트팀 '헤이메이트'의 작가 윤이나와 황효진은 스스로를 이렇게 소개한다. "더 나은 여성의 삶을 기치로 하여 엔터테인먼트 콘텐츠를 여성의 시각에서 이야기해보는 작업을 함께하고 있습니다." 헤이메이트의 정체가 도대체 뭐지? 퍼즐 맞추는 기분으로 이 문장을 떠올렸다. '더 나은 여성의 삶', 그건 다이어트 강박이나 더 낮은 임금이나 혐오로부터의 자유. '엔터테인먼트 콘텐츠를 여성의 시각에서', 그건 "이게 되겠어?" 같은 힐난과 의구심으로부터의 자유. '이야기해보는 작업', 말하는 것이니까 이것도 자유. '함께하고 있습니다', 내 안으로의 매몰이 아닌 함께하는 자유.

그들은 자유로운 신분으로 자유로운 관점에서 창작과 비평을 한다. 불안함을 딛고 무모함의 결과물을 함께 만들어낸다. 두 사람이 만들어내는 작업의 여정을 따라가다보면 이런 이야기가 들리는 것 같다. '엉망진창 콘텐츠의 망망대해에 빠져서 허우적대지 말고 우리와 그 물살을 거슬러보자. 자유로운 무인도에서 용감하게 살아남아보자!' 용감해 보이는 그들도 망설임과 후회가 없었던 것은 아니다. 다만, 그럴 때마다 헤이메이트의 문장을 떠올렸을 것이다. "더 나은 여성의 삶을 위해 함께하고 있습니다. 함께합시다."

윤이나 : 우리는 일하는 동료로 처음 만났어요. 효진님은 웹 매거진 기자였고 저는 외부 필자였죠. 그러다가 효진님이 퇴사하고 프리랜서가 되면서 시간이 많아졌을 때 조금 더 친하게 지내게 됐어요.

황효진 : 그게 2017년쯤인데, 그때 둘이서 다이어트를 심하게 했었어요. 기자 일을 7~8년 정도 했는데 밤샘 마감도 많고 일이 고되어서 야식으로 스트레스를 푸는 날이 많았거든요. 그래서 퇴사할 때 몸무게가 처음 입사했을 때보다 많이 늘어나 있었죠. 또 프리랜서 시작하고 얼마 안 됐을 때라 일도 없고 너무 불안한 시기였어요. 그렇다면 이 기회에 다이어트에 몰입해서 살을 많이 빼보자고 생각하게 된 거죠.

윤이나 : 일종의 버릇 같은 건데, 삶에서 어려운 일이나 고통이 닥칠 때 내가 할 수 있는 일은 몸을 바꾸는 것밖에 없다는 생각을 늘 했거든요. 그게 다이어트 강박으로 나타나는 거죠. 더 건강한 몸으로 바꾸자는 생각보다는 더 작고 마른 몸을 선망하는 방식으로 발현됐어요. 친구가 다이어트 약을 2주 정도 먹으면 살이 확 빠진다는 거예요. 저도 그 약을 처방받았죠. 정말 먹는 욕구가 사라지고 몸도 작아졌어요. 그런데 동시에 많은 생각을 하게 됐죠. 이렇게까지 해야 하는가? 몸에 나쁠 것으로 추정되는 약물까지 써가면서 다이어트를

하는 게 옳은가? 마음속에 죄책감도 생기고요.

황효진 : 저는 빼야 하는 살의 양이 훨씬 많아서 약을 하루에 1회 더 먹었어요. 그때 정말 눈에 초점이 잘 안 맞고, 의욕이 엄청 떨어져서 하루종일 무기력하게 누워 있었어요. 그게 약의 부작용이라는 걸 알면서도 당장 식욕이 없어지고 하루가 다르게 몸무게 숫자가 바뀌는 걸 보니까 포기가 잘 안 되더라고요. 그러면서 "우리가 살을 빼긴 했는데, 이건 좀 아니지 않나? 왜 이렇게까지 해야 하지?"라는 이야기를 서로 했어요.

윤이나 : 저희는 그때도 페미니스트고 지금도 페미니스트거든요. 그런데 우리가 스스로 페미니스트라 정체화하고 여성주의적인 이야기를 하면서도 마른 몸에 대한 집착을 계속 버리지 못한다는 느낌을 받은 거예요. 효진님과 저는 늘 몸무게를 공유했어요. 전날 굶어서 아침에 몸무게가 빠져 있으면 그걸 공유하고, 다시 찌면 또 공유하고. 너무 병적이잖아요.

황효진 : 그때 다이어트를 하면서 처음으로 다른 여성들의 식사량을 디테일하게 관찰했거든요. 제가 다이어트 약을 먹으면서 밥을 정말 두세 젓가락 정도 먹었어요. 그런데 다른 여성들을 보니까 늘 거의 그만큼 먹는 거예요. 물론 그 사람의 식사량 자체가 적을 수도 있겠지만, 한국의 20~30대 여성들이 의식적으로 식사량을 제한한다는

생각이 들었어요.

윤이나 : 그 이후로 2년이란 시간이 지났는데, 이제는 몸에 대한 이야기를 거의 안 하게 됐어요. 다이어트에 너무 많은 에너지를 소모한다는 것을 깨달은 거예요. 제가 충격을 받은 일이 있는데요. 친구를 만날 때마다 제가 다이어트 얘기를 너무 많이 해서 친구도 다이어트해야겠다는 생각이 들 정도였다는 거예요. 한 친구는 제가 같이 여행하는 2박 3일 동안 살을 빼야겠다는 이야기만 했다고 하더라고요. 가까운 사람들에게 부정적인 영향을 미치고 있었다는 사실이 너무 충격이었죠.

황효진 : 그런데 우리가 왜 이렇게 병적으로 다이어트와 날씬한 몸에 집착하게 됐을까 생각해보면요. 저는 지금도 집에 가면 엄마가 몸을 자세히 보고 살이 쪘다, 턱이 어떻다, 종아리가 어떻다, 이런 얘기를 부위별로 하시거든요. 엄마랑 싸우고 너무 스트레스를 받아서 집을 뛰쳐나간 적도 있어요.

윤이나 : 저희는 둘 다 TV 키즈라 엔터테인먼트 산업에서 보여주는 이미지의 영향을 많이 받은 세대거든요. 게다가 그 분야에서 일하다 보니까 마른 몸에 대한 선망이 자꾸 커지는 상황에 놓이는 거죠. 몸의 사이즈와 무게까지 정해진, 아름답다고 평가되는 여성을 보면서 나와 비교하고. 제가 방송작가로 커리어를 시작했는데요. 업계에서

그런 말들이 일상적이었던 것 같아요. 몸무게에 대한 말이나 누가 예쁘다거나 하는 말이요. 또 연예인의 외모가 능력의 기준이라고 생각해서 외모 평가를 당연하게 여기기도 했고요.

황효진 : 현장에서 화보를 찍다보면 미디어를 통해 비춰지는 여성의 몸이나 피부가 얼마나 많은 수정을 통해서 탄생되는지 저희는 알게 돼요. 그럼에도 불구하고 완성된 이미지를 마주했을 때 객관적으로 보지 못하는 거예요. 그 한 컷을 위해 수백 장을 찍어야 하고, 리터칭 과정을 통해 몸의 굴곡이나 얼굴선을 다듬고 피부를 밀어내요. 또 현장에서는 한 컷 찍고 나면 헤어 메이크업 담당자가 바로 달려가서 수정해주거든요. 미디어에서 보여주는 여성의 몸과 외모가 현실적으로 불가능하다는 것을 다 알면서도 무의식적으로 좇는 거죠.

윤이나 : 화장도 그래요. 저는 메이크업을 굉장히 진하게, 다양한 방식으로 하는 편이었거든요. 건강 문제 때문에 화장을 안 하게 됐죠. 눈이 아주 심하게 나빠졌거든요. 화장품 성분이 눈 안에 들어가 결석 같은 게 생겼는데, 눈이 너무 아프고 시려서 눈물을 줄줄 흘리고 다녔어요. 그제야 깨달은 거죠. 이 정도로 내 몸을 상하게 하는 행동을 당연하게 해왔다고? 저뿐만 아니라 젊은 여성들이 화장을 예의나 의무로서 요구받잖아요. 저라도 원래 얼굴을 사람들에게 보여줘야겠다는 생각을 했어요. 원래 얼굴이 화장한 얼굴에 비해 부족하다고 생각하지 않으려 하면서 화장도 줄이게 됐죠.

황효진 : 헤이메이트 활동을 하면서 10대 여성들을 만날 기회가 있었어요. 그런데 학생들이 신체검사를 할 때 몸무게가 조금만 많이 나가도 울면서 다이어트해야 한다고 말한다는 거예요. 그 얘길 듣고 정말 정신 차려야겠다고 생각했어요. 몸에 대한 이야기를 개인적인 차원에서 안 할 뿐만 아니라 미디어 속 여성의 외모를 좇는 게 잘못되었다는 것을 계속해서 크게 이야기해야겠다는 생각을 했어요.

윤이나 : 저희가 여성에 대한 이야기를 계속하려는 이유는 다음 세대 여성들에게 필요한 작업이라고 생각하기 때문이에요. 최근에 여자 고등학교에 강연을 다녀와서 느낀 건데, 학생들이 엔터테인먼트를 저희가 생각하는 것보다 더 비평적으로 보고 있더라고요. 동시에 더 많은 영향을 받기도 하고요. 책임감을 느꼈죠.

황효진 : 그런데 강연하면서 '내가 이런 이야길 할 자격이 있나?' 하고 스스로에게 질문할 때가 있어요. 몸이 더 마르고 작아졌으면 하는 욕망을 완전히 버리지 못했거든요. 궁극적으론 몸에 대해서 어떠한 이야기도 하지 않는 상태가 되고 싶어요. 지금도 몸에 대해서 이야기하는 데 너무 많은 에너지와 시간을 쓴다는 생각을 하거든요. 몸을 그냥 몸으로 생각하면서 지내고 싶어요.

윤이나 : 작은 몸에 대한 열망은 일종의 버릇과 같아서 몸무게를 재면 몸무게 생각을 하고, 옷을 입으면 '예전엔 더 작은 옷도 들어갔는

데' 하는 생각을 자꾸 하죠. 제일 중요한 건 그런 불안과 잘못된 욕망을 다른 사람들과 공유하지 않는 거라고 생각해요. 몸보다 운동에 대한 이야기를 하는 게 더 좋을 것 같은데요. 저는 줌바 댄스를 추거든요. 스케이트보드도 배워요. 주변에서 다들 곧 마흔인데 10대 스포츠를 한다고 놀리지만, 내가 몰랐던 흥, 내 장점이 잘 드러나는 운동을 찾았을 때 기쁘고 즐거운 것 같아요. 앞으로 내 몸이 잘 기능하도록 애쓰면서 살아가려고요.

황효진 : 몸과 관계 맺는 문제를 혼자 고군분투해서 해결해야 하는 일이라고 생각하지 않으면 좋겠어요. 저희가 이 정도나마 몸에 대해 덜 생각할 수 있게 된 것도 주변에 비슷한 문제의식을 가진 친구들이 있었고, 이들과 끊임없이 대화하면서 비판적으로 바라볼 수 있는 시각을 갖게 되어서거든요. 주변에 내 편을 많이 만들어두고, 누가 몸에 관해 잘못된 관점으로 이야기하려 할 때 화제를 돌린다든지, 몸에 관한 다른 이야기를 해보면서 이 분위기를 같이 바꿔나갔으면 좋겠어요. 그럴 수 있는 동료를 만드는 게 굉장히 중요할 것 같아요.

윤이나, 황효진_ 더 나은 여성의 삶을 위한 콘텐츠팀 '헤이메이트' 작가. 『둘이 같이 프리랜서』『여자들은 먼저 미래로 간다』를 함께 썼다. 매주 수요일, 팟캐스트로 자매애 고취 방송 〈시스터후드〉를 진행중이다.

바이크가 페미니즘적 수행처럼
느껴질 때가 많아요

배우
김꽃비의 몸

<말하는 몸>을 만들며 유지영과 내가 이룬 업적(?) 중 하나는 함께 아일랜드 여행을 했다는 것이다. 출연자인 아일랜드 교민 봄이(그의 이야기는 1권 1부에 등장한다.)의 놀러오라는 한마디에 정말 비행기 티켓을 끊고 휴가를 내버렸다. 통장 잔고가 한순간에 텅 비어버린 엄청난 탕진이었다. 그곳에서 만난 아주 근사한 바를 소개해보려 한다.

지하 1층에 위치한 그 바는 아일랜드의 위대한 여성들에게서 영감을 얻어 만든 독창적인 칵테일을 팔았다. 위대하다고 표현했지만 '훌륭한' 업적을 이룩한 여성들만 기억하는 것은 아니었다. 해적 여왕, 화형 직전 탈출한 마녀, 난잡한 연애로 이름난 트러블메이커…… 어쩐지 정도의 역사에서 조금 비켜난 이들도 기억하고 있었다. 남들의 존경이나 손가락질은 아랑곳하지 않으며 자신의 삶을 스스로 개척하는 이들 말이다.

이것저것 뒤섞어 오묘한 맛이 나는 칵테일을 마시며 생각했다. 좋은 명분을 가졌지만 본질은 저열한 행동들에 속지 말자고. 제멋대로 사는 것 같지만 그 방향이 의미 있는 것에 더 좋은 이름을 붙여주면 좋겠다고. 한때는 목숨까지 희생할 정도의 각오라면 그 이유도 올바를 것이라는 믿음이 있었다. 그러나 이젠 '과연 그럴까' 싶은 것이다. 그보다는 작은 변화들, 할 수 있는 실천들, 오랜 고민 끝에 우러러 나온 해답들에 더 눈길이 간다. 그런 삶을 보며 영감을 얻고 '나도 해볼까?' 하는 의지도 생긴다.

배우 김꽃비는 커다란 헬멧을 옆구리에 낀 채 녹음실에 나타났다. 그의 별명은 바이크 전도사로, 운전자 성별, 바이크 기종, 운전 기량 등으로 서로를 차별하지 않는 바이크 문화를 꿈꾸고 있다. 김꽃비의 이야기 중 내 마음 깊이 박힌 표현은 "바이크가 페미니즘적 수행처럼 느껴진다"는 말이었다. 사륜차들이 달리는 도로 위에서 바이크 운전자는 '어디 감히 이륜차가!'라는 차별적 시선을 받는다. 이는 '어디 감히 여자가!'와 비슷한 인식 아닌가. 여성 운전자라는 게 드러나는 순간 위협을 당하기도 한다. 반면 페미니즘적 해방의 순간도 있을 것이다. 온몸에 힘을 실어 기체를 통제하며 질주할 때의 터질 듯한 희열은 그가 말할 때 표정에서 짐작할 수 있었다.

김꽃비의 수행을 칵테일로 표현한다면 어떨까. 아일랜드의 바 메뉴 중에서 골라보았다. 탐험가, 등산가, 사진가로 활동했던 여성들을 기억하기 위한 술이다. 오래 숙성해 풍미가 깊어진 럼에 시럽과 각종 향신료를 섞은 뒤 큼직한 사각 얼음을 빠뜨린다. 잔에는 이런 문구가 함께 적혀 있다. "밧줄을 짧게 매고 도끼를 꽉 쥔 채 깊은 심호흡을 한다. 발걸음을 내딛는다. 저 비명을 지르는 허리케인의 한가운데로!"

,

꽃비라는 이름은 엄마가 지어주셨어요. '꽃이 필 때 내리는 비'를 의미한다고 들었어요. 10년 전쯤 어떤 분이 제 이름이 저와 너무 잘 어울린다면서 이런 얘길 해주시는 거예요. 꽃의 이미지는 밝고 예쁘고 화사한 것이잖아요. 그런데 비는 좀 우울하고 정적이고 차분한 것이죠. 그분이 제가 웃을 땐 꽃이란 이미지와 잘 어울리는데 무표정할 땐 비와 잘 어울린다고 느끼셨대요. 그 해석이 참 마음에 들었어요.

배우는 많은 사람들에게 외모가 알려지고, 보여야 하고, 사람들 입에 오르내리는 직업이잖아요. 페미니즘을 알기 전에도 막연한 거부감이 있었어요. 왜 배우라고 외모에 대해 쉽게 평가받아야 하고 항상 가장 아름다워야 하는가. 상업적 측면에선 이해할 수도 있지만 그게 맞는 방향일지 고민해왔죠. 그러다가 페미니즘을 공부하면서 조금 더 구체적으로 고민하게 된 것 같아요. 결국 상업적으로 호감이 가는 외모여야 한다는 기잖아요. 그 호감이라는 건 어떻게 만들어지는 걸까요. 아마 사회가 정한 미의 기준에 의한 것일 텐데, 그 기준은 또 어떻게 만들어지는 걸까요. 결국은 미디어에 의한 거죠. BBC 같은 경우 더 다양한 인종, 체형, 성별의 사람을 보여주는 것이 그 방송국의 윤리적인 지향점이에요. 저도 그 철학에 동의해요. 다양한 외모의 배우들이 보여지는 게 이상적이라고 생각하고요.

하지만 우리 현실에서 배우의 신체는 물건이고 상품이죠. 상품에 하자가 있으면 고치려 할 거 아녜요. 그걸 배우에게 똑같이 적용하는 거예요. 살을 빼라고 하거나 성형하라고 하거나. 그런데 그게 과연 맞을까? 엔터테인먼트 산업 안에 있다고 생각하면 맞을 수도 있지만, 나는 사람인데 과연 그게 맞을까? 그런 생각을 계속 하죠. 왜 배우는

다 아름다워야 하는지도 모르겠고요. 배우는 실제 삶을 사는 사람들을 대신해서 표현해주는 사람들인데 외모가 너무 아름답기만 하면 진짜 공감이 안 될 것 아니에요. 배우라고 해서 꼭 완벽해야 하는가, 그런 게 의문인 거죠. 저도 이 산업에 종사하는 사람이다보니 이 현실을 아예 무시할 수는 없어서 고민이 더 깊었죠. 성형수술이나 다이어트는 하기 싫은데 얼굴과 신체로 뭔가 결과를 내고 싶은 마음. 이 괴리감 때문에 고민을 많이 했어요.

페미니즘을 알고 나서 모든 게 설명됐어요. 지금까지 내 모든 삶이 설명되는 게 시원해서 더 공부했죠. 내 몸에 대해 부정적으로 생각하는 것이 결국 이 사회의 여성혐오와 관련되어 있다는 것을 알게 된 거죠. 내 신체에 대해 불만을 갖고, 불편하게 여기고, 뭔가 바꾸고 싶어하고, 아예 달라졌으면 좋겠다고 생각하는 게 좋지 않다는 걸 깨달았어요. 그러면서 제 신체를 좋아하려고 노력해봤거든요. 그러다보니까 제가 콤플렉스라 느꼈던 신체 부위를 정말 좋아하게 되더라고요. 결점이라고 느꼈던 부분을 '튼튼해서 좋다' '귀엽네'라고 받아들인다는 게 제겐 큰 변화예요.

처음 연기를 시작했을 때가 초등학교 4학년쯤이었거든요. 동네 극단에서 한 2년 했던 것 같아요. 1997년에 세계연극제가 한국에서 열렸는데, 프랑스 극단이 초청 공연을 했어요. 여러 나라 아이들이 나와서 자기 나라 말로 연기하는 작품인데, 그 연극에 나올 한국 어린이를 뽑는 오디션 공고가 신문에 났어요. 오디션 보고 합격해서 프랑스까지 가게 됐죠. 그전엔 뻔한 정극만 했거든요. 대본이 있고, 나는 대사를 외우고. 그런데 그 연극에선 대본도 없었어요. 오른쪽에서 왼쪽으로 걸어봐, 다시 오른쪽으로 걸어봐, 이젠 뛰어봐, 이번엔 기어봐. 이런 식으로 이해할 수 없는 행동을 시키는 거예요. 너무 신기하고 놀라웠어요. 한국 교육처럼 책에 있는 거 외우고 시험 문제의 정답을 맞추는 게 아니라 실제로 체득해서 나의 것으로 만든다는 느낌. 완전히 새로운 세상을 만난 거예요. 지금까지 내가 알던 세상이 전부가 아니라는 것을 알았고, 이렇게 실험적인 방식도 가능하다는 것을 알게 됐죠. 저의 진보적인 방향성은 그때부터 시작됐던 것 같아요.

저는 영향력이 조금이라도 있는 사람으로서 제가 옳다고 생각하는 것에 대해 목소리 내기를 주저하지 않는 편이에요. 외국 배우들을 보면 정치적인 목소리를 많이 내잖아요. 그러고도 아무렇지 않게 배우 활동을 하고요. 왜 우리는 그게 안 되지? 우리라고 못할 게 있나? 우리도 할 수 있잖아요. 누구라도 그렇게 목소리를 내면 '저런 배우도 있구나'라는 인식이 한 명씩 생기는 거고, 그러다보면 세상이 변할 거라고 생각해서 저는 해버리는 편이에요. 피어싱도 하고, 문신도 할 수 있고요. 시대극할 땐 메이크업으로 가리면 되니까.

저는 바이크를 타면서도 많은 것을 느꼈어요. 바이크를 타는 게 여자 몸에 진짜 좋은데 이걸 뭐라 설명할 방법이 없네요! 자동차를 모는 여성들도 많지만 나이가 어리거나 자동차를 몰 경제적 여건이 안 되는 분들에게는 바이크가 대안이 될 수 있어요. 그리고 이륜차니까 자신의 신체로 이걸 컨트롤해야 하거든요. 앉아서 핸들로만 조종하는 사륜차랑 달라요. 여성들이 육체적인 활동을 할 기회가 계속 부족했잖아요. 특히 기계라는 카테고리도 여성과 먼 분야로 여겨져왔고요. '여자는 기계 못 다룬다' 이런 소리 많이 듣잖아요. 그런데 직접 해보니 헛웃음이 나는 거예요. 왜 못해? 해보니까 똑같던데. 너무 당연하잖아요. 여자라고 못할 이유가 없잖아요. 그동안 응원받지 못했을 뿐이지, 못할 건 전혀 없거든요.

기동력은 결국 힘이에요. 힘이 생긴다는 것, 그게 엄청나거든요. 저는 바이크가 페미니즘적인 수행처럼 느껴질 때가 많아요. 바이크를 타면 "아가씨가 오토바이도 타고 대단하네"라고 말하거나 빤히 쳐다보는 일을 많이 겪거든요. 가벼운 차별부터 다양한 여성혐오적 발언을 많이 들어요. 바이크 동호회도 남성주의적 성향이 강해서 바이크를 여체에 비유한다거나 여성 회원을 연애 대상으로만 보는 경우가 많아요. 온라인에도 여성을 성적 대상으로 보는 게시물이 많이 올라와요. 일일이 화낼 수 없어서 그냥 참곤 하는데, 그래서 아예 페미니스트 라이더들을 모아야겠다고 생각했어요.

그게 '치맛바람 라이더스'예요. 치맛바람의 사전적 정의가 '여성의 극성스러운 활동을 비유적으로 이르는 말'이잖아요. 그걸 가지고 와서 '그래, 우리가 극성스럽게 활동하는 모습을 보여줄게'라는 의미로 페미니스트 라이더들을 모으고 있어요. 유튜브 채널도 하고 있는데, '나도 바이크를 타보고 싶다' 하는 분들에게 뭐가 필요한지 알려드리는 역할도 하면서 바이크 입문에 도움을 드리고 있어요. 여성 라이더들이 어떤 부당한 대우를 받는지에 대한 얘기도 하고요. 또 다 같이 모여서 캠핑을 하는 행사들도 기획하고 있어요. 그냥 단순하게 여성 동호회가 아니라 좀더 정치적인 의미의 모임을 만들고 싶어요. 다양한 혐오에 대해 문제의식을 가진 페미니스트들의 모임인 거죠. 여성들이 바이크라는 선택지를 고려하지 못하고 있다는 게 너무 안타까워요. 해본 뒤에 '안 맞는구나' 하고 말면 되는 거거든요. 그런데 일단 한 번만 경험해봤으면 좋겠어요. 한번 해보세요. 정말 좋다니까요.

김꽃비_ 배우. 영화 〈똥파리〉 〈삼거리 극장〉 등 독립영화와 상업영화를 넘나들며 연기활동을 해왔다. '바이크 전도사'라는 별칭을 갖고 있다.

어머니의 몸을 들여다보는 것이 힘들었어요

영화감독
마민지의 몸

몰락한 중산층 가정에서 즐겨 하는 공동의 취미는 과거 회상이다. 가족과 옛 사진을 보고 또 보면서, 나의 탄생을 축하하기 위하여 아버지가 '스텔라'란 자동차를 장만해 뭇 가정의 부러움을 샀다는 추억담을 나눈다. 먼지 쌓인 8밀리미터 비디오테이프들을 몽땅 디지털 복원을 한 뒤로는 한동안 홈비디오를 열심히 돌려봤다. 4:3 비율의 영상 속 어린 나는 쉴새없이 쫑알대고 너른 마당을 독무대 삼아 뛰논다. 나를 번쩍 치켜드는 아빠와 엄마의 모습은 젊고도 의기양양하다.

나와 동생의 성장 과정에 대해서라면 뒤집기를 처음 한 날짜라든가 나들이 때 입었던 옷까지 빠짐없이 기억하던 부모님도 어느 시점이 되면 말끝을 흐리고 먼산을 바라보기 시작하는데, 그 시작점이 바로 1997년 IMF 금융위기다. 우리 가족의 사연이라 하면, 아버지가 다니던 증권사가 부도난 이후 여러 가지 일들이 꼬이고 꼬여 결국 조부모님까지 6인 대가족이 20평도 안 되는 임대 아파트에 살게 되었다는 스토리다. 홈비디오는 창고에 처박아둔 지 오래. 사진 속 나는 내복 차림으로 생일 케이크에 꽂힌 초를 우울한 표정으로 불어 끄고 있다.

마민지는 동생의 친구의 친구다. 동생의 친구의 친구까지는 보통 관심 대상에 포함하지는 않지만 마민지의 경우 영화 <버블 패밀리>라는 매개가 있었다. 동생의 말을 옮겨보자면 '내 친구의 친구가 만든 영화가 곧 개봉하는데, 그 영화가 IMF 이후 망한 자기네 집의 이야기를 다루며 그 이야기가 우리집과 똑같다'라는 것이었다. 마민지네 가족은 1980년대 서울에 아파트 개발 붐이 일 때 상경하여 '집장사'를 하며 큰돈을 벌었지만 건축 규제와 IMF 금융위기가 맞물리면서 전 재산을 잃는다. 마민지의 일거수일투족을 기록했던 홈비디오 역시 우리집처럼 1997년을 기점으로 끊겼다.

디테일은 다르지만 중산층 대열에 합류했던 한 가족이 IMF를 계기로 급격히 가난해졌다는 점에서 마민지와 나는 비슷한 생애사를 공유하고 있었다. 그러나 생각해보면 그 몰락은 부모가 겪은 것이지 나의 몰락은 아니다. '옛날엔 우리집도 잘살았다'는 서사는 곱씹을 이유도, 의미도 없는 지나간 옛 노래일 뿐이다. 과거를 떠올릴 때 나는 가급적 '우린 잘살다가 망했다'는 식의 억울함을 갖지 않으려 노력했다. 내가 처한 환경은 그저 시대의 산물이라 여겼다.

그럼에도 불구하고 이 몰락이 서글픈 이유가 있다면, 한때는 풍요로웠다가 빈곤해진 한 인간의 모습을 지켜봐야 했기 때문일 것이다. 홈비디오 속 엄마의 모습은 그 풍요가 영원하리라고 티 없이 믿고 있는 듯 보였다. 풍성하던 웨이브 머리는 뽀글 파마나 숏컷이 되고, 단추가 곱게 채워진 원피스는 땀에 젖은 '일복'이 되고, 들고 있던 카메라가 갖가지 일감들로 변할 줄 누가 알았겠는가. 그는 무거운 솥을 번쩍 드는 식당 노동자가 되기도 했고, 언젠가는 서류 정리 아르바이트생이었다가 지금은 보육 돌봄노동자로 맹활약중이다. 자식에게 과거의 영광을 되찾아주고 싶은 마음에 필사적으로 몸을 움직이다가 다치기도 하고 아프기도 한다.

마민지는 그런 '어머니의 몸'에 대해 이야기한다. 그 작은 몸이 짊어진 삶의 무게를 떠올린다. 그럼에도 부인할 수 없는 것은 한때의 풍요가 영원할 것이라는 어머니의 믿음은 모두 버블이었다는 것. 그리고 지금까지도 놓지 못하는 희망 역시 버블이라는 것. 버블이 꺼진 뒤 '이생망(이번 생은 망했다)' 혹은 '헬조선' 같은 말을 뱉으며 자란 우리는 그 헛된 삶을 반복하지 않으려 발버둥친다. 마민지의 <버블 패밀리>, 그리고 그 안에 담긴 어머니에 대한 기록은 그 노력의 일환이다.

제가 어릴 적에 어머니는 사진을 찍는 취미가 있었어요. 정확히는 제 사진을 찍는 취미라고 할 수 있어요. 제가 한 살 때부터 매해 한 권씩 앨범을 만들었는데, 지금까지 12권 정도 보관돼 있어요. 그땐 하루에 필름을 2~3통씩 쓸 정도로 사진을 찍었다고 하더라고요. 어머니 계획은 제가 한 살 때부터 스무 살 성인이 될 때까지 매해 한 권씩 앨범을 만들어서 선물해주는 거였다고 얘기한 적이 있어요. 1997년 IMF 외환위기 이후로는 사진 찍는 빈도가 줄어들면서 결국 12권으로 마무리된 거죠.

제 어린 시절의 기억은 사실상 어머니가 찍은 사진들을 통해서 보관되어 있었던 것 같아요. 어머니가 기록해놓은 사진 아래에는 사진을 찍은 연도와 함께 간단한 메모도 적혀 있어요. 예를 들면 제가 울고 있는 사진 아래에 왜 울고 있는지 기록했을 정도였어요. 저희 집은 소위 말하는 중산층의 표본과도 같았지만, IMF 외환위기 이후 무너졌는데요. 오랜 시간이 흘러서 앨범을 다시 꺼내 보았을 때, 엄마가 정말 만일을 위해서 그 시간을 보존하려고 한 것처럼 느껴졌어요.

저희 어머니가 한번은 출근하다가 빙판길에 미끄러졌어요. 추울 때 빨리 뛰어가다가 넘어진 건데 뼈가 약하다보니까 어깨 인대도 끊어지고 팔에도 골절상을 입은 거예요. 그런데 저한테 전화를 안 하고 혼자 병원에 가서 동의서 작성하고 수술을 받았더라고요. 그때 한두 달 입원해야 하고 또 통원치료도 받아야 해서 저희 가족의 생계가 마비되었어요. 월세 내기도 힘들고. 이 한 가족이 어머니의 몸에 빚을 지고 있다는 생각이 들었죠.

그래서 '어머니의 몸' 하면 그 팔에 있는 철심 자국이 제일 먼저 떠올라요. 골절상 입으셨을 때 철심을 박았거든요. 몸 곳곳에 피부가 움푹 파여 있는데 그게 그 흔적이에요. 온 세월을 견뎌오신 작은 몸이 떠올라요. 어머니 키가 진짜 작거든요. 한 150센티미터 정도 되는 몸인데, 몸을 혹사하면서 일할 때가 있어요. 흔히 우리가 말하는 강인한 어머니의 이미지 있잖아요. 어떻게든 악착같이 생활하고 자식들을 먹여살리는 이미지. 어머니가 무의식중에라도 그런 생각으로 온 가족의 삶의 무게를 혼자 짊어지고 있다는 생각이 들 때가 있어요. 어머니의 몸에 대해 이야기하겠다 하고 막상 그 몸을 구체적으로 들여다보니까 마음이 아파서 힘들더라고요.

어느 날 집에 있는데 전기세를 못 내서 갑자기 정전이 되는 장면이 영화에 나오거든요. 그때 공간으로부터 박탈당했던 경험이 제 몸안에 크게 각인되어 있고, 그 생각을 하면 지금도 깜짝깜짝 놀라요. 그러다보니 자연스럽게 건축, 도시, 장소로부터 박탈당하는 것, 그 도시가 갑작스럽게 변화하는 것에 대해 관심 갖게 됐고요. 〈버블 패밀리〉를 만들면서 부모님의 역사가 도시 개발사와 어떻게 엮여 있는지, 이 사회구조적인 문제가 우리 가족에게 어떤 영향을 끼쳤는지 돌아보려고 했어요.

저는 어머니가 텔레마케터로 일했던 건 사춘기 시절부터 알고 있었는데 아버지가 무슨 일을 하는지는 중학교 이후로는 전혀 모르고 지냈어요. 집이 어려워질 때도 왜 어려워졌는지 전혀 몰랐고요. IMF라는 것도 금모으기운동, 아나바다운동 정도만 알고 있었지 우리 가족과 동떨어진 문제라고 생각했거든요. 하나씩 퍼즐을 맞춰나간 거죠. 예전에 부모님이 건축 사업을 했다고 하는데 그래서 얼마나 잘살았는지도 몰랐고, 어머니가 계속 부동산 얘기를 하는데 그 이유도 몰랐어요. 그런데 어머니, 아버지의 구술을 듣고 당시 뉴스를 찾아보면서 그 삶을 시각적으로 재경험한 거죠. '아, 부모님은 이렇게 될 수밖에 없었겠네'라고 이해를 하다가도 또 그런 시대적 분위기를 부추긴 사람들이라고도 생각했고요.

그전에는 문제를 개인의 책임으로만 바라봤던 것 같아요. 어머니,

아버지가 무능해서 그랬다. 그런데 '사회구조인 문제 때문에 우리 가족이 망할 수밖에 없었어'라고 바라보게 된 게 부모님을 이해하는 단초가 됐어요. 단지 우리 가족끼리만 공유할 문제가 아니라 이 경험을 조금 더 나누고 싶다는 생각을 많이 했어요. 또래 세대들과 나누고 싶기도 했고요. 어머니가 영화를 보면서 정말 많이 울었는데, 그전까지는 집안의 경제 상황을 친척들에게도 이야기하는 걸 굉장히 어려워했거든요. 그런데 영화를 본 관객들이 '우리집도 이랬다'라며 제 손을 잡고 울기도 하고, 어머니에게 출연해주셔서 감사하다고 말한 분도 있었어요. 어머니도 그때부터 당당해졌다고 해야 할까요. 그 이후엔 친척들을 모시고 와서 영화를 보기도 하시고요.

엔딩크레디트에 어머니 이름을 제일 위로 올린 이유가 있어요. 아버지가 혼자 건설 사업을 했다고 했지만, 사실 어머니가 인테리어도 같이했고 사업에 적극적으로 함께했던 파트너였다는 사실을 알게 됐거든요. 그 부분을 어머니가 떳떳하게 말하지도, 또 스스로 인지하지도 않은 채로 가정의 경제를 쭉 이끌어온 거예요. 영화에서는 저와 사이가 안 좋았던 아버지와 제 관계가 많이 변화한 것을 볼 수 있지만, 오히려 제가 새롭게 주목할 수 있었던 건 어머니의 역사였어요.

영화를 공부하기로 결심한 계기도 중3에서 고1로 넘어갈 때 장롱에서 어머니가 쓰던 필름카메라를 발견했던 거예요. 어머니랑 같이 을지로로 카메라를 고치러 간 적이 있어요. 어릴 적에 어머니가 늘 카메라를 갖고 다니면서 필름 2~3통씩 사진을 찍었기 때문에 어머니가 카메라를 다루던 모습이 저에게도 자연스러웠던 것 같아요. 캠코더로 홈비디오도 많이 찍었고요.

한번은 〈버블 패밀리〉를 찍는 중에 어머니에게 안 좋은 일이 일어났어요. 어머니가 해고를 당한 날 저에게 하소연하면서 공원을 산책하고 있었는데, 왠지 어머니에게 카메라를 드리고 싶었어요. 그래서 어머니가 정말 오랜만에 비디오카메라를 들고 저를 찍는 장면이 영화에 나와요. 어머니가 카메라를 들었던 순간은 정말 행복했던 순간들뿐이거든요. 가장 행복했던 중산층 시절의 기억을 8밀리미터 카메라로 기록했던 거죠. 그날 어머니를 어떻게 위로해야 할지 몰라서 카메라를 드렸지만, 결국 이 카메라는 행복했던 순간만이 아니라 힘든 순간도 기록하면서 기댈 수 있는 매개체가 아닐까 생각했어요.

한편으로는 외환위기 이후 끊겼던 집안의 기록을 제가 촬영함으로써 어머니의 홈비디오를 이어지게 한 거잖아요. 가장 힘들었던 시기의 기억을 다르게 기록해보고자 하는 딸의 카메라가 아닐까요. 마치 행복했던 시절 어머니의 카메라와 대칭되는 느낌이었어요. 그래서 이 영화의 마지막은 어머니가 촬영하도록 했던 것 같아요.

마민지_ 영화감독. 장편 데뷔작 〈버블 패밀리〉로 제14회 EBS 국제다큐영화제 대상을 수상했다. 성폭력 피해생존자들의 치유를 담은 세번째 다큐 〈착지연습〉을 만들고 있다.

사소한 벽이 무너지는 시점을 눈여겨봐야 해요

군인권센터 활동가
방혜린의 몸

여름의 끝자락을 지날 때면 검은 후드 집업을 꺼내 입는다. 가을냄새 섞인 바람이 몸에 감겨 닭살이 잘게 돋은 팔을 포근히 감싸준다. 내가 좋아하는 옷이다. 뒷면에는 '그래도 뚜벅뚜벅'이란 글씨가, 앞면에는 이런 글씨가 쓰여 있다. '사드 뽑고 평화 심는 그날까지.'

공기 좋고 물 맑은 경북 성주군 소성리에 사드가 배치된다는 소식이 들려오고부터 주민들은 밤잠을 자지 못했다. 이 후드티는 성주주민대책위에서 만든 단체복이었다. 회사 선배가 연대를 권유하기에 구입했다. 꽃무늬 바지를 입고 밀짚모자를 쓴 꼬부랑 할머니들이 도로 한복판을 막고 앉은 광경이 아직도 눈에 선하다. 국제정세를 고려할 때 이 문제를 마냥 단순화할 순 없지만, 마음속에 단순한 생각이 치미는 것은 어쩔 수 없다. 지구상에 있는 모든 전쟁무기를 다 뽑아 없애버리고 싶다. 그 자리에 꽃과 나무와 평화만을 심고 싶다.

이 생각이 얼마나 순진한지에 대해서는 일상적으로 느낀다. 수십 년이 지난 지금까지 군생활을 어제 일처럼 복기하는 전역자들과 대화하다보면 내게 전쟁이 얼마나 가까운 것인지 새삼 깨닫게 된다. 군대 일화에 녹아든 인간의 적의, 학습된 폭력, 전쟁을 무의식적으로 용인하는 듯한 태도를 자꾸 파고들어 찾아내곤 하는 것이다.

어쩌면 우리는 평화보다 전쟁을 믿는 것은 아닐까. 하루하루 처참하게 종식되는 평화를 바라보며 전쟁이 종식되리라는 희망을 아예 갖지 않는 편이 낫지 않을까도 생각했다. 그래야 현실을 더 냉정하게 직시할 수 있으니까. 이 현실에 별수없이 복무하는 이들이 덜 괴로울지도 모르니까. 그러나 평화보다 더 위대할 리 없는 명분으로 수없이 많은 이들의 생명과 권리가 희생되는 것에 어떻게 눈감을 수 있을까. 고립되고 경직된 군 조직을 자꾸만 비집고 튀어나오는 수많은 자아들, 변화에 대한 요구들, 평화에 대한 갈망들을 어떻게 외면할 수 있을까.

방혜린은 그런 평화의 징조들을 외면하지 않기 위해 군인권센터 활동가가 되었다. 본인 스스로가 군인으로서 문제들을 외면해 온 경험이 있고, 외면하지 않으려 투쟁한 끝에 지금의 선택을 했다. 평화에 대해 이런저런 생각을 늘어놓았지만, 방혜린이 이야기하는 세상은 보다 구체적인 모습이다. 그가 말하는 평화는 '내가 나다울 수 있는 것'이다. 소성리 주민들이 전쟁무기를 머리 위에 떠안고 살지 않는 세상, 군대에서도 나의 정체성에 대해 터놓고 고민할 수 있는 세상, 총을 들고 싶지 않으면 들지 않는 세상.

저는 군대라는 곳을 낯설게 느끼진 않았어요. 저희 집안에 군인들이 많았거든요. 장교 출신 삼촌들도 있었고, 아빠 친구들 중 직업군인들도 많았어요. 그리고 부끄러운 과거지만, 한때 밀리터리 오타쿠였거든요. 그러다가 고등학교 3학년을 대상으로 사관학교들이 홍보활동하는 것을 보게 됐어요. 학비 무료다, 취직도 보장해준다, 이런 조건들이 나중에 내가 원하는 삶을 살 기반을 마련해줄 수 있겠다는 생각으로 입교를 결정했죠. 집에서 반대가 심했어요. 부모님이 여자 직업은 교사, 공무원 아니면 주부여야 한다는 생각을 하셨거든요. 막상 입학하고 나서는 무척 좋아하셨어요. 군대는 자기들만의 서열이 있잖아요. 저희 집안에 군인은 많았지만 사관학교 출신은 한 명도 없었거든요. 제가 처음 사관학교를 가는 케이스여서, 동네 노인회관에 현수막도 붙여놓을 정도로 좋아했어요.

그런데 사관학교 다닐 때는 매 학기마다 나갈 거라고 했던 것 같아요. 원래 1학년 1학기 때 생도 이탈률이 제일 높거든요. 저도 너무 힘들어서 나오고 싶었어요. 아침부터 달리기하는 것, 선배들에게 소위 '깨지러 간다'면서 육체적인 훈련을 받는 것, 군대 조직문화…… 이런 것들이 저랑 하나도 안 맞는 거예요. 하나둘 나가는 동기들을 보며 수능 공부를 다시 해야 하나 싶어서 『수학의 정석』도 풀어보고 그랬어요. 그리고 여학생들은 중고등학교에서 신체활동을 해본 적이 별로 없잖아요. 갑자기 사관학교에서 너무 많은 빈도의 체력 단련과 훈련을 받으면서 무릎도 다치고, 발목도 다치고, 수술도 하고, 악재들이 막 겹치면서 학교를 나가야겠다는 생각을 많이 했죠.

사관학교 입교 때 여생도가 10퍼센트 정도였어요. 저희 기수 143명 중 14명의 여생도가 졸업 후 군에 들어갔죠. 학교에서 10퍼센트밖에 없잖아요. 뭘 해도 두드러지고, 뭘 해도 티가 나요. 선배들에게 엄청 교육을 받았어요. 너네는 잘하면 본전이고 못하면 티가 나니까 뭐든지 잘해야 한다고. 학교에 생리 공결제가 있었는데 남생도들은 이해를 전혀 못했죠. 왜 그런 걸 써야 하느냐, 왜 항상 주말에 이어지게 그 휴가를 쓰느냐. 여자라면 생리를 4주에 한 번 일주일 동안 한다는 게 그들에게는 전혀 개념화되어 있지 않으니까요.

선배들은 아파도 참으라고 얘길 많이 했어요. 남생도 한 명이 아픈 건 그 한 명이 아픈 거지만, 여생도 한 명이 아픈 건 여생도 전체가 아픈 것이다. 여생도는 소수니까. 그런데 이런 요구가 생도 때뿐만 아니라 군생활 전체에 압박으로 돌아와요. 실제 군생활도 이런 압박과 싸우면서 해야 하는 거예요. 특히 나중에 육아 문제까지 겹치면 애는 누가 돌보며, 당직은 어떻게 하며, 출동은 어떻게 해야 하느냐. "너네 애 보러 군대 왔냐" 이런 얘기까지 들어가면서 군생활을 해야 하는 거예요. 선배들도 그런 얘길 하고 싶어서 하진 않겠죠. 이 질서에 성공적으로 편입하는 것이 남초 사회에서 살아남는 방법이라고 생각하는 것 같아요. 저도 "그건 틀려"라고 말할 수는 없어요. 시스템과 질서가 한순간에 바뀌는 게 아니잖아요. 그 순간을 살고 있는 여군들에게는 지금 당면한 과제들인데, 그것은 잘못된 질서고 거기에서 벗어나 군생활을 해야 한다고 요구할 수는 없죠. 그렇기에 여군들이 겪는 고충이 두세 배는 더 크지 않을까요. 여군으로서 어떤 게 가장 힘들었는지 묻는 분들이 있는데, 딱 잘라 말하기 어려워요. 다 힘들어가지고.

그런데 여군들은 힘들어도 상담 자체를 안 하려고 해요. 신원이 노출되는 문제도 있고, 내가 이 시스템에 제대로 녹아들지 못한다는 생각을 많이 하는 것 같아요. '내가 그냥 참고 지내면 되는 건데 이걸 문제라고 생각해서 일을 어렵게 만들 필요가 있을까?' 이런 생각을 남군들보다 더 많이 하는 것 같아요. 제가 있던 부서에서도 성폭력 사건이 있었는데요. 저도 성폭력이 일어나는 상황에 무뎌졌던 것 같아요. 이곳에선 음담패설이 너무 일상적이라 처음엔 저도 웃어넘겼죠. 그러다가 부서 내 여군에 대한 성희롱으로 이어지니까 여기에서 끊어야겠다는 생각이 들어 부서장에게 보고한 거예요. 정말 후회되는 건, 이 신고를 훨씬 전에 했어야 했다는 거죠. 예를 들어 여자가 상급자지만 남자 하급자들이 어느 순간 말을 놓는 시점이 생기거든요. 반 존대를 한다거나. 그런 사소한 벽이 무너지는 시점을 눈여겨봐야 해요. 그런 일들이 이어져 나중에 회식 자리에서 블루스를 추자고 한다거나 강도 높은 성폭력으로 이어질 가능성이 높거든요. 그런데 대부분의 여군들은 '이게 문제다, 고쳐야 한다'는 생각보다 '내가 예민해서 그런가?'라고 생각하면서 외부의 도움을 꺼리는 거죠. 남군들이 100명 있는데 그중 1명이 문제 제기하면 그는 99명 안에 가려질 수 있지만, 여군은 5명 중 1명이 문제 제기를 하는 것이니까요. 누군지 쉽게 알죠. 그래서 신고 자체가 좀 어려워요. 성폭력에 더 취약해질 수 있는 조건 중 하나이고요.

처음부터 군생활을 길게 하려고 시작한 것은 아니었지만 제가 5년 만에 전역하게 된 결정적인 계기가 있어요. 정치적 입장이 드러나는 글을 SNS에 썼다는 이유로 징계를 받았어요. "너 군생활 그따위로 하지 마라, 큰일난다" 이런 전화도 많이 받았는데, 그런 말을 들으면 더 오기가 생기잖아요. 저는 제 글이 개인이 세상을 바라보는 시각이라고 생각했거든요. 글쓰기가 힘든 군생활의 탈출구이기도 했고요. 그러다 징계까지 받으니 이제는 내가 소신껏 일할 수 있는 곳으로 가야겠다는 생각이 들어서 활동가로서의 삶을 시작한 거예요.

군생활 내내 제가 지향하는 바는 무엇이고, 저를 어떻게 정체화할 수 있을까에 대한 고민을 정말 많이 했어요. 저는 어렸을 때부터 운동도 좋아하고 잘하고, 소위 말하는 '남자 같은 여학생'이었거든요. 군생활을 하면서 내가 남자가 되고 싶은 걸까, 여잔데 그냥 이런 사람인 걸까, 아니면 그 사이에 뭐가 더 있을까, 이런 고민을 굉장히 많이 했어요. 남군들에 대한 동경도 있었던 것 같아요. 제가 체력 평가 때 푸시업과 싯업을 2분에 100개 이상을 했거든요. 이걸 채우려고 노력한 이유는 남군들에게 인정받고 싶어서, 그들이 여군이라 체력이 어쩌니 저쩌니 하며 이야기하는 것을 원천차단하고 싶어서였어요.

그런데 어느 날 상급자가 저를 부르더니 "넌 남자냐, 여자냐?" 물어보는 거예요. 그 질문이 정말 충격적이었어요. 나는 남자일까, 여자일까? 나는 뭐지? 나를 고쳐야 하나? 군생활 끝날 때까지 고민했죠. 제 몸을 그대로 인정하기까지 페미니즘의 도움을 많이 받았어요. 제 몸과 제 세계를 긍정할 수 있는 좋은 수단이었고, 군생활 내내 답답했던 부분들에 대한 답을 줬어요. 질서가 모두 만들어진 것이고 이를 깨려는 노력이 필요하다는 걸 알게 된 거잖아요. 페미니즘 활동에서 시작해 활동가의 삶으로 이어진 것도 내가 나일 수 있는 세상에 보탬이 되고 싶은 욕망이 담긴 거죠.

군인의 삶을 선택한 걸 후회하지는 않아요. '사관학교를 나온 여군 출신이다'라는 얘기를 들으면 대단한 스펙으로 생각하는 사람들도 있고, 특별한 케이스라고 생각하는 사람들도 있어요. 그런데 한국에서 살아가는 여성이라면 다 비슷한 이야기를 갖고 있다고 생각하거든요. 누구나 겪을 수 있는 일이고, 겪고 있는 일이고, 살아가고 있는 삶인 거예요. 우리가 있는 공간만 다를 뿐이죠.

방혜린_ 해군사관학교 66기로 학교에서 4년, 해병대에서 5년, 총 9년의 군생활을 마치고 짬타이거 출신 고양이 산이와 함께 전역한 뒤 군인권센터에서 인권활동가로 일하고 있다. 잉글랜드 축구팀 리버풀과 NBA 농구팀 포틀랜드의 광팬이다.

우리나라 의료체계는
정의롭지 못한 상황이에요

의사
이보라의 몸

<말하는 몸>을 시작했을 때 코로나19는 없었다. 기차를 타고 대구로 자유롭게 떠났고 출연자들은 전국 각지, 심지어 해외에서도 녹음을 하러 왔다. 친구나 동료들과 함께 온 이들도 있었다. 모두 밀폐된 공간에 모여서는 왁자지껄하게 침을 튀기며 떠들었고 헤어질 땐 악수도 하고 포옹도 했다. 녹음이 끝나면 나는 유지영과 저녁식사를 했다. 반찬을 공유했고 케이크 한 조각도 나눠먹었다.

2020년 이후 모두의 일상이 달라졌듯 <말하는 몸>의 풍경도 달라졌다. 가장 극적인 순간은 녹음이 이뤄지던 CBS 사옥이 확진자 발생으로 인해 폐쇄됐던 때다. '설마 이 방송이 나갈 리 없을 거야' 하는 마음으로 코로나 비상방송을 만들어두었는데, 정말로 비상방송을 하는 일이 일어났다. 마스크를 쓰고 방송하는 것으로도 부족해서 투명 가림막까지 세워졌다. 생방송만 끝나면 사람들은 재택근무를 하러 재빠르게 흩어졌다. 사무실엔 누군가가 켜둔 라디오 소리만이 들렸다. 그렇게 재난 영화의 한 장면 같은 나날도 일상이 되어갔다.

녹색병원에서 일하는 이보라와의 만남은 사옥이 폐쇄됐던 바로 그 주에 이루어졌다. 약속을 미룰지 물었지만 확진자가 다녀간 스튜디오의 방역 조치가 이미 끝났고, 우리는 다른 스튜디오에서 녹음을 진행한다는 말에 그냥 진행해도 괜찮겠다는 답이 왔다. 유지영과 이보라를 녹음실에 밀어넣고 문을 닫는 순간, 두 사람을 궁지에 몰아넣은 듯한 기분이 들었다. 두 사람은 마스크를 쓰고 아주 멀찍이 앉았다. 이렇게 물리적으로 멀어지고 차단된 두 사람이 제대로 교감할 수 있을까. 그 어느 때보다 가깝고 명확하게 녹음되기를 바라는 마음으로 페이더fader를 올렸다.

당연하게 누리던 것들을 포기하고 제한해야 하는 상황에서 가끔은 이렇게 애틋함을 느끼는 순간도 만나지만, 그것조차 언제까지 당연하게 여길 수만은 없는 일이다. 코로나 이전과 이후에도 변하지 않는 것들이 많다. 재난은 모두에게 공평하지 않다는 것. 같은 상황이라도 누군가는 월급을 받지만 누군가는 생계 수단을 몽땅 잃기도 한다는 것. 재난에도 대박을 터뜨리는 사람이 있는 반면 몇십 년 일구어온 가게를 헐값에 파는 사람도 있다는 것. 모든 것이 뒤흔들리지만 불평등은 아무리 흔들어도 그 자리 그대로다.

이보라는 흔들리지 않는 것들에 의문을 갖고 그것이 정의롭지 못하다고 말한다. 이 사회에선 아픈데 돈이 없으면 참고, 더 아프다가 죽는다. 왜 모두가 그 사실을 묵묵히 감수할까. 왜 자기 탓이라며 엉뚱하게 괴로워하는 걸까. 그러나 당연한 것들이 사라지는 시대에 당연한 것은 없다. 모든 것이 뒤섞여야 한다. 우왕좌왕하는 틈 속에서 이보라가 보고 듣는 것을 따라가려 애써본다. 사람의 심장박동 소리, 그늘진 입속을 비추는 펜라이트, 우리 모두가 공유하는 병들고 죽어갈 운명. 적어도 그 운명의 끝에 이르는 과정만은 공평하기를 바라는 마음으로.

저는 호흡기내과 진료를 하는 의사이자 녹색병원 인권치유센터장이라는 직함을 갖고 있어요. 이 센터에서는 파업중인 노동자, 단식농성이나 고공농성하는 분, 그 외에도 성소수자, 난민, 공권력에 의한 고문 피해자 등 여러 사회적 이슈로 인해 권리를 침해당한 분들에게 의료적 지원을 하고 있고요. 제가 근무하는 이 녹색병원 자체가 좀 특별한 병원이에요. 1980년대에 원진레이온이라는 합성섬유공장에서 일하던 노동자들이 이황화탄소에 노출됐고, 이들에게서 신경질환, 뇌혈관질환, 정신질환 등의 증상이 나타난 거예요. 기업과 정부측은 산재라는 것을 부인했지만 노동자들이 투쟁해서 산재 인정을 받았고, 이분들의 보상금을 모아 직업병 환자들이 믿고 치료받을 수 있는 이 녹색병원을 만든 거죠. 투쟁하는 노동자들에 대한 의료적 지원을 조금 더 적극적으로 체계화하기 위해 2017년 9월 인권치유센터를 오픈했고요.

기억에 남는 환자분들은 정말 많아요. 작년에 톨게이트 농성장에서 조합원들이 단식하실 때 진료를 갔는데요. 힘드실 텐데 티내지 않고 꿋꿋하게 투쟁을 밀고 나가는 모습이 인상적이었어요. 형제복지원 투쟁하셨던 피해 생존자 최승호씨, 한종선씨가 생각나네요. 단식농성, 고공농성하면서 열심히 싸우다가 너무 힘들어질 때 연락이 오면 제가 가서 진료하고, 필요하면 입원하고. 설조 스님도 기억에 남는 분인데요. 연세가 너무 많은데 단식을, 그것도 7~8월 엄청 더운 날

종로 한복판에서 하시는 거예요. 그런데 협상은 잘 되지 않고, 스님이 정말 끝없이 단식하겠다고 하셔서 제가 난감했던 것 같아요. 이 서울 시내 한복판에서 사람이 단식하다 죽겠구나 싶었거든요. 이렇게 당사자들을 진료하다보면 사건에 대해 공부를 많이 할 수밖에 없어요. 내가 그 사람을 아니까 그 심각성이 피부로 느껴지고요.

의대에 진학한 건, 갈 수 있어서 갔어요. 의과대학이 예과 2년, 본과 4년으로 6년제인데 예과 시절엔 공부하는 게 재밌었어요. 막상 본과에 가니까 너무 재미가 없더라고요. 보통 의대 친구들 보면 예과 때는 놀고 본과에서부터 공부를 시작하거든요. 저는 완전 반대의 행보를 가면서 본과에선 성적이 바닥을 쳤죠. 내가 정말 의사가 되어야 하는가 고민했어요. 그게 2000년도인데 지금처럼 의사 파업을 할 때였거든요. 그때 알게 된 건, 사람들이 의사를 별로 좋게 생각하지 않더라고요. '열심히 공부해서 결국 사회 기득권층이 되는 건가' 그런 생각으로 의대를 그만 다녀야겠다는 고민을 하기도 했어요.

그때 스스로 합리화한 방법이, 사람 몸에 대해 배우는 게 나쁘지는 않겠다는 생각이었어요. 사람으로 태어나 사람 몸에 대해 배워서 나 스스로에 대해서라도 잘 알고 죽으면 의미 있는 일 아닐까. 그때 다시 마음 잡고 공부를 시작했고, '의사가 사회 기득권층이라면 그 기득권을 다른 사람들에게 전달하면 의미 있지 않을까'라는 생각도 했죠. 의사가 되면 양심적으로 진료하고 어려운 사람들을 돕는 일을 하고 싶었어요. 다른 사람을 돕기 위해서라면 공부하는 것도 훨씬 수월

해서요.

저는 돈 걱정 때문에 힘들어하는 환자들을 보면 '이건 좀 아니지' 라는 생각이 들었어요. 아프고 싶어서 아픈 사람은 없는데, 각각의 질병에 맞는 치료 방법은 정해져 있는데, 돈이 있으면 그 치료를 받을 수 있고 돈이 없으면 차선책의 치료를 받아서 기대여명 단축과 후유장애를 받아들여야 한다는 것. 이런 게 정의롭지 못하다고 생각했어요. 우리나라가 그렇게 자원이 부족하고 경제적 위상이 떨어지는 것도 아니잖아요. 부자도 가난한 사람도 질병에 걸릴 수 있는데 빈부 격차와 상관없이 모두 똑같은 방법으로 치료받는 게 정의롭지 않을까 생각했죠. 제가 레지던트를 하던 시기에 어느 정당에서 무상 의료를 정치적 슬로건으로 주장했어요. 처음 들었을 땐 공짜로 치료한다는 게 기발한 생각이긴 한데, 그게 정말 가능할까 싶었죠. 그런데 제가 기존에 생각했던, 누구나 아픈 만큼 치료받아야 한다는 생각이 결국 무상 의료와 비슷하다는 생각이 들었어요.

제가 인공신장실에서 근무했거든요. 지금은 제도가 바뀌어서 환자 본인 부담률이 낮아졌지만 예전에는 아니었어요. 혈액 투석하는 분들은 일주일에 3번, 4시간씩 혈액을 걸러내는 투석치료를 평생 받아야 하는데, 일단 직장생활을 할 수가 없죠. 그리고 매주 몇십만 원씩 내면서 투석받아야 하니 경제적으로 힘들어지는 경우가 많았어요. 어떤 경우엔 이혼까지 하더라고요. 이혼해서 재산이 없는 상태로 수급자가 되면 무상 의료에 가깝게 투석치료를 받을 수 있으니까요. 투석을 받는 이유가 몸안의 노폐물을 걸러내서 소변으로 배출하지 못하기 때문이잖아요. 그런데 거꾸로 "너는 신장 기능이 정상이라 노폐물을 잘 배출하니까 한 달에 80만 원씩 내"라고 하면 말이 안 되잖아요. 내가 무료로 소변을 볼 수 있는 것처럼 혈액 투석받는 분들도 이 투석을 무료로 받아야지만 정상에 가까운 삶을 살 수 있겠죠. 이에 대해서 공동으로 책임져야 한다고 생각했어요.

코로나 팬데믹 상황이 국민들에게 공공의료란 무엇인가를 보여줬다고 생각해요. 내가 코로나 확진자와 접촉했다는 충분한 개연성이 있으면 보건소에서 무료로 검사해주잖아요. 결과가 나오면 알려주고, 확진이면 국가가 알아서 어디로 입원할지 정해줘요. 일반적인 경우엔 내가 어느 병원에 갈지 선택해야 하잖아요. 어느 병원이 잘하는지, 어디에 자리가 있는지 검색해서 여기저기 돌아다니며 문 두드리고. 그런데 코로나는 확진되면 내 상태에 따라 알아서 분류가 돼요. 심각하면 중증 환자를 볼 수 있는 병원으로, 경미하면 생활치료센터로. 치료받다가 상태가 점점 좋아지면 경증 환자를 보는 병원으로 옮겨주고, 퇴원할 때 안내해주죠. 그리고 이 시스템이 다 무료잖아요.

제대로 된 공공의료란 이런 것이라고 생각해요. 지금은 환자들이 내 병이 뭔지 인터넷에 검색하고, 지인에게 물어보고, 이 병원에서 검사를 비싸게 했는데 어디가 잘못된 건지 모르겠다고 하고, 그럼 할 수 없이 다른 병원에 가서 똑같은 검사를 또 해봐요. 선택의 자유가 너무 넓은 시스템이거든요. 마트에서 물건 사듯이 병원에 가서 "이 검사 저 검사 해주세요" 하면 의사가 해주는 거예요. 의사의 권위가 없는 건지, 의료의 권위가 없는 건지, 환자의 자율성이 너무 높은 건지, 아니면 의사가 너무 무책임한 건지. 현재는 주치의 제도도 없고 의료전달체계도 없어요. 작은 병원을 거쳐서 종합병원으로 가는 걸 의료전달체계라고 하는데, 우리나라는 몸이 좀 안 좋으면 '종합병원 가볼까?' 하면서 갈 수 있잖아요. 우리나라 의료체계는 좀 엉망진창인 상황이에요.

코로나19가 없었다면 좋았겠지만 코로나19는 국가와 사회가 책임지는 공공의료가 무엇인지, 우리가 아픈 사람을 어떻게 대해야 하는지, 치료는 어떻게 해야 하는지와 같은 새로운 의료체계의 모습을 보여줬어요. 지금 의사들이 파업을 하고 있잖아요. 기존의 의료체계와 코로나 이후 새롭게 나타난 의료체계가 뒤섞여서 혼란스러운 상태가 아닌가 싶어요. 코로나 이후의 시대에는 공공의료에 대한 확신과 좋은 마인드를 가진 의사들이 많이 나타나고, 의료 지원을 좀더 체계적으로 할 수 있는 쪽으로 시스템이 변화했으면 좋겠어요. 시민들도 마찬가지예요. 자유롭게 병원을 이용하는 게 꼭 좋은 것만은 아니라는 것에 공감하고, 코로나 이후 나타날 새로운 의료 시스템에 적응할 수 있으면 참 좋겠어요. 모든 병을 코로나19처럼 국가가 책임진다면 시민들도 충분히 믿고 맡길 수 있지 않을까요? 그런 상상력을 모두가 가지면 좋겠어요.

제겐 가난한 사람의 분노가 있었던 것 같아요. 중학교 때 저희 집이 굉장히 심각한 경제적 파산 상태에 놓였거든요. 우리나라는 어떻게

든 '노오력'으로 극복해야 하잖아요. 할 수 있는 게 없으니까 공부를 열심히 했고, 의과대학을 나와서 의사가 됐어요. 의사는 졸업하면 무조건 취직이 되고 월급이 꽤 많아요. 그렇게 열심히 일해 돈을 모으면서 집안이 안정됐어요. 최근에야 깨달았는데요. 빚만 산더미같이 있는 신용 불량자 가정이 외식하고 싶을 때 외식할 수 있는 수준까지 회복되는 일이 어떻게 가능했을까. 그건 노력을 해서 가능한 게 아니라는 생각이 들었어요. 우리집에 아픈 사람이 없었던 거예요. 만약 엄마가 일하다가 뇌출혈로 쓰러지셨다면, 아빠가 사고를 당해 식물인간이 됐다면, 제 동생이 암에 걸려 병원비가 수천만 원 들었다면 우린 가난의 쳇바퀴에서 절대 벗어나지 못했을 거예요. 다행히 아무도 아프지 않았어요.

그래서 저는 병원에서 제 할일을 하고, 사회적인 문제에 관심을 가지며 할 수 있는 일을 하는 현재에 만족해요. 진료 요청이 오면 청진기, 펜라이트, 혈압기, 혈당계 이런 것만 들고 내 몸이 가면 돼요. 환자분들은 "의사 선생님 오셨다!" 하고 엄청 기뻐하고 고맙다 말하지만 제 입장에선 시간과 발품을 팔아서 환자들을 진단하고, 제가 알고 있는 지식 한에서 이야기해드리는 거잖아요. 제가 알고 있는 것을 나누고, 그분들에게 도움이 되는 적절한 조언을 해드리고, 저는 그런 과정에서 몰랐던 세상의 모습을 배우고. 그게 좋은 거죠.

이보라_ 호흡기내과 의사. 녹색병원 인권치유센터장으로 일하고 있다. 단식·고공농성장 등 도움이 필요한 곳에서 연락이 오면 왕진 가방을 들고 현장으로 달려간다.

아픈 사람을 대하는 시선이 저를 더 힘들게 해요

대학원생
김유빈의 몸

어느 날 퇴근한 동생이 불쑥 선물이라고 수첩 하나를 내밀었다. 갑자기 웬 선물이냐 물으니 회사 동료가 언니에게 드리라고 했다는 것이다. 그 선물은 한국여성의전화에서 만든 '여성수첩'이었다. 여성운동사에서 기억되어야 할 날들이 달력에 기록되어 있었다. 4월 22일은 1976년 은행 여직원들에게 요구되던 결혼퇴직각서제가 폐지된 날이고, 9월 9일은 2019년 안희정 전 지사에 대한 대법원의 성폭력 유죄 판결이 나온 날이다. 빼곡히 기록된 날들 위로 나의 시간이 겹쳐진다. 4월 22일엔 야근, 9월 9일엔 생리 시작. 같은 날짜를 살았을 수십 년, 수년 전의 여성들에 비해 나의 일상은 조금은 나아졌으리라.

동생의 동료는 <말하는 몸>의 청취자였다. 어떤 과정에서인지 나의 존재를 알게 되어 고마운 마음에 여성수첩을 선물했다는 것이다. 그후 동생이 회사 이야기를 할 때마다 그 동료에 대한 고마움을 떠올리곤 했다. 청취자의 실체와 직접적으로 만날 수 없으니 그런 간접적인 연결에도 열광하게 되었다. 우리가 직접 연결된 적은 없지만, 그렇기에 오히려 그 환대와 애정이 애틋하게 느껴지는 것이다. 저멀리서 전달되는 마음을 오랫동안 간직하고 싶어진다.

<말하는 몸>은 우리가 연결될 수 있는 가장 먼 길일지도 모르겠다. 이 여정은 너무 기나길고 배배 꼬여서 때때로 목적지가 어디인지조차 잊어버린 채 우회로에 놓인 것 같다. 출연자들의 목소리는 수신자 없는 편지가 되어 시공간을 떠돈다. 우리는 몸에 대

한 이야기를 한다면서도 투쟁, 취향, 가난 같은 것에 대해서도 논했다. 다이어트에서 해방되어야 한다는 이야기를 하면서도 그다음엔 다이어트하는 사람의 이야기를 했다. 이렇게 갈팡질팡하며 다다르는 곳은 어디일까. 그 물음을 스스로에게도 여러 번 던졌지만, 답은 '뭐든 괜찮다'는 것이었다. 그저 맴돌아보는 것만으로도 충분하기 때문이다. 나의 고정된 생각과 관점에서 조금씩 멀어지거나, 아니면 그 근원으로 조금 더 가까이 다가가보는 일. 나에게로만 향했던 시선을 곁의 사람들, 나아가 멀리 있는 어느 누군가에게로 돌려보는 시간을 갖고자 했다. 나만 괴로워하는 게 아니었다는 이야기들을 들으며, 나는 이 우회로를 따라 걸을 수 있었다. 수첩 속 날들을 하나씩 지나갈수록 이름 모를 목적지에 느릿하게 다가가는 느낌이 들었다.

다음의 이야기는 자가면역질환을 가진 김유빈이 말하는 몸이다. 내가, 그리고 청취자들이 이 우회로를 함께 걸을 수 있었던 이유는 누군가의 직진하는 용기 덕분이다. 김유빈은 <말하는 몸>을 듣고 위로받았기에 자신도 누군가에게 위로를 주고 싶다며 연락해왔다. 가끔씩은 김유빈처럼, 수첩에 기록된 저 이야기들처럼 내게도 용감했던 순간이 있을 것이다. 우리의 목적지는 바로 이곳인지도 모르겠다. 내가 용기를 내는 바로 이 순간.

,

제 질병인 자가면역질환에 대해 이야기해보려 해요. 원인이 아직 밝혀지지 않은 질환인데요. 우리 몸의 면역체계는 외부의 병균으로부터 우리를 보호해야 하잖아요. 그런데 오히려 자기 몸을 공격하는 등 비정상적인 면역반응을 보이는 경우가 있는데, 이런 질환을 통칭해서 자가면역질환이라고 해요. 병은 스물한 살 때 시작됐어요. 친구들이 자꾸 제게 "어제 머리 잘랐어?"라고 물어보는 거예요. 친구들은 제 머리숱이 계속 없어지는 걸 보고 미용실에 다녀온 줄 안 거죠. 어느 날 머리를 묶으려고 보니까 한쪽이 비어 있는 거예요. 병원에 가니 원형 탈모 같다고 해서 주사를 맞았는데 낫지 않더라고요. 나중엔 머리카락이 다 빠져버리고, 체모가 다 빠져버렸어요. 그렇게 병이 시작됐어요.

처음엔 너무 당황해서 어느 병원에 가야 할지도 몰랐어요. 큰 병원에 가서야 제 병명을 알게 됐죠. 지금도 가족들을 조금은 원망하고 있는 게, 제가 자가면역질환이라는 얘기를 하니 부모님이 "넌 아무것도 아닌 일에 너무 예민해서 그렇게 된 거다"라고 말하시더라고요. 지금까지도 그게 상처로 남아 있어요. 세상으로부터 이해받지 못하는 기분도 계속 느끼고 있죠. 내가 나를 계속해서 설명해야 해요. 사람들이 관심어린 눈초리로 바라볼 때 힘들고, 새로운 사람 만날 때 걱정도 되고요. 사람 만나는 게 너무 두려워서 휴학하고 3년 정도 방에만 있었거든요. 방에 거울도 다 없애고, 밥도 잘 안 먹고 지냈어요. 졸업은 해야겠기에 나중엔 다시 학교로 돌아갔죠.

같은 병을 앓는 사람들끼리 함께하는 자조自助 모임이 있어요. 하루는 너무 궁금해서 "다들 직업생활은 어떻게 하세요?"라고 질문했거든요. 저는 학교에 다니고 있었는데 그 모임에서 사회생활을 하는 사람이 아무도 없더라고요. 내 맘대로 할 수 있는 게 없다는 것, 그게 가장 힘들어요. 저는 수영장도 가고 싶고, 찜질방도 가고 싶고, 회사에서 인턴도 해보고 싶은데 용기가 안 나니까 힘들어요. 제가 무능한 인간이 되어버리는 것 같아요. 저는 할 수 있는데 사람들이 그렇게 안 보니까요. 이제는 아픈 것보다 아픈 사람에 대한 사회의 시선, 그것을 내면화한 내 안의 시선 때문에 아무것도 못했다는 사실이 저를 더 힘들게 해요. 아픈 건 아무것도 아니죠.

이제는 저 스스로 틀을 깨보려고 일을 많이 하고 있어요. 사람도 만나고요. 대학을 졸업하고 로스쿨에 들어갔다가 자퇴하고, 지금은 일반대학원을 다니고 있거든요. 학교에서 연구조교 활동도 하고, 국가기관에서 연구보조원도 하고, 과외도 하고, 학원 강사도 하고. 다 새로운 사람을 만나는 일이잖아요. 그런데 다들 저를 아무렇지 않게 대해주시더라고요. 병에 대해서 물어보지도 않고요. 그러면서 이런 생각이 들었어요. '나를 이상하게 바라보고 상처 주는 말을 했던 사람들이 이상한 사람들이었을 수도 있겠다.' 대부분은 나를 별로 이상하게 보지 않는데 일부 몇 명의 시선을 모든 사람들의 시선이라 오해했던 것은 아닌가 싶더라고요. 그리고 '나는 하고 싶다고 생각하면 할 수 있는 사람이다' 이런 생각을 더 자주 하게 되어서 요즘은 기분이 참 좋아요. 최근에 아르바이트 면접도 세 개 정도 봤거든요. 모두 합격해서 너무 기뻐요. 저를 인정받는 것, 그걸 원했던 것 같아요.

제 몸에 대해서는 의도적으로 생각하지 않으려 해요. 한번 생각에 빠지면 부정적인 생각으로 이어지기 쉽더라고요. 내 몸이 기능할 수 있는 한도 내에서 잘 지낼 수 있으면 된 거죠. 소화기관이 건강해서 밥을 잘 먹을 수 있으면 좋고, 다리가 건강해서 달리기를 할 수 있으면 그것도 좋고. 몸의 외형보다는 기능적인 부분을 더 생각하려고 해요. 그 기능도 사람마다 범위가 다 다르잖아요. 남은 뛰는데 나는 걷는다고 열등감을 가지거나 슬퍼할 필요도 없고요. 내가 못 걷는다고 해서 걷는 사람들과 비교할 필요도 없고요. 내 몸은 그냥 몸인 거죠.

지금 대학원에서 젠더 불평등에 대한 연구를 하고 있는데요. 연구할 때 제 몸이 어떻게 생겼는지는 중요하지 않거든요. 제가 연구 주제에 대해 어떻게 생각하는지, 어떤 관점을 가졌는지가 중요하고 그것으로 평가받잖아요. 그래서 자유로움을 느꼈어요. 물론 수업에 참석해야 하고, 또 대학생들 앞에서 시험 감독 같은 조교 업무를 할 때는 제 몸을 잊지 못하죠. 그럼에도 학교는 그나마 몸에서 많이 벗어날 수 있는 공간이에요. 또 요즘엔 전반적인 사회 분위기가 얼굴과 몸을 평가하는 것을 지양하기도 하고, 페미니즘에 대한 이해도 높아져서 다른 사람을 외모로 평가하는 게 굉장히 실례되는 일이라는 것을 다들 인지하잖아요. 학교에서는 더더욱 그래요. 저를 이상하게 쳐다보는 사람이 없어요. 제게 관심이 없어요. 그게 너무 좋더라고요.

대학원생의 미래라는 건 참 불투명하거든요. 연구를 계속할지, 취직을 할지 고민돼요. 인문사회 계열 전공이니까 취직이 잘 안 되긴 해요. 교수님들도 돈 쓰고 시간 쓰고 나이드는데 여기엔 왜 왔냐고 말씀하실 정도거든요. 그런데 저는 학부도 사회학과를 나왔고, 사회학을 너무 사랑해요. 아마 계속 연구를 하지 않을까요. 연구할 때 가장 기분이 좋고, 제가 연구한 결과물을 보고 누군가가 재미있다고 할 때가 가장 기분이 좋아요. 연구를 딱 마쳤을 때의 그 성취감도요. 그래서 계속 연구를 할 것 같아요.

제가 하고 싶은 이야기는 용기에 관한 것이에요. 제가 최근에 길고양이들에게 밥을 주기 시작했거든요. 처음 다가갔을 땐 아이들이 저를 피했어요. 그런데 나중엔 저멀리서 제가 나오는 모습만 봐도 막 소리를 지르면서 뛰어오는 거예요. 제겐 용기를 내야 하는 일이었어요. 밥을 한 번 주면 계속 줘야 하잖아요. 경제적으로나 시간적으로 부담도 생기고, 또 제가 며칠 놀러가는 일이 생기면 그 아이들은 굶어야 하는 거잖아요. 지역 주민들과의 마찰도 있고요. 나이드신 분들은 이해를 못하시고 화를 많이 내시죠. 이런 상황에 맞서야 할 때 용기가 많이 필요한 것 같아요. 그런데 계속해서 길고양이들에게 밥을 주는 이유는, 말이 통하지 않는데도 사랑을 주고받는 관계가 너무 신기했어요. 물론 그들은 제가 주는 밥을 좋아하는 것 같지만요. 하지만 제가 밥을 주지 않아도 저를 좋아한다는 것을 알 수 있어요. 고양이들은 밥을 먹고 나면 배를 보여주면서 이리 뒹굴 저리 뒹굴 하거든요. 그런 모습을 볼 때 기분이 좋아요.

우리는 다 달라요. 많이 다르냐 조금 다르냐 정도의 차이일 뿐이죠. 스펙트럼이 있을 뿐이에요. 남과 다르다고 생각해도 그게 자기 자신을 슬프게 할 이유는 못 되는 것 같아요. 너무 자기계발서 같은 이야기지만, 용기를 내셨으면 좋겠어요. 용기를 내면 기쁜 일도 많이 생기거든요.

김유빈_ 사회학을 공부하고 있다. 음악을 좋아한다. 하고 싶은 일을 마음껏 하며 살고 싶다.

2부

몸의 연결을 꿈꾸다

유지영 엮고 쓰다

저는 모르는 걸
제일 싫어하는 사람이에요

범죄심리학자
이수정의 몸

언젠가 노래를 나눠 듣기 위해 아는 언니의 이어폰 한쪽을 건네받아 귀에 넣었던 순간을 기억한다. 언니의 이어폰에서는 가사가 들리지도 않을 정도로 음악이 아주 작게 나왔다. 언니에게 "노래가 거의 안 들려. 소리 조금만 더 키워줘"라고 말함과 동시에 왜 언니가 들리지도 않게 음향을 줄여서 다니는지를 깨달았다. 우리는 여성이라면 누구나 느낄 법한 감정을 공유하고 있었다.

밤길에 이어폰을 끼고 귀가하지 않는다. 뒤에서 누군가 나를 공격할지도 모른다는 공포 때문이다. 공포가 심할 때면 헐레벌떡 뛰어서 집에 온다. 물론 숨이 찬다. 하지만 뛰어야겠다는 생각이 더 강하다. 낯선 남성이 내 등뒤에 바짝 붙어 따라오는 경험을 한 후로는 공포가 더 심해졌다. 버스 안에서 미처 끝나지 않은 노래를 마저 들으면서 귀가하고 싶을 때는 볼륨을 최대한 줄이고 이어폰 한쪽은 빼둔 상태로 듣는다. 잔뜩 긴장하니 노래 듣는 일이 더는 즐겁지 않다. 시무룩해져서 이어폰을 뺀다.

히스테릭한 반응을 보일 때도 있다. 밤늦게 귀가한 룸메이트에게 "밤늦게 돌아다니면 너무 위험하지 않니"라는 소리까지 하곤 한다. 위험에 노출되는 게 친구 탓이 아니라는 걸 잘 안다. 그럼에도 나는 한마디 말을 꼭 더하고 만다. 다음엔 마중나갈 테니까 미리 전화라도 하라고.

여성들에게 '밤길에서 살아남는 일'은 얼마나 중요한가. 2016년 5월 강남역 살인사건이 일어났을 때, 내 취재 영역이 아니었음에도 취재수첩을 챙겨 택시를 타고 강남역으로 향했다. 살해당한 여성이 곧 나라고 생각했기 때문이다. 밤길이면 공포에 쫓기는 나는 언제든 그가 될 수 있었다. 취재하러 간 자리에서 나는 눈물 흘리는 동료 시민들을 보았다. 강남역 살인사건은 2010년대 후반 '페미니즘 리부트'를 말할 때 빠지지 않는다. <말하는 몸>에서도 많은 여성들이 강남역 살인사건을 언급했다. 여성들이 공명한 건 밤길에서 살아남는 일이 자신의 의지만으로는 불가능하다는 걸 직접 목격했기 때문이 아닐까.

이수정은 범죄심리학과 교수로 강남역 살인사건 이후 여성들의 목소리에 가장 적극적으로 응답했던 여성 전문가 중 한 사람이다. 그는 사건 3주기에 언론 인터뷰에서 "젊은 여성들이 현실적인 어려움을 느끼고 호소하는 장면을 보면서 저도 놀랐습니다"라고 말했다. 이수정은 자신의 주장을 강화하기 위해서 특정 사실을 취사선택해 방패로 삼지 않는다. 상대방이 하는 말에 공명하고, 전문가로서 정확하게 핵심을 짚어 말한다. 그의 다음 행보가 무엇일지 궁금한 여성은 비단 나뿐만은 아닐 것이다.

일반적으로 성범죄를 두고 성욕, 즉 남성호르몬과 연관된 범죄라고 이야기합니다. 그래서 한국에는 성범죄 가해자에게 약물요법을 쓰거나 화학적 거세를 하는 법률도 있는데요. 그 배경에는 성범죄가 남성호르몬의 문제이고 성욕 해소가 해결의 본질이라는 생각이 있는 듯합니다. 그런데 실제로 성범죄 가해자들을 대상으로 면담하거나 그들의 특이성에 대해 연구하다보면 성범죄는 남성호르몬이 문제가 아니라는 결론을 발견하게 됩니다.

그보다는 힘이 센 자가 약한 자를 착취하고 괴롭히는 일에 가깝습니다. 자기보다 힘이 약한 여성을 대상으로 일종의 지위에 대한 욕구, 힘에 대한 확인을 목적으로 하는 범죄예요. 성욕이 아닌 '힘power' 욕구 때문이라는 것입니다. 그렇기에 화학적 방법으로, 남성호르몬을 억제하는 방법으로 성범죄를 막는다는 건 턱도 없고요. 성범죄를 힘과 지위의 문제로 보는 게 더 정확할 수 있다고 생각합니다.

지위는 타고나기도 하지만 후천적으로 습득되기도 합니다. 사회규범에 따라 지위가 형성되는데요. 경제적 위치에 따라서 내가 지위가 있거나 혹은 없다고도 느낄 수 있겠지만, 한국의 경우 가부장적인 지위 체계가 존재합니다. 남성은 여성을 지배해야 하고 여성은 부족한 존재, 힘이 약한 존재라고 인식되는 것을 부인하기 어렵습니다. 그렇기에 물리적으로 열세에 놓인 여성이 힘 있는 남성에 의해 착취될 가능성이 있는 거고요. 남녀만의 문제는 아닙니다. 군대에서도 지위가 높은 사람이 낮은 사람의 성을 착취하는 일이 있습니다. 여성끼리, 혹은 남성끼리도 발생할 수 있고요. 성범죄는 힘의 불균형이 초래하는 문제로 보는 게 훨씬 더 실체에 가깝습니다.

적어도 서너 가지 유형의 성범죄자가 존재합니다. 앞에서 말씀드린, 가부장적 사고방식으로 자신의 존재감을 여성을 통해서라도 확인받겠다며 성폭행을 하는 남성의 경우가 다수이긴 해요. 그렇기 때문에 가부장적 사고방식을 고치는 방식으로 다시는 그런 짓을 못하게 할 수도 있어요. 하지만 이들 외에 두 가지 유형을 더 구분할 수 있습니다.

한 유형은 가학적인 사람입니다. 병적으로 가학적이어서 상대방을 끔찍하게 괴롭히는 것이 목적인 사람들이 있어요. 성폭행조차 전통적인 성관계라고 볼 수 없는 방식으로 합니다. 그게 반복되다보면 강간 살해로 이어지는 경우도 있고요. 또다른 유형은 여성을 적대시하는 사람이에요. 어린 시절, 여성에 대해 아주 나쁜 기억을 가졌던 경우 자신에게 어려움이 발생하는 이유가 여성들 때문이라고 복수심을 품습니다. 이들은 여성을 상대로 폭행을 저지르는데, 대체로 자존감이 굉장히 낮고 여러 가지 성격적인 문제점을 갖고 있습니다. 신뢰가 있는 인간관계를 맺기 어렵고, 분노를 많이 표현하는데요. 교도소에서 이런 유형의 성범죄자들을 면담하다보면 이유 없이 분노하며 자기 범죄를 인정하지 않는 모습을 보입니다. 피해자를 원수처럼 탓하고 비난하죠. 이런 범죄자들은 재범 가능성이 높다고 할 수 있어요.

예컨대 피해자가 먼저 자기를 유인했다고 하거나 합의를 안 해줘서 본인이 여기에 와 있노라고 이야기하기도 하고, 여성 전체를 싸잡아 비난하기도 합니다. 여자들은 믿을 게 못 된다면서 본인이 억울하게 모욕을 당했다고 호소합니다. 모욕을 당했다는 분노 때문에 보복행위를 하기도 하는데, 문제는 피해자에게 범죄의 원인이 있다고 생각하는 거죠. 그렇기 때문에 위험합니다.

사실 범죄자들마다 다 달라요. 성범죄자라고 범죄를 저지르는 이유가 다 똑같은 것이 아닙니다. 유형이 나뉠 정도로 차이가 있습니다. 저는 그런 차이를 인정하지 않는 획일적인 혐오주의에 반대하는 입장이고요. 한국 남자라고 해서 다 같지는 않을 것이기 때문입니다. 범죄현상 하나만으로 모든 남성을 탓한다거나 모든 여성을 믿을 수 없는 존재로 간주하는 선입견은 사회에 도움이 되지 않습니다.

우리가 막연히 성범죄자를 무섭다거나 위험하다고만 생각하면 대책을 낼 수 없어요. 범죄에 대해 구체적으로 알아서 나의 안전을 도모할 수 있는 정책을 만들어내는 방향으로 가야 해요. 무지가 결코 어떤 주장의 근거가 되어선 안 된다는 생각이 듭니다.

저는 모르는 걸 제일 싫어하는 사람이에요. 모르고서는 일을 할 수 없어서요. 결국 사람을 만나러 다녔죠. 제가 궁금했던 것, 왜 이런 끔찍한 범죄가 일어나는지를 알아갈수록 '불특정'에 대한 불안감은 사라진다고 느껴져요. 위험을 예견하고 대안을 마련하는 게 치유라면 치유라는 생각이 들고요. 저의 경우, 막연한 두려움을 느끼기보다는 차라리 그 두려움 속에 푹 빠져서 어떻게든 해결책을 찾으려 했던 게 도움이 됐습니다. 과거의 어떤 사건으로 인해 불안한 분들에게도 권해드리고픈 방법이에요. 그 속에 뛰어들어보시길 바랍니다. 그게 해결의 시발점이 될 수 있다고 생각합니다.

물론 교도소에 가서 궤변 같은 이야기를 하루종일 듣다보면 피곤하기도 한데요. 그럴 때는 다른 이들에게 공유합니다. 고통도 나누다

보면 반감되는 느낌이 있어요. 혼자 끙끙 앓으면서 몸의 병으로 만들지 않고, 연구자들과 식사를 한다든지 대화를 나누면서 제가 느낀 것과 그들이 느낀 것을 서로 공유해요. 연구에 도움이 되도록 생산적으로 토론하면서 스트레스를 줄이는 편이고요. 집에 스트레스를 안고 가지 않으려 노력하는 편입니다.

죄라는 건 법적인 틀 안에서 충분히 이해할 수 있는 것이란 생각도 듭니다. 범죄를 연구할 때 법을 연구하지 않을 수 없는데요. 법이 규정하는 게 범죄죠. 법이 없다면 범죄도 사라질 겁니다. 저는 인간이 본래 생긴 모습은 범죄자에 훨씬 가깝다고 생각해요. 욕망을 스스로 통제하지 못하는 채로 세상에 태어나죠. 결국 그 인간들이 범죄를 저지르지 않도록 하는 게 법인데요. 법은 여러 가지 방식으로 인간이 범죄를 저지르지 않도록 훈련하게 만듭니다.

우리가 어떻게 하면 욕망을 통제할 수 있을지 법으로 정의를 내린다고도 볼 수 있는 거죠. 그렇기에 범죄라는 건 법으로 제재할 수 있는 부분이에요. '사람이 왜 범죄를 저지를까' 보다 차라리 '사람이 왜 범죄를 저지르지 않을까'를 답하는 게 더 쉽습니다. 법으로 잘 제재하면 범죄는 발생하지 않는다고 이야기할 수 있기 때문에, 거꾸로 질문해보는 것도 연구자에게 도움이 됩니다.

성범죄 피해자들이 느끼는 정신적인 고통은 끝이 없다고 봐야 할 것 같아요. 사건이 끝나도 끝나지 않는 거죠. 피해자 개인이 느끼는 고통을 상상하기 어려운데요. 제가 말씀드리고 싶은 건, 어떤 고통이라도 시간이 가장 좋은 해결 방법일 수 있어요. 언젠가는 극복하실 텐데요. 조금 더 용기를 내서 맞닥뜨리면 해결 시점을 앞당길 수 있습니다. 살아보니 그렇더라고요. 본인의 적극적인 태도나 의지보다 강력한 해결법은 없다는 생각이 듭니다. 용기내시기를 바랍니다.

이수정_ 경기대학교·대학원 범죄심리학과 주임교수. 대검찰청 전문수사 자문위원, 법무부 자체평가위원, 법원 전문심리위원, 경찰청 과학수사 자문위원을 맡고 있다. 주요 언론 매체를 통해 범죄심리 관련 자문을 하고 있다.

제 몸에 불편한 옷은
입지 않으려 해요

아나운서
임현주의 몸

본격적으로 언론사 취업을 준비할 때, 처음으로 렌즈를 착용하기로 결심했다. 언론사 면접에서 안경 쓰는 여성 지원자는 아무도 없다는 사실을 깨달아서다. 생활이 불가능할 정도로 시력이 나쁘진 않았지만 카메라 테스트 전형을 치르기 전 큰맘먹고 렌즈를 사러 갔다.

나이가 지긋한 안경점 주인은 초심자에게 좋다는 소프트렌즈를 건네주었다. 손가락에 렌즈를 올리고 눈을 크게 뜬 다음에 그 렌즈를 눈에 넣으면 된다고 했다. 그건 마치 코끼리를 냉장고에 넣는 방법에 대한 농담과 유사하게 들렸다. 1번 냉장고를 산다, 2번 코끼리를 넣는다, 3번 냉장고 문을 닫는다!

겁 많은 눈꺼풀은 야속하게도 렌즈의 방문을 필사적으로 막았다. 백번을 시도했지만 한 번도 착용에 성공하지 못했다. "입을 벌리면 렌즈가 더 잘 들어가요!" 안경점 주인은 나를 안쓰럽게 바라보았다. 그가 대신해줄 수도 없는 노릇이었다.

렌즈 착용이 안 되면 안 될수록 마음이 더 바빠졌다. 안경점에 피해를 끼치면 안 된다는 생각과 렌즈를 착용하지 못하면 언론사 면접에서 떨어질 거란 생각이 점점 커졌다. 몇 번만 더 시도하면 거의 성공할 것 같았던 렌즈 착용은 머릿속이 복잡해지면서 점점 성공 범위를 벗어났다.

몸에는 식은땀이 흐르기 시작했다. 드디어 몇 시간의 시도 끝에 렌즈가 안구에 착 달라붙었다. 렌즈를 착용하고 정신을 차리자 나는 안경점 바닥에 쓰러져 있었다. 땀이 비 오듯 흘렀다. 엄마는 나를 부축해서 화장실로 데려갔다. 속이 메슥거렸고 눈앞이 캄캄했다. 렌즈 착용에 성공했다는 사실에 안도감이 밀려오는 동시에 서러움도 찾아왔다. 땀인지 눈물인지 모를 물을 몇 방울 떨구기도 했다. 이게 뭐라고. 그날 이후로도 렌즈와의 싸움은 계속됐다. 하지만 늘 얼굴을 보여야 하는 방송사가 아닌 인터넷 신문사에 입사하면서 나는 더이상 렌즈를 착용하지 않아도 됐다. 다행스러운 일이었다.

2018년 4월 12일, 렌즈를 처음 착용하던 날의 기억이 다시 소환됐다. 안경 쓴 여성 아나운서를 TV로 본 순간 나는 머리를 맞은 듯했다. 왜 안경을 써도 된다는 선택지는 없었을까. 인터넷에서도 안경을 착용한 여성 아나운서에 대한 반응이 뜨거웠다. 나는 임현주에게 인터뷰를 청했다. 당연한 이야기지만, 그는 "내 나름대로 오랜 시간 고민한 결과"라고 말했다. 그날 안경을 쓰면서 분장 시간이 줄어들었고 덕분에 뉴스를 준비할 시간이 늘었다고도 말했다. 이후로 그는 브래지어를 착용하지 않은 채로 생방송을 진행하기도 했다. 임현주는 아나운서라는 직업을 둘러싼 틀을 계속 확장하려는 중이다.

저는 최근에 와서야 자유로워졌어요. 남의 시선에 신경쓰지 않고 '내 몸은 내가 결정한다'는 생각을 하게 됐거든요. 그 말인즉슨 아나운서로 일한 10년 중 7~8년 정도는 몸에 대해 스트레스를 받으면서 '어떻게 해야 날씬해질 수 있을까'를 고민했다는 뜻이에요. 살이 찌면 스트레스를 받고, 스트레스받으면 먹게 되는 일상의 연속이었어요.

고등학생 때는 공부하느라 살쪘다는 생각을 해본 적이 없었어요. 대학에 들어가서 살을 많이 뺐죠. 그때 예쁘다는 이야기를 많이 들었는데, 부모의 울타리에서 벗어나고 자유로워지니까 다시 살이 쪘어요. 전신거울 속 제 모습을 보면 못마땅한 거예요. 동기들은 다들 세련되고 날씬했거든요. 그래서 약속을 잡아놓고서 안 나갔던 기억도 있어요. 제 모습이 만족스럽지 못해서 몸이 안 좋다고 하고 나가지 않았어요.

혹독한 다이어트를 했던 건 아나운서를 준비하면서부터였죠. 처음 카메라에 비친 저의 모습이 통통하게 보여 충격받았거든요. 그때 안 해본 다이어트가 없죠. 덴마크 다이어트도 해보고, 굶기도 해보고, 친구들과의 식사 자리에서 "난 다이어트할 거야"라면서 안 먹기도 했어요. 점점 살이 빠지는 제 모습이 나날이 예뻐 보이더라고요.

오히려 스트레스를 받은 건 현직에 와서인 것 같아요. 목표를 향해 달려간다고 생각할 땐 괜찮았는데 이제 생활이 되었으니까요. 방송할 때면 늘 몸의 곡선이 다 드러나는 원피스를 입었어요. 딱 달라붙는 원피스, 높은 구두, 스타킹, 머리카락 한 올도 흘러내리지 않게 하는 스프레이…… 그 '아나운서 스타일'이라는 단정한 이미지에 저를 맞추기 위해 365일 다이어트에 시달렸죠.

한번은 한의원에 많은 돈을 주고 한약 다이어트를 해봤어요. 한약을 많이 먹으면서 방울토마토를 먹어야 했어요. 보름인가 했는데 5킬로그램이 빠졌어요. 날씬해지니 사람들이 칭찬해줬어요. 그런데 이질감이 들더라고요. 갑자기 주목을 받게 되었으니까요. 그리고 한번 살이 빠지니까 이걸 유지해야 한다는 압박감이 생겼어요. 식욕을 절제하려다가도 어느 순간 놓아버리는 거예요. '에이, 그냥 오늘은 먹자'가 돼버리고. 이게 다이어트하는 여성들이 겪는 패턴인 것 같아요. 늘 작은 옷에 저를 맞춰야 했죠. 옷을 소화하지 못하면 코디네이터에게 민망해지는 거예요. 내가 관리를 못해서 이렇게 됐구나 싶어 자책하고요.

그런데 언제부터인가 좀 자유로워지기 시작했어요. 하루는 여느 때처럼 새벽에 일어나 성상을 입다가 안경을 한번 써봤어요. 아침 뉴스여서 눈이 너무 힘들었거든요. 안경을 쓰고 뉴스를 진행했더니 예상치 못한 폭발적인 반응이 있었어요. 저는 동료들의 평가 정도가 있을 거라고 생각했는데, 저의 안경 쓴 모습이 많은 사람들에게 회자되면서 용기를 얻게 된 거죠. 아, 사람들이 안경 쓰는 걸 응원해주는구나.

아나운서로서 외모가 아름답지 않으면 방송에 나오지 못할 것이라는 불안감이 있었거든요. 특히 여성 아나운서에게 화려함을 기대하는 분위기에 불만이 있었어요. 그러다가 '왜 여성 아나운서는 안경을 쓰면 안 되지?' 생각하고 실행에 옮긴 거죠. 파격을 보여줘야겠다는 생각으로 한 건 아니에요. 내 자유로움을 충분히 발휘하면서 살겠다는 정도인 거죠. 굳이 안경이 필요하지 않을 때 안경을 착용하는 것도 속박이라고 생각하거든요. 안경은 제 기분과 컨디션, 의상을 고려해서 끼고 싶으면 끼는 거예요.

그때부터 옷차림도 타이트한 원피스는 잘 안 입은 것 같아요. '입어선 안 돼'가 아니라 제 몸에 불편한 옷은 입지 않으려 해요. 코디네이터에게도 "편한 옷으로 주세요"라고 말씀드려요. 옷이 바뀌니까 다이어트를 안 하게 되고 정말 스트레스가 줄어드는 거예요. 지금은 건강하게 내 몸을 컨트롤한다는 생각으로 살고 있어요.

예전에 뉴스 진행할 때 제 팔뚝을 보면 분명 마르긴 말랐어요. 그런데 얼굴이 어둡더라고요. 큰 뉴스의 앵커면 성공했다고 볼 수 있잖아요. 정작 그 자리에 있던 저는 하루하루가 불안했어요. 제가 할 수 있는 일이 많지 않다고 느꼈어요. 목표도 없었고 보람과 자부심을 느낄 수도 없었고요. '내가 내 이야기를 하는 걸까, 내 역할을 하는 걸까. 내가 할 수 있는 일은 약간의 멘트를 수정하는 일 뿐인데'라고 생각했어요.

지금은 사이즈가 좀 늘긴 했지만 얼굴은 분명 밝아요. 내가 더이상 외적으로 평가받는 사람이 아니라 주체적인 사람이라고 생각하니까 방송에서 제 이야기를 더 하게 되더라고요. '아나운서니까 이 정도만 이야기하고 이 정도만 웃어야 해'라는 틀이 있었는데, 점점 그까짓 틀이 중요한가 싶어요. 나라는 매력, 나라는 사람을 더 보여주고 싶고요. 아나운서라는 직업에 충실하다는 건, 외적인 게 아니라 방송에 대한 열정과 성의에 관한 것이라고 생각하게 된 거죠.

그럼에도 아나운서는 '선택을 받는 직업'이잖아요. '내가 더이상 어디에서도 선택받지 못하면 어쩌지'라는 불안감은 여전히 있어요. 저는 여러 생각과 입장을 갖고 있는데 그걸 보여줄 기회가 잘 없으니까요. 입사해서 뉴스만 하다가 교양 프로그램으로 넘어오면서 좀더 자유가 생겼어요. 아무래도 뉴스 앵커를 할 때면 제 생각을 소극적으로 말하게 되더라고요.

뉴스를 다시 할 수 있겠죠. 그런데 '더 어릴 때 큰 뉴스를 해보겠다'는 마음은 하나도 없습니다. 제가 할 수 있는 게 많지 않다는 걸 알거든요. 자유로운 물에서 여러 사람을 만나고 경험하면서 생각에 깊이가 생겼을 때 뉴스를 하면 더 좋을 것 같아요. 물론 젊다고 깊이가 없다는 건 아니에요. 이때만의 발랄함이 있지만, 깊어지면 깊은 대로 멋스러움을 보여주고 싶고요. 과거에는 시간이 흐르면 입지가 좁아질 거라고 느꼈는데 지금은 나이가 들수록 멋스러워지고 깊이가 생긴다고 느껴요. 그렇다면 50~60대가 되어도 매력적으로 보이지 않을까요?

임현주_ MBC 아나운서로 일하고 있다. 다양성과 주체성에 대해 관심이 많고 그와 관련된 여러 활동에 참여하고 있다.

피사체가 저를 허락하는 순간이 있어요

사진가
황예지의 몸

아름다움의 기준은 계속 변한다. 어느 날 갑작스럽게 변하기도 한다. 내게도 아름답다고 생각했던 것이 더이상 아름답지 않다고 느끼게 된 사건이 일어났다. 한 멀티플렉스 영화관에 빈 필하모닉 오케스트라 생중계를 보러 간 저녁이었다. 클래식에 큰 취미는 없지만, 영화관에서 이렇게 큰 규모로 중계해주는 오케스트라를 언제 보겠냐면서 갔던 자리다.

300석이 넘는 큰 영화관은 만석이었다. 곧 연주가 시작됐고, 연주자들의 표정과 그들이 만드는 음악에 매료될 무렵이었다. 이내 그 무대가 뭔가 이상하다고 느꼈다. 오케스트라의 지휘자부터 연주자까지 한 명도 빠짐없이 백인이라는 걸 눈치챘다. 또 남성이 압도적으로 많았고 여성은 극소수였다.

물론 단원 중 비백인이 있을지도 모르지만 그날 오케스트라 무대에 비백인은 없었다. 중계 화면에 비친 현지 객석에도 비백인은 보이지 않았다. 카메라는 아름다운 공연장을 구석구석 훑었지만, 백인만이 즐비한 그 무대는 적어도 내게는 아름답게 느껴지지 않았다.

2008년 베이징 올림픽 개막식에서 중국의 한족과 55개 소수민족을 대표해서 전통의상을 입고 등장한 어린이들이 사실은 모두 한족이었다는 사실이 뒤늦게 밝혀진 적이 있다. 옷만 소수민족의 전통의상을 입었던 것이다. 벌써 10년도 더 된 기억이지만, 그 사실을 안 나는 충격을 받았다. 그 개막식을 생중계로 지켜보면서 다양한 민족의 어린이들이 각자의 전통 의상을 입고 한데 모인 모습이 아름답다고 생각했기 때문이다.

내게 아름다움이란, 잘 기억나지 않는 언제부터인가 '다양성'이 됐다. 다양성에서 아름다움을 찾으면 전체주의 국가에서 자랑삼아 내세우는 카드섹션에서 더는 아름다움을 느끼지 못하게 된다. 오히려 내가 느끼는 건 그 카드섹션을 만들기 위해 동원된 이들의 노동력과 그에 기반한 공포다. 내가 카드섹션을 만드는 이들 사이에 있다면, 나는 낙오자가 될 운명이라는 걸 알기 때문이다.

최근 내가 아름답다고 느끼는 건 이런 이미지다. 다양한 피부색과 체형의 사람들이 어울려 나오는 속옷 광고에서 느껴지는 편안함. 나 또한 몸에 강박을 느끼는 사람으로서 일률적인 몸의 기준으로부터 벗어나려는 중에 사진가 황예지를 만났다. 그는 사진가로서 아름다움이 무엇인지 탐구하는 사람인데, 그가 생각하는 아름다움 또한 다른 몸을 찍는 작업을 하면서 점차 바뀌었다고 했다.

다양함이 곧 아름다움이라는 걸 알아봐주는 이를 만나 마음이 든든했다. 비록 아직 카메라 앞에 서기를 주저하지만, 나도 언젠가 황예지의 피사체가 되고 싶다. 그의 카메라 앞이라면 나도 마음 놓고 내 몸을 맡길 수 있을 것 같다.

“

제가 열여섯 살 때 엄마가 집을 나갔어요. 엄마가 저를 떠나 있었던 10년 동안 여섯 살 터울인 언니가 가장 역할을 해줬어요. 언니도 허기가 많은 사람이에요. 본래 식욕이 왕성할 수도 있지만, 어린 나이에 가장 역할을 떠안다보니까 그게 우울과 무기력으로 발휘되더라고요. 항상 자신의 허기를 해결하지 못해서 많이 당황해했고요.

언니를 사진으로 담기까지 오랜 시간이 걸렸어요. 대학 다닐 때 교수님이 '선과 형태가 담긴 사진'을 찍어오라고 하셨는데, 갑자기 언니의 벗은 모습이 찍고 싶었어요. 언니 몸의 굴곡과 튼살의 흔적이 선이고 형태가 아닐까. 그래서 언니의 벗은 모습을 찍었어요. 그전까지는 한 번도 언니를 저의 피사체로 담아본 적이 없었거든요. 아무렇지 않은 표정이었는데 슬픔이 많았어요. 사진을 처음 현상해보고는 오열했어요. 그 사진을 들고 학교에 갔는데 교수님이 사진을 설명해보라고 하셨어요. "선과 형태를 찍어오라고 하셔서 찍어왔습니다"라고 단순하게 대답했어요. 교수님이 "예지야, 사진에 담은 만큼 이야기해"라고 말씀하셔서 또 한번 눈물이 났어요. 제게는 가장 슬픈 기억이기도 하고, 아름다움을 처음 만난 기억이기도 하죠.

저는 사진을 배우면서 미美에 갇혀 있었던 것 같아요. 피사체가 '아름다워야 한다'고 생각했고 물리적으로도 정신적으로도 모두 '아름다워야 한다'고 여겼어요. 그러면서 제가 갖고 있는 걸 부정했어요.

살집 있는 가족들을, 살집 있었을 때의 저를 아름답지 않다고 생각했어요. 아름다움이 유용하다는 생각을 오랜 시간 훈련받아온 것 같아요. 그걸 천천히 깨부수고 처음부터 다시 배우자고 생각했어요. 그렇게 언니를 마주했던 거예요. 지금 제게 언니는 최고의 피사체이고 아름답고 강인한 사람이에요. 예전이라면 언니를 소개할 때 무기력한 사람이라고 했을 텐데, 사진집 작업을 끝내고 나서는 언니를 가장 아름다운 사람이라고 꼽아요.

늘 엄마와 언니, 여성의 삶을 드러내는 일을 하고 싶었거든요. 이를 오래 회피했다가 사진 작업을 하면서 직면할 수 있겠다는 자신감이 조금 차올랐어요. 처음에는 저와 언니의 이야기로 시작했고, 갑자기 엄마가 우리에게 돌아오면서 또다른 장이 열렸어요. 저는 점점 뒤로 물러났죠. 엄마와 언니의 허기를 마주했어요.

저는 여성 가족의 몸과 제 몸이 연결돼 있다고 느끼거든요. 엄마가 저를 잉태했고, 월경이라는 것으로 이어져 같이 피를 흘렸고요. 특히 제 몸을 이야기할 때 여성 가족을 빼놓을 수 없다고 생각했어요. 그들의 존재를 인정하면서 제 몸도 달리 보였고, 그렇게 셋이 하나가 되는 작업을 계속 했어요. 지금도 제가 가장 아름답다고 생각하는 사진은 제가 찍은 엄마와 언니 사진이에요.

사진을 찍을 때면 말을 많이 하진 않아요. 눈으로 계속 바라보려고 노력해요. 저는 신체에 많은 감정이 있다고 느껴요. 엄마와 언니의 몸을 바라보기 시작하니까 원망이 점점 사라졌어요. 가까워졌고 연대감이 생겼어요. '허물어졌다'는 감각이었어요. 부정하던 시간이 길게 있었지만, 몸에 대한 인식의 변화를 이제 막 수긍하기 시작했어요.

대학 졸업 전시를 했을 때 엄마와 언니를 찍은 작품을 걸었어요. 남자들이 그 사진 앞에서 엄마와 언니의 몸을 평가하는 소리를 들었거든요. '내가 이런 피드백을 받으려고 작업했나' 싶었는데, 언니가 이렇게 말하는 거예요. "나의 몸을 너를 통해 마주하게 돼서 힘이 됐다." 그 말을 듣고 제가 틀린 일을 하는 게 아니라는 확신이 들었어요. 사진집을 출간하고 생각보다 많은 분들이 제 사진을 보고 힘을 얻었다고 말씀해주셔서 우울을 드러내는 게 잘못된 일이 아니라는 걸 알게 됐어요. 저를 위로하기 위해서 사진을 찍지만, 제 사진을 통해서 많은 사람들을 위로할 수 있다는 사실도 알게 됐어요.

저는 피사체를 모집해서 그들이 필요한 사진을 찍어주는 일을 종종 하거든요. 보통 사진가들은 모델을 찍으면서 상업적인 일을 하는데, 왜 이런 일을 해서 적은 돈을 버느냐고들 물어보세요. 저는 사람들의 얼굴과 사연을 수집하는 게 제 일이라고 생각해요. 많은 분들이 자신의 몸을 마주하기 위해서 저와 사진을 찍으려 한다고 말씀하시거든요.

피사체를 만날 때 제가 중요하게 생각하는 건 '강요하지 않음'이에요. 만일 제가 내고 싶은 이미지가 있다고 가정했을 때, 그 이미지를 내달라고 피사체에게 요구하는 건 어떻게 보면 폭력일 수 있거든요. "이렇게 해주세요" "저렇게 해주세요"라는 사소한 요구에도 피사체가 수치심을 느낄 수 있다고 생각해요. 사진을 일로 하다보니 자기검열을 많이 하는 편이에요. 강요하지 않고 그 사람이 자신의 모습을 온전히 드러낼 때까지 천천히 작업하려고 해요.

저에게 이야기를 들려주면서 우는 분들이 많아요. 왜 그럴까요. 아마도 재촉하지 않고 자기 이야기를 천천히 들어주는 사람이 있다고 생각해서인 것 같아요. 사진 찍을 때 가장 먼저 사소한 질문을 던져요. "오늘 밥은 드셨어요?" "기분은 어떠세요." 그리고 눈을 오래 쳐다봐요. 빤히 보는데 그 눈에 눈물이 맺히더라고요. 낯선 사람을 만날 때 제일 솔직하기 때문일 수도 있고, 제 눈을 보고 위안을 얻었기 때문일 수도 있죠.

사진을 찍을 땐 무조건 피사체에 맞추려고 해요. 그들이 불편해하는 순간 무조건 카메라를 내려요. 나중에 그들이 사진을 봤을 때 조금이라도 부끄러움을 느끼는 기색이 보인다면 그 사진을 삭제해요. 당연한 것이에요. 여태까지 잘 이뤄지지 않았던 것이고요. 많은 여성 모델들이 남자 사진가가 자기 몸을 만지거나 여기서 더 벗으면 사진이 좋아질 거라고 강요했다고 제게 말했어요. 그런 말들을 듣고 명확해졌어요. 내가 하지 않아야 하는 일은 그런 것이구나.

저는 사진 찍는 모든 순간을 즐거워하고 그 즐거움에 편차를 두지는 않아요. 그럼에도 피사체로 서 있는 인물이 저를 허락하는 느낌을 받을 때 가장 큰 쾌감을 느껴요. 사진기를 들이대면 다들 굳으시거든요. 아주 경직된 표정을 지어요. 어느 순간 제가 조금씩 다가가면 '내 세계에 어서 와'라고 말하는 듯한 표정이 나오거든요. 그때 가장 큰 즐거움을 느끼는 것 같아요.

저는 저를 찍는 일도 해요. 언니를 마주하는 일이 최고로 힘들 줄 알았는데, 언니와 엄마의 몸에 제 몸을 숨기고 있었더라고요. 제 몸을 받아들이는 일을 가장 나중에 하게 됐어요. 저도 유년 시절에 과체중이었고 몸 때문에 친구들에게 놀림을 심하게 받았어요. 초등학교 5학년 때 '몸을 다 뜯어버리고 싶다'고 일기를 쓴 적이 있을 정도로 몸을 혐오했고요. 그런 경험이 큰 상처로 남아 있어요. 지금은 제 몸을 사랑하지만, 그 경험 때문에 여전히 제 몸을 검열하려는 습관이 남아 괴롭기도 해요. 숨지 않으려고, 나에 대한 확신을 가지려고 여성들과 가족들을 찍고 있어요.

사진이 제게서 떠난 뒤에는 제 몫이 아닌 것 같거든요. 제 사진을 어떤 마음으로 보아주면 좋겠다는 의도를 넣지 않으려 해요. 무얼 보든 보는 이들의 몫이라 생각하고요. 다만 가족을 담는 일에서는 사진가의 자아와 가족의 자아가 부딪쳐요. 가족들이 상처받지 않았으면 좋겠어요. 이들이 존재했고, 치열하게 싸우고 있고, 이 치열함이 아름다웠다는 걸 남기고 싶어요.

늘 사진 뒤에 숨어 있는 사람이다보니까 담대함이 사라질 때가 많아요. 언제든 사진 뒤로 숨을 수 있고 방향을 바꿀 수 있는데, 그런 것에 지지 않으려고 굉장히 치열하게 싸우고 있어요. 담대함이 연기처럼 사라질 때도 많지만, 담대함이 담대함으로 남을 수 있도록 노력하고 싶어요.

"예지씨에게 찍혀보고 싶어요"라는 말을 많이 들어요. 저도 소심하고 낯선 환경에서 긴장을 많이 해 프로필 사진을 찍는 것이 어려웠어요. 어느새 수십 명이 넘는 여성들을 촬영했고, 사소한 작업이라고 생각하면서 시작했지만 점점 광활해지고 있어요. 여성의 초상과 몸을 제일 잘 모으는 작가가 되고 싶어요. 여성들에게 힘이 되고 위안이 되는 사진을 찍는 사람으로 남고 싶어요.

황예지_ 1993년 서울에서 태어났다. 가족사진과 초상사진을 중점으로 본인의 이야기를 풀어나가고 있다. 지은 책으로 사진집 〈mixer bowl〉 〈절기Season〉, 에세이 『다정한 세계가 있는 것처럼』이 있고, 개인전 〈마고mago〉를 열었다. 거창한 담론보다는 개인의 역사에 큰 울림을 느낀다.

상대의 몸에 대해
예의를 갖추면 좋겠어요

다큐멘터리 감독

김보람의 몸

생리에 관해 다룬 다큐멘터리 영화 <피의 연대기>는 그해 본 영화 중 나를 가장 많이 움직인 작품이다. 비유적인 의미로 '마음이 움직였다'는 말이 아니라 정말 몸이 움직였다. 영화를 보고 난 뒤 편의점으로 가서 생리대가 아닌 탐폰을 집어들었기 때문이다.

세상에 생리용품이 저렇게 많았단 말이지, 생리를 치열하게 고민하는 여성들이 저렇게 많았단 말이지, 생리를 잠시 멈추게 하거나 양을 줄일 수도 있단 말이지. 영화를 보고 나오는 길에 조금은 반성할 수밖에 없었다. 운이 좋게도 지금까지 생리통이 거의 없는 삶을 살아왔기 때문이다.

생리 직전 식욕이 폭발적으로 증가한다는 것과 주기가 일정하지 않다는 것 정도를 감안해도 한 달에 한 번 순탄한 생리생활을 해왔음이 분명하다. 그래서인지 나는 생리용품을 바꿔야 한다거나 생리를 안 한다는 선택지에 대해서 골몰해본 적이 없었다.

물론 불편함이 없던 건 아니다. 생리대에 생리혈이 묻으면서 나는 퀴퀴한 피냄새가 싫었고 이불에 생리혈이 묻어 빨래한 경험은 셀 수도 없다. 불편했다. 하지만 불편하다고 말할 수 없었다. 생리를 하는 여성이라면 으레 그렇게 사는 줄 알았으니까.

영화를 보고 나서 나는 탐폰을 착용하기로 결심했다. 영화에 나온 생리용품은 다양했지만 일단 탐폰부터 시작하기로 했다. 실패의 연속이었다. 자력으로 내 질에 뭔가를 넣어본 적이 한 번도 없었으므로 실패하는 것이 당연했다. 어설프게 넣다 말아서 생리혈이 그대로 새는 경우도 부지기수였다.

하지만 더이상 나에게 생리대가 편하지 않았다. 영화를 보기 이전으로 다시 돌아갈 수 없었다. 특히 여름날 높은 기온 속에서 생리대를 차고 있노라면 사타구니 부분의 피부가 다 헐어버리는 것 같았다. 그러려니 하고 넘겼던 부분이 불편해진 것이었다.

계속 실패하는 한이 있더라도 그다음 생리주기가 돌아오면 다시 탐폰을 질 안에 넣어보았다. 실패하면 그 달은 패스. 그다음달에 다시 착용을 시도했다. 탐폰을 제대로 착용한 건 처음 탐폰을 사고 5개월이 된 날이었다. 제대로 착용하니 움직여도 아프지 않았다. 피가 새지도 않았다.

수영을 좋아하지만 생리대를 차고 수영복을 입을 수는 없으므로 수영장에 가지 못했던 내게 그날 이후 탐폰이라는 커다란 선택지가 생겼다. 탐폰을 제대로 착용하고 잠드는 날이면 나는 더이상 침대에 피를 흘리지 않는다. <피의 연대기> 감독 김보람은 영화로 인해 제작진에게 많은 빚이 남았다고 했지만, 그의 영화를 통해 새로운 세계를 접한 나 같은 여성들은 그에게 무형의 빚을 진 셈이다.

다큐멘터리 영화 〈피의 연대기〉를 만드는 과정에서 저도 많이 변했어요. 이전까지 월경은 불편하지만 참아야 하는 일상적인 것이었는데, 영화를 만들면서 몸으로 체득했어요. 피가 축축하게 묻은 생리대를 차고 있지 않아도 되고, 월경 때문에 운동이나 성관계를 포기하지 않아도 된다는 것을요. 물론 월경은 여전히 나의 일상을 방해하는 불편한 요소이지만 이전보다는 긍정적이고 재밌게 받아들이는 것 같아요.

영화를 찍기 전까지는 저도 18년 동안 일회용 생리대만 썼던 사람이에요. 그게 나쁘다고 생각하지 않아요. 일회용 생리대는 여성들이 선택할 수 있는 가장 편하고 접근성 있는 제품이니까요. 편의점이나 마트에서 쉽게 살 수 있기 때문에 합리적이고요. 아무도 탐폰이나 생리컵을 어떻게 쓰는지는 가르쳐주지 않아요. 안타깝고 슬픈 일이지만요.

질은 분명 몸에 붙어 있긴 한데 내가 알 수 없는 곳, 감히 탐험할 수 없는 곳, 미지의 세계처럼 느껴졌어요. 손을 넣거나 만지면 상처 입을 거 같고요. 질내 삽입형 생리용품을 쓰면 내 손으로 질 안에 뭔가를 계속 넣고 빼는 과정을 한 달에 일주일 정도 하잖아요. 습관적인 일이 되는 거예요. 코가 간지러우면 코를 비비듯 질 안에 생리용품을 넣었다 뺐다 할 수 있는 거죠. 잘못 들어가면 손을 넣어서 뺄 수 있을 정도로 질과 친해졌다고 해야 할까요. 질을 내 몸의 일부로 받아들인 거죠. 그러면서 내 몸을 바라보는 시선이나 느낌이 많이 달라졌어요.

저는 가슴이 작은 게 콤플렉스였거든요. 이 과정을 겪으면서 극복했어요. 영화를 만들면서 월경에 대해서만이 아니라 피를 폄하하고 치부로 만들며 여성의 몸에 가해온 억압과 폭력들을 공부했거든요.

페미니즘에 눈을 뜨고 내 몸을 알게 되면서 내 작은 가슴과 몸을 객관적으로 받아들인 거죠. '이건 가치판단을 할 수 없는 내 몸이다'라는 사실을 받아들인 거예요. 가슴도 '이 정도면 귀엽다'는 관점까지 왔어요. 어떤 분이 "몸을 사랑하게 됐나보네"라고 말씀하셨는데, 그렇다고 매번 좋은 건 아니에요.

내 몸을 받아들이려 노력해도 쏟아지는 광고들, 길 가다가 마주치는 사람들의 모습을 보며 내 몸이 부족하고 완벽하지 않고 아름답지 않다는 생각에 다시 빠지게 되더라고요. 몸을 중립적으로 바라보고, 혐오하거나 불만을 갖지 않고, 다른 사람과 내 몸을 비교하지 않을 거라고 다짐해도 허기는 밀려오죠. '그래도 나는 아름다워'라는 생각은 제게는 좋은 방법 같진 않았어요. 다만 매일매일의 싸움이란 생각이 들었어요. 어느 순간 깨닫고 끝나는 게 아니라 매일 나의 욕망과 싸우는 과정의 반복이 아닐까.

허기를 느끼는 제 모습도 인정해야 한다고 생각했어요. 그 생각과 매일매일 싸우는 게 저를 훨씬 더 외모 중립적으로 바라보게 하더라고요. 광고나 드라마, 영화 같은 이미지와 맞서려면 그것과 싸우는 말을 하는 사람들의 이야기를 계속 읽고 보는 것이 중요해요. 그런 의미에서 미국 시트콤을 좋아하는데, 끊임없이 다른 몸과 다른 존재들이 나오거든요.

고등학교 3학년 때 연애하면서 처음으로 몸을 보여준 친구로부터 받았던 몸에 대한 평가가 기억나요. 그 친구의 가장 큰 불만은 제 가슴이 작다는 거였어요. 열아홉 살이면 아직 누구도 내게 건강한 연애가 뭔지 안 알려주잖아요. 그저 감정만으로 뛰어드는 시기인데 엄마 말고, 같이 목욕탕 간 친구 말고 최초로 내 몸을 보여준 상대가 "아, 가슴이 너무 작은데"라는 식으로 말을 해요. 지금은 가물가물하지만 그때 제가 받았던 상실감과 수치심이 얼마나 컸을까 싶더라고요. 내 몸을 존중하지 않던 사람과 첫 연애를 하고 나서 그 기억과 상처가 이후의 연애에 끊임없이 영향을 미쳤어요.

우리는 동물이잖아요. 야생에 던져져서 누가 나를 해치려 하면 바로 털을 곧추세우거나 으르렁거리면서 상대를 물리치잖아요. 그런데 연애의 문제가 되면 방어할 힘이 없어지는 거예요. 누가 나를 해칠 때 할퀴고 물어뜯고 "넌 내 몸을 평가할 자격이 없어"라고 반격했어야 했는데 그걸 아무도 가르쳐주지 않아서 저 혼자 깨달아야 했죠. 그게 어느 정도의 폭력이었는지는 서른 살 넘어 영화를 만들며 알게 됐죠. 내 몸이 아니라 걔 생각이 잘못된 거구나.

저는 경험도 없고 삽입섹스에 대해 잘 몰랐는데, 첫 연애 상대는 삽입섹스가 너무 하고 싶었던 거죠. 질이 충분히 젖고 흥분된 상태여야 했는데 전 긴장돼 있고, 원하지 않는데 억지로 넣으려다보니까 안 들어갔어요. 그 친구가 화를 내면서 "네가 긴장해서 그렇잖아"라고 말했어요. 그러다가 억지로 넣어서 질이 찢어진 거예요. 산부인과에 가서 질이 찢어졌다고 하니 선생님이 성폭행당했냐고 물어봤다가 "아, 오빠가 억지로 했구나?"라고 다시 물어보셨어요. 이런 경우가 많다는 뉘앙스였어요.

내 성기를 내가 아니라 나랑 섹스하는 파트너가 더 많이 들여다보잖아요. 성관계에 진입하기 전에 내 질에 대해 아는 게 얼마나 중요한지, 그게 어떻게 나의 건강권이랑 연결되는지, 질염에 걸려도 분비물이 나와도 생리통이 심해져도 왜 그런지 모르잖아요. 산부인과가 내과만큼 많지도 않고 내 질의 건강에 대해 고민해주는 의사를 만나기도 힘들어요. 산부인과에 가는 것도 큰맘먹어야 하고요.

질은 안 좋은 곳이고 자꾸 감춰야 한다는 인식이 쌓이는 거죠. 엄마가 말하기를, 애기가 아들이면 엉덩이를 닦아준 다음 바람으로 고추를 말려준대요. 그러면 친척들이 와서 잘생겼다면서 보고 가는데 딸이면 포대기로 빨리 싸서 안 보이게 둔다는 거예요. 여성의 질도 통풍이 필요해요. 꽉 끼는 레깅스를 입으면 질염에 걸리잖아요. 여성은 보호받아야 하고 지켜야 한다는 생각이 너무 강하다보니 오히려 방치되고 이야기가 나오지 않아요. 2018년이나 돼서야 월경 이야기가 나오고요. 이전 여성들이라고 질염이 없었겠습니까.

만일 연애를 하게 된다면, 상대는 제 몸을 있는 그대로 인정하고 받아들여야 한다고 생각해요. 어떤 식으로든 평가하는 건 사람에 대해, 특히 연애하는 사이에 예의가 아니지 않느냐고 정확하게 말할 거예요. 그 자리에서 옷 챙겨입고 나올 것 같아요. 어렸을 때는 관계가 깨지는 게 너무 싫었어요. 어떻게든 연애 관계를 유지하고 싶었는데, 지금은 그건 사랑이 아니라는 걸 알게 된 거죠.

성교육 시간에 정자가 난자를 만나는 거 말고 연애할 때 우리가 어떻게 해야 하는지, 상대의 몸에 예의를 갖춘다는 게 어떤 건지, 상대의 기분을 해치지 않으면서 연애 관계를 유지하는 방법은 무엇인지 실질적으로 토론해야 한다고 생각해요. 예의를 갖춘다는 게 뭔지 어렸을 때부터 알아야 연애 관계에 들어갈 때 알 수 있어요. 어렸을 때는 어리다고 안 알려주고, 성인이 돼서는 알아서 하라고 하니까요. 꼭 때리는 것만이 데이트 폭력은 아니잖아요. 모든 행동이 가해일 수 있는데 그런 건 잘 이야기되지 않아요. 상대의 몸에 대한 예의를 갖추는 태도를 배우면 좋겠어요. 어른을 공경해야 한다고 강조하듯이요. 만일 상대가 당신의 몸을 함부로 대한다면, 짐을 싸서 나오세요. 두 번 다시 뒤돌아보지 마세요.

영화에 가슴에 대한 저의 이야기를 넣었어요. 가슴 때문에 고민인 여성이 보고 조금이라도 힌트를 얻지 않을까 해서요. 영화를 만들 때 흥행하면 좋겠다고 생각했지만, 누군가 힌트가 필요한 사람이 이 영화를 보고 이전과 다른 선택을 편하게 할 수 있다면 저는 그걸로 이 영화가 할 수 있는 역할을 다 한 거라고 봐요. 저는 그런 반응이 제일 반가워요. 전에는 못했는데 영화를 본 후로는 할 수 있게 됐다는 말이요. 어떤 감정을 불러일으켰다는 거니까요.

실제로 무상 생리대 정책을 시도해보려는 움직임이 있었어요. 〈피의 연대기〉를 보고 아들만 셋 있는 강진의 한 남성 공무원에게서 연락이 왔어요. 본인이 직접 사업계획서까지 써서 강진의 여성 1천 명에게 무상 생리대를 지급하셨다고요. 저도 강진에 가서 그분들을 다 만나고 왔거든요.

영화는 극장에서 내려갔지만, 내려간 후에도 사람들과 관계를 맺고 변화를 만들 수 있다는 건 기분좋은 일이죠. 제게는 이 영화를 만드는 과정이 공부이자 새로운 세계와 만나는 경험이었어요. 사실 영화는 흥행에 실패했고 제작진에게 많은 빚을 남겼지만, 그런 식으로 생명을 유지해나간다는 건 고무적인 일이에요.

김보람_ 다큐멘터리 감독. 장편 다큐멘터리 영화 〈피의 연대기〉, 단편 극영화 〈자매들의 밤〉을 만들었다.

남성과 여성의 신체는
정말 그렇게도 차이가 큰가요?

시인
허주영의 몸

일본 학교는 학생들의 운동부 활동을 권장한다고 알려져 있다. 내가 다니던 일본 중학교도 마찬가지였다. 처음 일본에서 중학교 생활을 시작할 무렵에는 적응하는 것만으로도 벅차 운동부 활동 같은 건 엄두도 내지 못했다. 일 년이 지나서야 배구부 활동이 눈에 들어왔다. 무엇보다 한국인임에도 차별 없이 나를 대해주었던 한 일본인 여학생이 배구부 활동을 열심히 한다는 사실이 배구부 입단에 큰 동기가 됐다. 나도 그애와 함께 운동하고 싶었다.

하지만 현실은 일본 만화책 속에 나오는 운동부 활동과 달랐다. 팔에 근육이 없어 서브를 지독하게 못한다는 게 문제였다. 당시 내가 했던 배구는 6인제로 로테이션하면서 모든 선수가 서브를 넣었다. 내가 서브할 때마다 공에 힘이 없어 매번 네트에 걸렸다. 운좋게 넘어가기도 했지만, 아주 드물었다. 연습할 때는 괜찮았던 것 같은데 다른 학교와 대항전을 할 때면 내 공은 번번이 네트를 넘지 못했다. 우리 팀은 경기를 시작도 못 해보고 나 때문에 점수를 잃곤 했다. 일본어를 못해 팀 안에서도 자주 소외됐다. 팀원들 사이에 이어지는 간단한 대화를 오로지 나만을 위해 영어로 번역해줄 사람은 없었다.

그래도 연습 시간이 늘어나면서 나는 배구를 점점 잘하게 됐다. 결정적인 순간에 공격과 수비를 성공해 팀을 승리로 이끄는 값진 경험도 했다. 스코어가 뒤처질 때는 잘 안 되더라도 공격을 시도하려 했고, 대체로 실패했으나 몇 개는 성공하기도 했다. 지는 날에는 분해서 잠을 이루지 못했다. 나는 배구부 활동을 하면서 새로운 나를 만나는 경험을 했다.

귀국하면서 배구부 활동은 그만두었지만 이후에도 잠깐이나마 배구를 할 수 있었다. 체육 선생님의 배구공 토스를 상대하거나 남학생들 사이에 동등하게 한 명의 선수로 껴서 배구 경기를 치러 본 경험이 내게는 무척 소중하다. 10년이 지난 지금도 종종 이때의 경험을 떠올린다.

나는 여성들이 더 다양한 운동을 경험해봤으면 좋겠다. 튼튼한 몸을 만들고자 운동하는 건 더 널리 권장돼야 한다고 믿는다. 다만 운동을 지속하는 동기에는 그보다 더 많은 것들이 있다는 걸 말하고 싶다. 예컨대 동료들과 함께 지금보다 더 나은 퍼포먼스를 보여주고 싶다거나 다른 팀을 이기고 싶다는 동기라면 어떨까. 내가 배구부에 처음 들어간 동기는 같이 운동하고 싶던 여학생이 있었기 때문이었다. 그렇게 들어간 배구부에서 내 안에 활활 타오르는 승부욕이 있다는 걸 발견하기도 했다.

허주영의 아마추어 농구 동호회 이야기는 그런 의미에서 기록으로 남기고 싶었다. 그도 나처럼 어렸을 때 구기 종목을 경험해봤다는 공통점이 있다. 그래서 우리는 초면임에도 녹음 시간의 절반 가까이를 웃음으로 채우면서 즐겁게 대화할 수 있었다. 또 나와는 달리 그는 농구를 계속해왔고, 그의 이야기에는 뭔가를 계속한 사람에게서 나올 수 있는 성찰이 있으니 이를 유심히 보아주시기를.

“

제 친구 엄마가 국가대표 농구선수였어요. 그 친구와 놀면서 자연스럽게 농구를 시작했죠. 스포츠센터를 2년 정도 다녔는데 그때 농구하는 여자아이는 친구와 저밖에 없었거든요. 그래서 중학교 남학생들과 같이 농구하고 그랬어요. 친구 엄마가 소위 ‘엘리트 코스’까지 밟게 하려고 농구를 같이 시켰는데, 저희 부모님이 싫어해서 농구를 더는 하지 못하게 됐어요. 초등학교 6학년 때까지 하고 그후 농구와 연을 끊었어요.

20대 중반에 농구를 다시 하고 싶다는 생각이 들어서 온라인 동호회를 찾아봤어요. 두 개 정도가 있었고 집에서 가까운 곳을 선택했는데, 막상 가보니 사람이 임청 많더라고요. 서울에서 리그를 열면 여자 농구가 24팀 정도 출전한대요. 그 정도로 여자 농구 아마추어팀이 활성화되어 있더라고요. 그때부터 농구를 다시 시작했어요.

‘난 어렸을 때 농구를 했고 최소한 체육부장이었으니까 내 실력을 보여줄 거야’라고 생각하며 동호회에 나갔는데, ‘최소 체육부장’인 분들이 너무 많은 거예요. 너무 기가 죽었어요. 어쩌면 이렇게 운동을 잘하는 여자들이 많을 수 있지, 정말 열심히 해야겠구나 싶었어요.

반면 농구를 정말 한 번도 해보지 못한 사람도 오거든요. 그런 사람도 일단 무조건 경기를 뛰게 해요. 동호회이기 때문에 농구를 가르쳐주지 않아요. 그냥 “드리블은 손바닥으로 하면 돼요” 하고 바로 뛰게 해요. 처음 오신 분은 평생 이렇게 많이 뛰어본 적이 없다고 하거든요. 쥐가 나는 분도 있어요.

처음에는 사람들과 부딪치는 게 너무 싫었어요. 부딪치면 아프고 땀을 많이 흘리니까 찝찝하잖아요. 그게 싫어서 긴팔을 입었죠. 또 공 욕심도 없어서 공을 양보하고 그랬어요. 욕을 굉장히 많이 먹으면서 농구를 다시 배웠죠. 지금은 공에 욕심도 많이 생기고 팀플레이를 하다보니까 이겨야겠다는 생각이 강해져서 몸싸움도 좋아하게 됐어요. 무엇보다 이겼을 때의 희열을 알죠.

저희 팀은 거의 다 직장인이에요. 물론 체대나 선수 출신도 있지만 대부분이 직장인이고 다양한 사람들이 있죠. 농구를 좋아하는 사람이라면 다 오는 것 같아요. 심지어 축구선수까지 농구를 하러 오고요. 축구선수들이 농구를 하면 라인을 많이 밟아요. 저는 지금 30대인데 40대나 50대가 되면 농구를 그만두고 야구를 하고 싶어요. 농구하던 언니들이 40대가 되면 야구로 많이 넘어가거든요. 저희 팀을 처음 만들었던 언니들이 지금은 다 야구팀에 있어요. 한 번 운동을 시작한 사람이면 절대로 운동을 끊지 않는다고들 하더라고요.

농구하던 사람들이 야구를 시작할 때 처음에는 소프트볼을 했어요. 왜냐면 여자 프로야구팀이 없었거든요. 그런데 야구팀이 생기니까 동호회나 아마추어판도 소프트볼이 아닌 야구를 시작하는 거예요. 프로와 아마추어가 긴밀하게 연결돼 있고, 프로가 흥행하면 아마추어팀도 많이 생기고 많이 유입되는 것 같아요. 한국에서도 아마추어가 가장 활발한 종목이 축구예요.

여성들이 할 만한 스포츠로 요가나 필라테스가 거론되잖아요. 아니면 '여성이 남성을 제압할 수 있는 유일한 운동'이라는 카피를 가진 주짓수라든지요. 그런데 저는 팀 스포츠를 하면서 '나만 잘해서 되는 건 아니다. 같이 잘해야 한다'라는 부분이 매력적이었던 것 같아요. 제가 아무리 컨디션이 좋아도 다른 팀원들 컨디션이 안 좋으면 플레이가 잘 안 되거든요. 반대로 제가 컨디션이 안 좋거나 잘 못해도 플레이가 잘 풀릴 수 있다는 게 팀 스포츠의 매력인 것 같아요. 처음에는 그 점이 싫었어요. '난 잘하는데 쟤는 왜 못하지' '쟤 때문에 졌어' 이런 생각을 많이 했는데 점점 그런 생각으로부터 벗어났어요. 같이 연습해서 패스가 잘되고 득점까지 이어졌을 때 같은 팀이라는 소속감이 잘 느껴져요.

전 고기를 좋아하지 않는데 동호회에서는 농구가 끝나면 무조건 고기를 먹어요. "여기는 무조건 고기를 먹어요?"라고 물어보니까 "아뇨, 치킨도 먹고 곱창도 먹어요"라고 하더라고요. 농구 가방이 또 크잖아요. 농구가 끝나면 그 가방을 든 20여 명의 여자들이 우르르 몰려가서 고깃집을 점령해요. 너무 시끄럽게 굴어서 경찰이 온 적도 있어요. 그렇게 많이 우르르 몰려다니는 것도 처음이었고, 어떤 공간을 시끄럽게 점유하는 것도 처음이었고, 그렇게 고기를 많이 먹어본 것도 처음이었죠. 낯선 경험이었어요.

그만큼 불편한 점도 많았어요. 예를 들어 농구는 서로 몸이 부딪치면 소리를 크게 질러요. "악!" 소리를 질러야 파울을 더 잘 받거든요.

그런데 여자들만 있는데도 "왜 여자처럼 소리를 질러"라고 누군가 말하더라고요. 체대 출신, 선수 출신 등 계속 운동해왔던 분들이 많다보니까 오히려 스포츠 필드에서 경험했던 억압의 기제나 폭력성을 눈치채지 못하거나 그걸 당연하게 생각하는 경우가 많더라고요.

말하자면 이런 거예요. 스포츠는 남성의 전유물이라는 담론이 있어요. 여성에게 스포츠를 경험할 수 있는 기회가 적었다는 사실보다 여성이 남성보다 신체적으로 약하다는 사실을 여성 스스로 믿는 거죠. 제가 봤을 때는 누구랑 붙어도 이길 수 있는 친구들이 "나는 남성보다 약한 여성의 신체를 가졌어"라고 이야기하는 거죠.

일 년에 한 번씩 대회가 열려요. 그런데 아마추어 규칙이 따로 있어요. 40대 이상 여성이면 플러스 1점, 50대 이상 남성이면 플러스 1점이에요. 그리고 외국인은 무조건 선수 출신과 같은 페널티를 받아요. 선수 출신이 한 명밖에 못 뛰는데 외국인에게도 그게 적용되는 거예요. 한국인은 다른 나라 사람보다 신체가 열등하거나 농구를 못한다는 믿음을 전제로 외국인에게 페널티를 주는 건데, 그걸 너무 당연하게 생각해요. 또 여자가 득점하면 플러스 1점을 줘요. 저는 말도 안 되는 규칙이라고 생각했는데 이 친구들에게는 당연한 거예요. "남성이, 외국인이 농구를 더 잘하잖아. 40대 이상 여성은 신체적으로 부족하기 때문에 1점을 더 주는 게 맞아." 그래야 공정하다고 생각하더라고요.

한번은 트랜스젠더의 신체에 대해 글을 쓴 적이 있어요. 사실 국제 스포츠 경기 성적에 가장 중요한 건 호르몬도 성별도 아니에요.

제가 생각했을 때 중요한 건 결국 출전국이거든요. 어느 정도의 인프라를 가졌는지, 어느 코치진을 가질 조건이 되는지, 전 이게 스포츠에서 가장 중요한 점이라고 생각해요. 스포츠가 국가와 밀접하게 맞물려 있기 때문에 이를 배제하고 생각하면 문제가 많은 거죠. 또한 스포츠에서 호르몬이 그렇게 큰 역할을 하지 않아요. 과학적으로 증명되지도 않았고요.

트랜스젠더 선수에게 비난을 가할 때 '여성 선수들은 피를 흘리면서 운동하는데 저 트랜스젠더 선수는 남성의 신체로 운동한다'고 말하거든요. 여성을 피 흘리는 사람으로 규정하고, 트랜스젠더는 피 흘리는 사람이 아니니 여성이 아니라는 건데, 정말 여성과 남성 간에 신체 능력의 차이가 그렇게 많이 나는지를 찾아봤어요. 2017년 세계기록을 봤는데 1990년대 프로 선수들보다 격차가 줄었어요. 수영 종목은 5퍼센트 미만이고요, 1500미터 자유형은 여성이 더 좋은 기록을 갖고 있기도 해요. 상체를 이용하는 역도 정도가 차이가 많이 나는데, 그것도 점점 줄고 있어요.

만일 남성과 여성 사이에 신체적인 차이가 있다면 프로 종목에서 차이가 많이 나야 하는 거잖아요. 그런데 외려 아마추어 종목에서 더 많이 나요. 저도 잘하는 남성과 농구 경기를 했을 때 차이가 정말 많이 난다는 걸 느끼거든요. 그런데 프로에서 격차가 점점 줄어드는 걸 목격했어요. 여성에게 더 많은 기회가 제공된다면 결과가 달라질 수 있다는 말이거든요. 기록 전문가들은 남성 종목에서는 세계기록에 한계가 왔다고 하는데, 여성은 그렇지 않다고 해요. 남성의 신체와 여성의 신체가 스포츠 기록에서 그렇게 결정적인 역할을 하는가, 그 질문을 다시 해볼 수 있죠.

세계적인 육상선수 중에 세메냐라는 사람이 있어요. 인터섹스(양성)로 여겨지는 사람인데, 국제육상경기연맹에서 그 선수에게 계속 호르몬 수치를 요구해요. 사실 그건 그 선수가 잘하기 때문이거든요. 못하면 궁금해하지 않아요. 제가 잘했으면 저에게 테스토스테론 수치를 물어봤겠죠. 그 선수에게 계속 호르몬 수치를 물어보는 게 과연 공정한 것인가, 라는 생각이 들었어요.

제가 하고 싶은 이야기는요, 남성과 여성의 신체가 동등한 조건을 갖고 있다는 게 아니에요. 농구에서 득점할 때 신체 능력이나 신장 같은 것들이 물론 중요하긴 하겠지만, 그게 다가 아니라는 거죠. 그런데 자꾸 그런 걸 강조했을 때 숨겨지는 것들이 있어요. 여성과 남성이 서로 얼마나 다른 신체 능력을 갖고 있느냐에 집중하면 도리어 기회를 얼마나 공평하게 얻지 못했는가를 말하지 못하게 돼요.

그래서 '신체 능력이 스포츠에서 결정적인 역할을 하는가'라는 질문에 '아니'라고 답하고 싶어요. 어떤 코치진과 인프라를 갖고 있는가가 가장 중요하죠. 한국도 국가와 스포츠가 굉장히 밀접하게 연결돼 있잖아요. 스포츠 선수가 우승하거나 트로피를 가져왔을 때 가장 먼저 '두유노클럽(Do you know ○○○?)'의 일원이 되죠. 이것만 봐도 스포츠와 국가는 떼어놓을 수 없는 관계라고 설명할 수 있어요.

허주영_ 시인이자 문학연구자. 여자 농구 동호회 ASAP에서 6년째 파워포워드로 뛰고 있다.

바꿀 수 없는 것에 대해서는
말하지 않기로 해요

초등학교 교사
박다솜의 몸

스물다섯이던 해에 인근 중학교에 한 달간 교생실습을 나갔다. 오르막 경사가 지독한 학교였다. 주변에서 다들 '중2병'에 걸린 아이들을 어떻게 대할 거냐고 걱정했지만, 정작 학생들은 학교에 고작 한 달 머물다 떠날 교생에게 무척 친절했다.

학생들의 친절에 연일 감동을 거듭하던 어느 날이었다. 교과과정상 중학교 1학년 학생들에게 시를 가르쳐야 했다. 그날 나의 임무는 「우리가 눈발이라면」이라는 시에 나오는 시어를 분석하는 것이었다. 이 시에서 화자는 '우리가 만일 눈발이라면 함박눈이 되어 내리자'고 제안한다. 반면 '진눈깨비는 되지 말자'고 한다. 이 시에서 진눈깨비는 부정적인 시어로, 함박눈은 긍정적인 시어로 해석되곤 한다.

나는 이 시어들이 왜 부정적이고 긍정적으로 해석되는지를 설명했고, 학생들은 각자 '진눈깨비'와 '함박눈'에 해당하는 다른 단어를 찾아야 했다. 예컨대 '진눈깨비' 같은 단어는 '눈물'이다. 반면 '함박눈' 같은 단어는 '웃음'이다. 학생들은 연달아 발표하겠다고 눈을 빛내며 고사리손을 들었다.

나는 함박웃음을 지으면서 모두에게 발표 기회를 주려고 했다. 모든 학생들의 말을 빠짐없이 듣고자 한 행동이 실수였을까. 맨 뒷자리에 앉은 한 남학생이 손을 거침없이 번쩍 들더니 '진눈깨비'는 '여성가족부'라고 말했다. 순간 '올 것이 왔구나'라고 생각했다. 교실 내 여성혐오가 심각하다는 기사를 읽은 적이 있지만 중학교 1학년 교실에서 이런 일이 발생할 줄은 몰랐다.

현실을 부정하고자 눈을 질끈 감고 싶었지만 그럴 수 없었다. 그 남학생이 '여성가족부'라는 말을 하자마자 모든 학생의 눈이 내게로 향했기 때문이다. 아마 그들도 내가 어떻게 반응하는지 궁금했나보다. 열성적인 교생 선생님답게 나는 이미 모든 학생들의 이름을 외운 상태였고, 그의 이름을 호명하면서 간신히 입을 뗐다.

"○○이는 왜 '여성가족부'가 '진눈깨비'와 비슷한 단어라고 생각한 걸까? 특별한 이유가 있니?" 그는 "여성가족부"라고 말할 때처럼 거침없이 대답했다. "그냥요." 할말을 잃었다. 교실에는 침묵이 이어졌다. 나는 결국 외면을 택했다. "자, 그러면 다른 사람은 '진눈깨비'를 어떻게 생각하고 있을까. 더 말해볼 사람."

그날의 일은 몇 년이 지나서도 어제 일처럼 생생했고, 나는 여전히 답을 구하지 못하고 있다. 초등성평등연구회 소속 교사 박다솜이 녹음실을 방문했을 때, 그를 붙잡고 물어보았다. 선생님, 저는 어떻게 해야 했을까요.

초등성평등연구회는 강남역 살인사건 이후인 2016년 여름 무렵에 모였어요. 성평등 교육이 필요하다는 생각을 가진 초등학교 선생님들이 모여서 수업 연구도 하고 생활지도에 대한 이야기도 나눠요. 처음에는 5~6명 규모의 모임이었는데 지금은 20명 가까이 되는 선생님들이 있어요. 성평등 교육에 관심 있는 선생님들이 각자의 교실에서 성평등을 실천할 수 있도록 함께 배우는 중입니다.

저도 성차별에 눈을 뜨면서 공부를 많이 하게 됐는데, 알고 나니까 괴로워지는 상황이 생기는 거예요. 교직 사회나 아이들 간에 젠더 권력이 작용하는 분위기와 문화가 괴로워졌어요. 6학년이 되면 행정부처에 대해 공부하거든요. 늘 여성가족부에 대한 이야기가 나와요. "왜 여성가족부냐"라며 농담처럼 이야기하는 친구들이 있어서 그냥 홈페이지 들어가서 다 보여줬어요. '여성가족부는 여성에 대한 복지와 권익만 다루는 게 아니다, 너희도 여성가족부에서 혜택 보는 것이 있고, 청소년의 권리를 위해서도 존재한다'는 식으로요. 그런데 제가 가르치는 게 딱 정답은 아니고요, 어떻게 보면 여성이 사회적 약자이기 때문에 약자를 위한 부서가 있는 게 잘못된 건 아니라고 가르쳐야 했죠. 아이들이 부정적인 인식을 이미 가지고 있으니 쉽지 않더라고요.

학교에서는 외모에 대한 지적이나 평가를 가장 많이 들을 수 있어요. 뚱뚱하다, 돼지다, 다리가 굵다, 못생겼다 등 다양하게 나오거든요. 그럴 때 기본적으로는 교사가 당황하지 않는 모습을 보여주고요. 보통은 선생님들이 그냥 "친구 놀리지 마" "그렇게 말하면 나쁜 거야"라는 식으로 지도해요. 저희 연구회에서는 그 대신 '바꿀 수 없는 것'에 대해 이야기했어요. 외모, 성별, 종교, 피부색, 지역, 나이, 이런 게 있잖아요. 내가 바꾸고 싶다고 마음먹는다고 해서 바꿀 수 있는 것이 아니라 누군가에게는 주어진 것이다, 그래서 긍정적이거나 부정적인 평가도 지적도 하지 않는 게 필요하다고요. 학기초에 '학급 세우기' 활동을 하면서 함께 이야기해요. 쉽게 바꿀 수 없는 것에 대해서 이야기하지 않기, 외모 평가하지 않기 등을 지도하는 편이죠. 이야기한다고 해서 바로 지켜지진 않거든요. 꾸준히 반복적으로 이야기해주는 수밖에 없더라고요.

학생들이 제가 안경을 쓴 날은 "안경을 쓰셨네요"라고 말하거나 자기들이 봤을 때 평소 복장과 다르고 꾸밈이 들어갔다고 생각하면 "지금 그 모습이 제일 어울리시는 것 같아요"라는 식으로 이야기해요. 고학년들은 화장법에 관심이 많잖아요. 그러면 단호하면서도 조금은 웃으면서, 너무 가볍거나 무겁지 않게 "외모 평가하지 마세요"라고 말하는 편이에요. 설명을 해주면서 자신에게 그런 평가가 내려졌을 때 어떤 기분인지를 생각해보라고 말하죠. 적어도 제가 겪은 초등학생들은 "그게 왜 안 돼요?"라고 말하지는 않았어요.

한번은 강의를 갔는데 "페미니즘 교육은 언제부터 시작해야 할까요"라는 질문을 받았어요. 저는 당연히 태어날 때부터, 가정과 사회 전반에서부터 시작해야 한다고 이야기했거든요. 제가 강연에서 소개했던 다큐멘터리가 있어요. 그 다큐멘터리에서 여섯 살 유치원생 아이들을 두고 사회에서 말하는 '남성성'과 '여성성'을 얼마나 가지고 있는지 조사했어요. 그런데 유치원 때부터 '남성성'과 '여성성'을 뚜렷하게 구분하는 친구들이 있었어요. 그 아이들을 대상으로 3개월 동안 '양성평등 유치원'이라는 걸 만들어서 실험했는데, 많은 변화가 있더라고요. 한 보호자가 인터뷰에서 "아이들을 조금 더 기다려주고 가정에서 부모의 성역할을 조금 바꿨을 뿐인데도 아이들이 많이 변하는 걸 보고 놀랐다"라고 하시더라고요.

요즘도 대다수 여자 친구들은 옷, 신발, 가방, 학용품이나 공책까지도 분홍색으로 갖고 다녀요. 그런데 그게 '여자아이는 분홍색을 좋아한다'라는 통념 때문인지 정말 그 친구의 개인적인 선호 때문인지 알 수 없잖아요. 저도 조카가 둘 있는데, 한 친구는 여자아이고 한 친구는 남자아이예요. 그 집은 가정에서 성평등하게 교육하려 노력하고 여자아이가 입던 옷을 남자아이가 입기도 해요. 그런데도 남자아이는 파란색만 좋아해요. 모든 그림을 파란색 색연필로만 그리거든요. 일단은 그냥 둬도 될 것 같아요. "파란색은 남자의 색깔이야"라고 말하지 않는 게 중요해요. "여자는 분홍색을 입어야 해"라고 말하는 여자아이가 있다면 "그런데 여자 친구지만 분홍색을 좋아하지 않을 수도 있어. 그래도 돼. 분명히 분홍색을 좋아하는 남자 친구들도 있을 거야. 주변을 잘 살펴보고 여자 친구가 다 분홍색을 좋아한다고 생각하진 않았으면 좋겠어" 정도로 이야기해주는 게 좋지 않을까요.

몸에 대한 이야기를 해보자면, 저는 언제부터인가 다리가 저렸어요. 처음에는 골반이 틀어진 줄 알고 도수치료도 다니고 수영도 다녔어요. 그런데 그 고통이 2~3년을 가더라고요. 밤에 잠에서 깰 정도로 통증이 심해졌어요. 몇 년을 아프고 나서야 MRI를 찍었어요. '척수종양'이라는 병이 있는지도 몰랐는데, 그때 그 존재를 알게 되었죠. 수술을 결정하려 했는데, 의사 선생님이 예전과 몸의 기능이 달라질 수 있다고 하더라고요. 서 있다가도 갑자기 힘이 풀릴 수 있다면서요. 결국에는 수술을 미루고 또다른 유명한 병원을 찾아다녔어요.

그런데 병원에서 "결혼하셨나요?" "젊은 나이인데 수술을 나중에 하는 건 어떤가요?" 같은 이야기를 많이 하시더라고요. 아직도 무슨 뜻인지 모르겠어요. '젊은 나이에 수술한 여성은 결혼 시장에서 하자가 있다고 여겨지는 건가' 하는 생각이 들기도 했고요. 저는 결혼을 제 인생에서 중요한 과업으로 두진 않거든요. 그럼에도 그 이야기가 마음에 박히더라고요. 더 참아야 하나 싶고, 두렵기도 했어요. 그 말을 한 곳에서만 들은 게 아니라 다른 병원에서도 다 들었거든요.

너무 아파서 진통제를 먹으며 고민하는 시기를 보냈어요. 이렇게 아픈 채로 살아가는 것 자체가 정신을 갉아먹는다는 생각이 들더라고요. 병원에서는 척추에 나사못을 박을 수 있다는 이야기를 들었어요. 상상조차 되지 않았어요. 그간 잘 길을 수 있는 몸으로, 허리도 잘 굽히고 잘 누울 수 있는 몸으로 살아왔기 때문에 몸에 그런 변화가 있을 거라고 상상되지가 않더라고요. 그럼에도 내가 왜 이렇게 아파야 하나 싶어 그냥 수술을 결정했어요. 다행히 수술은 잘됐어요. 뼈는 건드리지 않아서 나사못도 쓸 필요가 없었죠.

그때가 20대 중반이었거든요. 수술하면서 사람들이 아픈 몸을 어떻게 보는지 느꼈어요. 특히 그 말이 정말 싫었어요. "젊은데 그렇게 아파서 어떡해요." 위로라고 하는 이야기겠지만요. 저는 사람들이 누군가의 아픔에 대해서 너무 쉽게 이야기한다는 걸 많이 느꼈어요. "어떻게 재발을 예방할 수 있나요?"라고 의사 선생님에게 물으면 그냥 잊고 살아가래요. 해줄 수 있는 말이 없기 때문이겠죠.

그때 가장 크게 느꼈던 건, 사람은 혼자 사는 거구나. 몸의 고통을 절대 누군가가 대신해서 느껴줄 수 없구나. 아무리 나를 사랑해주는 사람이 있어도, 그 사람이 나를 위해 슬퍼해도 몸의 고통은 내가 다 느껴야 하는 거구나. 기침을 한다거나, 자세를 조금 바꾼다거나, 걷거나 눕거나 모든 행동에서 통증이 오니까 '내가 그냥 견뎌야 하는구나' 싶었어요.

잘 먹고 잘 쉬고 잘 자면서 굉장히 약했던 체력이 조금씩 차올랐죠. 어느 햇살 눈부신 날이었어요. 제가 걷는 걸 좋아하거든요. 걷고 있는데 '아, 이 느낌이었지' 하는 생각이 들었어요. 더이상 아프지 않은 것이 좋았고, 내가 원하는 곳을 갈 수 있다는 자유로운 느낌도 좋았어요. 그 순간이 기억에 남아서 앞으로도 건강하고 싶다는 생각을 많이 했죠.

저도 이전까지는 보이는 몸에 대해 많이 생각했었어요. '건강하다'는 게 그리 좋은 말이라고 생각하지 않았던 것 같아요. 건강한 몸이라는 건 우리 사회에서 뭔가 날씬하지 않은 몸을 뜻하잖아요. 그런데 아픈 경험이 있고 나서는 '보이는 몸 이외에도 다른 몸이 있구나'라는 생각을 많이 했어요. 튼튼한 다리가 미워 보이지 않고, 뭔가를 들 수 있는 팔, 운동할 수 있는 근육, 이런 게 조금씩 더 중요해졌어요. 그게 저에게도 배움이었던 것 같아요.

박다솜_ 초등학교 교사로 일하고 있다. '초등성평등연구회'와 '예민한 도서관'에서 활동중이다. 성평등한 교실과 학교를 만들기 위해 어린이들과 함께 배우고 고민하고 있다.

아이가 없기 때문에
옛날의 나로 돌아갈 수 없어요

일상생활 매니저

정유은의 몸

빈 교실에 물이 차오르는 상상을 했다는, 그래서 숨이 막혔다는 동생의 말을 종종 떠올린다. 동생은 지금 학교 선생님이 됐지만, 세월호 참사가 있던 2014년에는 선생님이 되려고 준비하고 있었다. 그랬구나, 어쩌면 너도 참사의 당사자일 수 있겠구나.

"언니, 세월호 참사 같은 일이 다시 일어나면 나는 어떻게 해야 돼." 동생이 물었지만 아무런 대답을 할 수 없었다. 나도 몰랐기 때문이다. 세월호 안에는 안산 단원고등학교 학생들이 가장 많았지만 그 학생들을 구하다가 목숨을 잃은 교사들도 있었다.

세월호 참사 1주기에 나는 중학교에서 교생실습을 하고 있었다. 2015년 4월 16일 오전, 잠시 학교 내에 사이렌이 울렸고 장난기 많은 학생들도 그 시간만은 진지하게 묵념했다. 나는 학생보다는 교사의 심정으로 그 배를 상상하게 됐다. 그러면 숨이 막혔다. 그날은 학교를 마치고 광화문광장을 찾았다. 불안했던 마음을 내려놓을 수 있었던 건 그날 광장을 채워준 나 같은 사람들이 많았기 때문이었다.

중학교에 있던 4월 한 달 동안 세월호에서 살아남지 못한 교사들을 생각했다. 많은 학생들을 구하고도 자살한 단원고등학교의 교감선생님을 떠올렸다. 나라면 어떤 선택을 할 수 있을까. 내가 교사가 되면 학생들을 구하러 다시 물속에 들어갈 수 있을까. 한 달 동안 자문했지만 답을 구할 수 없었다. 나는 교사가 되지 않기로 결정했다.

세월호 참사 후 얼마 지나지 않은 날이었다. 학교에서 집으로 가는 버스를 탔는데 버스가 갑자기 큰소리를 내면서 주저앉아버렸다. 사람들은 순간 비명을 지르면서 버스에서 내리기 시작했다. 나도 정신없이 사람들을 따라서 내렸다. 동시에 나는 사람들의 눈에서 일렁이는 공포를 보았다. '재빨리 내리지 않으면 나만 죽을지도 모른다.' 나를 포함한 사람들은 이미 학습한 것 같았다. 이 집단행동을 트라우마가 아니면 무어라 부를 수 있을까.

세월호 참사는 2010년대 한국에서 벌어진 가장 큰 사건이다. 나는 아직도 세월호 참사에 대해 무슨 말을 어떻게 보탤 수 있을지 잘 모르겠다. 몇 차례 기사를 쓰기도 했으나, 아직 해결되지 않은 사건 앞에서 늘 충분하지 않다는 감정만이 남았다. 가족을 잃은 고통을 나는 알지 못한다. 특히 가족이 죽어가는 광경이 전 국민 앞에서 실시간으로 중계돼야 했던 이들의 고통은 알지 못한다.

정유은을 <말하는 몸>에 추천한 건 세월호 가족의 구술 기록집을 쓴 작가들이었다. 나는 책 속에서 정유은이 진술한 한 구절을 읽었다. 그 책을 읽고 잠든 날, 나의 꿈에는 커다란 벽이 나왔다.

"벽을 보고 눕지를 못해요. 주아가 그 배에 갇혀서 숨을 못 쉬었을 걸 생각하니까 벽이 내 앞에 있으면 가슴이 터져버릴 것 같아요. 미쳐버릴 것 같아요. 밀폐된 공간을 못 참겠어요. 뛰쳐나가야 해요." (416세월호참사 작가기록단, 『그날이 우리의 창을 두드렸다』, 창비, 2019)

“

저는 일상생활 매니저로 일하고 있어요. 소외계층인 분의 집에 방문해서 도움 드리는 활동을 하고 있습니다. 대부분 다 혼자 사시고 가족이 없어요. 가족이 있다고 해도 이혼했거나 사별하신 분도 있어요.

일을 갔다가 집에 와서 계속 잠을 자요. 이렇게 계속 자면 안 되겠다 싶어서 줄이고 있는데 일이 끝나면 그렇게 잠이 와요. 제가 올해 쉰 살이 됐거든요. 아버지에게 어리광처럼 “아버지, 나 쉰 살 되니까 너무 아파”라고 했어요. 몸이 축 처지듯 너무 아픈 거예요. 저는 나이를 먹어서 아프다고만 생각했는데, 거동이 불편한 분에게 다녀오면 더해요. 아픈 분과 같이 생활하다보면 몸도 그렇지만 마음도 가라앉잖아요. 제가 싸워야 할 문제예요.

옛날에는 솔직하게 말을 안 했어요. 좀 포장하거나 아예 말을 안 했는데, 요새는 어르신들 앞에서도 할말은 다 해요. 걸어다닐 수 있을 때 최대한 걸어다니세요, 지금 아니면 아예 못 걸어요, 나중에 누워서 생활하셔야 해요…… 누워서 생활하는 건 1~2년 하고 끝나는 게 아니라 10년이 넘을 수도 있거든요. 듣기 싫어하시더라도 그런 말을 많이 하는 편이에요.

엄마가 뇌경색으로 쓰러져서 병원에 입원해 계시는데 간병해줄 사람이 저밖에 없는 거예요. 집에 있다는 이유만으로 노는 사람이 되는 거죠. 엄마가 콧줄을 하고 아예 못 움직이니 모든 걸 다 제가 해야 하는 거예요. 옆에 있는 간병인이 많이 도와줬어요. 저는 기저귀를 가는

데만 오랜 시간이 걸리는데 이분들은 한 번에 탁 처리해요. 저는 물티슈 한 통을 다 쓰는데 이분들은 한 장만으로도 충분하죠.

그래도 저는 애들 엄마로서의 역할이 제일 기억에 남는 것 같아요. 아이를 키우는 게 제 삶의 목적이었거든요. 애들 대학교까지 졸업시키고 내 노후를 생각해야겠다 싶었어요. 그런데 부모님을 돌봐야 한다는 생각은 못했어요. 양쪽 부모님이 저렇게 쓰러져서 누워 계실 줄은 몰랐죠.

세월호는 저에게 아픔이에요. 들추고 싶지 않은 나의 상처이고요. '세'만 봐도 세월호로 읽혀요. 너무나 큰 충격이고 아픔이어서 처음에는 세월호나 아이에 대한 이야기는 많이 피했어요. 지금은 스스럼없이 스며들려고 노력하는 편이죠. 그래야 제가 살 수 있는 것 같아요. 마냥 회피한다고 해결되는 문제도 아니고요. 책도 이전에는 못 읽었어요. 지금은 읽어요. 눈물 흘리면서요. 그게 좀 달라진 점이에요.

하루는 벽이 제 앞으로 다가오는 것 같았어요. 공황장애인가 싶을 정도였어요. 얼마나 힘들었을까, 그 밀폐된 공간에서. 아이가 느꼈을 고통을 상상하는데 어느 순간 벽이 제게 다가왔어요. 벽을 보는 순간 숨이 탁 막히는 거예요.

그 생각을 계속하면 제가 미칠 것 같아서 되도록 회피했어요. 벽을 본다거나 밀폐된 공간 안에 있으면 제가 미쳐서 돌아다닐 것 같았어요. 미친 사람처럼 취급받을 것 같았어요. 숨이 탁 차오르는 것 같을 때 자제를 많이 하죠. 혼자 격하게 울면 그런 증상을 겪어요.

양쪽 어머니가 쓰러지셨어요. 아이에 대한 충격이었어요. 저희 엄마는 아예 음식을 안 드셔서 쓰러지셨고 주아 할아버지, 그러니까 제 아버님도 약주를 너무 많이 하셨어요. 어느 날 넘어지셨는데 고관절에 금이 가서 병원생활하시다가 돌아가셨어요. 아버님 돌아가시고 6개월 만에 어머니도 쓰러지셨거든요. 세월호 참사 이후로 1년간 양가 부모님과 왕래를 안 했어요. 집에 연락도 안 했거든요. "엄마"라고 말하면 눈물부터 나니까 아예 연락도 안 했죠. 엄마가 병원에 입원하면서 제가 요양보호사라는 직업을 처음 접했으니까, 아마 사고가 없었으면 요양보호사 일을 안 했겠죠.

참사 전날까지 회사에 다녔어요. 4월 16일은 사무실에서 일하고 있었어요. 인터넷을 하지 못하는 상황이었는데 뒤에서 배가 기우느니 어쩌니 이야기하더라고요. 그런가보다 하고 더 이야기하지 않았어요. 다들 휴대폰을 만지기 시작하더라고요. 수학여행 가는 배가 기울어진다고 그러는 거예요. '수학여행'이라는 단어에 돌아봤죠. 어머, 우리 주아 수학여행 갔는데. 저도 인터넷을 켰죠. 문자가 계속 왔어요, 단원고에서. 주아 아빠에게도 전화해봤죠. 바로 배 밖으로 나갈 수 있을까. 배가 기울어지는 것만 화면에 보이니까요. 일하다 말고 바로 밖으로 나왔어요. 아무 일 없을 거라고 생각했으니까. 목포에 가서 애만 데려오려고 했으니까.

그날부터 회사를 안 나갔어요. 못 다니겠더라고요. 사람을 쳐다볼 수가 없고 눈물이 나서 운전을 할 수가 없더라고요. 다 소문이 났을 거라고 생각했어요. 제가 자리를 오래 비웠으니까 왜 안 나오는지 수군거리고 있을 것이고, '아, 세월호 엄마지' 그런 시선 때문에요. 제 뒤통수에 '세월호'라고 쓰인 느낌도 있고, 저를 보면 '재 괜찮나, 회사 나왔네'라고 생각할 것 같았어요. 그 사람들은 스스럼없이 세월호에 대해 이야기하겠지만요. 괜찮나보네, 잘 지내네, 웃네, 이런 게 싫었어요. 웃을 때조차 남의 시선을 의식해요.

옛날의 나로는 완전히 못 돌아가고요. 참사 이후 주로 밤에 움직였어요. 쓰레기 버리러 밤에만 나갔어요. 낮에는 눈에 띄고 싶지 않았어요. 동네분들도 알고 회사분들도 아니까요. '저 집이 그 집이야' 그런 시선을 미연에 방지하기 위해 눈에 띄지 않으려 했죠. 제발 아무도 저에 대해 이야기해주지 않길 바라요. 사람들이 다 저에 대해서 이야기하는 것 같아요.

몇몇 회사 친구들과는 꾸준히 연락하고 지내요. 주아에 대해서도 저에 대해서도 속속들이 아니까요. 대체로 인연이 끊어졌죠. 처음엔 다 끊으려고 했어요. 그래도 안 끊어지는 친구들이 있더라고요. 비슷한 아픔이 있는 친구하고는 공유할 수 있는데 아픔이 없는 사람과는 안 돼요. 남편은 벽을 허물라고 하는데, 아직도 친구들하고 연락하는 걸 피하죠.

친구들이랑 만나면 주아 이야기를 많이 했거든요. 공부를 어떻게 시킬지, 입시 준비는 어떻게 할지, 진로는 어떻게 결정했는지, 그런 이야기요. 이제 할 이야기가 없는 거예요. 그래서 그런 자리를 피하고 세월호 가족하고만 어울리게 되는 것 같아요. 가까운 사람도 "어지간히 하지"라고 말해요. 듣기 싫다 이거죠. 그때부터 저는 그 사람을 멀리하게 돼요. 차단을 딱 해버려요. 얘는 아니야, 이렇게 결정하는 거죠. 옛날에는 맺고 끊는 걸 못했거든요. 좋은 게 좋은 거라고 그냥 어울려 가는 사람이었어요. 내 아이에 대한 문제는 다른 것 같아요. 뚝 끊어요. 그 사람이 밉게 보이면 결단력이 생겨요.

엄마가 일찍 돌아가신 친구가 있어요. 남편이 돌아간 친구도 있고요. 그 친구들하고는 허물없이 이야기해요. 제가 연락하는 회사 친구도 오빠가 일찍 돌아가셨어요. 그러니까 대화가 어느 정도 돼요. 제 친구들은 좀 그런 친구들이에요. 아픔이 있는 친구들, 주아 이야기를 스스럼없이 할 수 있는 사람들. 그러다가도 세월호 이야기가 툭 튀어나오면 제가 멈칫해요. 다른 이야기로 전환하려 해요. 벽이 있는 것 같아요. 감쌀 수 있는 친구, 배제하는 친구, 이렇게요. 그 친구들은 그렇게 생각 안 하는데 스스로 담장을 쌓는 기분이 들어요. 조금씩 틈을 내려고는 해요.

1년 2개월 정도 엄마가 병원생활을 하는 동안 아버지가 정신적으로나 체력적으로 안 좋으셨던 모양이에요. 매일 전화를 드리는데 그렇게 잠을 주무세요. 밥을 안 드시고 주무신대요. 아버지도 건강하셨으면 좋겠고요. 사시는 동안 잘 사셨으면 좋겠어요. 내가 건강해야지 자식들 고생 안 시키니까요. 다른 사람들에게 말해주고 싶은 건 그거예요. 건강하자, 건강하자.

저도 건강했으면 좋겠어요. 내가 살고 싶어서 사는 세상도 아니고 주어진 삶 따라 시간 흐르는 대로 살아가고는 있지만, 우리 딸에게는 민폐 안 끼치고 살아갔으면 좋겠어요. 오늘 갈지 내일 갈지 준비할 수는 없지만 사는 날까지는 계속 부지런히 움직여야 할 것 같아요. 저도 부지런히 걸으려고요.

정유은_ 일상생활 매니저로 일하고 있다. 어르신들의 소소한 소리에 귀기울이면서 사람들에게 받은 사랑을 나누려고 노력하는 중이다.

여자가 투쟁에만 전념하기에는
힘든 세상이에요

요금 수납원
도명화의 몸

성남시가 고향인 나는 서울요금소 근처에서 학창 시절을 보냈지만 그곳을 경유지가 아니라 목적지로 정하고서 발을 디딘 건 그날이 처음이었다. 그곳에 간 이유는 지난 2019년 6월 말, 언론사 제보 게시판에 올라온 글 때문이다. "천 명이 넘는 요금 수납원들이 며칠 뒤면 해고될지도 모르니 취재를 와달라."

요금 수납원들은 서울요금소에 도착한 나를 자신들의 일터로 데리고 갔다. 그 일터는 서울요금소 건물 지하에 있었다. 어두침침한 긴 터널이 이어졌고 머리 위로는 차들의 굉음이 들렸다. 평소에도 수십 명이 드나드는 터널이라지만 쓸쓸하기 짝이 없었는데, 누구에게도 잘 보이려는 생각 없이 그저 요금소를 잇기 위한 통로로서만 존재하는 공간이기 때문이었다. 지상에 있는 공간들과는 그 쓰임새가 좀 달랐다.

걸어서 10분이 걸리는 긴 터널을 따라 일정한 간격으로 스무 개의 통로가 나 있었는데, 그 통로를 타고 올라가면 요금 수납원들이 일하는 수납소에 도착했다. 이들은 고속도로 위로 올라오라고 말했고, 별생각 없이 계단에 오르는 순간 대형버스가 귀 바로 옆을 스쳤다. 그 순간이 마치 영원 같았다. 보호장치는 없었다. 발아래로는 사고 때문에 깨진 차의 유리 파편들이 보였다. 그 파편 위를 걸으면 깨진 유리가 더 작게 깨지면서 '바스락' 소리를 냈다. 몸을 조금만 옆으로 기울였다면, 혹은 버스가 방향을 잘못 틀었다면 더 이상 나는 산목숨이 아니었다. 요금 수납원들은 매일같이 이 길을 지나 부스로 들어간다. 한 수납원은 부스에서 나오는 길에 차량이 부스에 부딪혔는데 겨우 목숨을 건졌다고 말했다.

며칠 뒤, 천 명이 넘는 수납원들은 해고됐다. 다시 서울요금소를 찾았을 때, 옆에서 봤던 그들은 캐노피canopy(비가림 덮개) 위에 올라가 있었다. 그해 여름, 나는 더운 날이면 마치 그늘 한 점 없는 캐노피 위에 서 있는 것 같은 기분이 들었다.

투쟁하는 이들에게 결국 남은 건 몸밖에 없다. 수납원들은 그 몸으로 할 수 있는 일이라고는 다 했다. 원청인 한국도로공사와 교섭하는 반년 동안 세 번의 오체투지를 했고 광화문 앞에 농성장을 차려 노숙투쟁을 하는 동시에 단식농성을 했다. 요금 수납원들은 법원으로부터 '한국도로공사의 노동자가 맞고, 모두 직접고용해야 한다'는 판결을 받았다. 취재기자로서 그들의 투쟁을 가까이에서 지켜보며 꼼꼼하게 기록했다.

반년 넘는 치열한 투쟁 끝에 요금 수납원들은 한국도로공사 직원으로 들어갔다. 하지만 이들은 '가장 잘할 수 있다'던 요금 수납 업무를 할 수가 없었다. 한국도로공사는 서산 톨게이트에서 요금 수납원으로 일했던 도명화를 멀리 대구로 발령내고 고속도로 청소를 시키고 있다. 그들은 또다른 투쟁을 준비하고 있다.

2020년 1월 말, 한국도로공사를 상대로 한 투쟁을 마쳤습니다. 그런데 갑자기 생각지도 못한 코로나19가 발생하면서 계속 집에 있게

됐어요. 도로공사는 전혀 대책이 없었어요. 2월에는 도로공사에서 근무할 수 있을 줄 알았는데, 3~4월이 돼도 아무 대책이 없다는 걸 확인했어요. 그래서 선전전을 시작했고 바로 5월 14일에 복직 후 첫 출근을 하게 됐어요. 가만히 있으면 해주는 게 없다는 걸 또 한번 느꼈죠.

그렇게 들어와서 근무하고 있지만 저희가 계속 요구했던 요금 수납 업무는 못 하고 있습니다. 수납 업무는 자회사로 이관되어 자회사의 고유 업무가 됐기 때문에 저희가 할 수 없다는 거예요. 도로공사로서는 한꺼번에 1400여 명이 입사했는데, 1400여 명에게 줄 수 있는 일을 만들어야 하는 게 고민이죠. 결과적으로는 만들지 못했습니다.

지금 청소 업무를 하고는 있는데 한 사람이 할 수 있는 업무를 서너 명이 붙어서 한다고 보면 돼요. 도로공사 50년 역사 동안 한 번도 치우지 않은 곳을 찾아서 치우고 있어요. 이를테면 국도와 이어진 고속도로 갓길에 풀이 나 있잖아요. 거기서 쓰레기를 줍고 풀을 베어요. 낫을 들어본 적도 없는 조합원이 많거든요. 그런 업무를 예상했고 각오했기 때문에 즐거운 마음으로 하려고 해요. 그렇지만 '과연 이 인원이 적합한가' 의문이 들 정도의 일을 하는데, 도로공사가 해결해야 한다고 봐요. 정작 자회사는 인원이 부족해서 노동 강도가 엄청 높대요. 자회사가 없어지고 수납 업무를 같이하면 문제는 해결되거든요.

물론 지금 업무가 나쁘다는 게 아니에요. 다만 우리가 원래 요구했던, 하고 있던 업무를 하는 게 목표예요. 요금 수납 업무가 더 잘난 업무라서가 아니고 우리가 제일 잘하는 업무이기 때문에 하고 싶다는 거예요. 임시방편으로 만든 이런 업무가 아니라 우리가 요구하는 업무로 바뀌어야 한다는 목표가 있는 거죠.

사실 투쟁은, 다들 너무 재밌어하셨어요. 안 해봤던 거잖아요. 다들 나를 위해서 뭔가 해보지 못하셨을 거예요. 가장 힘들었던 부분은 생계 문제였어요. 7개월 동안 돈을 못 버는데 고정적으로 나가는 돈이 있으니까요. 그리고 남편들의 반대로 힘들어하시더라고요. 계속 집을 비우는데, 가족들의 잔소리를 못 버티는 분들이 있었고요. 만약에 이런 걱정 없이 투쟁만 할 수 있었다면 업무 문제까지 정리하고 들어갔을 거예요.

그래서 사실 우리가 만족할 수 있는 성과라고 볼 수는 없지만 '일단 도로공사에 들어가 일하면서 생계를 유지하는 방법을 찾자'는 의견이 많았어요. 일하면 임금이 들어오잖아요. 단시간에 해결할 수 없다면 일하면서 임금을 받고 투쟁을 도모하는 게 맞지 않겠냐는 것이었죠.

다른 남편들 보면, 직장에 돈 벌러 가서 집에 못 들어오는 건 이해하는데 투쟁 때문에 집에 못 들어오는 건 용서가 안 된대요. 특히 저녁밥상을 자기가 차려 먹어야 하는 것에 대한 분노가 제일 먼저 쌓인다고 하더라고요. 저희가 파업할 때도 언니들이 밥때가 되면 밥하러 갔어요. 심지어 이혼 이야기까지 나와서 투쟁 끝나고 다시 이야기하자고 남편에게 말했다는 언니도 기억나요. 참 특이하다 싶었어요. 남자들은 파업하면 아내에게 전권을 주면서 가정 잘 꾸리고 있으라고 당부하고 간다는데, 우리는 그렇게 안 된다는 걸 느꼈어요. 7개월간 투쟁하면서 보니까 딱 두 부류더라고요. 아주 응원하는 집, 아주 반대하는 집이요.

저는 조합원들이 중간중간 집에 다녀오면 쉬고 오는 줄 알았어요. 계속 노숙투쟁하고 힘드니까 집에 가서 하루나 이틀 쉬고 오는 줄 알았는데, 쉬러 가는 게 아니라 남편 달래러 간다고 하시더라고요. 그 이야기를 듣고 마음이 너무 아팠어요. 이렇게 투쟁하기 위해 집에 가서 남편 달래고, 피곤한 몸을 이끌고 다시 와서 투쟁하다가 또 시간 되면 남편 달래러 가고. 아직은 여자들이 모든 걸 접고 투쟁에만 전념하기에는 힘든 세상이구나 싶었죠.

우리가 살기 위해서 했던 투쟁이었어요. 투쟁 이전에는 도로공사 정규직을 근접할 수 없는, 우리와 다른 세계의 사람이라고 생각했단 말이에요. 그 사람들 손가락질 하나에 우리의 직장생활이 달려 있었으니까 대단한 사람들이라고 본 거죠. 그런데 투쟁하면서 아니라는 걸 알았어요. 그게 저는 가장 큰 변화라고 보거든요. 두려워하지 않는 것이요. 예전에는 그 사람들이 두려웠는데, 이제 두렵지 않아요.

집회하면 도로공사 정규직이 나와서 감시하듯 지켜본단 말이에요. 처음엔 보고 있다는 자체만으로도 두려웠는데, 파업투쟁하고서 두려움이 없어졌어요. 그 사람들이 현장 사진을 몰래 찍으면 "찍지 마라, 지워라" 하면서 실랑이가 붙거든요. 그러면 일부러 보란듯이 더 크게 싸우는 거예요. 조합원들 앞에서 크게 싸우는 걸 보여주면서 만족스러운 결과가 있을 때까지 싸워요. 우리 요구가 관철될 때까지 끝까지 싸우는 걸 보면서 조합원들이 큰 자신감을 얻었다고 하더라고요.

누구에게나 분노가 있었을 것 같아요. 선전전을 할 때면 '이제는 말할 수 있다'라는 코너를 만들어서 도로공사 관리자에게 당했던 부당한 대우를 마이크 잡고 이야기하는 시간을 가졌어요. 상상 이상이에요. 이때까지 당하고 살았다는 내용을 들으면요. 성희롱은 기본적으로 깔려 있고, 수납원들이 인간적인 대우를 받지 못했더라고요. 그런 직장생활을 10~20년을 해왔던 사람들이니까 잠깐 말하는 건데도 줄을 설 정도로 다들 할말이 많았더라고요.

저 사람들은 진짜 싸울 수밖에 없겠다는 생각이 들었고, 그걸 지켜보면서 이 투쟁은 해도 되겠다는 확신을 가졌어요. 투쟁을 시작하고 속에 눌러둔 이야기를 밖으로 내뱉으니까 분노가 점점 더 커졌어요. 겁도 없어지고 무조건 할 수 있다는 자신감도 생겼고요. 그런 설움이나 분노가 이 투쟁을 여기까지 끌고 올 수 있었던 가장 큰 요인이지 않나 싶습니다. 다 처지가 같으니 서로를 보면서 위안도 받고 용기도 얻고 그러지 않았을까요. 저는 2016년에 해고됐을 때 도로공사 본사 앞에서 혼자 천막 농성을 했거든요. 되게 외로웠죠. 그런데 지금은 외롭지 않아서 너무 좋아요. 저 혼자서도 했던 투쟁인데 이 많은 사람들이 못할 이유가 뭐가 있나 싶어요.

조합원들은 현장에 복귀하고 나서도 계속 싸워야 하는데 왜 안 싸우느냐고 해요. 계속 투쟁만 하면 어떻게 살겠냐고, 좀 모아서 하자고 하면 조합원들은 항상 준비돼 있다는 이야기를 해요. 우리 조합원들의 그 당당함이 멋있어요. 누구에게나 기죽지 않고 자기 생각과 뜻을 정확하게 전달한다는 게 쉽지 않잖아요. 조합원 한 명 한 명이 간부 못지않게 행동할 수 있다는 게 놀랍고 감사해요.

요금 수납 업무는 앞으로 분명 없어질 거라고 봐요. 도로공사의 계획대로라면 2022년에는 완전히 기계화된다고 하거든요. 이전부터 나왔던 이야기예요. 저희는 몇 년 전부터 계속 대안이 뭐냐고 물었어요. 업무가 없어진다지만 사람이 없어지는 건 아니잖아요. 수납 업무가 아니더라도 기계화되면서 생기는 업무가 있다는 말이에요. 예를 들어 2007년에 하이패스가 전국에 도입되면서 매년 수납원들이 해고됐거든요. 수납 업무가 줄어서 수납원을 줄여야 한다고 했지만, 하이패스가 생기면서 발생하는 새로운 업무도 많았어요. 기계화된다고 해도 대체업무는 반드시 생겨요.

나와서 하고 싶은 이야기가 하나 있었어요. 개인사이기는 한데요, 저에게는 엄마가 있었어요. 저하고 엄마는 특별하고 애틋한 관계였어요. 가족들끼리 다 흩어져서 살았는데 엄마랑은 계속 붙어서 살았거든요. 그런데 엄마가 3월 말에 갑자기 돌아가셨어요. 제가 단식투쟁하고 있을 때 엄마가 많이 걱정하셨거든요. 전화로 하는 이야기가 "엄마가 소원이 있다면 다 해결돼서 딸이 집에 돌아왔으면 좋겠다"였어요. 해결해서 집에 돌아왔는데, 엄마가 이제 없어요……

저희 조합원들 나이가 40~50대잖아요. 투쟁하는 중에 부모님들이 많이 돌아가셨어요. 투쟁중이어서 동료들에게 상을 알리지도 못하고 몰래 집에 다녀오시는 분들도 많았어요. 이제는 잘하고 싶은데 미안하고 후회돼요. 엄마가 보고 싶다는 이야기를 꼭 하고 싶었어요. 원래 엄마와 여행 계획을 잡았었는데 갑자기 투쟁하면서 무산됐거든요. 그게 마지막 여행이었을 텐데 못 간 게 너무 후회돼요. 그런데 엄마가 분명 지켜보고 있을 것 같아요. 투쟁이 어떻게 마무리될지 모르지만, 우리가 원하는 대로 잘 마무리하고 싶어요.

도명화_ 톨게이트 요금 수납원으로 근무하다가 지금은 한국도로공사 현장지원직이라는 생소한 업무를 하고 있다. 자회사 반대 투쟁을 하다가 직접고용되었지만, 제대로 된 직접고용투쟁을 고민하고 있다.

음악은
고칠 수가 없어요

소프라노
이윤아의 몸

<말하는 몸> 출연자의 일부는 취재 현장에서 섭외했다. 기자의 일이 그렇듯 다양한 사람들을 만날 기회가 있었고, 사람들을 만나다보면 말로는 설명할 수 없는 느낌이 온다. '바로 이 사람이면 우리 팟캐스트에 나와서 즐겁게 인터뷰할 수 있겠다'는 직감이 있다.

심지어 같은 날 두 명의 출연자를 섭외하는 행운이 따르기도 했다. 이윤아와 편선화를 만난 날은 2019년 5월 3일이었다. 이날은 공공운수노조 대한항공직원연대지부가 만들어진 지 1주년이 되는 날이었다. 조합원 100여 명은 서울 세종문화회관 앞에서 집회를 열었는데, 이윤아는 연대공연을 온 소프라노였고, 편선화는 집회에 참여한 대한항공직원연대지부 조합원 당사자였다. (편선화의 이야기는 다음 에피소드로 이어진다.)

이윤아는 이날 집회 현장에서 문대균 테너와 함께 트럭을 개조한 무대에 올라서 오페라곡을 불렀는데, 그 실력이 출중해 조합원을 포함해 주변을 지나가는 시민들마저 무척 좋아했다. 나는 속으로 왜 집회에 맞지 않는 오페라곡이 나오는지 의아해했는데, 그 비밀은 노래가 끝나고 밝혀졌다.

두 사람은 본인들을 2009년 해체된 국립오페라합창단 소속 단원들이라 소개하면서 10년째 재창단을 위해 싸우고 있다고 했다. 그다음에 이어지는 말에 가슴이 욱신거렸다. "원래 40명이 있었는데 이제 저희 둘밖에 안 남았어요, 하하." 10년. 2명. 기사를 마감하고 집으로 돌아오는 길에 그 숫자를 계속 곱씹었다.

그로부터 두 달 뒤, 두 사람은 응답하지 않는 문체부를 상대로 무기한 농성에 돌입했다. 나는 기사를 쓴다는 핑계로 농성 현장을 찾았다. 사실은 물어보고 싶었던 것 같다. 왜 투쟁을 계속하시는 거죠? 다들 떠났잖아요. 10년이나 지났는데 그만 포기하시는 게 어때요. 아니, 사실은 이렇게 물어보고 싶었던 것 같다. 다들 왜 떠난 거죠?

하지만 이날 이윤아를 만나자마자 이런 질문이 별 의미가 없다는 걸 깨달았다. 그는 10년 전에 만들었다는 국립오페라합창단 소프라노 명함을 내게 주었다. "이렇게 귀한 걸 제게 주셔도 되나요?" 나는 멍한 표정으로 물었다. 그 명함은 낡아서 변색되고 조금 구겨져 있었다. 이날 인터뷰는 주로 단식농성을 하는 문대균 테너를 중심으로 진행했고, 이윤아는 인터뷰하는 모습을 지켜보다가 농성하던 건물 옥상에 올라가 노래 연습을 했다. 그가 부르는 오페라곡은 건물 사이사이로 스며들었다. 문대균 테너에게 "매일 저렇게 노래 연습을 하시는 건가요?"라고 물었고, 그는 고개를 끄덕였다.

그에게 노래란 대체 무엇일까. 무대가 언제 올지 알 수 없는데 매일 노래 연습을 하는 사람이 궁금했다. 인터뷰가 끝나고 오래지 않아 그에게 <말하는 몸> 출연을 권했다. 나는 아직 그가 준 명함을 내 지갑에 보관하고 있다.

“

국립오페라합창단은 국립오페라단 안에 있던 오페라 전문 합창단입니다. 저는 2002년 합창단이 처음 창단됐을 때 오디션을 보고 입단했던 단원입니다. 창단한 후에는 국가의 모든 공식 행사를 도맡아서 공연을 해왔습니다. 박봉을 받으면서도 공연하는 사람으로서, 예술하는 사람으로서 자부심이 있었어요. 그런데 2008년 이명박 정부가 들어서면서 유인촌 문화부장관이 당시 단장을 쫓아냈고 이어서 단원들마저 모두 쫓겨나는 상황이 벌어졌습니다. 국립오페라합창단이 2008년 12월 31일에 해체됐거든요. 그때부터 재창단하기 위해서 굉장히 노력했어요. 지금까지 꼬박 11년이 흘렀네요.

유럽은 오페라 극장들이 도시마다 있어요. 그래서 그 극장 안에 극장 소속인 오페라합창단도 있어요. 한국도 그렇게 운영되는 게 바람직하다고 봐요. 국립오페라단이 문화부장관을 상대로 싸우던 당시에 세종문화회관 앞에서 거리 집회를 매일같이 했는데 유인촌 장관이 출근하면서 비아냥거리더라고요. 국립오페라합창단이 있는 나라가 어딨냐고요. 나중에 그 발언이 놀림을 받았죠. 제가 알기로는 OECD 국가 중에서 국립오페라합창단이 없는 나라는 룩셈부르크와 한국밖에 없습니다. 저는 국립오페라합창단이 다시 창단되어야 관객들이 질 높은 공연을 볼 수 있다고 생각해요. 많은 클래식 팬이 국립오페라합창단이 없어진 걸 아쉬워하세요. 예전처럼 수준 높은 공연을 볼 수 없다고요. 관객들도 전문가들도 모두 재창단에 동의하고 있어요.

2018년 11월부터 문체부 서울사무소 앞에 농성장 천막을 치고 일년 가까이 지냈어요. 문체부에서는 입장을 바꾸지 않았어요. 이렇게 해서는 안 되겠다 싶어서 문대균 지부장이 단식투쟁에 들어갔어요. 굉장히 힘들었어요. 노래하는 사람들은 절대로 밥을 굶지 않아요. 그에게 단식투쟁이라는 건 그야말로 모든 걸 내려놓고 절벽 끝으로 향하는 일이었어요. 10일 정도 지나자 문대균 지부장이 많이 핼쑥해졌고, 12일째 되던 날 문체부 관계자로부터 오페라합창단 재창단과 복직을 위해 노력하겠다는 긍정적인 답변을 받았습니다.

"뮤지컬은 아는데 오페라는 어떤 거야?"라고 물어보는 사람들도 있어요. 뮤지컬의 전신이 오페라라고 보시면 돼요. 조형미가 넘치는 무대 위에서 지휘자가 지휘하는 오케스트라 반주에 맞춰 남녀 성악가, 오페라합창단, 무용단, 연극인 들이 당대 최고의 클래식 오페라 작곡가의 작품을 구현하기 위해 춤, 노래, 연기를 펼쳐요.

오페라합창단은 일반 합창단과는 달라요. 오페라 악보가 책 한 권 분량이거든요. 그걸 다 외워서 음악 연습을 하고, 그다음에는 연출가와 무대 위에서 연기 연습을 해요. 연기와 음악이 완성된 상태에서 오페라 공연이 올라가기 때문에 꼬박 두 달은 투자해야 해요. 굉장히 역동적이죠. 저희는 작품 한 편당 평균 90시간 이상씩 연습했어요.

음악하는 사람들은 성악이나 기악이나 할 것 없이 매일 연습해야 해요. 성악은 몸이 악기잖아요. 피톤치드가 뿜어져나오는 숲속에서 숨을 들이마시면 머리끝에서 발끝까지 온몸에 땀구멍이 다 열리는 느낌인데, 그때 숨을 허리 뒤쪽 옆구리까지 다 차오르는 느낌으로 깊이 마시는 거죠. 배 위로 얕게만 들이마시는 게 아니라 삼림욕할 때처럼 깊은 호흡을 이용해서 발성해요.

피아니스트 같은 경우에는 하루 5~6시간도 연습한다는데 성악은 그렇게 연습하면 성대결절이 와요. 그래서 아무리 유명한 성악가라도 5~6시간씩 쉴 틈 없이 연습하진 않아요. 시간차를 두고 연습하는데, 제 은사님이 해주신 말씀이 있어요. 제일 미련한 짓이 일주일 내내 놀고먹다가 3~4시간 몰아서 연습하는 거라고요. 그렇게 해서는 실력도 늘지 않는다고요. 하루에 50분씩이라도 매일매일 꾸준히 연습하는 게 좋은 성악가가 되는 길이래요.

저는 아빠를 닮아서 성량이 굉장히 컸어요. 그리고 엄마가 노래를 좋아하세요. 78세이신데 지금도 아마추어 시니어합창단에서 매주 공연하시거든요. 제가 노래하는 걸 굉장히 좋아하셨어요. 그래서 노래 공부를 시켜야겠다고 생각하셨나봐요. 초등학교 때는 초등학교 합창단에서 활동했고요. 중학교 때는 음악 선생님이 실기 시험을 마친 다음에 따로 불러서 노래 잘한다고 칭찬도 많이 해주셨어요. 사실 다른 학생들도 칭찬을 들었을 텐데 저는 그 칭찬에 굉장히 고무됐고, 성악을 계속해야겠다고 생각했죠.

성악은 기악이랑 좀 달라요. 피아노나 바이올린을 전공하는 사람들은 악기를 세 살, 네 살 때부터 시작하잖아요. '음악 천재'나 '신동', 이런 이야기를 많이 듣기도 하고요. 오랜 세월 동안 연습량이 누적되면서 연주자로서 무대에 서요. 그런데 성악은 변성기 때문에 일찍 시작한다고 해서 유명한 성악가가 되는 건 아니에요. 어린이합창단에서 동요를 부르면서 음악적 기량을 다져가다가 성악을 하는 경우도 있지만, 대체로 변성기 이후에 성악 공부를 시작해요.

보통 음악을 하는 친구들처럼 저도 음악대학 성악과를 졸업하고 대학원 과정을 마쳤는데, 마침 국립오페라합창단 오디션이 있어서 지원했고 합격했어요. 부모님께서 굉장히 좋아하셨죠. '아, 내가 열심히 공부한 보람이 있구나. 무대에서 공연하는 전문 직업인이 됐다. 이 오페라합창단에 뼈를 묻어야겠다'라고 생각하면서 매년 열심히 했어요. 즐겁게 했고요.

세종문화회관이나 예술의전당 같은 곳에서 기획 공연을 했어요. 큰 규모의 오페라를 '그랜드 오페라'라고 하거든요. 세계적으로 유명한 성악가들을 초빙해서 오페라 합창을 했어요. 기획 공연 외에도 방방곡곡 찾아가서 음악회를 열었어요. 문화 혜택을 제대로 받지 못하는 소도시에서도 공연을 많이 했죠. 예술감독님이 우리는 비영리단체이고 공공예술서비스를 제공하는 게 국립오페라합창단 취지에 맞다고 늘 말씀하셨거든요. 저는 큰 무대보다는 소도시에서 한 공연이 기억에 많이 남아요. 전문 공연장이 없기 때문에 마룻바닥에 간이 의자를 깔아놓고 공연하거든요. 그러면 동네 주민들이 오셔서 즐겁게 공연을 보세요.

국립오페라합창단이 재창단되는 게 제 궁극적인 꿈이에요. 현실적으로 당장은 불가능하다는 걸 10년 동안 싸우면서 알았어요. 하지만 세상은 조금씩 바뀐다고 생각하거든요. 저와 문대균 지부장의 복직이 재창단의 단초가 될 거라고 믿어요. 부당한 이유로 오페라합창단이 해체됐고, 거기에는 분명 정치적인 이유가 있다고 생각하거든요. 진영을 막론하고 음악을 아는 사람이라면 다들 전문 오페라합창단이 필요한데 왜 없애느냐고 하셨어요. 공청회를 하자고 해도 거절당했죠. 안 하는 이유가 뭐겠어요. 토론하면 질 거라고 생각하니 안 하는 거죠.

저희가 10년 동안 싸웠던 이유는요, 교과과정에 노동법이나 인권에 대한 과목이 없었기 때문이라고도 생각해요. 10년 전 국립오페라합창단에 있었을 때 4대 보험을 들었다면 어땠을까요. 사실 음악이나 미술, 체육 등 예체능을 하는 사람들은 세상 물정을 더 모르는 것 같아요. 우리가 많이 배워야 예술인들도 제대로 된 처우를 받을 수 있겠다는 생각을 했어요. 지금도 많은 예술인들이 착취당하면서 공연하고 있거든요. 너무 말도 안 되는 돈을 받고 공연하고, 심지어 자기 돈을 내면서 공연하는 음악가도 있어요. 온전히 생업을 이어나간다고 보기는 어렵죠. 저희는 좋은 선례를 남기고 싶어요. 예술인들이 그간 부당한 대우를 많이 받았는데, 조금 더 좋은 환경에서 질 좋은 공연을 할 권리가 있다고 봐요.

아, 해보고 싶은 오페라요. 〈춘향전〉도 해보고 싶고 〈투란도트〉 같은 오페라도 다시 해보고 싶습니다. 푸치니가 작곡한 〈토스카〉라는 오페라에서 여자 주인공이 오페라 가수인데요. 사랑하는 남자가 감옥에 갇혀요. 그 남자의 생사여탈권을 쥔 악랄한 악당이 여자에게 사랑을 요구해요. 그 여자 주인공이 부르는 오페라 아리아가 〈비씨 다르테, 비씨 다모레Vissi d'arte, vissi d'amore〉라는 노래인데, '노래에 살고, 사랑에 살고'라는 뜻이에요. '아, 신이시여. 내 평생 하늘에 간구했고 좋은 일을 하려 노력했고 늘 착하게 살려 노력했고 모든 삶을 노래에 바치며 헌신적으로 살아왔는데 왜 이런 시련과 고통을 주십니까.' 이런 내용의 노래예요. 힘들 때는 그 노래를 들어요. 슬프고 힘들 때는 더 슬픈 노래를 듣고 아주 바닥을 쳐야지 반동으로 올라갈 수 있어요. 그래야 씩씩하게 살 수 있는 힘이 생기는 것 같아요.

음악은 고칠 수가 없어요. 음악하는 사람들이 그 시간 그 자리에 앉아 있는 관객들 앞에서 그동안 연습해왔고 고민해왔던 최상의 음악을 구현하기 위해 다 같이 정상까지 올라가는 거예요. 도달할 수 없는 곳에 가려고 모두가 꾸준히 노력하고 고민해요. 최고로 잘 해내는 것도 중요하지만, 예술의 진정한 가치는 '온리원only one'인 것 같아요.

이윤아_ 국립오페라단에 몸담고 있다. 공연기획, 잡지사 기자, 홍보마케팅, 전공실기 강사 등 여러 직업을 거쳤으나 노래할 때 제일 행복한 사람이다.

승무원들은 구두를 신고
태평양을 걸어서 건너요

승무원
편선화의 몸

언론사 최종 면접에 합격한 이후로 나는 한 번도 구두를 신은 적이 없다. 면접을 준비할 때 구두를 사러 갔는데 점원들은 신다보면 늘어난다면서 내 발에 작은 듯한 구두를 권했다. 그렇게 산 구두의 가죽이 늘어날 때까지 발은 성할 날이 없었다. 아킬레스건을 둘러싼 피부는 구두 뒤축에 까져서 밴드를 붙여야 했고, 구두 앞코에는 발가락이 틈새 하나 없이 옹기종기 몰려 아팠다. 다들 그렇게 사는 줄 알았는데, 구두를 억지로 신는 사람만 있는 건 아니었다. 그 사실을 알고서 나는 구두를 벗어버렸다.

편선화는 대한항공 승무원으로 20년 가까이 근무했다. 승무원들은 서로 "구두를 신고 태평양을 걸어다닌다"라고 한다는 이야기를 해주었다. 그의 말을 듣는 순간, 머릿속에서 내 발은 몇 년 전 작별한 구두 속에 갇혀 있었다. 하루 15시간씩 구두를 신은 채 음식을 나르고 승객 관련 업무를 소화해야 한다니. 화려하게만 보이던 승무원의 일터가 조금은 다르게 그려졌다.

나는 편선화의 에피소드를 업로드하면서 <말하는 몸> SNS 계정으로 '#승무원에게_운동화를'이라는 해시태그 캠페인을 제안했다. 해시태그 캠페인이라지만, 이용자가 반응하기 전까지는 그저 게시글에 불과하다. 나는 SNS에 다음과 같이 올렸다.

"서서 일하는 시간이 많은 승무원들에게는 운동화가 필요합니다. 일본에서도 구두를 벗자는 뜻의 #KuToo 운동이 있었는데요. 한국의 항공사 승무원들도 여전히 복장 규정에 따라 구두를 신고 있습니다. 구두를 신는 건 승객의 안전에도 도움이 되지 않을 뿐 아니라 승무원들의 건강도 악화시킨다고 합니다. <말하는 몸>에서 '#승무원에게_운동화를' 해시태그 캠페인을 진행합니다. 지금 당장 항공 노동자들의 건강과 승객들의 안전을 위해서 구두는 운동화로 바뀌어야 합니다."

놀라울 정도로 많은 반응이 오기 시작했다. 단순한 게시글이 캠페인으로 변하는 순간이었다. 3천 명이 넘는 SNS 이용자들이 내 글을 공유하며 해시태그 캠페인에 동참했다. 편선화가 속한 대한항공직원연대지부에서는 해시태그 캠페인을 계기로 기자회견을 열고 승무원에게 운동화를 신게 하자는 캠페인을 본격적으로 시작하려 한다고 내게 연락을 주었다. 하지만 기자회견 직전 신종 코로나바이러스가 덮쳤고, 하늘길은 막혔다. 기자회견은 기약 없이 취소됐다. 승무원들은 아직 구두를 벗지 못했을 뿐만 아니라 근무마저 이어가기 어려운 상황에 처했다.

하지만 나는 기다린다. 코로나19가 종식된 어느 가을, 나는 여행을 떠나기 위해 비행기에 탑승하고, 객실에서 운동화를 신고 근무하는 승무원들을 만나는 날을. 언젠가 도래할 미래라고 믿는다.

초등학교 때부터 승무원이 되고 싶었어요. 김혜수씨가 승무원으로 나오는 드라마를 보고 '저런 직업도 있구나. 좀더 큰 세상을 보면서 많은 경험을 할 수 있겠다'라고 생각했어요. 무엇보다 어린 나이에 승무원 보면, 예쁘잖아요. 친구들도 '너라면 될 수 있을 것 같다'라고 해주었죠. 진학 정보도 친구들이 잡지 같은 데서 보고 찢어서 가져다줬어요.

대학교도 전공도 승무원이라는 꿈에 맞춰서 진학했어요. 처음 일을 시작했던 건 2002년이었어요. 그렇게 승무원이 돼서 살고 있었죠. 그냥 살았던 것 같아요. 그저 그런 어른이요. 그런데 2014년 세월호 참사가 일어났어요. 제게는 '내가 아는 진실이 다가 아닐 수 있다'라는 자각의 계기였어요. 사실 아무것도 하지 않고 살았거든요. 회사 내에서도 부당한 일을 당하는 동료들이 있었고, 저조차도 당하고 있었거든요. 제가 정말 가만히 있는 어른이 됐더라고요. 세월호 참사 희생자들에게도 미안했고, 동료와 후배들에게도 미안했어요. 제 아이에게도 미안했어요.

'대한항공 승무원'이라고 하면 사회에서 어느 정도 인정해주잖아요. 저도 제가 잘나서 뽑힌 줄 알았거든요. 그런데 입사하고 나니 내가 잘나서 승무원이 된 게 아니라는 걸 알았어요. 선배들이 후배들에게 좀더 나은 환경을 물려주고 싶어서 끝없이 싸운 덕분에 제가 그만큼 대접받는다는 생각이 들더라고요. 부끄럽지 않게 살고 싶었어요. 뭔가 당하더라도 부끄럽지 않은 엄마, 부끄럽지 않은 선배, 그리고 부끄럽지 않은 어른이 되자는 생각으로 대한항공직원연대지부 활동에 나서게 됐습니다.

집회를 준비하다가 김용균 사건도 알게 됐어요. 김용균씨도 정말 제 아들 같았거든요. 사진을 보니까 너무 어리더라고요. 이게 남의 일이 아니구나, 내가 사랑하고 아끼는 사람들의 일이고 우리 아들도 당할 수 있는 일이구나, 라는 생각이 들었어요. 사실 저는 집회 나갈 때도 두려움이 커서 가면을 쓰고 나갔거든요. 겁이 없는 사람이 아니에요. 겁이 나는데도 나서는 건 두려움보다 부끄러움이 더 싫어서예요. 아들에게 부끄럽고, 후배들에게 부끄럽고, 박창진 지부장님에게도 부끄럽고요. 그전에 민주노조를 만들겠다고 앞장섰던 선배님들이 당하는 걸 그냥 보고만 있었던 게 부끄러웠어요.

비행기 일이라는 게 작정하고 트집을 잡자면 끝이 없어요. 규정도 너무나 많고 깐깐하니까요. 그 규정을 어기면 징계위원회를 연다든지, 법에 어긋나지 않는 선에서 직원을 계속 힘들게 하는 거죠. 결국 스스로 포기하고 사표를 내게 하는 분위기를 조성해 회사에서 인간관계조차 힘들게 만들어요. 자살한 분도 있었거든요. 주위에서 "정말 집회 나갈 거냐"라고 말하는 분들이 많았어요. 저도 어떻게 당하는지 다 지켜봤거든요.

승무원이라는 게 어떤 직업인지 잘 알고 왔다고 생각했는데, 막상 시작하니까 많이 힘들었어요. 저 앞에서 비행기 문을 닫고 있는 사무장님이 엄청 커 보이는 거예요. '어떻게 저 일을 다 하지, 난 지금 이것도 힘들어 죽겠는데'라면서요. 승무원은 문을 닫는 그 순간부터 비행기 안에서 일어나는 모든 일을 다 해야 해요. 승객에게 식사나 음료 드리는 건 당연하고 화장실 청소까지요. 아이들이 울면 장난감도 만들어주고 그래요. 플라스틱 컵에 땅콩 같은 걸 넣으면 딸랑딸랑 소리가 나거든요.

못하는 게 없어야 하더라고요. 너무 힘든데 웃어야 하고, 연기도 해야 하는구나, 쉬운 게 아니구나, 라는 생각이 들었어요. 저도 승객으로 비행기를 탈 때가 있잖아요. 그때는 승무원들이 정말 우아해 보이거든요. 그런데 이륙하자마자 시작이에요. 식사 따뜻하게 만들어서 다 세팅하고, 어떤 분에게 어떤 걸 드려야 하는지 정리하고. 그런데 또 희한하게 제가 다 하고 있더라고요. 어떻게 이걸 다 하고 있지.

비행시간이 길게는 15시간도 돼요. 출근할 때도 구두 신고 비행기에서도 구두를 신어요. 물론 낮은 굽이지만 계속 구두를 신고 일하거든요. 그래서 평소에는 구두를 잘 안 신게 되고요. 지금도 운동화를 신었어요. 비행기 안은 깜깜하고 손님들은 의자에 앉아 있고 저희는 왔다갔다하는데, 사실 발까지 보이진 않잖아요. 구두가 그렇게 중요하다는 생각이 들진 않아요. 그런데 구두를 신고 15시간을 걸으면서 일해야 해요. 저희끼리는 "태평양을 걸어서 건넌다"고 하거든요.

보통 구두 신는 여성이라면 아는데, '옥수수'라고 그러죠. 굳은살이 박여서 구두를 안 신어도 발이 너무 아프거든요. 어머니도 제 발을 보면 너무 속상해하세요. 우리 아들은 "엄마 어때?" 하면 무조건 다 예쁘다고 하거든요. 그런데 "엄마 발 어때?"라고 물어보면 "이상해"라고 말할 정도로 못생겼어요. 대부분의 승무원들이 발에 굳은살이 박여서 아프거나 엄지발가락이 휘어서 무지외반증 같은 게 많아요. 하지정맥류로 수술하는 경우도 꽤 많거든요. 그래서 승무원들이 운동화 신고 일했으면 좋겠어요. 운동화가 유니폼에 안 어울린다고 이야기할 수도 있는데, 발까지 보이지 않거든요. 쿠션 괜찮은 운동화로 바꿔 신으면 일하는 데 훨씬 편하고 다리에 무리가 덜 갈 거라고 생각해요.

지금도 후배들에게 "내가 곧 운동화 신고 일하게 해줄게"라고 이야기해요. 바꾸고 싶은데 유니폼 관련해서는 최고경영층이 많이 주시한다는 말이 있더라고요. 최고경영층이 블라우스에 스카프 매는 것까지 지적할 정도로 유니폼에 관심이 많아요. 바꾸는 게 쉽지 않을 것 같아요. 저희가 구두 때문에 발이 아프다고 이야기한 게 처음은 아니거든요. 지속적으로 해오던 이야기였고, '기내에서 신는 구두를 밖에서도 신어라' 정도로 바뀌었어요.

유니폼도 민망할 때가 있어요. 승객이 좌석에 앉으면 눈높이가 딱 저희 허리에서 엉덩이 쪽이거든요. 치마도 흰색이고 몸에 붙는 형태다보니까 하루는 한 아이가 "엄마, 저 누나 엉덩이 보여"라고 이야기하더라고요. 가끔씩 "예쁜데, 일할 때는 불편하겠어"라고 말해주는 어르신들도 계세요. 유럽 사람들은 이 유니폼을 많이들 좋아하더라고요. 같이 사진 찍어도 되냐고 물어보고요. 디자이너가 유럽 사람이라 유럽 감성에 맞나봐요.

비행기가 이착륙할 때 사고가 제일 많이 나요. 이착륙할 때는 저희도 점프시트에 앉아서 안전업무에 집중해야 하고, 비행기가 비상착륙을 하면 당장 도움이 필요한 승객이 어디에 앉아 있는지를 파악해야 하거든요. 그런데 업무 강도가 세고 밤새 비행하다보니까 착륙할 때 몸이 너무 힘들어요. 눈을 뜨는 것 자체가 힘들 때도 있어요. 가끔씩 '만약 내가 이런 상태에서 사고가 나면 승객들을 안전하게 대피시킬 수 있을까' 하는 생각이 들어요. 저희가 충분히 휴식을 취하면 승객들에게도 더 좋을 것 같거든요.

그런데 회사에서는 비용 절감을 이유로 인력을 계속 줄여나가고 있어요. 제가 입사했을 때만 해도 직급별로 일을 배울 수 있었거든요. 지금은 쉬는 날 온라인으로 교육을 들으라는 식이 돼버렸죠. 계속 객실 인력을 줄여서 업무 강도가 조금씩 높아지고 있어요. 한 명이 없으면 다른 사람들이 두 배로 움직여야 해요. 저희가 나선 것도 노동자로서 존중받지 못한다고 생각했던 게 컸어요. 억울한 일을 당해도 어디 가서 이야기해야 하는지도 몰랐고요. 이런 환경이 바뀌어야 한다고 생각합니다.

저는 1년 육아휴직을 하고 복직했는데, 비행 나가면 짧게는 3박 4일, 길게는 9박 10일까지 집에 안 오게 되거든요. 아이들은 빨리 크니까 일하고 오면 애가 달라 보일 때가 있어요. 어느 순간 폭발하는 것처럼 확 자라요. 친정엄마가 아이를 봐주는데, 하루는 아이가 할머니한테 "이제부터 할머니를 엄마라고 부르면 안 돼?"라고 말했다는 거예요. 그때 너무 속상해서 혼자 엉엉 울었어요. 비행만 하면 괜찮은데 노조지부 일도 하니까 쉬는 날에도 같이 있어주는 시간이 줄어들더라고요. "오늘은 엄마가 꼭 데리러 갈게"라고 말했다가 못 지키는 경우도 있어요. 그러니까 애가 너무 실망해서 그렇게 이야기했을 텐데, 그 마음이 뭔지 알아서 힘들었어요.

대한항공직원연대지부에서 활동한다고 하면 회사에 불만만 많다고 생각하는 분들이 있을 거예요. 그런데 저는 우리 회사가 너무 좋거든요. 그리고 이 직업이 좋아요. 저는 승무원이 하고 싶었고, 그래서 승무원이 됐어요. 이권이 얽혀 있어서 승객들에게 잘해드리는 게 아니잖아요. 제가 비행기에서 만나는 분들은 영업할 필요도 없이 이미 저희 고객이고 저는 제가 가진 걸 그냥 드리기만 하면 돼요. 승객들이 감사하다고 하니까 저는 드리면서도 너무 좋은 거예요. 베풀 수 있는 게 좋고요. 제가 조금만 움직여서 가진 것들을 뭐든지 다 드리기만 하면 돼요.

제가 제일 싫어하는 말은 '절이 싫으면 중이 떠나라'는 말이에요. 집회할 때도 그렇게 이야기하는 분들이 많았어요. 절이 누구 건데요. 중의 것 아니에요? 저는 열심히 일하면서 회사를 같이 키웠다고 생각하거든요. 누구는 오너의 회사라고 말할 수 있지만 저는 제 회사 같아요. 특히 노동조합 활동을 하니까 그런 의식이 더 생겼어요. 우리가 노력해서 우리 회사가 여기까지 온 건데, 왜 그냥 나가요. 대우가 마음에 안 들면 바꿔나가야죠.

편선화_ 대한항공 객실승무원. 대한항공직원연대지부 여성부장이다. 혼자가 아닌 다 같이 잘사는 세상을 기대하고 있다.

내 몸은
곧 내 집이에요

셱스토이숍 대표
강혜영의 몸

참 희한했던 날로 기억한다. 언젠가 해방촌을 걷다가 섹스토이숍 '피우다'를 발견하고 아무런 생각 없이 불쑥 들어갔다. 평소 그런 충동적인 행동은 잘 하지 않는데, 갑작스럽게 들어간 가게에는 대표 강혜영이 있었다. 나는 그와 몇 번 통화를 했지만 얼굴을 본 건 그날이 처음이었는데, "어서 오세요"라고 인사하는 목소리에 대번 그가 강혜영이라는 걸 알아차렸다.

'피우다' 방문일로부터 몇 주 전, 한국 사회에서 한창 '리얼돌'이 화제가 됐을 때 그에게 전화 인터뷰를 청했다. 놀랍게도 그는 짧은 시간 안에 자신의 생각을 논리정연하게 들려주었다. 기회가 되면 덕분에 기사를 쓸 수 있었노라고 인사라도 해야지 생각했지만, 그런 마음을 먹고 가게에 들어갔던 건 아니었다. 가게에 들어온 나는 그를 알고 그는 나를 모르는 기묘한 상황이 잠시 연출됐다.

충동적으로 들어왔으므로 뭐부터 해야 할지를 몰랐다. 다짜고짜 카운터로 가서 '내가 그때 전화했던 그 기자'라고 말하는 것도 좀 우스운 것 같아 진열된 물건들을 살펴보는 척했다. 가게 안은 밝고 깔끔했다. 그러나 나는 그전까지 섹스토이라는 걸 사본 적도 접한 적도 없었다. 아니, 섹스에 대한 이야기를 남들 앞에서, 심지어 친한 친구들 앞에서도 해본 적이 없었다.

편히 보라는 뜻에서였는지, 그는 내게 다가오거나 말을 걸지는 않았다. 나는 괜히 우산을 아주 느릿느릿 바닥에 내려놓았다. '아, 다시 나갈까……' 도움을 청하는 눈빛으로 카운터를 쳐다보았다.

강혜영은 미소를 지으면서 내게 필요한 게 있느냐고 물었다. 너무나 자연스러운 그 태도에 순간 내 안에서 움켜쥐고 있던 어떤 둑이 터졌다. 이곳은 나의 섹스에 대해 말해도 안전한 공간이라는 생각이 들었다.

나는 몇 가지 고민을 이야기했고, 그는 내 말을 유심히 듣더니 이것저것 추천해주었다. 섹스토이숍에 처음 들어온 나는 시종일관 뻣뻣했지만, 그는 나 같은 사람을 많이 만나봤는지 그 뻣뻣함을 있는 그대로 받아들여주었다. 그는 몇 가지 제품을 권했고, 나는 바이브레이터와 콘돔 몇 개를 챙겨서 카운터 앞으로 향했다. 카운터 앞에서도 그에게 인사를 할지 말지 망설였다. 솔직히 말하자면 그저 익명의 손님 한 명으로 남고 싶은 마음이 컸다. 하지만 동시에 그의 이야기를 듣고 싶다는 생각이, 들어야겠다는 생각이 내 안의 내성적인 마음을 이겨버렸다.

주먹을 쥐고 불쑥 물었다. "제가 여성의 몸에 대해 이야기하는 팟캐스트를 만들고 있는데요. 혹시 거기 나와주실 수 있나요?" 강혜영은 그렇게 <말하는 몸>에 함께하게 되었다.

스물한 살 때 처음으로, 어딘가에 부딪히는 우연 따위 없이 적극적으로 클리토리스를 자극해봤어요. 혼자 침대에 누워 있다가 자연스럽게 만지기 시작했는데, 어느 순간 오르가슴을 느꼈어요. 평소에 쓰지 않던 단어였지만 한 치의 의심도 없이 '오르가슴'이라는 단어가 떠오르더라고요. 그때 그 방안의 온도나 기분이 생생하게 기억나요. 머릿속에서 질문을 토해내는 거예요. 방금 뭐였지, 내 친구들도 이럴까, 나만 이럴까. 죄책감이 따라왔죠. 하지만 저 같은 경우는 해방감도 있었어요. 타인이 개입되지 않은 섹스, 내 몸의 비대칭한 외음부나 음모 따위는 걱정하지 않아도 되고 내 감각만을 좇아서 스스로 찾은 이 오르가슴이 소중하다고 생각했어요.

친구들에게 자위를 해봤다고 먼저 이야기를 꺼냈어요. 그전엔 아무도 이야기하지 않았어요. 제가 용기를 내니까 한두 명씩 이야기를 시작하더라고요. 지금 생각해보면 그때 친구들끼리 엉뚱한 정보도 공유했어요. 물어볼 데가 없었으니까 서로가 서로의 '지식인'이었죠. 친구들이랑 이야기하면서 '여성이 섹스와 자위에 대해 긍정적으로 바라보지 못하는구나' '이게 많은 여성들의 고민이구나'라고 느꼈죠.

섹슈얼리티에 대해 공부하면서 몸이 정말 다양하다는 걸 알았고, 소통의 공간을 만들고 싶어서 시작한 게 여성이 운영하는 섹스토이숍이었어요. 단순히 물건만 판매하는 게 아니라 문화도 바꿔보자, 그리고 분위기도 바꿔보자 생각했어요. 적어도 이 안에서는 사람들이 좀 편하게 이야기할 수 있도록요. 실제로 손님들이 친구나 가족, 배우자에게도 이야기하지 못하는 고민을 이곳에서 말하며 같이 울고 웃을 때가 많아요.

손님들하고 이야기해보면 저처럼 오르가슴을 발견하고 기쁨이나 해방감을 느끼기보다는 죄책감을 훨씬 많이 느끼더라고요. 제게도 죄책감이 있었지만 쾌감이 죄책감을 이기는 힘이 됐던 것 같아요. 혹시라도 죄책감을 느끼는 분들이 있다면 이야기해드리고 싶어요. 그럴 필요가 없다고요. 죄책감을 느끼는 것조차도 우리의 탓이 아니라고요. 존재하지 않는 것처럼 생각했던 게 존재한다는 걸 알게 되면 당연히 혼란스러울 수 있거든요. 어렸을 때 누군가가 "남이 네 몸을 함부로 하는 건 안 돼. 그런데 네가 네 몸을 만져보는 건 괜찮아"라고 이야기해주었다면 좋지 않았을까요. 그래서 다른 분들에게 이야기해주고 싶어요. 괜찮다고요. 이상한 게 아니라고요.

저는 고등학생 때 첫 성경험을 해봤어요. 첫 애인이 동성친구였는데 첫 경험이라 어설펐고 공포감이 많았어요. 이 음모를, 가슴을, 생식기를 어떻게 여자친구에게 보여주지. 부모님 몰래 봤던 비디오 속 주인공의 외음부와는 다르게 생긴 것 같아서 내 몸을 보고 실망하면 어떡하나 생각했던 것 같아요. 그리고 또 신음소리가 안 나더라고요. 억지로 내려고 했어요. 그런 첫 경험을 하고 나니까 집에 돌아오는 발걸음이 가벼웠다 무거웠다 하는 거예요. '하지 말아야 하는' 행동을 했으니까 걱정되기도 하고, 한편으로는 내 예민한 부분에 좋아하는 사람의 혀가 닿고 손길이 닿는 그 감각은 너무 좋았어요. 다시 생각하면 떨리고, 집에 갈 생각 하면 무섭고, 그런 감정이 교차했어요.

그 이후로도 몸에 자신이 없어서 섹스가 조금 불편했던 것 같아요. 자신감은 아주 잘 알거나 아예 모를 때 생기잖아요. 그런데 어설프게 알고 나니까 항상 자신이 없는 거예요. 지금은 좋은 친구를 만나서 열

일곱 살의 나로서는 상상할 수 없는 편안한 관계를 하고 있어요. 그때 내 모습은 참 안타깝죠.

정말 중요한 건 성생활이 아예 없는 것처럼 여기지 않는 거예요. 말 그대로 생활의 일부분이잖아요. 어떤 사람은 별로 관심 없지만 어떤 사람은 평생을 하는 게 성생활이거든요. 그러니 꼭 대화해야 해요. 사람 몸은 제각기 달라요. 성적 즐거움에 육체적인 것도 있지만 정신적인 교감도 굉장히 중요하기 때문에 서로가 원하는 것에 대해 안전하게 충분히 대화해야 해요.

요즘 그런 이야기 많이 하잖아요. '이제 여성들도 주체적으로 섹스해야 합니다.' 저도 그 말에 전적으로 공감하긴 하지만 여성이 섹스에 주체적일 때 쉬운 여자, 밝히는 여자 취급 받았던 서사를 무시할 수 없어요. 남성들도 기존에 하던 방식에서 벗어나서 여성의 몸을 이해해야 해요. 여성의 몸을 배우고 배려하는 섹스를 해야 하고요. 내가 상대방에게 받고 싶은 것, 해보고 싶은 것을 이야기했을 때 편견을 가지지 않으려 노력하고 귀를 기울이고 안전한 선에서 시도해보는 게 중요하거든요.

예를 들어 남자분들한테 여자친구에게 오럴섹스를 해주라고 권하는데 어색해하시더라고요. 혀에 너무 힘이 들어가는 것 같아요, 손으로 엉뚱한 데를 눌러서 아파해요…… 그건 당연한 거거든요. 내 몸이 아니기 때문에 다 서로를 알아가는 과정이라고 생각해요. 일단 이성애 관계에서는 남성들이 여성의 몸에 대해서 좀더 공부하고 대화만 충분히 해도 오르가슴을 연기하는 여성이 줄어들 거예요. 아마 살면서 오르가슴을 연기해보지 않은 여성은 없지 않을까요. 대화를 많이 하는 게 중요합니다.

아직까지도 저희 매장에 오면 성을 파는 곳인지 성생활용품을 파는 곳인지 구분을 못하는 사람들이 있어요. 경험으로는 모두 남성들이었고요. 저에게 '너 섹스 좋아하냐' '너 오픈 릴레이션십open relationship을 어떻게 생각하냐' 이런 말도 안 되는 질문을 해요. 한번은 제가 '은행 직원에게 너 돈 좋아하냐, 통장에 돈 얼마 있냐, 이런 거 물어보시냐. 내 사생활을 노출하기 위해서가 아니라 손님의 성생활에 필요한 물건을 효과적으로 골라주고 전문적으로 알려주기 위해서 이 자리에 있는 건데, 당신 같은 사람이 있으면 자괴감이 든다'라고 받아쳤어요. 그랬더니 나가면서 매장 밖에 있는 화분을 발로 차서 박살내더라고요.

동기 부여가 되는 손님들도 많아요. 한번은 가게에 칠순이 넘은 여성분이 오셨어요. 남편도 같이 오셨는데 "두 분이 말씀 나누세요. 밖에서 기다리고 있을게요"라고 말하고 나가셨어요. 그리고 그분이 찾아오게 된 사연을 말씀해주셨어요. 본인이 1980년대에 미국에서 섹스토이숍 앞을 지나가다가 너무 들어가보고 싶었는데 남편이 반대해서 결국 못 들어가신 거예요. 그 한이 맺혀 있었는데, 인터넷에서 제가 했던 리얼돌 관련 인터뷰를 본 거죠. 너무 놀라셨대요. "사장님을 응원해주려고 온 거예요. 여자도 이렇게 해도 된다고." 그 말을 하려고 오신 거예요. 너무 감사하더라고요. 선물로 조그만 섹스토이를 드렸어요. 며칠 있다가 다시 오셔서 그걸 쓰고 오르가슴을 느꼈다고 하셨어요. 저에게는 이런 순간이 정신적인 자산 같은 거예요. 이 일을 하는 동기이기도 하고요. 어디서 제가 그런 응원을 받아보겠어요.

손님들이 매장 앞에서 서성이는 이유를 잘 알아요. 대부분은 들어오기 민망하거나 아니면 뭔가를 사야 한다고 강요받을 수도 있다는 걱정을 하니까요. 또 한번은 매장 앞에 중년 여성분이 서성이고 있었어요. 제가 마침 테라스에 앉아 있었어서 "안 사셔도 되니까 편하게 보세요"라고 말씀드렸어요. 그런데 이분이 생각보다 몸에 대해 잘 알고 계셨어요. 몇 년 전 유방암 수술을 크게 받으셨는데, 수술한 이후로 남편에게 벗은 몸을 보여주지 못해 결국 남편이 먼저 돌아가실 때까지 관계를 못 했다고 하더라고요. 가슴이 미어지는 이야기죠. 여성성을 잃었다는 생각 때문에 본인이 얼마나 큰 병을 이겨낸 강인한 사람인지 미처 볼 수 없는 현실은 남의 이야기가 아니죠.

여성의 가슴은 기능을 갖고 있기도 하잖아요. 외국 사례를 찾아보다가 미국 대통령 영부인이었던 베티 포드가 유방암 수술을 받았던 게 굉장히 화제였다는 뉴스를 봤어요. 당시에는 미국 언론이 유방암을 '여성질환'이라 표기했다 하더라고요. 유방암이라는 병 자체가 존재하지 않는 것처럼요. 그런데 베티 포드가 대수술을 받고 결심한 거예요. 내 병을 숨기지 않겠다고요. 병원에 기자들을 불러서 발표하라고 했는데, '영부인의 유방'이라는 단어를 사용해도 되는지 기자들도 망설였대요. 결국 기사화됐고 그 사건은 미국에서 유방암이라는 병 자체를 가시화하는 데 큰 역할을 했대요. 그뒤로 여성 관련 암에 대한 연구도 늘어났고요. 저는 그런 한 사람 한 사람의 용기 있는 목소리가 정말 힘이 있다고 생각해요.

제 나름대로 정의를 내린 건, 내 몸은 내 집이라는 거예요. 집은 안식처잖아요. 내가 편한 방식으로 세팅하는 게 좋아요. 남들이 봤을 때 보기 좋은 것보다 내가 생활하기 편하게 물건이 놓여 있어야 하고 위협이 될 만한 사람을 함부로 들이지 않아야 하고요. 혹시라도 도둑이 들면 내 물건을 훔쳐갈 수도 있겠지만, 내 집은 절대 훔쳐갈 수 없거든요. 우리도 남의 집에 갔을 때 그 집을 함부로 어지럽혀서는 안 되고요. 내 집에서 마음이 편안하면 위안이 되잖아요. 아직 사회는 너무나 견고하지만, 내 집만은 편안하게 관리할 수 있도록 모두 힘을 내면 어떨까요.

강혜영_ 여성 친화적인 섹스토이숍을 운영하고 있다. 많은 사람들이 성을 긍정하며 행복하고 안전한 성생활을 누리기를 희망한다.

'자위'를 거부감 없이 전할 방법을 고민했어요

디자이너
박연진의 몸

나는 첫 자위에 대한 기억이 뚜렷하다. 그건 내가 의도하지 않은 어떤 순간 나를 다른 곳으로 데려다준 경험이었다. 열 살 때, 친구 집에 놀러간 나는 책벌레가 늘 그렇듯 책장을 찾아 방으로 들어갔다가 책장 아래 숨겨진 만화책을 발견하고 꺼내들었다. 그 만화책의 이름은 아직도 선명하게 기억난다. 왜 이것만 따로 숨겨뒀을까. 궁금증이 발동한 나는 무슨 내용인지도 모를 만화책을 펼쳐서 읽기 시작했다. 아이는 어떻게 낳는지, 섹스라는 게 뭔지도 몰랐지만 그 만화책을 읽으면서 몸이 뜨겁게 달아오르는 걸 느꼈다.

순간 친구가 거실에서 내 이름을 불렀다. 후다닥 만화책을 원래 있던 자리에 넣고 방에서 나왔다. 기분이 좋았다. 동시에 뭔지 모를 묘한 죄책감이 느껴졌다. 그리고 궁금했다. 친구는 대체 이 책을 어떻게 얻게 된 걸까. 그 정체 모를 기분을 다시 느끼고 싶어서 그 책을 찾으러 근처 만화방에 가보았던 기억도 난다. 하지만 그 책은 '19세 미만 이용 불가' 코너에 놓여 있었다.

어차피 불가능했을 테지만, 그 책을 빌릴 엄두도 내지 못하고 집으로 돌아왔다. 그후로 성기를 만지면 그때와 비슷하게 기분이 좋아진다는 사실을 깨달았다. 하지만 성기를 만진다는 게 어떤 의미를 갖는지 특별히 학습하지 않았음에도 이상하게 늘 죄책감이 따라왔다.

분명 기분이 좋아지는 일인데 왜 죄책감을 동반할까. 어쩌면 아무도 드러내놓고 말하지 않기 때문은 아닐까. 한 번도 제대로 교육받지 않았기 때문은 아닐까. '피우다' 대표 강혜영의 말처럼 여성의 성욕은 분명 존재하지만 아예 없는 것처럼 치부되기 때문은 아닐까. 나는 <말하는 몸>에서도 자위를 다뤄야겠다고 생각했다.

박연진은 몸에 관한 흥미로운 작업을 하는 디자이너다. 그는 '자위 키트'라 불리는 '익스플로러 키트'의 제작자로서 몸의 관계성을 사유하고 이를 멋진 디자인으로 풀어내는 창작자다. 익스플로러 키트는 자위 방법을 담은 책자와 콘돔, 젤 등이 포함된 상자로 텀블벅에서 판매됐던 제품이다.

정작 그는 첫 자위에 대한 경험이 뚜렷하지 않다고 했지만, 자위 키트를 매개로 주변인과 자위에 대해 자연스럽게 대화를 나눌 수 있었다고 했다. 그런 점에서 자위 키트의 제작 경로는 <말하는 몸>의 제작 배경과도 유사했다. 나는 나를 포함한 여성들이 자위할 때, 자위에 대해 말할 때 더이상 죄책감을 느끼지 않기를 바란다. 그리고 보다 건강한 자위를 제대로 학습할 수 있기를 바란다. 박연진의 이야기가 그 시작이 될 수 있을 것이다.

저는 디자이너로서 주로 몸에 관한 이야기를 중심으로 작업하고 있어요. 몸을 어떻게 담아내야 사람들에게 좀더 잘 전달할 수 있을지를 고민하고 있습니다. 제가 몸을 주제로 진행했던 첫 작업은 '익스플로러 키트'예요. '탐험하는 사람들을 위한 키트'인데, 여성 자위를 주제로 진행했어요. 자위는 섹스보다 더 이야기하기 힘든 주제라고 생각했거든요. 친구들이랑 이야기할 때도 자위에 대한 이야기가 나온 적이 거의 없었고 관련 정보도 찾기 힘들었어요. 해외 책이나 논문을 찾아보면서 공부를 시작했어요. 그렇게 정보들을 모아서 작은 책으로 구성해 자위의 방법론과 자위에 관한 한국 여성들의 인터뷰를 실었어요. 개인마다 자위하는 방법도 다양하거든요. 그리고 클리토리스의 역사에 관해서도 짚고 넘어갔고, 섹스토이에 대한 정보도 담았어요.

클리토리스가 겉으로 드러난 부분은 아주 작잖아요. 보면 '크기가 이거밖에 안 되나' 싶은데 몸안에 묻힌 부분이 더 있거든요. 또 내가 클리토리스에 어떤 자극을 주면 몸에서 어떤 반응이 일어나기 때문에 어떤 감정을 느끼는구나, 이런 건 직접 찾아보지 않으면 알기 힘든 사실들이에요.

키트에 포함된 책 사이즈는 여성의 평균 손바닥 기준으로 한 손에 들어올 수 있게 제작했어요. 사이즈를 작게 하려고 크기에 고집을 부렸는데, 좀더 혼자 볼 수 있는 느낌이면 좋겠다고 생각했어요. 만약 책이 크다면 이걸 보면서 동시에 자위할 때 불편할 수도 있으니까요. 그 외에도 여성 성기 구조를 직접 조립해서 맞춰볼 수 있는 스티커와 콘돔, 젤을 동봉했어요. 책 안에 담긴 다양한 자위 방법론을 보면서 직접 해볼 수 있도록 유도하려 했어요. 책만 낼 수도 있었지만 키트를 만든 이유는, 관심이 있지 않는 이상 젤 같은 건 사지 않는 경우가 많잖아요. 우선 한 번이라도 경험할 수 있게 유도하는 역할을 할 수 있을 것 같아서 꼭 같이 구성하려고 했어요.

크라우드 펀딩으로 1300명 정도 되는 분들에게 후원을 받았어요. 많은 분들이 키트를 받아보고 피드백을 주셨는데, 이 키트를 통해 친구들과 함께 자연스럽게 자위에 관해 이야기할 수 있어 좋았다면서 추가 구매를 문의하는 분들도 있었어요. 이 프로젝트를 하면서 예상치 못했던 부분 중 하나가 재구매 문의나 피드백을 주시는 분들 중에 30대 이상인 여성이 많았다는 점이에요. 또 남성들의 연락도 꽤 많이 받았는데 가족이나 애인에게 선물로 준다는 분들도 있었어요. 이런 반응에 저 스스로도 놀랐고 뿌듯했죠.

처음 키트를 만든다고 했을 때 주변에서도 응원을 많이 해줬어요. 그 과정이 분명 쉽지 않을 테니까요. 그리고 이 작업을 하면서 자연스럽게 친구들과 자위에 대해 어떻게 생각하는지 서로 이야기했어요. 이 작업이 제겐 자위를 주제로 대화할 수 있는 하나의 계기가 된 거잖아요. 이전보다 더 다양하게 대화하면서 공부했던 것 같아요.

처음부터 여성 자위에 대해 꼭 다뤄야겠다고 생각했던 건 아니었어요. 여성 자위는 언급되기 어려운 주제인데, 그런 걸 말해보고 싶었어요. 저도 겁이 났죠. 전문 분야도 아니고 그저 관심 있어서 이것저것 알아보고 공부한 건데, 이걸 정리해서 결과물로 내놓는다는 게 쉽진 않을 거라고 생각했거든요. 결과적으로 보람차고 소중한 경험을 했어요.

저는 몸 자체에 대해서 관심이 많았어요. 제가 몸의 변화를 관찰하는 걸 좋아하더라고요. 어릴 때부터 잔병치레를 했거든요. 되게 작은 자극에도 크게 반응한달까요. 거울 앞에 서서 피부를 뚫어지게 쳐다보거나 두드러기가 나면 계속 만져보기도 하고, 가끔 향을 맡아보기도 하는 습관이 있어요. 그걸 기록한 적도 있고요.

아토피가 좀 심했는데, 예전에는 그걸 부정적으로 생각했어요. 너무 간지러워서 자기도 모르는 사이에 스스로 몸에 상처를 주게 되잖아요. 너무 괴롭고 화나고 어떤 방법을 써도 나아지기 힘든데 스트레스를 받으면 더 심해지더라고요. 그런데 어느 순간부터 아토피를 관찰의 대상으로 보기 시작했어요. '오늘 뭘 먹었더니 피부가 이렇게 됐네.' '엄청 긁어서 피딱지가 났는데 하룻밤 사이에 몸이 이렇게 변했구나.' 그림으로 그려두기도 하고 멍든 곳을 눌러보기도 하고요. 제 몸을 계속 관찰하면서 흥미롭게 생각했던 것 같아요. 그러면서 이런 습관을 작업의 원천으로 삼아 풀어나가게 된 거죠. 스스로에 대해 깊이 생각하거나 관심을 가진 적이 별로 없었거든요. 제 몸을 꾸준히 관찰하면서 자연스럽게 저에 대해 많이 생각하게 됐던 것 같아요.

섹스나 자위에 대해 갑자기 이야기하기는 쉽지 않은 것 같아요. 하지만 '내가 요즘 이런 작업을 하고 있는데 어떻게 생각하느냐'고 자연스럽게 이야기가 넘어갈 수 있는 거죠. 사실 이런 경우가 아닌 이상 친구들끼리 자위는 고사하고 섹스에 대해 이야기하기도 쉽지 않죠. 이야기하고 싶은데 하지 못할 때 익스플로러 키트를 소개하면서 자연스럽게 이야기를 꺼내는 방법도 추천해요. 하나의 계기가 되는 거죠. '내가 최근에 이런 키트를 샀는데 이런저런 내용이 담겨 있더라.' 제작하면서 키트가 그런 역할도 할 수 있기를 바랐어요.

디자인 작업을 통해서 다른 사람들에게도 이걸 같이 해보면 좋지 않겠냐고 제안하는 거잖아요. 몸을 탐구하는 활동을 어떻게 하면 같이 좀더 재밌게 할 수 있을지 고민했던 것 같아요. 제가 몰두했던 경험을 다른 사람들과 공유해서 그게 도움이 될 수 있다면 그 자체로 뿌듯하고요. 실제로 익스플로러 키트의 경우 예상치도 못하게 많은 분들이 구매했고, 피드백을 받을 수 있었다는 점에서 제게 원동력이 됐어요.

저는 디자이너로서 사람들에게 친근하고 흥미롭게 다가갈 수 있는 형태의 작업을 어떻게 할 수 있을지를 고민하고 있어요. 다루기 힘든 주제를 사람들이 거부감 없이 바라보도록 하는 게 디자인의 역할이라고 생각하기 때문이에요. 앞으로도 제가 할 수 있는 일이 많고 해야 할 일이 많다는 생각이 들어서 계속 이런 작업을 할 것 같습니다.

박연진_ 디자이너로 일하고 있다. 쉽게 꺼내기 어려운 주제들을 보다 흥미롭고 매력적으로 보여주는 일에 관심이 많다.

여러분, 하고 싶은 일이 있으면
저지르세요!

월경컵 사업가
심윤미의 몸

'페미니즘'이란 학문을 처음 만난 건 2015년이었다. 그 무렵 대학 내 독립언론 기자로 교내 성폭력 사건을 취재중이었는데 도움을 받을 수 있는 기성 언론 기사가 없었다. 한계를 느낀 나는 책의 도움을 받기로 했다. 그때 읽은 책은 정희진 작가가 쓴 『페미니즘의 도전』(교양인)이었다.

내가 여성으로 살면서 겪은 일들이 이미 글과 학문으로 질서정연하게 설명돼 있다는 사실이 놀라웠다. 그동안 겪었던 적지 않은 일들이 내 잘못이 아니었으며 오로지 여성으로 태어났기 때문에 겪은 것이었단 사실을 그제야 알게 됐다.

책에는 군사주의를 남성성과 연결하여 여성주의적 시선으로 분석한 챕터가 있는데, 그 대목은 내 시야를 확장해주었다. 여성주의는 마구 가지를 치면서 평화학으로까지 뻗어나갔다. 그러니까 여성주의로 나와 같은 여성의 개인사를 설명할 수도 있지만, 동시에 군사주의와 폭력 같은 거대 담론도 설명할 수 있었다. 처음 여성주의라는 세계에 발을 디딘 나는 여기가 끝이 아니라 시작이라고 생각했다. 여성주의는 어떤 목표를 위해 도달해야만 하는 종착지가 아니라 하나의 시선으로서 세상을 넓게 바라보게 해주는 통로에 가까웠다. 책을 읽고 여성주의자로서 궁극적으로 남성성으로 대변되는 군사주의적 문화에 저항하고 평화를 지향해야 한다는 폭넓은 해석으로까지 나아갈 수 있었다.

사업가 심윤미는 원래 일회용 생리대를 쓰던 여성이었다. 그는 바다에서 수영을 하기 위해 월경컵을 처음 시도했고, 생리대 유해 물질 파동을 겪으면서 본격적으로 월경컵 사업을 시작했다. 월경컵은 여러 번 사용이 가능하다는 점에서 친환경적이다. 그는 "생각을 확장하다보면 결국 마지막에 닿는 건 환경"이라고 말했다. 처음 월경컵을 착용한 건 우연이었지만, 이를 사업으로까지 밀어붙인 건 지속 가능한 삶을 위해 고민한 결과였다. 심윤미는 여성주의라는 프레임을 통해 환경을 읽었다.

그가 여성주의적 시선을 확장해 환경에 가닿는 과정은 내가 정희진의 책을 읽으면서 시선을 확장한 경로와 유사했다. 그렇기에 나는 여성주의가 단순히 여성만을 구하는 게 아니라 때로는 이를 깊게 알게 된 남성들도 구할 수 있는 것이라 믿는다. '맨박스'에 갇혀 자신의 성역할을 한정하던 남성이 처음 여성주의를 접하는 순간을 상상해보라. 그 성역할이라는 틀을 얼마든지 깰 수 있다고 말하는 사람이 있다면 그는 여성주의를 통해 다른 세상을 접하게 되는 것이다. 심윤미를 만나며 그런 즐거운 확장의 가능성을 상상해보았다.

어릴 때 호기심을 가지면 이상한 아이 취급을 받았어요. 궁금해도 참고 지나갔죠. 특히 월경에 대해 잘못된 정보를 올바른 정보로 믿는 경우도 상당히 많았는데 물어도 답을 얻을 수 있는 곳도 없었어요. 월경 교육을 자문해주는 의사들도 의학계에서 월경 현상에 대해 아는 바가 없다고들 말해요. 여성들이 인생에서 도합 7년이 넘는 시간만큼 월경을 하는데 통증이 왜 찾아오는지 모르거든요.

저는 남자 형제들 틈에서 자랐어요. 오빠가 두 명 있고 남동생이 한 명 더 있어요. 월경이 시작된 날, 이게 무엇인지 알았던 것 같아요. 차분하게 엄마에게 이야기했어요. 엄마는 더 차분하게 제 손을 잡고 장롱 속에서 일회용 생리대를 꺼내줬어요. 지금은 없는 브랜드인데 '후리덤'이라고. 엄마는 한 번도 일회용 생리대를 써본 적이 없거든요. 저를 위해 준비해둔 거예요.

그렇게 의외로 침착하고 조용하고 또 비밀스럽게 초경을 치렀던 기억이 있어요. 요즘 '초경 파티'를 많이들 하죠. '드디어 여자가 됐네, 축하해'라는 메시지인데, 과연 우리 사회가 초경을 축하할 만한 사회인지를 묻고 싶어요. 진심으로 초경을 축하하려면 그만큼 여성들이 스스로의 결정을 존중받을 수 있는 안전한 사회여야 하지 않을까요. 그리고 초경은 '여성이 됐다'라는 것보다 사실 성장으로서 의미가 있다고 봐요. 끝이 아닌 성장. 아이에서 어른으로 가는 새로운 단계에 진입한 것. 초경 파티는 이런 의미로 자기 권리와 존중에 대해 이야기하는 계기여야 하지 않을까요.

제가 써온 월경용품의 변천사가 좀 특별하거든요. 초경은 일회용 생리대로 시작했는데요. 사용하고 난 생리대가 100년 넘게 썩지 않는다는 기사를 봤어요. '세상에 좋은 일을 한 게 없는데 매달 쓰레기를 주기적으로 만드는구나' 싶어서 면 생리대를 쓰기 시작했어요. 한 7년 정도 사용했죠. 처음 면 생리대를 만들겠다고 했을 때 엄마가 엄청 좋아하셨던 기억이 나요. 본인의 경험도 이야기해주셨고요. 여자들끼리는 같은 경험을 하니까 연대감과 동질감이 있잖아요.

엄마가 제게 이런 이야기를 했어요. '월경의 흔적이 묻는 것을 너무 고민하지 마라. 그것이 너의 역사다. 네가 지나온 날이다.' 지금도 면 생리대 사용하는 분들이 많을 텐데 부담을 좀 내려놓아도 된다고 말하고 싶어요. 아무리 애벌빨래를 하고 다시 빨아도 핏자국은 남거든요. 표백제 같은 화학약품을 써서 핏자국을 없애고 싶은 유혹이 매번 올 거예요. 그렇게 안 하셔도 돼요. 그 대신 이게 내 월경의 흔적이고 기록이다, 내 몸을 만난다는 마음으로 생각하면 편해지거든요. 엄마가 저를 설득할 때 그렇게 말했어요. "누구에게 보여줄 거 아니잖아. 혼자 볼 거고 혼자 기억할 거잖아. 부담 갖지 마." 엄마가 해준 말을 저도 여러분들께 돌려드리고 싶어요.

2015년에 월경컵을 처음 접했는데, 완전히 신세계였어요. 해방 그 자체였어요. 제가 바다 수영을 좋아하는데요. 일해서 번 돈을 다 쏟아부어서 여행 갈 준비를 마쳤어요. 스노클링해야지, 다이빙해야지, 계획을 다 세워놓았는데 월경이 찾아온 거예요. 탐폰을 착용하고 수영장에 가본 적도 있는데 두 번이나 탐폰 실이 끊어진 경험이 있었어요. 게다가 탐폰이 위쪽으로 월경혈을 먹고 아래쪽으로 수영장 물을 먹으면 더이상 커질 수 없을 정도로 빵빵하게 부풀어올라요. 실을 정말 조심스럽게 잡아당겨도 끊어지거든요. 화장실에서 탐폰을 몸속에서 긁어낸 적이 있어요. 수영하는 시간보다 탐폰 제거하는 시간이 더 긴 거예요.

그래서 월경이 찾아왔을 때 패닉이었어요. 이 일정을 해낼 수 있을까 싶었어요. 그런데 그곳에 월경컵이 있었어요. 만세! 월경컵 사용을 시도했고 한 번에 해냈습니다. 여행사가 픽업하러 오기 전에 모든 준비를 마쳐야 한다는 생각뿐이었어요. 같이 여행 갔던 친구가 저를 약올렸거든요. 월경하는 상태에서 바다에 들어가면 피냄새를 맡고 상어가 꼬일 거라고요. 물론 농담인 걸 알면서도 정말 그럴까봐 무서운 거예요. 모든 일정을 취소할까 하다가 여행을 준비한 시간을 생각하니 너무 억울했어요. 그런데 바다에 나가서는 월경컵을 쓰고 있다는 사실을 아예 잊어버렸죠.

그뒤로 제 돈을 털어 월경컵을 사서 친구들에게 나눠줬어요. 그런데 단 한 사람도 좋아하지 않았어요. "이게 뭔 줄 알고 겁도 없이 몸에 넣어" 이런 반응이었죠. 그러다가 생리대 유해물질 파동이 터졌고, 월경컵을 본격적으로 보급해야겠다는 생각이 들어서 사업을 시작하게 됐어요. 다들 큰돈 벌 거라고 생각해요. 그런데 월경컵은 한 번 구매하면 최소 5년은 쓰기 때문에 큰돈을 벌 수 없는 사업이에요.

월경용품은 깨끗해야 하고 살균되어야 하고 완전무결해야 한다는 강박이 있는 분들이 많아요. '그날의 흔적'이나 '숨기고 싶은 냄새' 같은 말을 쓰면서 지금 월경중인 네 상태는 청결하지 않고 관리가 필요하다며 완곡한 협박을 하는 분위기가 있죠. 그런데 전문가들을 만나보면 오히려 질 세정제를 사용하지 말라고 권고하거든요. 미국산부인과의사협회는 특별히 필요한 경우를 제외하고 병원 내에서 질 세정을 금지했어요. 질 세정을 하면 건강한 유산균이 손실되거나 질 내부의 생태계가 무너져 감염에 더 취약해질 수 있다고 해요. 그런데 한국에서는 여성이 성기를 공개했을 때 향기로운 꽃냄새가 나야 한다는 압박을 느껴요. Y존에서 왜 냄새가 나는지 여성들에게 이야기해줘야 해요.

잠재적으로 교육받은 거죠. '그곳이 네 성기이긴 하지만 네 것은 아니야' '만지면 안 되고 아는 것도 부적절하고 누군가 그곳의 주인이 찾아올 거야'라고요. 그게 '백마 탄 왕자'라는 거죠. 이 사업을 시작할 때 전투의지를 끌어올렸던 글이 있어요. 월경컵을 쓰는 여성이 결혼할 남성을 집에 초대한 거예요. 남성이 '너는 몸 안에 넣는 걸 사용하면서 왜 나와 상의하지 않았냐'고 물은 거죠. 결국 그 커플은 결혼하지 않기로 했다고 결론이 났어요. 아이러니하게도 남성들은 어딘가 자기 것이 있다고 생각하죠. '그건 내 것인데 뭔가를 넣으려면 나와 상의하거나 양해를 구해야 하는 거 아냐'라면서요.

면 생리대가 건강한 건 다들 아니까 구입해서 쓰는 분들이 많을 텐데요. 시중에 파는 면 생리대는 밑이 방수천으로 돼 있거든요. 제가 써보니까 밑에도 면으로 된 게 통풍에 좋더라고요. 일회용 생리대를 쓸 때 4시간에 한 번 정도 교체할 텐데 면 생리대도 그 정도 주기로 교체하면 방수천을 쓰지 않아도 새지 않아요. 통풍도 오히려 잘돼요. 그걸 못 찾겠다 싶으면 자기수련이 필요한 시간에 바느질로 손수 만들어도 행복한 경험이 될 거예요. 본인이 만들어서 사용하면 더 애착이 가요.

생각을 확장하다보면 결국 마지막에 닿는 건 소비, 즉 환경이에요. 처음에는 인권이나 평등, 계급 문제에서 생각을 시작해도 마지막에 가면 '우리가 이렇게 사는 게 지속 가능할까'라는 질문이 나올 수밖에 없거든요. 지속 가능한 인간으로 사는 건 쉽지 않아요. 제가 텀블러를 쓴 지 오래됐는데, 쉽게 권하지 못해요. 집에 가서 가장 먼저 해야 하는 게 설거지예요. 텀블러는 보냉, 보온이 되다보니 매번 씻지 않으면 위험해요. 내용물이 상할 수도 있고요. 게으른 분들은 쓸 수 없을 정도로 시간 투자가 필요하거든요. 환경을 생각하면 일회용품을 쓰면 안 되잖아요. 그런데 대부분 시간이 없기 때문에 쓰잖아요. 배는 고픈데 밥할 시간이 없으면 배달음식을 시키는 거예요. 물론 많은 쓰레기가 나온다는 걸 알고 있어요. 그 딜레마에서 고민하는 거죠. 먹을 것이냐, 참을 것이냐. 환경을 생각하는 건 어려운 일이에요. 최소한 내가 할 수 있는 만큼 하자고 생각하고 있어요.

처음 실천한 건 면 생리대인데, 저는 행복했어요. 면 생리대에 정착하면 그다음에 텀블러에 도전하면 되고, 그다음에 배달음식 대신 만들어 먹기에 도전하면 되거든요. 하다가 힘들면 잠깐 쉬어도 돼요. 한두 달 지나고 다시 시작하면 되고요. 저는 게으른 사람이에요. 결심한 걸 잘 못할 때도 많거든요. '이 정도는 해야 해'라고 생각하지 말고 유연하게 생각했으면 좋겠어요.

우리는 너무 바쁘게 살아요. 하루에 3시간 정도만 일해야 밥도 만들어 먹을 수 있고 면 생리대도 빨 수 있는 시간이 생긴다고 봐요. 그렇게 일상생활을 하면서 다른 사람을 만나 지속 가능한 삶을 위해 서로 어떤 일을 하는지 대화하는 시간까지 확보돼야 해요. 그래서 일하는 시간이 8시간이 아니라 3시간 정도면 좋겠다는 바람이 있죠.

월경컵이 의약외품이거든요. 판매하려면 식약처의 허가를 받아야 해서 각종 서류들을 준비하고 제출하고 설명하는 작업이 필요해요. 가다보니 가시밭길이라는 걸 알게 됐어요. 그래도 이만큼 왔는데 곧 끝나지 않을까 싶어서 버틴 게 1년이에요. 1년 뒤에도 가시밭길을 걷고 있을 줄 알았다면 시작하지 않았을 거예요. 그런데요, 저는 사업을 추천드려요. 세상에 무서울 게 없어져요. 우주로 가는 우주선을 만들려면 만들겠다 싶어져요. 여성이 그런 성취감을 경험하는 게 쉽지 않은 세상이거든요. 할 수 있다면 적극적으로 계속 경험하셨으면 좋겠어요.

어머니는 아직도 제가 뭘 하는지 모르세요. 그냥 재밌는 일 한다고 생각하고요. 저도 아직 제가 사업가라고 생각하지 않아요. 매일 야단맞아요. 경영자면 만나는 사람들에게 명함을 나눠주고 인맥 관리라는 걸 해야 한다는데, 아직도 멀었어요. 여성들이 취업하기도 힘들지만 창업하기도 힘들다는 생각이 들어요. 제가 재산이 없어요. 지금도 임대 아파트에 살고 있고요. 사업을 하다보니 매출 없이 반년을 버텼거든요. 직원들 월급을 줘야 하니 은행에 갔어요. 신용등급은 1등급인데 대출을 해줄 수 없대요. 그동안 신용카드도 안 쓰고 살았거든요. 이런 사람들을 '금융계의 유령'이라고 부른대요.

그래도 저는 잘되는 여성들이 많았으면 좋겠어요. 남성들은 네트워크가 있어요. 한 다리 건너에 적재적소의 사람들이 있는 거예요. 그래서 각계각층의 여성들이 힘들어할 때 언니들이 후광 하나씩 달고 나타나 "괜찮아. 나도 그런 적 있었어. 그럴 땐 이렇게 해봐"라고 말해주는 훈훈한 상황들이 자주 일어났으면 좋겠거든요.

하고 싶은 일이 있으면 망설이지 말고 저지르세요. 제가 저지르는 인생을 47년 살았는데요, 큰 사고는 안 나요. 물론 내가 정말 원하는 일인가, 이것이 선한 영향력을 미칠 수 있는 일인가, 이런 고민은 충분히 해야겠지만 누군가가 말린다는 이유 때문에 고민하지는 않았으면 좋겠어요. 사고 치세요. 다가오는 해에는 사고 친 여성들의 기사가 넘쳐났으면 좋겠습니다.

심윤미_ 건강한 월경문화를 꿈꾸는 루나컵 주식회사에서 대표를 맡고 있다.

할머니 무용수로
무대에 서는 상상을 해요

무용가
서경선의 몸

생각을 끊임없이 하고 있으면 언젠가 그 생각이 다른 형태로 내게 돌아온다는 말을 믿는다. 약간 미신 같은 건데, 무엇인가 무지하게 걱정되는 상황이 있다면 나는 그 상황에 처할까봐 열심히 걱정하기 시작한다. 그런데 실제로 그 상황은 잘 일어나지 않는다. 그러면 안심하는 것이다. 휴, 이번에도 열렬히 생각해서 무사히 넘겼군!

이 미신은 정반대로도 작용한다. 하고 싶은 걸 열렬히 생각하다 보면 100퍼센트까지는 아니더라도 다른 형태로 만족스러울 만한 결과를 얻게 되기도 한다. 과학적인 근거는 없지만, 내가 여행길에 만난 서경선의 책 『몸이 생각』(독립출판)은 그 믿음에 대한 확신을 심어주었다. 이 책은 내가 끊임없이 해오던 생각에 대한 정확한 응답이자 신호였다.

한창 <말하는 몸> 출연자를 섭외하던 때였다. 휴가차 간 전주에는 훌륭한 동네서점들이 많았는데, 다 둘러보는 것만으로도 시간이 부족할 지경이었다. 서점에 갈 때마다 책을 한아름씩 이고 숙소로 돌아와 정신없이 읽었다.

순천만으로 가기 전날, 마지막으로 딱 한 서점에 들러서 어떤 책들이 있는지만 슬쩍 보고 숙소로 돌아오겠다고 다짐했다. 책을 더 샀다가는 다음 행선지로 이동할 수 없을 것 같았다. 바로 그 서점에서 만난 게 서경선의 책이었다.

『몸이 생각』은 무대에 서는 무용가가 몸에 대해 사유한 내용을 담은 책이다. 책에 이런 구절이 나온다. "사람들은 각기 다른 몸의 경험이 있다. 세상에 수많은 사람의 몸의 경험을 생각해보면 얼마나 다양한가. 다양해서 눈이 돌아갈 지경이다." 순간 직감했다. 바로 이 책을 쓴 사람이 <말하는 몸>에 나와야만 한다고. 이 사람이 내가 찾던 사람이라고.

나는 그날 그 서점에 가지 않을 수도 있었다. 기차 시간이 조금만 더 빨랐다면, 이 서점이 아니라 다른 곳으로 갔다면, 아마 나는 서경선을 만나지 못했을 것이다. 세상에 이보다 더 기막힌 우연이 있을까. 그 우연 같은 인연에 몸이 푹 짓눌리는 기분마저 들었다. 나는 그 책을 소중히 안고 숙소로 돌아왔다. 애초에 목표했던 '책 그만 사기'에는 실패했지만 늘 그렇듯 더 큰 무언가를 얻었다는 생각을 했다.

책날개에 있는 SNS 주소로 연락해 그와 만날 수 있었다. 그는 내가 긴 말을 하지 않아도 <말하는 몸>의 기획 의도와 방향을 이미 정확하게 이해하고 있었다. '이런 이야기를 들려주세요'라고 요구한 바는 없지만, 그는 아이를 낳은 여성 무용수로서 무대에 서는 일의 의미를 천천히 들려주었다.

춤을 오랫동안 췄어요. 초등학교 때부터 쭉 무용을 해서 20년이 넘은 것 같아요. 그런데 갈수록 보이는 모습과 실제 저의 간극을 많이 경험하게 돼요. 사회에서 이상적으로 보는 몸에 대한 거부감이 점점 더 커지고 있어요. 무대에 서 있을 때 아름다워 보일 수 있는 몸의 각도를 알고 있어요. 기술적인 면에서 어떤 동작을 취하면 사람들의 관심을 끌 수 있을지를 알고 있어요. 하지만 그렇게 하지 않는 저를 발견해요. 본질적인 몸의 순수함, 생명력 있는 몸의 욕구를 표현하고 싶은 마음이 강하기 때문이에요. 그런 외침이 분명히 보일 거라는 믿음이 있고요. 점점 더 기술이나 외형에서 벗어나 저 자신의 모습을 찾아가는, 진실성 있는 몸을 추구하는 것 같아요.

결혼과 육아를 하고 몸의 경험이 많이 바뀌었어요. 그전까지는 춤추는 것이 저의 직업이니까 안무가들이 원하는 몸을 만들어가는 식의 작업을 했어요. 그런 과정에 아무런 거부감이 없었거든요. 그런데 결혼하고 아이를 낳으면서 세상을 바라보는 눈이 달라지기 시작한 거예요. 환경이나 교육 문제를 알아가면서 사회적으로 어떤 목소리를 낼지 고민하게 되더라고요. 그러면서 제 작업이 변한 것 같아요. 특히 결혼하고 제 역할을 많이 생각하게 됐는데요. 시댁 식구들하고 제 삶의 경험이 다르잖아요. 그런데 누군가의 아내가 됐다는 이유로 동의하지 않음에도 부여되는 역할이 상당히 많더라고요. 초반에는 그런가보다 하고 받아들였는데 점점 힘들었어요. 시댁에서 하는 저의 노동이 인정받고 있지 않다는 느낌을 받았어요.

춤이 현대에 필요한 도구라는 생각이 들거든요. 현대인들은 자기 몸을 살필 시간이 없는 거예요. 자기 몸이 어떻게 작동하는지 생각하지 않고 해야 할 일과 주어진 일에 충실하잖아요. 그러면 몸의 감각이 점점 없어지는 느낌을 받아요. 남편한테도 "춤 한번 춰보자" 하면

"난 한 번도 춤을 춰본 적이 없다, 못 춘다"고 하거든요. 그냥 음악을 들으면서 박자에 맞춰 흔들거려도 춤인데, 완성도를 갖춰야 한다고 생각하는 것 같아요. 저는 그게 아니라고 이야기하고 싶은 거예요. 손가락만 까딱해도 춤인데 왜 못 한다고 잘라서 이야기할까요.

그걸 사람들에게 전달하고 싶어서 몸의 감각에 대한 수업을 하고 있어요. 사고를 통해서 느낀다기보다 몸을 통해 직접적으로 느끼는 거죠. 그런 경험들이 충분해야 사람에 대해서 관심이 생긴다고 봐요. 내가 상대와 만나 서로의 신호를 알아가면서 상대방과 몸의 리듬을 맞춰갈 때 어떤 기운이 생기는데, 그런 몸의 신호를 알아차리지 못하거나 차단할 경우 사람에 대해 관심이 없어지거나 관계의 시작이 이뤄지지 않는 거죠. 춤을 춰서 감각들을 좀더 열어줄 필요가 있어요.

한 친구를 눈감고 30분 동안 돌아다니게 해요. 다른 친구는 그 친구를 안전하게 지켜주는 역할을 해요. 그런데 30분 동안 돌아다니다 보면 굉장히 무서워요. 공격성이 생기는 친구도 있어요. 그런데 다른 친구와 신뢰가 생기면 더이상 무서워하지 않고 눈을 감고도 자유롭게 다녀요. 저는 이걸 '다른 몸의 감각을 여는 수업'이라고 설명하거든요. 그러고 나서 글쓰기를 하면 몸의 경험이 쭉 글로 나와요.

감각을 여는 작업을 계속해야겠다는 생각이 들어요. 저도 과거에 배운 무용 테크닉을 점점 더 안 쓰게 되거든요. 테크닉은 테크닉일 뿐이더라고요. 감각을 여는 작업은 그걸 넘어서서 무언가에 대해 호기심을 갖게 만드는 것 같아요. 그럴수록 저의 감각도 늘고, 여러 감각들을 경험할 여지를 열어놓는 것 같아요.

대학에 시간강사로 출강을 나가는데, 매년 몸 열기 수업을 제일 먼저 해요. 그런데 학생들이 굉장히 피곤해하고 있어요. 최고의 모습을 보여주기 위해 매 순간 긴장하고 있거든요. 그런데 제가 하는 수업은 그런 것이 아니에요. 자기 자신을 찾아가는 데 초점을 맞춰요. 아주 천천히 게으르게 움직이는 걸 제안해요. 그러면 학생들이 혼란스러워해요. 항상 빨리 움직여야 하고 최고의 모습을 보여야 한다고 생각해왔는데, 저 선생님은 맨날 "게으르게 움직입시다. 시간은 많아요"라고 하니까요. 낯설어하면서 매일 질문해요. 이렇게 움직이는 게 맞는 건지, 이게 답인지를 물어요. 늘 '옳은 건 없고 당신의 움직임을 찾으면 된다'고 해요. 그러면 힘들어하다가도 1년이 지나면 자유롭게 움직이고, 탐구 정신이 강해지고, 호기심이 생기고, 자기 몸에 대해 자신감이 생기는 거예요.

저는 이런 경험이 학생들의 미래에 좋은 계기가 되지 않을까 싶어요. 획일화된 몸에 맞추는 게 아니라 자기 몸에서 움직임을 발견하는 거잖아요. 그런 방식으로 접근하면 어떤 움직임도 가능하고 어떤 시도도 가능해져요.

무용을 한다고 하면 다들 상상하는 이미지가 있더라고요. 몸이 길고 예쁘고 몸매가 아주 좋아야 하는 거예요. 그 편견이 얼마나 강력한지, 출산을 하고 와도 그 '무용'이라는 이미지는 젊고 탄탄한 몸에서 결코 벗어나지 않아요. 출산하고 다시 무용을 하는 인구가 굉장히 적은 이유는, 그런 몸을 써주지 않는 거죠. 젊고 탄탄한 몸은 계속 나오잖아요. 매년 젊은 몸이 수혈되기 때문에 젊고 탄탄하지 않은 몸이 무대에 설 기회가 줄어드는 거예요. 저도 출산하고 나서 무용을 다시 시작한 그 시기가 되게 힘들었어요.

골반이 이미 벌어져 있는 상태잖아요. 몸의 감각도 둔해져요. 나이가 들수록 호르몬의 변화가 오기 때문에 둔부 쪽이 커지고 살은 처져요. 그런 것들을 굉장히 예민하게 받아들이게 돼요. 그런데 그 몸을 부정하면 춤을 출 수가 없어요. 출산 후에 용기 있게 내 몸을 드러낼 수 있는 방법에 대해서 고민했어요. 사회에서 젊고 탄탄한 몸을 바라는데 저는 40대고 탄력 없고 배가 튀어나왔어요. 이런 몸을 보여주는 것 자체가 용기가 필요해요. 매번 다짐해야 해요. 공연이 올라가는 내내 고민해야 무대에 설 수 있겠더라고요. 스스로 이 몸을 받아들이는 것이 쉽지 않았고, 관객들도 이 몸을 어떻게 받아들일지 걱정됐어요.

2018년에 '춤신 프로젝트'라고, 육아를 경험한 무용가들을 섭외해서 공연을 했어요. 처음엔 무대 위에서 이런 몸을 보여주는 게 맞는지 계속 갈팡질팡했어요. 그런데 공연이 끝나고 제 팬이 됐다는 젊은 여성분들이 있었어요. 깜짝 놀랐어요. 여태껏 공연하면서 제 팬이 됐다는 이야기를 들은 건 처음이었거든요. 내가 의도하는 대로 내 몸을 올곧이 보여줬을 때 진실되다는 걸 다시 한번 느꼈어요. 그 공연이 끝나고 몸에 대한 제 생각이 더 확고해졌어요. 한 걸음 더 앞으로 나아가는 계기가 되었고요.

할머니 무용수라…… 너무 좋죠. 춤신 프로젝트 때도 연령대가 굉장히 다양했어요. 그날 연세가 좀 있는 선생님도 같이 공연했는데, 그 작품이 관객들에게 가장 큰 감동을 줬던 것 같아요. 저도 그 선생님 작품을 볼 때마다 눈물이 나는 거예요. 그 몸이 인생을 말해주는 것 같아서요. 너무 아름다웠어요. 저도 나이들어서 제 몸이 어떻게 변하든 간에 그 변화를 인정하면서 무대에 서는 제 모습을 상상하고 있어요.

몸은 매일매일 달라요. 매일매일 다른 몸을 경험하는 게 재밌어요. 무용을 하면 똑같은 동작을 백만 번씩 연습하잖아요. 그런데 똑같이 하려고 하면 재미가 없어요. 매번 다르게 해야 재밌어요. 순간에 충실한 게 춤의 매력이에요. 연습할 때마다 다른 리듬을 사용하려고 해봐요. 평소 선호하지 않는 음악이 있잖아요. 그걸 사용하면 몸이 다르게 반응해요. 그 몸의 반응을 쫓아가는 게 재밌더라고요.

너무나 다양한 몸들이 있어요. 다양한 삶이 있고요. 비록 자그마한 조각일 수 있지만, 그런 조각들이 무대에 있어야 한다고 생각해요. 소수자로서 여성의 목소리, 이 사회의 목소리 중 하나로 표현하는 거죠. 의미 있는 작업을 통해 저도 성숙해져요. 그냥 삶 속에 묻혀 살아갈 수도 있지만 목소리를 한 번 내고 두 번 내면 성장할 수 있기 때문에 무대에 계속 남아 있는 것 같아요. 저는 제 몸이 역사라고 생각해요. 제 몸은 제 역사를 담은 그릇이고 제가 어떤 움직임을 취하든 제 삶의 역사로 남는다고 생각해요. 한없이 아름다운 거잖아요. 그게 제 몸이죠.

서경선_ 한국무용, 발레, 현대무용을 각기 다른 시기에 전공했다. 몸을 매개로 삶을 사유하고 몸으로 맺어진 관계를 지속하기 위한 방법을 고민하고 있다. 지은 책으로 여성을 주제로 한 독립출판물 『몸이 생각』이 있고, 집 시리즈 공연물 〈고양이가 말하는 아니무스〉를 발표했다.

저는 한 번도
남자인 적이 없었거든요

트랜스해방전선 대표
김겨울의 몸

트랜스젠더 여성 김겨울이 그랬다. 내 눈앞에 있는 사람을 대놓고 욕하기는 힘들 거라고. 그렇기 때문에 트랜스젠더 가시화가 필요하다고. 그의 말을 듣는 순간, 내 눈앞에 누군가가 희미하게 스쳐지나갔다. 스무 살, 대학 방송국에서 일하면서 그 사람을 처음 만났다.

매년 방송국에서 가장 크게 열리는 행사인 방송제를 준비하기 위해 나와 친구들은 다큐멘터리 한 편을 찍어야 했다. 새로운 주제를 찾는 것에 골몰하던 우리는 인터넷으로 오랜 시간 검색한 끝에 성전환 수술을 전문으로 하는 병원에서 간호사로 일하는 트랜스젠더 여성을 찾았다. 새로웠다. 그 '새로움'이라는 게 폭력적인 시선을 담고 있다는 건 전혀 모른 채 우리는 그에게 다큐멘터리 출연을 권했다.

그는 금방 제안을 수락했고 촬영을 시작했지만, 갓 고등학교를 졸업한 우리는 그동안 어떤 다큐멘터리도 제대로 만들어본 적이 없었다. 병원 촬영을 위해서는 꼼꼼한 사전 동의 작업이 필요하다는 것조차 몰랐다. 병원에서 일하는 모습을 찍겠다면서 다짜고짜 카메라를 들고 온 우리를 보고 다른 병원 관계자들은 적의를 표했다. 그 적의는 카메라를 든 낯선 우리가 아니라 동료인 트랜스젠더 여성에게 고스란히 향했다.

우리는 며칠 동안 곁에 머물면서 그의 일상을 카메라로 담았다. 해가 뉘엿뉘엿 지던 가을날, 그는 우리를 자신의 어머니에게 데리고 갔다. 한 빌라촌의 반지하방에서 그의 어머니는 우리와 끝까지 인터뷰를 했다. 내용은 자세히 기억나지 않지만, 어머니 역시 그처럼 강한 사람이었다는 게 기억에 남는다. 그의 어머니는 울면서 계속 말을 했다. 인터뷰를 마치고 방을 나서는 우리를 오래 배웅했다.

그해 방송국의 사정 때문에 방송제는 열리지 못했다. 그에게 방송제가 결국 열리지 못했노라고 소식을 전했다. 그는 아쉬워하면서도 알겠다고 답했다. 그 이후 더이상 그와 연락은 닿지 않았다. 명절을 기해 안부 문자를 보내봤지만 답은 오지 않았다. 몇 년 뒤, 그가 일했던 병원 앞을 지나갈 일이 생겼다. 그 자리에는 완전히 다른 건물이 들어서 있었다. 그는 어디로 갔을까.

어설픈 우리 앞에 자신의 모습을 온전히 보여주기 위해 최선을 다했던 그를 기억한다. 대체 그는 뭘 믿고 고등학교를 갓 졸업한 우리에게 곁을 내주었던 걸까. 그 무조건적이던 선의는 아직도 깊은 의문으로 남아 있다. 하지만 이렇게 말할 수는 있을 것 같다. 지금은 이름조차 기억나지 않는 그가 그때 곁을 내주었기 때문에 트랜스젠더를 제대로 볼 기회를 얻었다고. 그렇기에 <말하는 몸>에서 김겨울을 만날 수 있었던 것이라고.

남들과 다르다고 인식했던 건 일곱 살 때부터였어요. 어린아이의 사회생활이 시작되는 나이잖아요. 모든 것이 그랬어요. 엄마가 사주는 장난감들이 있잖아요. 로봇이나 장난감 칼을 원치 않았어요. 남자

아이니까 울면 안 된다는 것도 마음에 걸렸고요. 이 감정을 뭐라고 하면 좋을까요. 겪어보지 않으면 설명하기 힘들어요. 이해되실지 모르겠지만, 원하는 것이 있는데 그걸 원하면 안 된다고 끊임없이 듣게 돼요.

보통 트랜스젠더 여성이면 특정 시기에 여성으로 정체화해서 여성으로서 삶을 시작한다고 많이들 생각하는데요. 대체로 그렇지 않아요. 저 같은 경우에도 '난 여성이야'라고 확실하게 인식하기 이전에 '나는 남들과 좀 다르구나'라는 의문이 먼저 들었어요. 자신의 몸에 대한 고민을 끊임없이 하다가 깨닫게 되죠. 난 여성이구나. 그때부터 자연스럽게 느껴지는 것 같아요. 의도적으로 생각하지 않아도요. 사실 그렇잖아요. 트랜스젠더가 아니더라도 '난 정확하게 몇 살 때부터 여성이었어'라고 생각하진 않잖아요. 저희도 마찬가지예요.

저는 울기도 잘 울었고 웃기도 잘 웃는 감수성 예민한 아이였어요. 그런데 무언가를 보고 감동받아 울거나 슬퍼서 울면 어른들이 그렇게 싫어하셨어요. 남자아이니까 울면 안 된다면서요. '뭐가 떨어진다'는 이야기, '남자인 네가 그러는 거 아니야'라는 이야기를 많이 들었죠.

'난 이상한 사람인가' '난 괴물인가'란 생각을 하다가 열 살 때 하리수씨가 TV에서 활동하는 모습을 봤어요. 하리수씨의 방송 활동 모습을 보면서 '이런 사람도 우리 사회에 있구나'라고 생각했고, 내가 바로 저런 사람이라는 걸 느꼈어요. 본격적으로 인터넷 커뮤니티를 찾아보면서 트랜스젠더라는 존재를 인식했던 것 같아요. 정말 반가운 마음이었죠. 저는 지방에서 자랐기 때문에 이런 커뮤니티를 쉽게 접하진 못했거든요. 그 속에서 저와 비슷한 사람들이 사는 모습을 봤어요. 나는 혼자가 아니었구나. 나만 이상한 사람이 아니었구나.

중학교에 올라가면서부터 다른 애들도 제가 뭔가 다르다는 걸 인식하기 시작했어요. 제가 남들과 똑같은 옷을 입고 똑같이 앉아 있어도 '뭔가 다르다'는 걸 알아요. 정말 티 안 나게 살아보려고 노력했거든요. 그런데 숨기려 해도 안 되더라고요. 사소한 것들부터 다르게 느껴지는 것 같아요. 숨기지 못하는 말투라든가. 제가 평생 이 목소리로 살았거든요. "넌 생긴 것도 계집애처럼 생겨가지고 목소리도 그러냐"는 이야기도 많이 들었죠. 어디서 들통이 났는지는 모르겠어요. 잘 숨겼다고 생각했지만 미처 숨기지 못한 무언가가 있었겠죠. 다르다는 걸 귀신같이 캐치하는 것 같았어요. 다름에 대한 공포가 강하잖아요.

남사아이들이 많이 괴롭혔죠. 물리적인 괴롭힘을 넘어 성적인 괴롭힘이 가미됐어요. 성에 눈뜨는 나이잖아요. 성적 호기심을 제게서 충족하려고 했어요. 옷 속에 손을 집어넣어 헤집고서 "왜 브라자를 안 하고 나왔냐"란 말을 듣기도 했고요. 음악 시간이면 장소를 옮겨 음악실에 가잖아요. 길고 넓은 의자를 두고 제 옆에 앉아서 제 몸을 만지작거리는 아이들도 있었어요. 당연히 제 의사는 하나도 반영되지 않았고요. 열여섯 살이 되면서 강간을 당하기도 했어요. 한동안 저를 많이 괴롭혔던 것 같아요, 그런 것들이.

고등학교는 입학하고서 얼마 다니지 않고 자퇴했어요. 부모님은 제가 성정체성 때문에 학교에 적응 못해서 그만뒀다고 생각하시는데요, 사실 그런 기억들이 저를 끊임없이 좀먹어서 학교를 그만뒀어요.

스무 살이 되자마자 호르몬치료를 받기 시작했어요. 스무 살이 되자마자 치료를 시작하는 사람은 드물어요. 정신과에 가서 진단을 받아야 하거든요. '내가 정말 트랜스젠더다'라는 걸 증명해야 치료를 받을 수 있어요. 그렇게 3년 정도 호르몬치료를 했어요.

좋았던 순간도 있어요. 여성으로 패싱passing됐을 때요. '여성처럼 보인다'는 말이거든요. 자퇴하고 머리를 기르고 입고 싶은 옷도 입고 화장도 하니 여성처럼 보이기 시작했어요. 사회에서 활동할 때 아무 문제 없이 여성으로 받아들여졌을 때는 좀 기뻤던 것 같아요. 은행이나 관공서만 가도 주민등록번호와 제 모습이 일치하지 않잖아요. 주민등록상으로는 남자인데 겉보기에는 여자이고요. 사진을 보면서 본인이 맞는지를 물어봐요. '그런가보다' 하면서 넘어가면 감사하고요, 큰 소리로 의문을 표하는 경우에는 덜 감사하고요. 한번은 병원에 갔는데 접수처에 있는 분이 굉장히 큰 목소리로 "왜 여자분이 남자 주민번호를 갖고 있어요?"라고 말하더라고요. 주민등록번호와 모습이 일치하지 않는 것에서 오는 불편함이 있었어요. 하다못해 인터넷에서 뭔가 샀는데 잘못 와서 반품하려고 해도 전화해서 이야기하잖아요. 회원 정보는 남자인데 목소리가 여자면 '본인이 전화하셔야 한다'는 말을 들어요.

한국에서는 성기 수술을 하지 않으면 법적 성별을 바꿀 수 없었거든요. 결국 수술하기로 결심했고, 치열하게 돈을 모아 성별 정정을 했어요. 이제 더이상 예전처럼 살지 않아도 돼요. 당당하게 내 이름 밝히고, 회원가입도 하고, 은행도 가요. 사소해요. 하지만 이전까지는 보장되지 않았던 일상이니까요. 이상한 사람 취급받지 않아도 되는 것이 제일 좋아요.

그런데 트랜스젠더는 평범한 직업을 구하기가 너무 힘들어요. 성별 정정을 하려면 수술비를 모아야 하는데 주민등록번호와 외양이 일치하지 않으니 일반 회사에서 일하기 힘들거든요. 그러다보니 기본적인 노동권이 보장되지 않는 음지로 가게 돼요. 그중 대표적인 게 유흥업이고요. 유흥업 특성상 한번 시작하면 빠져나오기 힘들어요.

그곳에서 일하며 겨우겨우 돈을 모아 수술을 끝마치고 법적 성별을 바꿨다고 하더라도 문제예요. 그때부터는 저처럼 경력 없는 여성이 되는 거거든요. 구직하기가 훨씬 더 어렵죠. 공정한 경쟁을 한다고 해도 같은 출발선상이라고 볼 수 없어요. 저도 성별 정정한 이후에 취업하기가 힘들었어요.

남자가 왜 여자가 되고 싶어하냐고요. 그런데 이런 말 들으면…… 저는 한 번도 남자인 적이 없었거든요. 자아를 인식한 순간부터 저는 여성이었어요. 내 몸이 우리 사회가 이야기하는 여성의 몸이 아니었을 뿐이에요. 왜 남자가 이런 결심을 했느냐고 묻는다면, 저는 남자인 적이 없었다고 대답해주고 싶어요. 단지 자기가 바라는 정형화된 모습에 부합하지 않는다고 해서 트랜스젠더 여성은 여성이 아니라고 말하는 건 트랜스젠더 혐오인 동시에 여성혐오라고도 생각해요. 여성의 몸은 굉장히 다양하거든요.

트랜스젠더 혐오는 트랜스젠더를 잘 모르기 때문에 발생한다고 생각해요. 사람들이 잘 모르거든요. 트랜스젠더가 어떻게 사는지, 얼마나 다양하고 평범하게 잘살아가고 있는지를 몰라요. 제 면전에 대고 욕하기는 힘들잖아요. 내 앞에 있는 사람, 친구, 동료에게 대놓고 욕하기는 힘들거든요. 그런데 내 동료 중 누군가가 트랜스젠더일 수 있어요. 트랜스젠더는 환상의 동물 같은 게 아니거든요.

저는 요즘 잘살고 있어요. 옛날처럼 괴롭히는 사람도 없고, 영화도 보고, 술도 마시고요. 예전에는 평범한 일상의 행복이란 걸 느끼지 못했거든요. 요즘은 많이 느끼고 있어요. 이런 게 행복이구나, 이런 생각도 하고 있습니다.

김겨울_ 트랜스해방전선 대표. 트랜스젠더 가시화와 인권을 위해 고민하고 행동하고 실천한다. 모든 차별과 혐오에 반대하며 연대하고 있다.

결혼해서 좋냐고 물어보면
“너무 좋아!”라고 대답해요

작가
정지민의 몸

오래전부터 결혼이라는 제도에 큰 환상은 없었다. 한창 자랄 무렵에는 결혼하지 않겠다는 말로 할머니를 화나게 만들었다. “왜 결혼하고 싶지 않으냐!”라는 물음에 “꼭 해야 할 필요도 없지 않느냐!”라는 대답으로 집을 뒤집어놓곤 했다. 결혼도 하고 싶은 사람이랑 둘이 잘 맞아야 하는 거지, 생애주기에 맞춰서 해야 하는 건 아니라는 다소 확고한 신념이 있었다. 내 생애주기에 맞춰서 결혼하겠다는 건 상대방을 생각하지 않는 자기중심적인 사고방식이라고 생각했다.

그러던 내가 이제 와서는 결혼이 조금씩 하고 싶어지기 시작했다. 주변에서 종종 “너는 결혼이 왜 하고 싶은 거야?”라고 물으면 대개 가장 솔직한 심정으로 답한다. “혼자서 전세자금대출을 받으면 1억밖에 안 나오는데 신혼부부 전세자금대출을 받으면 2억이나 나오잖아.” 누군가는 황당하다고 할 수도 있겠지만 내게는 충분히 성립하는 요인이다. 마음 잘 맞는 두 사람이서 혼인신고를 하고 지금 내가 가진 예산 안에서 누릴 수 있는 집보다 더 넓은 집에서 산다면 얼마나 좋을까. 물론 어디까지나 출산율을 높이기 위해 설계된 정책이라는 걸 안다. 그러나 사람은 간사하게도 자기에게 맞는 정책을 이용하고 싶기 마련이다.

내게 결혼이란 그 정도의 무게감을 가진다. 2억 원어치의 전세자금대출 같은 것. 게다가 결혼이라는 건 그렇게까지 되돌릴 수 없는 차원의 결정도 아니다. 같이 살다가 마음이 맞지 않는다면 얼마든지 갈라서기도 하고, 그러다가 다시 만나기도 할 수 있지 않을까. 결혼도 삶의 목적이 아닌 과정이니까. 마찬가지로 이혼과 재혼도 되돌릴 수 없는 사건은 아니라고 믿는다. 그저 지나갈 수도 있고, 지나가지 않을 수도 있는 인생의 이벤트라고 믿는다. 그런 내게 "한 번 갔다 왔다"라는 말은 좀 우스운 것이다.

정지민은 제주에서 결혼생활을 이어가는 중이다. 마침 내가 결혼제도에 관심이 많던 지난 해, 정지민의 책 『우리는 서로를 구할 수 있을까』(낮은산)를 읽고 그의 결혼관에 푹 빠졌다. 무척이나 달게 읽고 나서 책을 덮었더니 제목이 다시 눈에 들어왔다. 과연, 우리는 서로를 구할 수 있을까.

가만히 생각을 이어가던 끝에 '이 험난한 세상에서 지금 우리가 서로를 구할 수 있다면 그것으로 됐다'라는 대답에 도달했다. 10년 전의 나는 지금의 나와는 다른 사람이기에 10년 후의 나도 장담할 수 없다. 그러니까 '나중의 나'는 없다. '지금' 우리가 서로를 구할 수 있다는 결심이 선다면 그것으로 충분하지 않을까.

제 결혼에 특별한 점이 있다면, 결혼 직전에 페미니즘 리부트 시기를 겪으면서 스스로를 페미니스트로 정체화했다는 것일 텐데요. 페미니스트가 되고 보니 기존 결혼제도에 문제가 너무 많더라고요. 이걸 어떻게 풀어나가야 할지 잘 모르겠지만, 이미 결혼하기로 시동은 걸어둔 상태였고요. 이제 막 달려야 하는데, 달리는 중에 우왕좌왕했어요. 그러면서도 결혼을 했죠. 그런데 제가 생각한 것과 전혀 다른 문제가 발생한 거예요.

저는 결혼하면 남편이 가사를 안 도와주거나 시가가 저를 충분히 존중하지 않는 문제가 발생할 줄 알았어요. 그런데 막상 결혼해서 살아보니까 제 안에 내재된 '한국 남자' DNA를 발견했어요. 아빠에게 배운 걸 그대로 집에서 하고 있더라고요. 제가 밖에서 일하고 남편이 프리랜서로 집에 있는 상황인 게 큰 이유일 텐데요. 밖에서 일하는 입장이 되니까 저도 별다를 바 없이 다른 남성들처럼 이야기하더라고요. 단순히 여성이라서 페미니스트가 되는 게 아니듯이 자기가 조금 더 많은 권력을 누릴 수 있는 자리에서 성찰 없이 행동하면 누구나 다 가부장적인 남성처럼 될 수 있구나 생각했어요.

남편이 전기밥솥에 밥을 넘칠 정도로 해둬요. 밥을 조금만 더 하면 밥솥이 폭발하겠더라고요. 그러다보니까 맛이 없었어요. 한번은 짜증을 냈어요. "왜 이렇게 밥을 한 번에 많이 해, 나눠서 하지." 그런데 남편도 집에서 일을 하거든요. '나눠서 하면 밥을 너무 자주 해야 한다, 나는 한 번에 많이 해놓는 게 좋다'라고 하더라고요. 저는 순간 "우리 엄마는 이렇게 안 했는데. 우리 엄마는 맨날 밥해줬어"라고 이야기했어요.

그 이야기를 하고 남편 얼굴을 봤더니 '매우 빡침'이라고 쓰여 있더라고요. 저한테 "네가 한 말을 다시 한번 생각해봐라"라고 했어요. 그게 결국 남편들이 아내에게 '우리 엄마는 이렇게 안 해줬다, 우리 엄마처럼 해달라'고 하는 말이랑 똑같다는 걸 깨달았어요. 큰 반성을 했죠.

또 남편이 요식업 꿈나무거든요. 곱창집에 취직하겠다면서 구인 정보를 갖고 왔는데, 그 곱창집은 정말 놀라운 노동조건을 내세우고 있었어요. 일주일에 한 번도 아니고 한 달에 두 번 쉰다는 거예요. 근무 시간도 오후 5시부터 새벽 2시까지더라고요. 그래서 '아니, 그럼 우리는 언제 보냐. 내가 퇴근하면 넌 출근하겠다는 거 아니냐'면서 화를 냈어요. '얼마나 번다고'라는 식의 발언까지 했거든요.

사실 저희 어머니가 집에 오래 있으니까 너무 갑갑해하시면서 사회에서 활동하고 싶어하셨거든요. 아버지가 군인이어서 생계에 어려움이 있던 상황이 아니었지만, 너무 심심하고 일하고 싶어서 밥솥 공장에 다니셨다고 하더라고요. 그런데 그 공장에서 일하던 여성분들이 다 그런 상황이있대요. 당장 생계를 위한 건 아니지만 일이 하고 싶었던 거예요. 공장 일 마치고 어머니들끼리 "집에서 언제까지 남편이랑 애들만 보고 살 거야, 우리도 즐겨야지"라면서 나이트도 다니셨대요. 집에 있으면 갈증을 느끼잖아요. 그럴 때 남편들이 주로 '몇 푼 번다고 그러냐' '내가 뭐 부족하게 해준 게 있느냐'라는 식으로 주저앉히는 말을 하잖아요. 제가 똑같은 말을 한 거죠. 물론 그 곱창집은 정말 처우가 좋지 않은 곳이었지만, 또 한번 반성했죠.

저는 페미니즘도 실천하고 싶고 결혼해서 잘살고도 싶거든요. 이 두 가지를 어떻게 잘 조화시킬까를 고민하면서 『우리는 서로를 구할 수 있을까』를 썼어요. 스스로 답을 찾고 싶었고, 답을 생각하면서

셨습니다. 아, 우리는 서로를 구할 수 있냐고요? 네, 저는 구할 수 있든지 없든지 우리가 서로를 구하기 위해서 노력해야 한다고 생각합니다.

연애를 하면 각자 들어갈 집이 있잖아요. 각자의 집이 있고 방이 있어서 갈등이 있더라도 모두 퇴장할 수가 있는데, 결혼을 하면 한 공간에서 살게 되고 아무도 퇴장하지 못하는 상황이 벌어져요. 연애할 때는 가치나 입장이나 정치적인 견해 차이로 싸우는데 결혼하면 습관을 두고 싸우거든요. 예컨대 왜 치약을 이렇게 짜느냐, 수저를 똑바로 꽂으라고 하지 않았느냐, 라는 식으로 싸움의 내용이 훨씬 시시해져요. 어떻게 보면 이런 걸로 싸워야 하나 싶어요. 입장 차이보다 더 빈정 상하지만 한 공간에서 사니 나갈 곳은 없는 거죠. 그게 결혼 이전과 이후의 다른 점이 아닐까 싶어요.

분명 결혼한 두 사람은 굉장히 다르고 싸울 수밖에 없는데도 불구하고 우리를 최대한 지키면서 살기로 하자고 약속하는 건 되게 멋있다고 생각하거든요. 김하나, 황선우 작가의 『여자 둘이 살고 있습니다』라는 책을 읽었는데 함께 사는 모습이 굉장히 아름답게 느껴지더라고요. 또 남자와 여자가 아닌 여자와 여자의 이야기이다보니 편견 없이 책을 읽을 수 있겠더라고요. 만일 남자와 여자였으면 벌써 '답 없네'라면서 편 가르고 시작했을 텐데, 갈등을 먼저 들여다보게 됐어요. 두 사람이 갈등을 풀어가는 과정도 너무 멋있었고 '함께 살기' 자체가 잘못되지 않았다는 생각이 들었어요.

결혼이란 제도는 문제가 많지만 함께 사는 건 잘못되지 않았고 사회가 이를 지원해줄 수 있어야 한다고 생각했어요. 국가가 채워주지 않는 안전망을 개인이 채우면서 살고 있잖아요. 더 잘살 수 있게 도와주는 제도가 필요해요. 그렇다면 남자와 잘살기 위해서 우리는 어떤 마음을 가져야 할지, 이 관계를 어떻게 대해야 할지에 대해 답하고 싶었던 것 같아요.

내가 지금 화가 나는데 '여자라서 그런가' 이런 생각부터 드니까 계속 방어적인 태도가 되고 남편도 제가 그 생각을 한다는 걸 아니까 갈등이 더 풀리지 않더라고요. 남녀를 흩뜨려놓고 생각하니 좀더 편해졌어요. 물론 결혼해서 평등한 관계를 만드는 건 굉장히 어렵다고 생각해요. 많은 기혼 여성들이 여전히 가사노동 때문에 고통받고 있고 과연 해결될까 싶을 정도로 갑갑함을 느끼고 있거든요. 그럼에도 세대가 좀 다르잖아요. 남편도 나도 스스로 반성하고 바꿔나가면서 새로운 관계를 조금씩 만들어나가야 하지 않을까요.

저는 동거도 좋지만 결혼이라는 형식을 한번 경험해보고 싶다는 생각이 강했어요. 그런데 지금 동거하고 있는 커플을 생각해보면 결정적으로 다르다고 할 만한 게 있을까 생각해봤거든요. 제게 아일랜드 친구가 있어요. 그 친구는 한국인 여자친구가 있는데, 앞으로도 결혼할 생각이 없고 결혼이라는 제도 자체를 거부한다고 하더라고요. 외국인이라 한국에 있으려면 비자 문제 때문에 결혼하면 많은 것들이 간편해지거든요. 그런데 그 두 사람은 굳이 결혼을 택하지 않으려 한다더라고요. 이유를 물어봤더니 결혼하지 않으면 이 사람이 언제든 나를 떠날 수 있다고 생각하게 되고 그게 관계에 더 건강함을 가져다 준다는 거예요. 그것도 정말 맞는 말이라고 생각했어요.

결혼이라는 제도를 빌렸을 때 우리가 관계에서 좀더 성실하게 되는 부분이 있잖아요. 이를테면 너무 빡쳐서 당장 이혼하고 싶은데 이혼 서류를 다운받으려고 사이트에 들어갔다가도 액티브 엑스가 막 떠서 잠시 미뤄놓게 되고, 그럼 또 화가 가라앉으면서 이혼할 일은 아니라고 생각하게 되죠. 제도라는 게 이런 역할을 한다고 생각하거든요. 풀기 어렵게 만들어서 사람이 뭔가를 감정적으로 해결할 수 없도록 만드는 측면이 있죠.

그렇지만 연애 관계에서는 내가 헤어지려면 헤어질 수 있잖아요. 저기 저렇게 문이 열려 있죠. 제 아일랜드 친구는 열린 문을 보면서 관계를 잘 이어가기 위해 노력할 것이라 했고, 저는 존재론적 불안을 관리하는 방법으로서 결혼을 선택했고요. 물론 문이 열리긴 하죠! 하지만 일단 닫아놓고 최대한 노력하자, 닫아놓으면 안정감이 생기니까 더 노력할 수 있지 않을까, 라고 생각하는 편인 거예요.

두 가지 방법 모두 의미 있고 각자에게 맞는 방법을 택할 수 있다고 생각해서 결정적인 차이는 없다고 봐요. 그 관계를 만들어가는 사람들이 관계에 성실하게 임하면 되는 문제이기 때문에 결혼하는 게 더 안정적이라고 말하고 싶지 않아요. 해소할 수 없는 이 불안을 어떻게 할 것인가, 이를 각자 원하는 방식으로 하면 돼요.

결혼함으로써 저는 평생의 동반자를 얻고 싶었거든요. 그리고 저희는 관계가 부부 중심으로 흘러가요. 제주에 사니 커리어 면에서 포기해야 하는 부분도 많은데 이를 개의치 않고 둘만 바라보고 살아요. 내가 이 관계에서 추구하는 건 무엇이고 뭘 하고 싶은지, 그리고 어떤 위기를 맞을 수도 있다는 걸 염두에 두면서 선택해야 한다고 생각해요. 그런데 여전히 많은 사람이 '어쨌든 결혼은 해야 하는 게 아닐까' 이렇게 생각하고 결정해요. 그게 많이 안타까워요.

저는 이성애자로서 결혼해서 평범하게 살고 있지만 책을 쓰면서 공부를 더 하다보니 제가 원하는 삶이 어떤 건지 계속 고민해보게 됐어요. '결혼'이라고 부르지만 '함께 살기에 대한 국가적 승인 제도'라고 생각하거든요. 이 제도를 결국 이성애자 커플밖에 누릴 수가 없잖아요. 그 현실이 너무 답답해요.

결혼은 다양한 시민들이 누릴 수 있어야 해요. 내가 아프거나 힘들거나 지쳤을 때 옆에 있는 사람이 지지하고 도와줄 수 있잖아요. 결혼은 그런 물리적이고 정서적인 안전망이거든요. 이게 이성애자 부부에게 한정되는 건 너무나 큰 문제예요. 생활동반자법이 발의만 되고 이후로 진척되지 못하고 있어요. 꼭 진척돼서 모든 시민들이 자기가 선택한 인생의 동반자와 살 수 있는 권리를 누렸으면 좋겠어요.

결혼 안 한 친구들이 '결혼하면 좋냐'고 물어봐요. 저는 "좋다"고 답해요. 결혼해서 불행하게 사는 사람들도 많은데 저는 지지고 볶더라도 잘사는 것 같은가봐요. 그리고 저는 기혼 남성들이 그렇게 말하는 게 싫었어요. 별로 힘든 것도 없어 보이는데 결혼하고 나서 주변 사람들에게 "좋은 시절 다 갔어. 넌 결혼하지 마"라고 말하는 게 너무 듣기 싫었어요. 그래서 전 단호하게 "너무 좋아!"라고 대답합니다.

정지민_ 사랑에 관한 글을 써왔다. 〈대학내일〉 〈주간경향〉에 연애 칼럼을 썼고, 지은 책으로 『우리는 서로를 구할 수 있을까』, 참여한 책으로 『내가 연애를 못 하는 건 아무리 생각해도 인문학 탓이야』가 있다. 2016년부터 제주에서 살고 있다.

배달 라이더도 인격체라는 걸
알아줬으면 좋겠어요

배달 라이더
양지선의 몸

간혹 기사를 응원하는 댓글이 보이긴 했지만 악플에 가려 잘 보이지 않았다. 기온이 35도가 넘으면 배달음식을 주문하지 않는 사회적 합의가 필요하다는 주장을 실은 기사의 반응을 살피던 참이었다. 연일 폭염이 오는 여름날 쓴 기사라 반발이 클 거라고 예상했지만 막상 '기레기'라는 말을 보니 심장이 쿵쿵 뛰었다.

폭염이 오면 배달 라이더는 아스팔트에 오토바이의 열기가 더해져 40도에 육박하는 기온을 견디며 배달을 다녀야 한다. 비가 오면 목숨마저 내걸고 배달을 한다. 그런 배달 라이더의 현실을 담아 기사로 썼는데, 돌아오는 반응은 '기레기'였다. 그러면 대체 언제 배달을 시키느냐고 푸념하는 댓글도 많이 보였다.

코로나19가 확산된 이후로 '언택트 시대'가 될 거라고들 한다. 하지만 우리는 여전히 배달 노동자와 '컨택트'하며 산다. 외출을 자제하는 시민들도 배달음식은 시켜 먹는다. 언택트 시대라지만 그 음식은 로봇이 가져다주지 않는다. 시킨 사람과 똑같은 '사람'이 배달한다. 코로나19 항체를 보유한 사람도 아니다. 그 음식을 시킨 고객과 똑같이 코로나19에 걸리면 목숨이 위태로울 수 있는 사람이다. 코로나19 시대에도, 장마철에도 배달 노동자들은 어김없이 음식을 실어나른다.

전국에 '물폭탄'이 쏟아진 2020년 8월, 인터넷에서 처참한 사진 한 장을 보았다. 오토바이 바퀴가 반쯤 물에 잠겼는데도 음식을 배달하러 가는 한 라이더의 사진이었다. 라이더는 불어나는 물속에서 양손으로 핸들그립을 꼭 쥐고 앞으로 가고 있었다. 사람들은 나와 똑같은 '사람'이 배달한다는 사실을 잊어버린 건 아닐까.

비가 많이 와서 집밖으로 나가기 싫어지는 날에는 나 또한 자연스럽게 배달음식이라는 옵션이 머릿속에 떠오른다. 하지만 이내 고개를 젓고 다른 음식을 찾아 먹는다. 비에 젖어 그 음식을 배달할 '사람'이 떠올라서다.

대체 배달음식을 언제 시켜 먹느냐는 질문에 나는 이렇게 답하고 싶다. 내가 오토바이를 몰고 음식을 가져올 수 있을 것 같은 날에 시키면 된다. 너무 더울 때나 비나 눈이 많이 올 때면 배달음식 주문을 자제하는 게 옳다고 믿는다. 플랫폼사의 책임도 필요하지만 당장 음식을 시키는 고객의 자각도 있어야 한다. 여기에 특별히 정치적 올바름이라는 감각이 필요하다고 생각하지는 않는다. 그저 내가 그 사람이라면 어떨지를 짐작해보는 것만으로 충분하다.

코로나19 고비를 넘어가면서 배달 라이더와 꼭 한번 인터뷰를 하고 싶었다. 양지선은 도합 6년의 배달 라이더 경력을 갖고 있다. 날씨가 안 좋은데 배달음식을 시켜 먹고 싶은 날, 양지선의 목소리를 한 번쯤 떠올려주었으면 좋겠다.

스물세 살 때 맥도날드에서 라이더 일을 처음 시작했어요. 그때 전국 맥도날드에 여자 라이더가 4명밖에 없었어요. 지금은 많은데 그때는 정말 생소했어요. 저는 학교를 졸업하고 아르바이트를 찾던 중에 바이크를 막 타기 시작했던 참이라 라이더 일을 시작했어요. 한 2년 정도 일하다가 호주에 워킹홀리데이를 다녀오고 다시 배달 대행으로 들어갔어요.

배달 대행이라는 건요, 말 그대로 업체에 속한 라이더가 아니라 개인 사업자라고 보시면 돼요. 음식을 주문할 수 있는 대형 애플리케이션이 있고 그 애플리케이션을 이용하는 상점에서 오더를 내리면 그 오더를 잡고 배달을 가는 방식인 거죠.

맥도날드에서 일했을 때는 진상 손님을 많이 만났어요. 우리 라이더들이 잘못하지도 않았는데도 그냥 다 죄송하다고 하니까 고객들도 악용했던 건지 모르겠어요. 케첩 하나만 안 가져다줘도 죄송하다는 말을 해야 해요. 무조건 사과하고 요구를 다 들어주다보니까 진상 손님이 더 많은 것 같기도 하고요.

예를 들어 손님이 콜라를 두 개 시켰는데 하나만 배달이 왔어요. 그러면 제 돈으로 편의점에서 사다드리기도 해요. 솔직하게 말하는 경우도 있어요. '케첩을 갖고 와야 하는데 못 갖고 왔다, 다음에 더 잘 챙겨드리겠다'고 말해요. 그래도 싫다는 손님이 있어요. 화를 내거나 짜증을 내면 근처에서 제 돈으로 사다드리는 거죠.

한번은 배달이 늦게 왔다는 이유로 모텔방 앞에서 담배 연기를 뿜으면서 왜 이렇게 늦게 왔냐고 화내는 분도 있었어요. 제가 여자고 키도 작으니까 어리게들 본단 말이에요. 반말을 하거나 괜히 시비를 거는 택시 기사들도 있죠.

배달 대행은요, 내가 만약 오늘 3만 원을 벌었어요, 그러면 그냥 그날 받을 수 있어요. 자기가 한 만큼 벌어요. 진짜 개인 사업이에요. 4대 보험도 없어요. 산재보험을 들어주는 경우가 있기는 하지만 드물어요. 배달 라이더를 위한 보험이 있는데, 그 보험이 정말 비싸요. 저도 너무 비싸서 못 들었어요. 보험을 들어야 배달하다가 사고가 났을 때 치료비를 받을 수 있거든요. 다들 조금 싼 보험을 들어요. 그런데 배달하다가 사고가 나면 보험 적용이 잘 안 돼요. 보험료가 지금보다 더 저렴해져야 해요.

일하다가 사고가 난 적이 있어요. 사거리였는데, 어떤 차가 역주행을 해서 제가 부딪혀 날아간 거예요. 전치 6주가 나왔어요. 손목이 부러졌는데, 그때는 다행히 나이가 어려서 뼈에서 진이 나온대요. 예쁘게 뚝 잘린 거예요. 수술은 안 하고 6주 정도 입원했어요. 지금도 손목이 아파요.

비가 올 때는 바퀴가 밀려서 미끄러워요. 그래서 많이 넘어지고요. 눈이 올 때도 마찬가지죠. 그런데 비 올 때가 가장 큰 문제예요. 헬멧을 딱 쓰고 있으면 앞이 안 보여요. 헬멧을 계속 손으로 닦으면서 가야 해요. 자동차는 와이퍼가 있잖아요. 오토바이는 그게 없으니까요. 한번은 큰 사거리에서 비가 오는 날, 뭣도 모르고 브레이크를 밟았는데 미끄러져서 넘어진 거예요. 너무 창피했어요. 사람들이 많이 지나다니는 곳이었거든요. 아픈데 안 아픈 척했어요. 콜라가 쏟아지지 않았나 먼저 확인하고 그랬죠.

저를 보는 시선이 곱지는 않죠. 여자가 무슨 배달을 하냐, 안에서 조신하게 일하라는 이야기도 많았죠. 반면 멋있다, 대단하다, 신기하다는 시선으로 바라보기도 해요. 쉽지 않잖아요. 남자도 하기 힘든데 여자가 하니까요. 신기해하는 시선이 더 많았던 것 같아요. 그런 분들은 잔돈을 돌려주면서 "팁으로 하세요"라고 말씀하시기도 해요. 물론 얼마 안 되지만 그 마음에 감동받는 거죠. 또 제가 키가 작으니까 더 신기해하고요. "오토바이 타면 땅에 발은 닿아?"라고 물어보시는데, 당연히 발 안 닿죠. 그냥 까치발로 타요.

제 주변에는 라이더 일을 하는 여자가 없어서 흔한지는 잘 모르겠어요. 그런데 아무래도 여자면 깔보고 들어가는 게 없지 않아 있죠. 일을 더 못한다고 생각하는 것 같아요. 그리고 여자라서 반말해요. 늦게 왔다고 성질내고 짜증내고 그래요. 골목길에 오토바이를 잠시 세워두면 남자 운전자들이 빵빵거리기도 하고요. 제가 비켜주려고 가잖아요, 그런데 가고 있는 걸 보면서도 계속 짜증을 내요. 그러면 뭐, 저도 사람인지라 같이 짜증내죠.

반면 이런 경우도 있어요. 생각보다 배달이 늦게 와서 손님이 짜증이 난 상태예요. 얼굴에는 온갖 짜증이 다 나 있는데 딱 보니까 라이더가 여자인 거예요. 여자인 걸 확인하고 짜증을 억누르는 걸 많이 봤죠. 그때는 일부러 좀더 친절하게 굴어요. 사장님들은 손님을 만나지 않아요. 라이더들만 손님이랑 만나잖아요. 손님들도 알아요. 라이더들은 죄가 없다는 걸요. 그래도 배고프니까 라이더에게 짜증내는 분들이 있단 말이에요. 그런데 저를 딱 보고 여자인 걸 확인하고서 화를 억누르는 분들도 봤어요.

바라는 점은, 음식이 잘못 왔으면 라이더에게 짜증을 내지 않았으면 좋겠어요. 일단 가게에 확인해보셨으면 좋겠고요. 그리고 제발 주소를 좀 확인해주세요. 특히 아파트 주소를 잘못 쓰는 경우가 많아요. 제가 가면 당연히 그 손님은 없죠. 주소를 잘못 썼으니까요. 그래서 손님에게 전화하면 자기는 무조건 맞게 썼대요. 대한민국에 똑같은 이름의 아파트가 많거든요. 주소를 잘 확인해서 배달을 시키시면 좋겠어요. 사람들이 자기가 잘못한 걸 알면서도 화를 내요. 참 이상하죠.

일을 엄청 잘하는 사람도 많아요. 하루에 15~20만 원씩 버는 사람도 있어요. 그런데 그렇게 일해도 보험값, 기름값, 밥값 나가지, 남는 게 거의 없죠. 배달은 사실 단순한 일이에요. 손님과 크게 트러블만 없으면 힘들지 않아요. 오토바이를 타면서 조심하기만 하면 되니까요. 다른 사람에게 추천하고 싶은지를 묻는다면, 내 시간이 남고 돈을 조금 더 벌고 싶을 때 하기에 괜찮은 일 같아요. 자투리 시간에 할 수 있고 자전거로도 할 수 있으니까요.

그런데 너무 지쳐요. 배달을 갔는데 손님이 집에 없는 경우도 있어요. 저는 결제를 받아야 하니 기다려요. 다른 곳에 배달을 가야 하는데 이 사람이 오지도 않지, 전화도 안 받지, 어떻게 할 수가 없잖아요. 그러면 일단 다음 배달을 다녀와요. 그러고 와서 또 전화를 해요. 그러면 "기다리세요"라고 말해요. 다음 배달 가야 한다고 말하면 "갔다 오세요"라고 말해요. 알고 보니 마트에서 장을 보고 있더라고요. 너무 화가 나는 거예요. 다음에는 그냥 선주문으로 시키라고 말했죠.

자기는 그런 거 할 줄 모른대요. 그러면 집에 있을 때 시키라고 말해요. 그러면 컴플레인 걸어요. 그럴 때 제가 이렇게까지 일해야 하나 싶고 그래요. 화가 나고 힘들어요. 그러려니 해야지 싶으면서도 잘 안 돼요.

저는 배달 라이더 노동조합인 라이더유니온에 가입해서 활동하고 있어요. 제가 원래 배달 대행업체에서 일하다가 동료들이랑 잘렸거든요. 근무 태만이었다면 모르겠는데, 그게 아니었어요. 그래서 이 문제를 알려야겠다고 생각하다가 라이더유니온을 알게 됐어요. 나중에 공정거래위원회에서 승소했어요. 이제 피해 보상금을 받아야겠죠. 저는 다른 일도 병행하면서 배달일을 하고 있었지만, 다른 친구들은 이 일만 계속했거든요. 생활비가 부족했을 거 아니에요. 그에 대한 보상을 받아야죠. 그런 회사는 없어져야 해요. 라이더를 도구로만 보니까요. 우리도 돈 벌려고 하는 거지만, 그렇다고 사람을 도구로 사용하면 안 되죠. 라이더유니온과 시위하면서 제가 그 배달 대행업체 본사 앞에서 마이크를 잡고 발언했어요. 물론 걔네가 제 말을 들었는지 안 들었는지는 몰라요. 아마 안 들었을 거고 신경도 안 쓸 거예요. 그러니까 계속 싸워야죠.

정말 열심히 일하는 라이더들이 많거든요. 그런데 대행업체에서 자꾸 악질적으로 구니까 라이더들도 변해요. 대행업체에서 그런 식이면 우리도 배달할 때 손님들에게 좋은 서비스를 하기 어려워지겠죠. 그렇게 악순환이 반복되는 것 같아요. 바라는 점이요? 우리를 배달하는 도구로 생각하지 말고 하나의 인격체라는 걸 좀 알아줬으면 좋겠죠.

양지선_ 배달 노동자. "우리를 배달하는 기계라고만 생각하지 말아주세요. 우리는 하나의 인격체입니다."

내 손길이 닿은 건물을 보는 순간,
세상은 내 것이 돼요

형틀목수
조은채의 몸

1991년 10월, 나는 서울 동작구의 한 병원에서 태어났다. 엄마의 전언에 의하면 내가 태어나고 일주일이 지났을 때 할아버지가 작명소에 찾아가 내 이름을 지어왔다고 한다. 할아버지가 받아온 이름은 '지희'였다. 이름을 바꾸겠다는 고집스러운 할머니의 의지대로 이름이 바뀌지만 않았다면, 나는 지금쯤 '유지희'로 살고 있을 터였다. 할머니는 이름을 지으면서 내 사주를 봤는데, 사주를 봐준 스님에 따르면 나는 장래에 약사나 교사로 살아갈 운명이라 했다.

중학교에 입학하면서 자동차가 충돌하는 물리법칙을 이해하지 못해 일찌감치 과학을 접었던 터라 약사는 쳐다보지도 못할 직업이 됐다. 하지만 교사라는 직업은 오랜 시간 내 곁을 맴돌았다. 말이라는 건 참 마법 같다. 태어난 직후에 그렇게 말을 해버리면 꼭 그렇게 살아가야만 순리에 맞는 것처럼 여겨지니 말이다. 순리를 어긴다고 하늘에서 불벼락이 떨어지는 것도 아닌데, 나는 그저 삶이 순탄하게 흐르지 않을까봐 무서워했다.

머뭇거리던 나를 밀어붙인 건 학원 수학 선생님이었다. "여자는 무조건 교사가 최고야"라는 선생님의 말을 주워섬겼다. 그 선생님이 가르쳤던 친구들 중 공부를 잘했던 친구들은 모두 교대에 진학했으니 그의 권유라는 건 아주 강력하게 작용한 듯하다. 선생님은 우리가 나중에 교사가 돼서 가르칠 과목도 하나씩 정해주었다. 나는 국영수 중에 수학을 제일 잘했지만, 그의 말에 따라 내가 미래에 가르칠 과목은 '국어'로 정해졌다. 나는 대학도 교직 이수가 가능한 학교와 학과를 선택했고, 졸업하기 직전 국어과로 교생실습을 나갔다. 지금은 기자로 일하고 있지만 교사라는 직업의 자장으로부터 멀어진 건 얼마 되지 않았다.

'여자는 결혼하고 애를 낳으면 더는 회사에서 일할 수 없다'라는 말이 당연한 명제처럼 여겨지던 시대가 있었다. 그리고 그런 시대를 지나온 지 얼마 되지 않았다. 여성에게 상상 가능한 선택지란 이렇듯 제약이 컸다. 비단 상상력이나 용기의 문제가 아닌 것이다.

형틀목수 조은채를 만난 건 기자회견장이었다. 나는 '목수'가 여성이 택할 수 있는 직업군으로 성립 가능하다는 사실을 그날 깨달았다. 세상에는 정말 많은 직업이 있고 일을 하는 데 성별은 큰 고려사항이 아니며 앞으로는 더욱 그럴 것이라는 믿음이 생겼다. 조은채는 그 몸의 존재만으로 여성들에게 메시지를 전할 수 있는 사람이었다.

내 운명을 점지했던 스님에게 가서 물어볼 수는 없지만 그저 짐작해보는 것이다. 1990년대는 지금보다 여성이 직업을 선택하는 데 제약이 훨씬 더 컸을 것이고, 그래서 그나마 선택 가능했던 '전문직'인 교사나 약사가 될 거라고 예지하지 않았을까. 그렇기에 기자로 살고 있는 지금, 내가 비단 하늘의 섭리를 어긴 것만은 아니라고 주장하고 싶다. 그렇다면 나도 내 운명과 화해할 수 있을 것 같다.

“

제가 목수 일을 시작할 때는 여자 목수들이 10명 안쪽이었어요. 현장에 남자들이 200~300명 정도면, 여자는 한 명 정도예요. 많은 남자들 사이에서 남자와 똑같이 일을 해요. 인정받기 힘들죠. 어떻게 살아남아야 할까 생각을 많이 해요.

요즘은 기능학교가 생겨서 그곳에서 기본적인 기술, 망치 드는 법이나 연장 쓰는 법, 골조 교육이나 안전 교육까지 다 마쳐서 나와요. 그래도 위험한 작업이에요. 질타도 받고 욕도 듣고, 힘든 일이에요. 무거운 것도 들어야 하고요. 20~30킬로그램 정도 되는 연장주머니를 허리에 차고 일을 해요. 근력이나 힘이 없으면 일하기 힘들어요. 저도 처음에는 이걸 내가 할 수 있을까, 사람들이 이 일을 하는 나를 보고 무슨 생각을 할까, 걱정도 많이 했어요. 그 주머니를 차고 다니다보면 “집에나 있지, 왜 나왔냐” 같은 말을 들어요. 생계 때문에 어쩔 수 없이 이 일을 선택했죠.

큰 회사는 아예 처음부터 여자를 쓰려고 하지도 않고 현장 출입 자체를 금해요. 그런 현실과 많이 싸워야 하고, 어렵게 들어가서 자리를 잡더라도 일주일에서 한 달 정도는 사람들 시선에서 벗어날 수가 없어요. 저게 놀러 나왔나, 망치질은 제대로 하나, 하루종일 지켜보는 사람이 있어요. 뭐, 신기해서 그럴 수도 있겠지만요. 건설 현장에 여자가 들어왔다고 재수없다고 하는 사람도 있고요.

공구 하나를 드는 데도 스킬이 필요해요. 결혼하고 아이를 낳고 늙으면서 근력이 많이 위축되어서 힘들어졌어요. 물론 잘 견딜 수 있을 거라고 생각해요. 여자가 할 일이 따로 있다고 세상은 이야기하지만, 여자가 아닌 나 조은채가 좋아하는 일을 하고 싶고, 내가 좋아하는 사람들과 밥을 먹고 싶고, 좋아하는 책을 읽고 싶고, 원하는 곳에 가고 싶어요.

말은 이렇게 하지만 아직도 출근 도장을 찍을 때 생각해요. 내가 오늘 하루도 견딜 수 있을까. 이렇게 몇 년을 지내왔으니 앞으로도 잘해야지, 생각하죠. 집에 가면 아내이자 엄마로 돌아가겠지만, 현장 앞에 서면 조은채라는 이름을 가진 사람으로 살려고 노력해요. 못하는 부분은 못하는 대로, 잘하는 부분은 잘하는 대로 인정하고요. 겁먹고 위축돼서 뒷걸음질하면 발전이 없을 거라서요.

우리 때만 해도 여자라고 하면 꿈도 정해져 있었거든요. 사회에서 그렇게 교육받고 자랐으니까요. 계집아이로 태어났으니까 꿈도 정해져 있었고, 시집갈 시기도 정해져 있었고, 나아가 어떻게 행동해야 하는지 짜여진 규격대로 살아야 했죠. 부모는 왜 나를 여성으로 낳았을까, 말도 안 되는 원망도 해봤지만 이 일을 하면서 많이 부딪치고 홀로서기를 하면서 느꼈어요. 내가 여성으로 자라면서 받아왔던 교육과 관습이 나도 모르게 '나는 여자잖아'라면서 스스로 자책하게 만들어요. 때로는 나 자신을 미워하고요. 많은 걸 겪고 다시 생각했어요. 남자냐 여자냐가 아니라 그 사람의 노력과 결실에 대해서만 보고 싶어요.

제 딸이 대학 3학년인데요. 저도 딸에게 그랬던 것 같아요. 너는 여자애가 옷을 그렇게 입니. 말 좀 곱게 해. 그런데 남성 세계에 섞여서 일하고 가장으로 살다보니 그 생각을 바꿔야겠다 싶었어요. 그놈의 '여자니까'. 여자로 태어난 게 잘못인가요. 왜 많은 제약이 따르고 욕을 먹을까. 내가 지금은 이 자리에 있지만 언젠가 내 뒤를 이어서 건축이나 설계 일을 할 여성들이 있는데 과연 얼마나 나아질까. 그들이 겪을 세상은 조금이나마 상처가 덜할까. 뭔가 좀더 해보고 싶고 발을 넓히고 싶어도 우리가 동조하며 만들어둔 울타리 때문에 다음 세대가 어려울까.

저도 50대를 바라보는 입장이라 저보다는 우리 자식들이 본인의 이름을 갖고 살 수 있을까 싶거든요. 누구의 엄마, 누구의 아내, 누구의 딸이 아니라 그냥 자기 이름 석 자로요. 그 이름 하나만으로도 내가 살아 있구나, 내가 이름을 가진 사람이구나, 뭐든지 할 수 있구나, 이겨낼 수 있구나를 느낄 수 있는데. 딸아이를 키우신다면 그 아이가 어떤 생각을 가져야 하고 어떤 일을 해야 하는지 정해놓지 않으면 좋겠어요. 그 아이가 제 나이가 됐을 때는 상상하지 못하거든요.

새벽 5시에 현장 도착해서 7시에 일을 시작하고 12시 30분에 점심을 먹어요. 그 시간까지 화장실에 안 가고 참는 경우가 많아요. 그래서 방광염이 제 애인입니다. 흡연자는 담배도 피우면서 쉬잖아요. 그런데 여자들은 쉬는 것도 마음대로 못해요. 휴게실을 마련해주는 곳도 있긴 해요. 그러나 컨테이너에서 남자들과 같이 쉬는 경우가 많아요. 그러고 오후 5시쯤 일이 끝나요.

주차장 만드는 것부터 시작해 건물이 올라가잖아요. 건물 1~2층 골조 공사를 하고 층수에 맞춰 계속 올라가죠. 저희도 계속 따라서 올라가요. 어느 정도 공정이 완료되면 나머지 분들이 일할 수 있도록 우리는 빠집니다. 그렇게 한 번 현장에 들어가면 짧게는 5~6개월, 길게는 1년 정도 일해요.

넓은 현장에 화장실이 두세 개뿐이에요. 현장 노동자의 수요를 다 충족할 수 없어요. 여자 화장실은 없어요. 여자 픽토그램이 그려진 화장실은 공용이 되는 거죠. 여자들은 물을 아예 안 마셔요. 물을 마시면 화장실에 자주 가야 하니까요. 커피도 안 마셔요. 일하다가 없어지면 놀러갔다고 욕을 많이 하기 때문에 그 자리에 그대로 서 있을 수 있는 방법을 강구해요.

생리현상이 급하게 오는데 100~300미터를 뛰어가도 해결이 안 되거든요. 예를 들어 25층에서 작업하는데 1층까지 내려갔다온다고 하면 시간이 얼마나 걸리겠어요. 그래서 여자들은 화장실을 쓸 수가 없어요. 덜 먹고 수분 섭취를 잘 안 해요. 급하더라도 참아요.

해결이 잘 안 돼요. 원청이나 하청에서도 '여자를 안 쓰려다가 써줬는데 일 시켜주는 것만으로도 고마워해야지, 요구하는 게 많다'고 생각하니까요. 요즘에는 화장실을 몇 미터 안에 놓아야 한다는 게 법으로 정해져 있지만 아직 효과를 못 보죠. 너무 급할 땐 연장 다 두르고 뛰어가요. 권리가 아니라 당연한 건데, 어떤 분들은 여자한테 공돈을 주는 기분인가봐요.

현장에서 여자를 많이 비하하죠. 남편은 뭐하는데 여기 나왔냐, 학교 다닐 때 얼마나 공부를 안 했으면 여기 나왔냐면서요. 사실 공부 못하면 목수도 못해요. 1밀리미터의 오차도 허용되지 않기 때문이에요. 산수도 잘해야 합니다. 또 작업복에 못 주머니를 차고 다니거든요. 아무래도 남성과 골격이 다르다보니까 티가 나요. 꼭 한쪽으로 시선이 쏠리죠. 엉덩이가 크네, 몸이 무겁네, 행동이 굼뜨네, 그러는데 사실이 아니거든요. 주어진 시간에 자기 할일을 똑같이 해내고 퇴근하면서도 자리를 잡고 일하기 시작하면 온 가족을 들먹이면서 모욕을 주죠. 가족은 건드리지 말았으면 좋겠어요. 여자가 힘쓰는 일을 한다고 미움받을 대상이 될 수 있는 건 아니거든요.

쉽게 돈 벌 수 있는 일이 많은데 왜 하필이면 남자가 일하는 영역에 나와서 귀찮게 하느냐고 해요. 그런데 저는 제게 맡겨진 일은 항상 해내거든요. 그걸 인정하는 분들도 있는가 하면 혓바닥을 차는 분들도 있죠. 여성인 걸 따지지 말고 어떤 마음으로 나와서 일하고 있는지를 봐주면 좋겠어요. 남자들도 키가 작은 분도 있고 근력이 없는 분도 있어요. 뼈대가 약해서 일을 잘 못하는 분들도 있고요.

저는 이 일을 늦게 시작했는데 젊은 친구들이 많이 와줬으면 좋겠어요. 물론 위험할 때도 있지만 그만한 가치가 있어요. 집 짓는 일은 시멘트로 대충한다고 생각하잖아요. 요즘은 지하부터 시작해서 주상복합으로, 건물이 막 올라가요. 아파트를 다 짓고 분양한다는 말을 들으면 신기해요. 이 건물을 내가 만든 거예요. 내가 없으면 이 건물 못 만들어요. 내 손길이 닿은 건물을 보는 순간, 세상이 다 제 것이 되죠.

목수가 아니더라도 세상은 만만하지 않아요. 요즘 실업률이 높다고 하잖아요. 직장을 다니다가 못 견디고 나오기도 하고요. 이 직업은 그 가치가 괜찮아요. 최근에는 대학 졸업한 친구들도 많이 와요. 보수도 많고 일을 배워두면 써먹을 데가 많거든요. 해외에서는 목수가 인정받는 직업이에요. 작업복 입고 땀흘리고 냄새나고, 꼭 저렇게까지 해야 하나 싶을 수도 있는데 그 땀도 본인이 흘리는 거거든요. 그 가치가 1~2년이 지날수록 커진다고 생각해요.

일을 시작할 때 환경이 완벽하게 다 갖춰져 있으면 좋겠죠. 편하고 걱정할 것도 없고요. 처음에는 어느 정도 갖춰지면 시작할까 싶었어요. 그런데 환경이 다 만들어지면 내가 할 수 있는 일은 없다고 생각해요. 아무리 좋은 직업도 마찬가지예요. 만들어진 환경에 들어가서 일하는 것보다 들어가서 환경을 만드는 게 더 재밌는 것 같아요. 처음에는 아무것도 못했는데 하다보니 기술이 생겼어요. 이게 내 것이 되고 나면 세상에 무서울 게 없어져요.

조은채_ 집과 상가 등을 짓는 형틀목수로 일한다. 내가 꾸는 꿈과 희망이 완성된 건물에도 좋은 기운으로 남아 있기를 바란다.

다시 태어나도
노동운동을 하고 싶습니다

민주노총 부산지역본부 지도위원
김진숙의 몸

한 인터뷰에서 김진숙이 '다시 태어나도 노동운동을 하고 싶다'고 말한 것을 우연히 보았다. 그 말은 오랫동안 내 머리에 남았다. 크레인 위에서 309일, 그 차갑고 잔인한 시간을 겪고도 어떻게 다시 태어나도 노동운동을 하고 싶다는 말이 나올 수 있을까.

그 이유를 들어보고 싶었다. 김진숙을 만난 날, 그는 "어제가 환갑이었다"라면서 환한 미소를 지었다. 환갑이 넘도록 여전히 세상은 변할 수 있다는 믿음을 품고 있는 그는 정년이 되기 전에 다시 한진중공업의 노동자가 되기로 결심했다. 유방암으로 투병하면서도 35년 동안 떠나온 회사를 상대로 복직 투쟁을 벌이는 중이다.

그와 이야기를 하다가 물었다. "복직하면 무엇이 제일 하고 싶으세요?" 그는 "제일 먼저 화장실에 가보고 싶다"라고 말했다. 한진중공업의 전신 대한조선공사에 다닐 때까지만 해도 현장에는 제대로 된 화장실이 없었다고 한다. 그래서 노동자들은 건조중인 현장에 몰래 똥을 싸기도 했단다. 5천 명 노동자 중 유일한 여성이던 그에게는 용무를 해결하는 일이 더 고됐을 것이다. 그는 아직도 꿈에서 화장실을 찾아다닌다면서 웃었다.

조선소를 떠난 지 35년, 그곳에는 그가 한창 일했을 때에는 없었던 화장실과 식당이 들어섰다. 김진숙은 영도조선소 85호 크레인에 올라가 309일간 투쟁했고, 해고된 한진중공업 동료들을 다시 일터로 복직시켰다. 누군가는 당연한 것이라고 여길지 몰라도 어떤 노동환경이든 결코 그냥 주어지지 않는다. 작든 크든 모두 치열한 투쟁의 결과물인 것이다. 정작 그는 바뀐 현장의 풍경을 아직 보지 못했지만, 사람은 그렇게 잘못된 걸 바꾸면서 살아가야 하지 않느냐고 내게 되묻듯 말했다. 그리고 다시 태어나도 노동운동을 하고 싶다고 말한 건 실제로 환경이 어떻게 바뀌는지를 보았기 때문이라고 했다.

동료가 떨어져 죽은 바로 그 자리에서 알지도 못하고 용접을 계속했다는 김진숙은 아직 척박하지만 적어도 그보다는 나은 세상을 후배들에게 마련해주었다. 이제는 후배들이 또 더 나은 세상을 향한 꿈을 꿀 것이다. 그리고 그 후배의 후배들은 그보다 나은 세상을 꿈꿀 것이다.

나는 이 만남에서 인간과 사회를 향한 낙관을 목격한 것 같았다. 무조건적인 낙관이 아니라 치열하게 임해 결국 쟁취해내고 마는 낙관 말이다. 당장은 너무 견고해 바꿀 수 없을 것처럼 보여도 시간이 지나 낙숫물이 바위를 뚫듯이 그렇게 세상은 바뀔 수 있으리라고 믿는 낙관을 말이다. 바로 이런 낙관이 세상을 바꿀 수 있다고 나는 믿는다. 『말하는 몸』의 독자들이 그와 같은 낙관을 함께 믿어준다면 더할 나위 없겠다.

암 진단을 받고 수술하고 항암치료하는 데 2년이 넘게 걸렸어요. 내가 내 몸에 무슨 짓을 했는지 적나라하게 드러났어요. 내 몸이 내게

화를 내는 방식으로 말을 건 것 같아요. 60년 가까이 살면서 왜 네 몸을 한 번도 따뜻하게 돌보지 않았느냐고, 제대로 먹여주지 않았느냐고요. 그게 암으로 나타났다는 생각을 했어요. 몸에게 미안했지만 그래도 어떻게 살아야 할지 잘 모르겠더라고요.

몸을 학대해왔던 것 같아요. 늘 바쁘게 돌아다니고, 춥게 자고. 제 동지라는 사람들은 주로 감옥에 있거나 해고됐거나 농성장에 있거나 크레인에 매달려 있었어요. 나는 내가 따뜻하게 살면 안 된다고 생각했거든요. 보일러를 한 번도 때본 적이 없어요. 찬 바닥에서 양말도 안 신고 옷도 제대로 안 입고 생활하면서 스스로 강하다고 생각했던 것 같아요. 그렇게 수십 년을 살아왔으니까 몸이 못 견딘 거죠. 먹는 것도 늘 길에 서서 바쁘게 먹었어요. 어느 순간부터 잘 차려 먹고 따뜻한 데서 자는 것에 죄책감을 느꼈습니다. 찬 바닥에서 자고 바쁘게 사는 게 마치 제대로 사는 거라 여겼던 것 같아요.

살아오면서 제 몸을 통제하지 못한 경험이 몇 차례 있었어요. 대공분실에 끌려갔을 때 온몸이 묶여 있었으니까요. 감옥에서도 징벌방에 갇혀 양손 양발이 뒤로 묶여 있었거든요. 밥도 안 주고 죽을 줘요. 핥아먹으라고. 그때는 외력에 의해서 묶여 있으니 분노할 대상이라도 있고 풀려날 희망이라도 있는데, 항암치료를 하면서는 서 있지도 못해요. 서 있으면 픽 쓰러지고, 픽 쓰러지고. 계속 토해서 누워 있지도 못해요. 나중에는 피를 토해서 화장실 타일이 하얀색인데 마치 꽃무늬처럼 피로 얼룩질 정도였거든요. 치료할 때 잠시 격리돼 있었는데 크레인에서보다 더 큰 고립감을 느낀 것 같아요.

딱 열흘째 되는 날 샤워한다고 샤워기를 머리에 대는데 머리카락이 흘러내리는 거야. 온몸을 타고. 샤워기를 들고 두 시간을 있었어요. 다 빠지지도 않고 골룸처럼 꼭 몇 가닥이 버티는 게 있어요. 내 손으로 삭발을 했다면 그런 마음은 아니었을 것 같아요. 비참한 거예요. 그렇게 머리카락이 다 빠진 몰골에 뼈만 남은 몸뚱이가. 내가 열심히 산다고 살았는데 왜 이런 병이 왔을까. 사람들은 김진숙이 강한 사람이라고 알 텐데 머리카락이 다 빠지고 눈썹도 절반은 빠지고, 구부정한 모습이 부끄럽다고 생각했어요. 저는 크레인에서도 너무 많은 사람에게 걱정을 끼쳤어요. 가족은 물론이고 수많은 사람들이 김진숙이 살아 내려오기를 바랐는데 내가 이렇게 아픈 지경이 됐구나. 미안하기도 하고 또다시 사람들에게 큰 걱정을 끼친다는 게 괴로웠습니다.

그런데 대구 영남대 의료원에서 친구가 고공농성을 해요. 내가 겪어봤잖아요. 저런 시기에는 어떤 마음이 들 것이라는 게 너무 짐작이 되는 거예요. 친구가 아침에는 어떤 마음으로 눈을 뜰지, 점심때 내려다보는 세상은 어떤 모습일지, 저녁에 혼자 텐트에 들어가서 누워 있을 때는 어떤 마음일지 낱낱이 다 느껴지니까 그렇게 시간이 안 가더라고. 어느 순간부터 저 친구를 저렇게 놔두면 저기서 그냥 죽겠구나 하는 생각이 들더라고. 그래서 '박문진 힘내라'라고 적은 종이 한 장을 들고 대구까지 걷기 시작했어요. 혼자 걷다가 한진지회에서 8명이 왔더라고. 그리고 43명이 더 오시고, 마지막날이 되니까 280명 정도 오셨더라고요. 좋더라고. 이런 동지들이 내게 있었구나. 걱정을 끼치는 게 아니라 서로를 염려하고, 그게 힘이 된다는 생각이 그날 비로소

들었습니다. 그래서 세상 밖으로 다시 나올 수 있었던 것 같아요.

1986년도에 대공분실에 끌려갔던 게 결정적인 해고 사유였거든요. 그때는 노동조합 들어가면 다 빨갱이고 불순분자고 얼마든지 해고 사유가 됐으니까. 일하는데 갑자기 나오라고 해서 나가니까 김진숙인 거 확인하더니 바로 검은 보자기 덮어씌워서 양옆으로 잡고 자주색 포니 자가용에 실어서 끌고 갔어요. 어느 건물에 도착해서 방에 들어가니까 온통 빨간색이더라고. 침대 같은 게 있었는데 그게 칠성판七星板(시신을 눕히기 위해 관바닥에 까는 널판. 북두칠성처럼 일곱 개의 구멍을 뚫는다.)이라고 이야기해주더라고. 거기 올라가서 살아 내려온 사람이 없다는 거예요. 너 같은 빨갱이 잡아오는 데라고 그러니까 그 순간 오히려 안심이 됐어요. '잘못 보고 잡아왔구나, 살았다' 생각이 들어서 "저는 대한조선공사 선각공사부 선대조립과 용접1직 사번 23733 김진숙입니다. 확인해보세요" 그랬다니까. 저는 비슷하게 생긴 빨갱이가 영도 어디에 살고 있는 줄 알았어요. 일단 잘못 잡혀왔다는 것만 확인되면 그날 바로 나올 줄 알았어요. 그러고 35년이었던 거야.

해고가 길어지니까 단식도 해봤고, 1988년도에는 노조가 민주화되고 나서 해고자 복직 안건으로 파업을 했어요. 내가 해고자니까 그 파업에 참여했죠. 노조에서 교섭 때마다 해고자 복직을 요구하긴 했어요. 그런데 사측은 그때마다 안 된다 하고, 노조에서도 해고자 복직을 임금 인상을 위한 지렛대로 쓰기 시작하는 거예요. 해고자 복직 대신 임금을 몇 퍼센트 올려주는 걸로 합의가 되니까 그다음부터는 계속 그런 방식을 쓰는 거예요. 저는 '교섭만 들어가면 올해는 복직되겠지'라고 생각하면서 설렜는데 매번 잘 안 됐어요. 2003년에는 진짜 될 줄 알았거든요. 김주익 지회장, 곽재규 조합원 이렇게 두 분이 한꺼번에 돌아가시고 나서 저와 비슷한 이유로 해고된 사람들 모두 복직하는 분위기가 됐으니까요. 더군다나 열사들의 목숨값으로 복직되는 거니까 '내가 현장에 들어가면 그분들이 못다 한 일까지 해야지'라는 각오도 했거든요.

그런데 노조 지부장이던 사람이 오더니, 김진숙 동지는 안 된대요. 왜요? 한국경영자총협회에서 반대한다고. 왜요? 이유는 모르겠어. 그러고 둘이 아무 말 없이 앉아 있었어요. 그 상황에서 내가 할말이 없잖아. 사람은 이미 2명이나 죽었고, 60일 넘게 장례도 못 치렀고, 유가족들은 매일 천막에서 울고. 나이든 아저씨들이 그냥 앉아서 넋이 빠진 사람들처럼 울고 있는 거예요. 술만 먹으면 자기네들끼리 싸우고. 그 상황에서 내 복직 하나를 위해서 이 싸움을 더 합시다, 못 하잖아요. 그래서 나 빼고 합의한 거예요. 나는 지금도 그 상황이 이해가 안 돼요. 왜 경총에서 반대했을까. 왜 그게 명분이 됐을까.

해고자들 복직하는 날 정문 앞에서 손 흔들어주고 막 씩씩한 척했어요. 정문이 닫히고 이제 나만 남은 거야, 혼자 정문 앞에. 영도다리를 걸어서 건너가는데 그렇게 눈물이 쏟아지더라고. 나는 언제 되나, 이게 참 기약 없는 게 되겠구나, 혼자 남았으니 더 어려워지겠구나 싶었어요. 지부장이 "내년에는 꼭 한번 해보겠습니다"라고 하더라고.

그 말을 나는 또 믿은 거야. 그러다가 2008년도가 됐죠. 노조 간부에게서 전화가 온 거야. 사측이 월 200만 원씩 내게 지급하기로 잠정 합의를 했대. 그 전화를 받고 지하철 역사 의자에 앉아서 울었어요. 복직 요구하면 "생계 해결해주는데 뭐하러 복직을 요구해" 이렇게 이야기할 거고, 나 스스로도 한 달에 200만 원씩 받으면 명분이 없어질 거라고 생각했어요. 지금도 그래요. 정년퇴직 6개월도 안 남은 상태에서 복직하겠다고 하니까 사측에서 제일 먼저 하는 이야기가, 복직하는 의도가 뭐냐고 한대요. 나는 그 돈 안 받겠다고, 노조에서는 내 복직에 대해 끊임없이 요구해달라고 했죠.

사람들이 2011년도 크레인에 올라갔을 때 왜 복직을 요구하지 않았냐고 이야기하는데, 그때는 복직을 요구할 수 있는 상황이 아니었어요. 400명 정리해고가 목전인 상황에서 그거 막겠다고 크레인 올라간 사람이 "나도 복직시켜줘" 이건 좀 웃기잖아. 또 쟤 의도가 그거였네, 사측에서는 당연히 그렇게 생각할 거고. 그래서 아예 말도 안 꺼냈더랬죠. 크레인에서 내려오자마자 민주노조가 소수노조가 되니까 교섭마저 할 수 없는 상황이 돼버렸고요. 어쨌든 정년 이전에는 마무리하는 게 내 평생 업이고 이대로는 도저히 안 되겠다 싶어서 나섰어요.

제가 현장에서 일할 때까지만 해도 제대로 된 화장실도 없고 식당도 없었어요. 이후에 동지들하고 같이 투쟁하면서 그런 게 만들어졌어요. 그런데 정작 저는 거기 가서 볼일을 본 적도 없고 밥을 먹어본 적도 없어요. 복직하면 제일 먼저 화장실에 한번 가보고 싶습니다. 5천 명 남자들이 바글거리는 공장에 화장실이 없었다는 게 말이 됩니까. 아니, 여자 화장실 말고 화장실 자체가 없었다니까요. 간이화장실이라고 용접해서 만들어둔 화장실이 있는데, 치우지 않으니까 구더기가 바글바글했어요. 아무도 거길 안 썼어요. 훈련소에 처음 들어갔을 때 삽하고 리어카 하나 주더라고. 들어가서 똥을 치우라는 거야. 똥 많이 밟았어요. 삽으로 마른똥을 리어카에 담아서 바다에 갖다버리고, 그 짓을 했다니까. 너무 괴로웠습니다. 지금도 화장실을 찾아다니는 꿈을 꾼다니까.

박창수, 곽재규, 김주익이 일하던 모습이 지금도 눈에 선해요. 최강서는 내가 잘리고 들어온 친구니까 어디서 일했는지 잘 모르겠고. 그 사람들이 일했던 데를 가보고 싶어요. 그 사람들은 지금 없지만 나라도 현장에 들어가서 그냥 한 번씩 봤으면 좋겠어요. 세월이 어떻게 이만큼이나 흘렀을까요. 저는 35년이나 됐다는 게 아직도 믿어지지가 않습니다. 옛날에는 정년퇴직하는 아저씨들이 하늘처럼 보였거든요. 그런데 내가 나가서 출근 선전전을 하면 다 내 아래잖아요. 내 위가 아무도 없잖아요.

나는 다 기억나요. 하나도 안 잊어버렸어요. 그때 상황이 눈앞에 너무너무 선해요. 회식하면 동네 시장 튀김집에 갔거든. 순대 사먹을 돈도 없어서 고추튀김이나 오징어튀김이나 감자튀김을 쟁반 같은 데다가 쌓아놓고 먹으면서 술을 그렇게 마셨다니까요. 그때 내가 무슨 노래 불렀는지, 강씨 아저씨가 무슨 노래 불렀는지 다 기억나요. 그 사람들이 이제 하나도 없어요. 세월이 무섭죠. 그런데 금방 가요. 35년이 금방 가.

저는 왜 노동운동이 좋냐면요. 저와 제 동료들이 싸워서 어떻게 바꾸어왔는지를 봤잖아요. 작게는 한진중공업에 화장실이 생기고, 식당이 생기고, 작업복이 한 벌이었는데 일 년에 몇 벌씩 생기고, 안전장구들이 생기고, 더우면 일 안 하고, 사고가 나면 그 작업장에 안전시설이 갖춰질 때까지 작업을 중지할 수 있고. 이건 어마어마한 변화거든요. 전에는 금방 사람이 죽었는데 거기서 내가 일해야 했으니까. 사람이 떨어져서 죽었는데 나는 그걸 모르고 그 위에서 용접을 했으니까요. 그 떨어진 시신 위에서요. 사람이 죽었는데 목격자 진술서를 받는다면서 나한테 지장을 찍으라는데 '본인 부주의'라 적혀 있어요. 어차피 이 사람은 죽었는데 나는 그걸 안 찍으면 불이익을 당하는 거고. 만약 내가 철판에 깔려서 두 다리가 부러졌는데 어떤 새끼가 '본인 부주의'에 지장을 찍어줘요. 금마가 내가 누군지 알고. 그건 괴로운 일이거든요. 같이 일했던 사람들은 그게 얼마나 큰 변화인지를 아는 거예요.

물론 아직도 갈 길은 멀어요. 그런데 저는 사람은 그렇게 살아야 한다고 생각하거든요. 뭔가 잘못된 것을 바꾸고 틀린 것들을 바로잡아가면서요. 그래서 저는 제 삶이 좋아요. 몸은 힘들고 고단했지만 어쨌든 이런 삶이 좋습니다. 저는 다시 태어나도 노동운동을 할 것이고, 선택할 수 있다면 청소하는 노동자, 식당에서 일하는 노동자로 살아보고 싶어요. 또 한번 빡세게 살아보고 싶어요. 그때는 몸에게 원망 듣지 않고 살았으면 좋겠습니다. 그때는 그 노동자들의 삶도 많이 달라져 있겠죠. 지금 열심히 투쟁하고 있고 조금씩 변하고 있으니까.

김진숙_ 한진중공업 해고자이자 민주노총 부산지역본부 지도위원. 복직을 위해 투쟁하고 있다. 지은 책으로 『소금꽃나무』가 있다.

팟캐스트 〈말하는 몸〉

말하는 몸 2
몸의 가능성을 확장하는 여성들

1판 1쇄 2021년 1월 20일
1판 2쇄 2021년 2월 10일

지은이 박선영 유지영
기획·책임편집 정현경 | 편집 이연실
디자인 최윤미 이주영 | 마케팅 정민호 양서연 박지영 안남영
홍보 김희숙 김상만 이소정 이미희 함유지 김현지 박지원
제작 강신은 김동욱 임현식 | 제작처 영신사

펴낸곳 (주)문학동네 | 펴낸이 염현숙
출판등록 1993년 10월 22일 제406-2003-000045호
주소 10881 경기도 파주시 회동길 210
전자우편 editor@munhak.com | 대표전화 031)955-8888 | 팩스 031)955-8855
문의전화 031)955-2655(마케팅), 031)955-1910(편집)
문학동네카페 http://cafe.naver.com/mhdn
문학동네트위터 @munhakdongne
북클럽문학동네 http://bookclubmunhak.com

ISBN 978-89-546-7674-8 04810
978-89-546-7670-0 (세트)

* 잘못된 책은 구입하신 서점에서 교환해드립니다.
기타 교환 문의 031) 955-2661, 3580

www.munhak.com